Marie Grasshoff
Der dunkle Schwarm

Weitere Titel der Autorin:

Neon Birds
Cyber Trips
Beta Hearts

Titel auch als Hörbuch erhältlich

Über die Autorin:

Marie Graßhoff, geboren 1990 in Halberstadt im Harz, studierte in Mainz Buchwissenschaft und Linguistik. Anschließend arbeitete sie einige Jahre als Social-Media-Managerin bei einer großen Agentur. Mittlerweile ist sie als freiberufliche Autorin und Grafikdesignerin tätig und lebt in Leipzig.

MARIE
GRASSHOFF

DER DUNKLE SCHWARM

Roman

NACH EINER AUDIBLE-ORIGINAL-PRODUKTION

Lübbe

Dieser Titel ist auch als E-Book erschienen

FSC
www.fsc.org
MIX
Papier aus verantwortungsvollen Quellen
FSC® C014496

Originalausgabe

Dieses Buch wurde vermittelt von der Literaturagentur
erzähl:perspektive, München (www.erzaehlperspektive.de).

Umschlaggestaltung: Guter Punkt unter Verwendung
eines Designs von © Denis Holzmüller, Atelier Franken
Satz: Dörlemann Satz, Lemförde
Gesetzt aus der Minion Pro und der Unit OT
Druck und Verarbeitung: GGP Media GmbH, Pößneck
Printed in Germany
ISBN 978-3-404-20973-6

2 4 5 3 1

Sie finden uns im Internet unter luebbe.de

Folge 1

The Oracle

Prolog

Die Erinnerungen eines sterbenden Sterns

Kurz bevor ich sterbe, sehe ich die Sterne. Ihre Konstellation auf dunklem Grund verschiebt sich. Als sie ihre Positionen eingenommen haben, erfüllt ihr Licht mein ganzes Sichtfeld. So mächtig, dass es in der Lage wäre, das Sonnensystem auszulöschen.

Eine Gänsehaut breitet sich auf meinem Nacken aus. Der Raum um mich herum ist in Schwärze gehüllt. Bis auf das Summen der Computer ist es still.

»Das habt ihr also vor«, murmelt ein Mann hinter mir und erhebt sich von seinem Stuhl.

Ich spüre, wie mein Herzschlag sich beschleunigt. Nur langsam drehe ich mich um. Noch bevor ich weiß, was geschieht, drängt sich mir ein Gedanke auf. Ein Gedanke von kolossaler Einfachheit und gewaltigem Gewicht: Hier wird es enden.

Mehrere Schüsse hämmern wie ein dröhnender Bass an mir vorbei, bis einer von ihnen meine Schulter trifft. Der Raum kippt, und die Sterne verschwinden. Ich falle auf die Knie.

»Damit kommt ihr nicht durch«, sagt der Fremde mit zitternder Stimme.

Blut, überall. Ich spüre es in der Dunkelheit, die mich umgibt, als Schritte sich nähern und ich in den Lauf einer Waffe blicke, die im Licht der Monitore schwach schimmert.

Das Letzte, an das ich denke, ist die Konstellation der Sterne.

Kapitel 1

Der Anfang eines leuchtenden Untergangs

»Und wer gibt mir die Sicherheit, dass diese Daten verwendbar sind, wenn ich sie vorher nicht prüfen kann, Miss *Oracle?*« Die Stimme des untersetzten Mannes mir gegenüber donnerte durch den kleinen fensterlosen Raum. Die Gestalten in den Ecken regten sich im Schatten, außerhalb des Lichtkegels der uralten Glühbirne, die über dem Tisch baumelte. Die Bodyguards dieses Industriellen wirkten angespannt.

»Mr. Soho«, sagte ich um Gelassenheit bemüht. »Der Handel mit Erinnerungen ist ein spezielles Geschäft. Es ist nicht üblich, die Ware einzusehen, bevor die Überweisung getätigt wurde. Das habe ich Ihnen von Anfang an gesagt.«

Ich kannte Typen wie diesen, der mir gegenübersaß: überheblich, misstrauisch, feige. Solange man Menschen wie ihn in der Gewissheit ließ, sie hätten die Kontrolle, waren sie für gewöhnlich harmlos.

»Sie geben sich professionell, Oracle«, spottete er. »Aber bei jemandem von *Ihrer* Herkunft weiß ich nicht einmal, ob Sie die Aufgabe überhaupt verstanden haben.«

Fast belustigten mich sein unsinniges Gerede und die pulsierende Ader auf seiner Stirn. »Ich habe die Aufgabe verstanden, Mr. Soho. Ihre Minen auf dem Mars wurden von Dryden geplündert, und Sie brauchen Beweise, um den Transport des Materials zum Dyson Swarm rechtzeitig zu verhindern.« Ich ließ den kleinen Chip zwischen meinen Fingern hin und her tanzen. »Diese Beweise habe ich hier.«

Sein Getue war nichts als bloße Machtdemonstration. Niemand

war so verlässlich wie ich. Das wusste er, ich hatte in seinen Kopf geschaut. Ich war die Einzige auf dem Planeten, die diese Fähigkeit hatte, und auch wenn ihm nicht genau klar war, wozu ich imstande war, hatte er zumindest eine Ahnung.

Wenn er diesen Raum verließ, würde ich mein Geld haben. Auf die eine oder andere Art.

»Falls Sie lieber mit anderen Tradern verhandeln, nur zu. Ich halte Sie nicht auf.«

Seine tief gerunzelte Stirn sagte mehr als tausend Worte. Er wusste genauso wie ich, dass keiner von denen das leisten konnte, was ich tat. Die anderen Trader beschäftigten sich vor allem mit dem Verkauf von Erinnerungen an Vergewaltigungen, Kindesmissbrauch und dem ganzen kranken Scheiß, für den verzweifelte Seelen viel Geld bezahlten. Industriespionage war ein Feld, das nur ich bediente.

»Diese Typen sind mir zuwider«, spuckte er förmlich aus.

»Mir auch«, stimmte ich lächelnd zu. »Aber die Sache ist folgende: Sie haben nicht endlos Zeit, wenn Sie diesen Transport aufhalten wollen.« Demonstrativ warf ich einen Blick auf die Ziffern, die an meinem Handgelenk leuchteten. »Also entweder, Sie überweisen mir jetzt mein Geld, oder Sie lassen sich von meinem Partner hinausbegleiten.« Ich ruckte mit dem Kopf zu Julien, der schräg neben mir Stellung bezogen hatte. Mit seiner Weste, den Waffen und den Munitionstaschen sah er um einiges imponierender aus als die Anzugträger, die Soho mitgebracht hatte.

Ich legte den Chip auf den rostigen Tisch zwischen uns. Rasch streckte der Kerl seine Hand aus, um ihn zu sich hinüberzuziehen.

»Das macht hunderttausend Coins«, stellte ich klar, und Soho runzelte die Stirn, während er das fast durchsichtige Plättchen in seinen Wurstfingern drehte.

»Ziemlich viel für ein paar Informationen, die nicht ausreichend sein könnten.«

Der Ausdruck auf seinem Gesicht gefiel mir nicht. Ich nahm Verbindung zu Juliens Bewusstsein auf und wies ihn an, eine Gefahrenanalyse durchzuführen.

»Andererseits ein verschwindend geringer Betrag, wenn sie Ihnen dabei helfen, den Transport zu stoppen. Sonst entstünde Ihnen ein Schaden von Milliarden, nicht wahr?« Ich lächelte erneut, doch die Art, wie Soho mich anschaute, verriet mir, dass er es sich anders überlegt hatte.

Scheiße! Wir brauchten die Analyse wohl nicht mehr.

»Julien«, sagte ich, nur eine Sekunde bevor Soho seinen Bodyguards ein Zeichen gab und sie ihre Waffen zogen.

Der Geschäftsmann suchte Schutz unter dem Tisch, aber ehe die erste Kugel abgefeuert wurde, hatte Julien schon einen Satz nach vorn gemacht, nach der Waffe des ihm am nächsten stehenden Mannes gegriffen, sie nach unten gedrückt und ihn mit einem gezielten Schlag niedergestreckt.

Ich zog den Kopf ein, als das Gewehrfeuer der Bodyguards an Juliens Haut abprallte. Die Kugeln flogen durch den Raum und sprengten den Putz von den alten Wänden.

Drei Schüsse. Mehr brauchte Julien nicht, um die Männer systematisch auszuschalten. Sie waren nicht einmal auf dem Boden aufgeschlagen, da war er bereits am Tisch angekommen, um Soho am Kragen zu packen und hochzuzerren.

»*Na gut!*«, schrie der Mann hysterisch und hob die Hände. Seine vor Panik geweiteten Augen glänzten wässrig im Licht der hin und her schwingenden Glühbirne. »*Sie bekommen Ihr Geld!*«

Ich verschränkte die Arme, um ihm zu signalisieren, dass ich wartete. Fest in Juliens Griff gefangen, schob Soho den Ärmel seiner Anzugjacke hoch und warf einen Blick auf sein Handgelenk.

Die abgesprochene Summe tauchte auf der Projektion meiner Kontaktlinse auf, und ich nickte dankend. Daraufhin ließ Julien ihn los, und der Mann sprang, ohne zu zögern, auf die Tür zu. Er machte sich nicht einmal die Mühe, nach seinen Bediensteten zu sehen, die tot am Boden lagen.

»Viel Erfolg bei der Verhandlung!« Ich schaute entspannt dabei zu, wie Soho unter größter Anstrengung die schwere Metalltür aufzog. Das schummrige Licht der Gassen fiel in den Raum, als er zitternd in den Nieselregen hinausstolperte.

Wir warteten, bis seine Schritte verklungen waren, dann sahen Julien und ich einander an. Die Sommersprossen auf seiner Nase und seinen Wangen leuchteten regenbogenfarben, während er die neuesten Daten verarbeitete.

»Nach Hause?«, wollte er wissen, und ich seufzte.

»Ja. Nach Hause.«

Kapitel 2

Der Aufstieg einer aussterbenden Spezies

Eine kühle Brise wehte am Bahnsteig entlang. Sie kroch an meinen Knöcheln empor, schlich sich unter die dicke Strumpfhose und wirbelte hinauf zu meinen vor Kälte kribbelnden Händen. Ich schlang den Wintermantel enger um den Körper und strich genervt eine Strähne meines rosa gefärbten Haars zurück, die sich aus meinem Zopf gelöst hatte.

Hunderte Menschen scharten sich am Gleis. Die meisten waren Kollegen von mir. Sie standen da, den Kaffee in der Hand, die von Schatten gezeichneten Augen starr auf die Werbetafeln uns gegenüber gerichtet, in Gedanken vermutlich noch in ihren Betten.

Und zwischen all den Arbeitern, Managern und Programmierern war ich nicht mehr als ein blasser Niemand. Die Anonymität der Masse kleidete mich ebenso gut wie mein dunkler Mantel, wenn ich nachts durch die lichterlosen Gassen des Sub-Levels streifte. Zwischen elf Milliarden Menschen war jeder Einzelne unsichtbar.

Ich schob die Brille auf meiner Nase ein Stück höher und folgte den Blicken zu den Gebäuden uns gegenüber.

Glas und Metall, so weit man schauen konnte. Pastellfarben und bunt leuchteten die Anzeigen in den Schatten des jungen Morgens hinein. Autos schwebten über schillernde Holobahnen, während Züge geräuschlos über die Gleise glitten, die verschlungen zwischen den Wolkenkratzern angebracht waren. Die meisten Gebäude ragten so hoch in den Himmel, dass man ihre Dächer von hier aus nicht erkennen konnte. Die Ebenen des Upper-Levels weit über uns lagen heute verborgen im Smog.

Vom Himmel war nichts zu erkennen. Ich hatte ihn seit Tagen nicht mehr gesehen.

Die Anzeigetafel mir gegenüber war mindestens zehn Stockwerke hoch. Hypermind, mein Arbeitgeber, prästentierte seine neuen ADICs, optimierte Hirnimplantate, die besser auf Hirnströme reagierten und mit denen man sich schneller in seine Hives einloggen konnte. Die Firma Dryden warb schon seit mehreren Monaten für die neueste Generation ihrer Androiden. Dem Betrachter schauten ein männlicher, ein weiblicher und ein genderloser Android mit einem moderaten Lächeln entgegen. Bis auf die bunten Sommersprossen war keiner von ihnen von einem echten Menschen zu unterscheiden.

Ich dachte gerade an Julien, als eine Anfrage auf meiner Kontaktlinse aufblinkte und ich einen Kanal öffnete.

»Shane, du sollst mich tagsüber in Ruhe lassen«, fauchte ich ihn in Gedanken an. Die Verbindung über den Hive erlaubte es mir zwar, mit ihm zu sprechen, ohne die Lippen zu bewegen, trotzdem wollte ich nicht mit ihm kommunizieren, wenn ich in der Öffentlichkeit war. »Ich kann jetzt nicht.« Wenn irgendjemand herausfand, in was ich im Untergrund verwickelt war, wäre mein Leben vorbei.

»Entspann dich«, säuselte mein Kollege. »Du hast mir gestern eine ganz schöne Schweinerei hinterlassen. Du bist mir was schuldig.«

Ich übermittelte ihm, was ich davon hielt, schloss den Kanal aber nicht.

Kurz darauf sendete Shane mir ein Bild von einer Menschenmenge in einem Club. Die Füße locker auf den gegenüberliegenden Stuhl gelegt, fixierte er einen jungen Mann. Schwarze Haut, helle Augen, feiner Anzug, ein nervöser Ausdruck auf den Zügen.

»Ich habe einen neuen Kunden für dich. Scheint ein großer Fisch zu sein. Heute Abend, zweiundzwanzig Uhr im Pub.«

»Gut, wir sehen uns. Und jetzt raus aus meinem Kopf.«

Ich beendete die Verbindung und stellte ernüchtert fest, dass der Zug sich verspätete. Von einem Fuß auf den anderen tretend versuchte ich, mich warm zu halten. Erst als das Licht der Werbeanzeige ein durchscheinendes Gelb annahm, wurde mir klar, dass etwas nicht stimmte.

Noch bevor ein Raunen durch die Menge ging und die schrillen Sirenen des Bahnhofs ertönten, wusste ich, was los war. Ich wusste, was ich sehen würde, als ich den Blick zur Werbetafel hob.

»The Cell«, murmelte ich und wich automatisch einige Schritte zurück, weiter vom Gleis weg. Stimmen wurden laut, Bewegung kam in die Menge, und Menschen drängten sich hektisch an mir vorbei in Richtung Ausgang.

Auf der Anzeigetafel leuchtete eine gewaltige Biene auf grellgelbem Grund. In riesigen Lettern stand »THE CELL« erst in Englisch, dann in Spanisch und abschließend in Chinesisch darunter.

Suchend schaute ich mich um, bis mir eine Frau am Ende des Gleises auffiel, die deutlich entspannter wirkte als die meisten anderen hier. Schon der erste Gedanke, den ich aus ihrem ADIC auslesen konnte, offenbarte, warum sie keine Angst hatte: Sie war ein Mitglied der Umweltschutzorganisation. Geduldig verfolgte sie, wie der Zug am Ende des langen Bahnsteigs einfuhr. Ich konnte ihn durch ihre Augen sehen.

Seine Außenverkleidung war in ein leuchtend gelbes digitales Graffiti gehüllt, über das das Logo der Vereinigung glitt.

Die Menschen im Inneren kamen in Sicht. Sobald die Frau Augenkontakt zu einem von ihnen aufnahm, sprang ich über und scannte das Gehirn des Insassen. Dutzende Bilder fluteten meinen Geist. Brennende Fabriken, Schreie, Chaos. Bienen, überall. Ich sprang von Mensch zu Mensch, doch die Gedanken, die ich sah, unterschieden sich kaum voneinander.

Der Zug war voll besetzt. Hunderte Mitglieder von The Cell blockierten ihn. Sie würden den Bahnsteig überrennen und den Zugang zum Hypermind-Viertel versperren. Und einige von ihnen hatten nicht besonders friedfertige Absichten.

Ich musste hier weg.

Einige Male blinzelte ich heftig, um in meinen eigenen Kopf zurückzukehren. Dann nahm ich Verbindung zu dem Hive auf, in dem sich meine Programmierer-Kollegen von Hypermind befanden.

»The Cell blockiert die Bahnstationen«, übermittelte ich. Die mehr als sechzig Menschen stimmten sofort zu und sendeten Bilder von ihren Bahngleisen, auf denen teils schlimmeres Chaos herrschte als hier.

»Sollen wir trotzdem versuchen, ins Viertel zu kommen?«, fragte eine von ihnen. Alle anderen wirkten ratlos. »Die waren nie gewalttätig gegenüber Menschen. Die unternehmen bestimmt nichts, wenn wir …«

»Nein!« Das, was ich gesehen hatte, hatte gewaltbereit gewirkt. Das konnte ich ihnen nicht sagen, sie wussten nichts von meiner Fähigkeit, in andere Gehirne zu schauen. Aber ich hoffte, nachdrücklich genug zu sein. »Nur weil sie es bisher nicht waren, heißt das nicht, dass sie es nicht irgendwann sein werden«, erklärte ich vage und schloss mich dem Strom an Menschen an, die auf die Treppen zudrängten. »Und wenn es so weit ist, will ich nicht dabei sein.«

Kapitel 3

Der Wunsch eines verzweifelten Künstlers

Der erste Atemzug, den man nahm, wenn man das Sub-Level betrat, war der schlimmste. Instinktiv hielt ich mir den Ärmel meines Mantels vor Mund und Nase, als Julien und ich aus dem klapprigen Lastenaufzug stiegen und uns in die enge Gasse schoben. Die Luft stand hier unten oft tagelang zwischen den Hochhäusern, angereichert vom Geruch des Unrats, der sich in sämtlichen Ecken sammelte.

Die Sonne war untergegangen. Das wusste ich, weil ich auf dem Middle-Level ein kleines Stück des Himmels hatte ausmachen können. Von hier aus, dem untersten Bereich der Megastädte, sah man ihn nie.

»Gibt es etwas Neues zu den Aufständen?« Ich schaute zu Julien hinüber. Unter seinen dunklen Augen leuchteten die Sommersprossen.

»Die Lage hat sich nach wie vor nicht beruhigt. The Cell ist heute weltweit aktiv. Deutlich aggressiver als sonst.«

Ich hatte mit meinen Beobachtungen also recht behalten. »Okay. Halt mich auf dem Laufenden.«

»Hast du Infos darüber, wen wir jetzt treffen werden?«, fragte Julien, während wir in eine lange Gasse einbogen, die lediglich von einer einzigen Laterne erhellt wurde. Sie stammte aus früheren Zeiten von Washington, zu denen es die Hochhäuser und all die Ebenen noch nicht gegeben hatte. Zu denen alles irgendwie süß und klein gewesen war. Ich kannte es nur aus sehr alten Erinnerungen.

Ich übermittelte ihm die Bilder, die Shane mir heute Morgen zugeschickt hatte. »Mehr hab ich nicht«, erklärte ich. »Über Shanes Gedanken ließe sich sicher mehr herausfinden, aber …« Unwillig verzog ich den Mund. »Da lauert so viel Düsteres.« Ich begab mich ungern in die Gedanken derart unausgeglichener Menschen. Das brachte zu viel Chaos in meine eigenen.

Bevor wir in den Schein der Laterne traten, bogen wir erneut ab. Das bunte Licht einer uralten Neonbeleuchtung schillerte uns entgegen, als wir auf das Ende der Sackgasse zusteuerten. Ein dunkel gekleideter Mann lehnte an der Wand neben einer morschen Holztür, durch die gedämpfte Musik drang. Seine leuchtenden Augen fixierten uns streng. Die bunten Sommersprossen zeigten, dass er ein Android war. »Oracle«, grüßte er und zog eine Augenbraue hoch. »Geschäftliches?«

»Für etwas anderes würde ich hier nicht hinabsteigen«, entgegnete ich lächelnd.

»Jetzt verrätst du also deine Wurzeln«, grummelte er schmunzelnd. Ich wollte ihn gerade darauf hinweisen, dass er nichts über mich wusste, da regte Julien sich neben mir und trat einen forschen Schritt nach vorn.

»Schon gut, schon gut«, seufzte der Türsteher. Androiden konnten nicht wirklich eingeschüchtert werden, doch er wusste, dass Julien vermutlich um einiges stärker war als er. Diese Modelle der Kampfklasse gab es eigentlich gar nicht mehr.

»Ich soll euch sagen, dass Shane nicht auf euch warten konnte. Der Kunde sitzt in Raum 21. Da könnt ihr ihn abholen.«

»Holst du ihn?«, fragte ich Julien im Stillen und übermittelte ihm den Treffpunkt. »Ich warte dort auf euch.«

Julien und ich hatten die leer stehende Fabrikhalle, in die ich mich gehackt hatte, schon mehrere Male benutzt. Kleine Aufträge konnten wir im Pub abhandeln, Klienten, bei denen es um mehr ging, wollten allerdings gern ihre Ruhe. Und der Raum, den wir gestern verwendet hatten, wurde sicherlich noch gereinigt.

Ich holte mir das Bild, das Shane mir von unserem nächsten Kunden geschickt hatte, immer wieder vor Augen, während ich die schwere Metalltür aufzog, den öligen Staub von meinen Händen klopfte und den Lichtschalter betätigte. Eine einzelne von der hohen Decke hängende Lampe schaltete sich ein. Direkt unter ihr befanden sich ein grob gefertigter Holztisch und vier Stühle. Seit unserem letzten Besuch schien sich nichts verändert zu haben.

Ein kurzer Scan des Gebäudes zeigte nur ein paar Tauben und Ratten. Ich trat weiter hinein und nahm wieder Kontakt zu Julien auf, um seine erste Interaktion mit dem Kunden zu verfolgen.

»Guten Tag.« Juliens Stimme drang über die Verbindung unserer ADICs an mein Ohr, und ich hielt inne, um zu sehen, was er sah.

Der Raum, den Shane im Pub gebucht hatte, war rund und dunkel. Nur der Tisch in der Mitte war beleuchtet. Auf der Couch, die normalerweise von zwielichtigen Personen besetzt wurde, die sich alles Mögliche an illegalen Substanzen reinzogen, saß heute ein junger Mann in einem sauber geschnittenen Mantel, besorgt in seine Handinnenflächen schauend.

In dem Moment, in dem er zu Julien hinaufsah, wusste ich, dass er der Richtige war. Der aufmerksame Blick seiner hellen Augen schien bis zu mir durchzudringen.

»Bitte folgen Sie mir«, sagte Julien und drehte sich zum Gehen um.

»Entschuldigen Sie … s-sind Sie Oracle?«

Julien antwortete ihm nicht, trotzdem lief der junge Mann ihm hinterher.

Ich widerstand dem Drang, schon jetzt in seinen Kopf zu schauen. Ich bevorzugte es, wenn die Menschen mir ihre Geschichte erzählten und ich sie danach auf ihren Wahrheitsgehalt prüfen konnte. So wusste ich schneller, woran ich war.

»Du kannst ihn briefen«, wies ich Julien in Gedanken an, während die beiden den Pub verließen. Ich faltete die Hände und konzentrierte mich auf alles, was Julien wahrnahm.

Der Fremde, den Shane uns vermittelt hatte, machte einen überaus skeptischen Eindruck. Beinahe ängstlich. Jedes Rascheln aus den Ecken, jede Maus in den Gassen schien ihn zu erschrecken. Er war auf keinen Fall öfter hier unten.

Vielleicht war er sogar aus dem Upper-Level. Seiner Kleidung nach zu urteilen wäre es nicht unwahrscheinlich.

»Es wird so ablaufen«, begann Julien. »Sämtliche Kommunikation, die von nun an stattfindet, ist verschlüsselt. Selbst wenn Ihr ADIC ausgelesen wird, wird niemand die Gesichter oder die Namen der Personen, mit denen Sie heute zu tun haben, scannen können. Gleichzeitig garantieren wir, alle Transaktionen, die Sie tätigen, mehrfach zu sichern. So wird man weder Sie noch uns für etwas belangen können, falls Sie oder wir einer polizeilichen Untersuchung unterzogen werden sollten.«

»*Wir?*«, fragte der Mann, doch Julien fuhr einfach fort.

»Wir informieren Sie außerdem darüber, dass wir eine Blockade in Ihrem ADIC installiert haben, die es Ihnen ab jetzt untersagen wird, über irgendjemanden zu sprechen, den Sie im Zusammenhang mit Oracle treffen. Diese Maßnahme gilt der Sicherung unseres Business.«

»Business«, wiederholte der Mann, als sei ihm der Begriff nicht geheuer.

»Der ist süß«, übermittelte ich Julien, ging um den Tisch herum und nahm Platz, während der Android seine Hände auf die Klinken der großen Doppeltür legte und sie aufstieß.

Endlich konnte ich den neuen Kunden mit eigenen Augen begutachten: Er war jung, auf keinen Fall älter als ich. Das war ungewöhnlich, die meisten unserer Kunden waren deutlich älter. Er war ordentlich angezogen, wirkte eingeschüchtert, aber entschlossen. Juliens Scans hatten ergeben, dass er keine Waffen oder sonst etwas bei sich trug, womit er uns gefährlich werden konnte.

Zaghaft schaute er sich in der Halle um. Ich nutzte die Chance, um einen ersten Blick in seinen Kopf zu werfen.

Dort herrschte ungewöhnliches Chaos. Die Gedanken der meisten Personen, die zu mir kamen, schrien nach einem Wunsch oder einem Ziel. Bei ihm war alles seltsam verwirbelt, wie nach einem emotionalen Trauma. Ich erkannte Tränen, Gemälde, die Sterne, einen Baum und erst dann einen Namen.

»Mr. Noah Jason Levy«, sprach ich ihn aus und riss ihn damit aus seinen Beobachtungen. Seine Augen waren aufmerksam auf mich gerichtet. »Ich werde dich Noah nennen.« Bei Typen wie ihm konnte man etwas lockerer sein. »Du bist der Sohn von Jason Levy. Dein Vater hat den Levy-Shield gebaut.«

Er presste die Lippen zusammen, als würde ihn daran etwas stören.

»Danke für die Kühlung unserer Erde«, sagte ich, zog anerkennend die Augenbrauen hoch und bedeutete ihm, näher zu treten. Julien schloss die Türen.

»Ich hatte meinen Namen gar nicht genannt. Auch nicht Ihrem …«

»Dafür bist du ja hier«, unterbrach ich ihn lächelnd. Ich liebte diesen ersten Moment der Überraschung, obwohl es kindisch war, derartig anzugeben. Es war die einzige Freude, die ich in meinem Alltag hatte.

»Noah ist okay«, murmelte er unsicher und legte seine Hand auf die Lehne des Metallstuhls. »Und du bist Oracle?«

»Das ist richtig«, bestätigte ich und signalisierte ihm, sich zu setzen, während Julien mit großer Gelassenheit auf uns zutrat. »Das ist mein Bodyguard.«

Der junge Mann ließ sich zögerlich nieder. Ich versuchte, mich nicht davon beleidigt zu fühlen, dass er offenbar einen Mann an meiner Stelle erwartet hatte. »Was kann ich für dich tun?«

»Na ja«, setzte Noah an, zog seinen Stuhl ein Stück an den Tisch heran und lehnte sich mit den Unterarmen darauf, um mich zu fixieren. »Es heißt, du weißt *alles*. Ich würde deine wahrsagerischen

Fähigkeiten gern erst mal auf die Probe stellen wollen, bevor ich dir mein Anliegen nenne.«

Wie süß. Er war nicht der Erste, der das von mir verlangte, aber er war der Erste, der nicht überheblich bei dieser Bitte klang.

»Kein Problem. Sag mir, was ich über dich herausfinden soll.« Das war meine leichteste Übung, weil jeder Mensch mit einer Frage gleichzeitig an die Antwort dachte.

»Wie alt bin ich?«, wollte Noah wissen.

»Achtundzwanzig«, antwortete ich. »2072 geboren.« Genau wie ich.

»Was mache ich beruflich?«

Wieder die Gemälde in seinem Kopf. Klassisch auf Leinwänden, mit Pinseln und Acrylfarben. In einem Atelier erkannte ich viele Pflanzen und Farbflecken auf dem Boden.

»Du bist Künstler.« Das war ein extrem seltener Beruf. »Im klassischen Sektor. Ich dachte, so etwas gibt es nicht mehr.«

»Dann kann ich sogar das große Orakel überraschen«, stellte er fest. Sein ehrliches Lächeln entblößte strahlend weiße Zähne. »Was ist … mein Lieblingsessen?«, fragte er weiter.

»Toast mit Erdbeermarmelade.« Je weiter ich in seinen Kopf hineinsah, umso mehr verwunderte er mich.

»Wie heißt mein Haustier?«

»Fangfrage. Du hattest nie eins.«

Noah nickte. »Und wer hat meine Schwester getötet?«

Ich runzelte die Stirn in dem Moment, in dem alle Bilder aus seinem Kopf verschwanden und es schwarz vor meinem inneren Auge wurde. »Du hast eine …?« Ja, er hatte eine Schwester. Erst nach einigen Momenten lichtete sich die Dunkelheit, auf die ich gestoßen war, wieder. War sie es, die das Chaos in seinen Gedanken ausgelöst hatte? Ich erkannte einen strahlend blauen Himmel und ein Dach, weit über dem Smog. Einen See, schmutzige Kinderfüße, Lachen und ein Gesicht, das sich der warmen Sonne entgegenreckte. Ein Gefühl, so frei und unbeschwert.

Ja, er hatte eine Schwester. Warum hatte ich das nicht gleich gesehen?

»Sie wurde ... getötet?« Ich fand nirgendwo in seinem Kopf ein Bild von ihrem Gesicht. Nur Hände und ein leichtes Sommerkleid, verschwommen wie aus einer alten Erinnerung.

Wie war das möglich? Nicht einmal, wenn man sich an das Aussehen einer Person nicht mehr genau erinnerte, war dort ... so wenig.

Das Lächeln, das sich auf Noahs Züge schlich, wirkte so entwaffnet und enttäuscht, als hätte er mit dieser Reaktion gerechnet.

Das weckte meinen Ehrgeiz, denn es hatte noch nie eine Information gegeben, die ich nicht hatte aufspüren können. Erst recht keine so bedeutende wie ein Familienmitglied.

Ich drang weiter vor. Ein Gespräch mit der Polizei. Rufe und Schreie, aber nirgendwo Gewalt.

Und kein Gesicht. Nicht einmal ein Name.

»Wie hieß deine Schwester?«, wollte ich wissen – und das Lächeln wich aus seinen Zügen.

An so ein Ende war ich noch nie gestoßen. Sonst gab es nichts, das vor meinem System verborgen bleiben konnte. Loggte ich mich in das Gehirn, dann erkannte ich alles: seine schlimmsten Ängste, seine düstersten Geheimnisse, seine schamvollsten Erlebnisse. Ich fand sogar Erinnerungen, die die Menschen vergessen glaubten oder vor sich selbst verbargen.

Ich fand verdammt noch mal alles.

Also warum konnte ich seine Schwester nicht sehen?

»Sara Levy.«

Ich bat Julien im Stillen, alle verfügbaren Datenbanken nach ihr zu durchsuchen. »Ich brauche mehr Informationen«, gestand ich danach und faltete meine Hände, um mich besser konzentrieren zu können.

Noah schürzte die Lippen und lehnte sich in seinem Stuhl zurück. »Gestern Nacht gab es einen Mordfall«, erklärte er. »Er war nicht in den Medien. Nicht eine einzige Erwähnung.«

Bilder flackerten durch seinen Geist. Viele von ihnen waren zu verschwommen und zogen zu schnell vorbei, als dass ich sie hätte deuten können. »Ein Hive wurde ausgelöscht.«

Ich konnte meine Überraschung nicht verbergen. »Ein Hive?«, wiederholte ich ungläubig.

»Du weißt schon«, sagte er und fuchtelte unbestimmt mit den Händen. »Viele Menschen, die gedanklich miteinander verbunden sind, Informationen austauschen können, über die ADICs in ihren Gehirnen und …«

»Ich *weiß*, was ein Hive ist«, fuhr ich ihm genervt dazwischen. »Du meinst, dass alle Menschen eines Hives getötet wurden?«

»Ja«, antwortete er ungeduldig. Es schien eine echte Enttäuschung für ihn zu sein, dass ich nicht Gott war. »Sie starben alle zur selben Zeit.«

Was? Es kostete mich einiges an Beherrschung, meine Verwunderung nicht laut auszusprechen. Ich musste mich aus seinen Gedanken zurückziehen, um meine eigenen zu ordnen.

»Ich habe mit der Polizei gesprochen. Sie tappen im Dunkeln.«

»Und deine Schwester war in diesem Hive?«

»Ja.«

»Welcher Hive war das?«

»Etwas Lapidares, schätze ich. Irgendein Freizeitsport-Ding. Nichts Berufliches, nichts Aktivistisches oder so.« Er holte tief Luft. »Nichts … was jemanden dazu bringen könnte, zweihundert Menschen zu töten.«

Zweihundert. Ich wiederholte die Zahl in meinem Kopf, doch sooft ich es auch tat, es ergab keinen Sinn. Die Hives funktionierten mit Hypermind-Technologie. Ich arbeitete für dieses Unternehmen, seit ich denken konnte, und durch meinen zweiten Job war ich mit nahezu allen Arten vertraut, wie jemand ums Leben kommen konnte. Aber dass jemand durch seinen Hive starb? Das war technisch gar nicht möglich.

Noah musterte mich eine ganze Weile, während ich ein weiteres

Mal versuchte, in seinem Kopf nach etwas zu suchen, das mir helfen konnte, diese Geschichte zu verstehen. Ja, er hatte mit der Polizei darüber gesprochen. Gestern Nacht. Eine Polizistin namens Lora Hiland hatte ihn befragt.

»Also«, brach Noah nach einigen Momenten die Stille. »Ich biete dir fünfhunderttausend Coins an, wenn du dich des Falls annimmst. Und noch mal genauso viel, wenn du herausfindest, wer dafür verantwortlich ist.«

Während ich sein Gesicht musterte, wagte ich es zunächst gar nicht, zu blinzeln, so eindringlich schaute er mich an.

Ein Mordfall – technisch unmöglich. Zweihundert Tote, und die Polizei tappte im Dunkeln. Die Medien verschleierten es.

»Ich …«, begann ich, stockte aber kurz, um meine Antwort auf sein Angebot erneut zu überdenken. »Ich fürchte, ich muss den Fall ablehnen.« Meine Stimme hörte sich sogar in meinen eigenen Ohren tonlos an. Diese Worte hatte ich seit einer Ewigkeit nicht mehr ausgesprochen.

Noahs gefasster Gesichtsausdruck wich ehrlicher Verwunderung.

»Du … du hast schon gehört, was ich dir dafür biete, oder?« Er wirkte vollkommen ratlos.

Verdammt, ja, das hatte ich. Mit dieser Menge an Geld könnte ich mich zur Ruhe setzen. Dennoch …

»Das ist zu riskant«, erklärte ich knapp. In diesen Fall würden mit großer Wahrscheinlichkeit die Polizei, das FBI und diverse private Sicherheitsdienste involviert sein. Von solchen Aufträgen ließ ich die Finger.

Noah setzte sich aufrechter hin und fuhr sich mit der Zunge über die Lippen. »Und wenn ich erhöhe?«

Ich schüttelte den Kopf. »Tut mir leid«, wiederholte ich mit bestimmtem Tonfall, obwohl es mir wirklich leidtat. Ich hatte fast vergessen, wie sich das anfühlte. »Julien wird dich nach draußen begleiten.«

Noah starrte mich eine ganze Weile an, bis Julien sich in seiner Ecke regte, um auf ihn zuzusteuern.

»Danke«, grummelte der junge Mann und sprang auf. Noch bevor Julien ihm die Türen öffnen konnte, war er verschwunden.

Nahm man den Hyperlift des Middle-Levels und fuhr Hunderte von Stockwerken nach oben, brachte er einen an guten Tagen bis über den Smog. Dort, auf den Dächern von Wolkenkratzern, so hoch, dass man den Himmel sehen konnte, und gleichsam nicht hoch genug, um von den Menschen des Upper-Levels gesehen zu werden, fühlte man sich fast allein mit dem Wind.

Das Metall des Daches war eiskalt unter meinen Gliedern. Selbst durch meinen dicken Mantel drang die Kälte schnell bis an meine Haut. Die Generatoren und Belüftungsanlagen des Gebäudes summten hinter mir.

All das störte mich nicht, während ich dort lag und hinauf zu den Sternen blickte.

Mir war heute verdammt viel Geld verloren gegangen. Dennoch hatte ich eine Art Bezahlung bekommen, auch wenn der Fremde nichts davon wusste – und obwohl ich mir geschworen hatte, das hier nie wieder zu tun.

Dieses Mal war es einfach zu verlockend. Also lag ich dort und stöberte durch die neuen Bilder in meinem Kopf. Die Erinnerungen, die nicht meine waren.

Sie waren so anders als alles, was ich jemals gesehen hatte. Was ich jemals gespürt hatte. Viel friedlicher und so viel freier. Ich fühlte den lauen Sommerwind in meinen Haaren, den Schlamm an meinen Fingern, die Wärme der Sonne auf der Haut. Ich spürte, wie das Gras unter meinen nackten Fußsohlen kitzelte und wie angenehm es war, sich in den Schatten des Baumes zu flüchten, während die Sonne am Horizont hinaufkroch.

Und ich dachte, ich würde in diesen Bildern und Gefühlen ertrinken. Ich hatte noch nie einen Baum gesehen oder eine Wiese oder einen Fluss. Nicht mit eigenen Augen. Ich hatte nie jemanden getroffen, der so unschuldige, unverfälschte Erinnerungen an all diese Dinge in sich trug.

Trotz der Kälte, die sich immer enger um mich schlang, war mir plötzlich ganz warm. Als wäre ich selbst dort, an diesem Sommertag.

Als wäre ich dort.

Kapitel 4

Das Herz einer seelenlosen Maschine

»Atlas? Hey.«

Juliens Stimme holte mich aus einem traumlosen Schlaf. Mattes Licht drang durch meine geschlossenen Lider, die Wärme meines Bettes umschloss mich, und ich atmete tief ein und aus. Erst nach wenigen Momenten begriff ich, dass ich keine Ahnung hatte, wie ich hier gelandet war. Also schlug ich die Augen auf.

»Julien«, hauchte ich und wollte mich aufrichten, doch er legte eine Hand auf meine Brust und drückte mich zurück.

»Alles okay«, beruhigte er mich. »Ich wollte nur sichergehen, dass es dir gut geht.«

Ich schluckte schwer, schob seine Hand fort und blinzelte einige Male in den Morgen hinein. Sanftes Sonnenlicht spiegelte sich auf den Fenstern der gegenüberliegenden Wolkenkratzer und schimmerte sacht in die Wohnung. Diesen Anblick hatte ich schon lange nicht mehr gesehen.

»Es geht mir gut«, kam es über meine Lippen, ohne dass ich darüber nachgedacht hatte. Es roch nach Pancakes und Kaffee. Normalerweise wurde ich wach, wenn Julien Frühstück machte.

Gemächlich richtete er sich auf, stieg über ein paar Bücherstapel und Zeitschriften und schlenderte in die Küche. »Du hast dein ADIC überlastet und bist auf diesem Dach eingeschlafen«, erklärte er, ohne dass ich danach fragen musste.

Ich räusperte mich unangenehm berührt. Verdammt, ich war wirklich tief in diesen Erinnerungen drin gewesen. Das war mir ewig nicht mehr passiert.

Schwerfällig rappelte ich mich auf. Julien hatte mich umgezogen – ich trug nur eine Unterhose und mein weites Nachtshirt.

»Es war ein langer Tag«, schloss ich das Thema ab, als ich aufstand, um Julien in die Küche zu folgen.

Ich erinnerte mich nicht mehr daran, wann es in unserer Wohnung das letzte Mal so hell gewesen war, ohne dass die Lampen eingeschaltet waren.

Sonnenlicht. Was für eine Seltenheit. Der Blick aus dem Fenster wurde nur von den noch immer gehackten Screens überschattet, auf denen nach wie vor die riesige The-Cell-Biene prangte.

»Geht's dir wirklich gut, oder muss ich mir Sorgen machen?«, fragte der Android.

Ich ließ mich lächelnd auf dem Stuhl ihm gegenüber nieder. Die Pancakes dampften, und mir lief das Wasser im Mund zusammen. »Du kannst es ja mal versuchen«, schlug ich vor, und er legte den Kopf schief. »Aber verwende nicht so viel Rechenleistung darauf. Sonst können wir am Ende des Jahres unsere Stromrechnung nicht bezahlen.«

Ein paarmal blinzelte er mich aus seinen braunen Augen an, bevor er mir die Kaffeekanne reichte. »Hypermind bleibt heute geschlossen«, informierte er mich und übermittelte mir die Nachricht meines Arbeitgebers, die er abgefangen hatte. »The Cell war die ganze Nacht aktiv. Also kannst du dir Zeit lassen.«

»Wie ist denn die Lage?« Allein der Geruch des Kaffees, den ich in meine Tasse goss, belebte mich ein wenig.

»Es sieht so aus, als würden sie alle Verkehrsstrecken und Plätze bis auf die von Hypermind in Ruhe lassen. Deswegen mischt sich die Polizei nicht großartig ein.«

Ich lachte leise auf. Obwohl die Aktivisten sich so aggressiv artikulierten, war der Gedanke fast amüsant, dass Boston Everick, der Vorstandsvorsitzende von Hypermind, sich nun persönlich mit ihnen anlegen musste.

»Das kommt mir gelegen.« Ein freier Tag war eine angenehme

Vorstellung. »Wenn sich sonst nichts ergibt, können wir endlich zum Schrottplatz und unsere alten Rechner entsorgen.« Fast nahtlos schloss ich in beiläufigem Tonfall an: »Bist du zufällig auf etwas über den Mordfall gestoßen, von dem Noah gesprochen hat?«

»Ich denke, wir bearbeiten den Fall nicht?« Juliens Frage klang fast ein wenig provokant.

»Reines Interesse. Ich habe nämlich nichts gefunden.« Ich goss ein wenig künstlichen Ahornsirup über meine Pancakes. »Ist doch komisch, dass ein Mordfall wie dieser nicht mal bis an die Untergrundmedien dringt.« Vielleicht interessierte mich diese Sache wirklich. Vielleicht versuchte ich auch nur, die Scham darüber zu verdrängen, wie lange ich mich gestern diesen fremden Kindheitserinnerungen hingegeben hatte.

Während ich frühstückte, nahm ich Verbindung zu Juliens Prozessoren auf.

»Ich habe etwas zu Lora Hiland recherchiert«, sagte er und betrachtete mich forschend. »Weil ich dich kenne.« Das Lächeln, das er aufsetzte, war gespielt herabwürdigend, doch es funktionierte.

»Idiot«, sagte ich grinsend.

»Lora Christine Hiland ist neunundzwanzig Jahre alt und Polizistin erster Klasse.«

»Wow, in dem Alter schon.« Ich schob mir einen weiteren Bissen in den Mund. »Nicht schlecht.«

Julien sendete mir ein Bild von ihr. Weiße Haut, blonde Haare, blaue Augen. In ihrem Gesichtsausdruck lag etwas Forsches, Entschlossenes. Mit der war vermutlich nicht zu scherzen.

»Hast du einen Hive ausfindig machen können, über den ich in sie reinkomme?«

»Willst du dich wirklich in die Polizei einhacken?«

Ich zog die Augenbrauen hoch und schaute ihn fordernd an. Sofort knickte er ein und seufzte.

»Ja, hab ich. Ich schick es dir gleich. Aber iss erst mal auf.«

Das Fahrzeug, in dem wir saßen, schwebte an den letzten Wolkenkratzern Washingtons vorbei. Mit einem gewaltigen Ruck wurden wir zur Seite gedrückt, als die rauen Winde, die über der Konstruktionsebene herrschten, uns erfassten.

Ich biss die Zähne zusammen, ließ meinen Blick durch den transparenten Fußraum nach unten gleiten. Mir wurde jedes Mal übel, wenn wir den Schutz der Stadt verließen, um uns in den Außenbereich zu begeben. Die Maschinen, die Tag und Nacht mit dem Bau neuer Gebäude beschäftigt waren, reihten sich bis zum Horizont auf. Die Stadt wuchs schneller als ein Geschwür. Millionen von Klimaflüchtlingen drängten sich in die stark besiedelten Gebiete, wo sie zumindest durch Metall vor den aggressiven Witterungen der Welt geschützt waren.

Der Himmel hatte sich wieder zugezogen. Fast bereute ich es, noch gefrühstückt und die Wintersonne dadurch verpasst zu haben. Jetzt klatschte Schneeregen auf unsere Frontscheibe.

Ob dieser Noah sein Gesicht auch nach jedem Sonnenstrahl reckte, den er sah? Oder gab es dort, wo er herkam, mehr davon? Hatte er vielleicht sogar schon den Dyson Swarm besucht, die Satelliten, Sphären und Hotels, die um unsere Sonne kreisten?

»Du solltest aufhören, weiter im Gehirn dieses Typen herumzugraben«, murmelte Julien und steuerte den Wagen ein Stück nach unten, um in den Windschatten einiger Metallskelette einzutauchen. »Sonst wirst du abhängig von seinen Erinnerungen.«

Ich grummelte leise, stimmte ihm allerdings zu. »Ich nerve mich selbst. Wir sollten schnell 'nen spannenden Auftrag an Land ziehen, damit ich den Kopf wieder freibekomme.«

Die Gedanken von Lora Hiland waren eine Sackgasse gewesen. In all den Stunden, die dieser Fall nun alt war, hatte sie überraschend wenig herausgefunden. Ich hatte mir die Liste mit den Opfern heruntergeladen. Ihre Vermutung, dass The Cell hinter dem Mord steckte, nur weil überraschend viele Industrielle in dem ermordeten Hive gewesen waren, hielt ich allerdings für zu weit hergeholt.

Sie hatte also nichts.

Eine Kontaktanfrage blinkte vor meinen Augen auf, und ich nahm sie an. »David, was gibt's?«, fragte ich laut. Julien hörte ja eh mit.

»Oracle, schön, deine Stimme zu hören«, antwortete der Mann, der sich seit Jahren zuverlässig mit der Entsorgung unseres Schrotts beschäftigte. »Kleine Planänderung. Könnt ihr in den 101. Abschnitt kommen? Meine Pressen zicken heute rum.«

»Klar«, entgegnete ich und blinzelte zu Julien hinüber, der sofort den korrigierten Kurs einschlug. Das kam nicht zum ersten Mal vor. »Kannst du es da auch sicher entsorgen?«

»Natürlich«, bestätigte er.

Das Dröhnen der Müllpressanlagen und die wirbelnde Hitze der Verbrennungsöfen, die sich mit der winterlichen Luft mischte, schlugen mir entgegen. Julien hatte den Wagen auf einem erdigen Grund gelandet, und als ich ausstieg, überkam mich sofort dieses unwohle Gefühl, das mich zwischen den meterhohen Maschinen in diesem Bereich der Stadt jedes Mal heimsuchte. Das uralte Material, aus dem sie gefertigt waren, rostete an allen Stellen, und der Geruch nach verbranntem Plastik mischte sich mit einer derart verbrauchten Luft, dass das Atmen schwerfiel.

»Lass uns das Zeug wegbringen und schnell verschwinden«, murmelte ich Julien zu, der sich rasch an meine Seite schob und neben mir, mit all den kleinen Supercomputern in den Taschen, auf die Verwaltungshütte zusteuerte. Ich zog die Kapuze über meinen Kopf, um der nieselnden Mischung aus Schnee und Regen zu entgehen, und stapfte durch den Schlamm voran.

»Irgendwas ist komisch«, stellte ich fest, als wir uns dem Haus näherten. Die Lichter waren ausgeschaltet, obwohl der Himmel von Minute zu Minute dunkler wurde. Gewitterwolken zogen auf.

War David doch nicht hier? Ich wollte meine Fühler nach seinem ADIC ausstrecken, um zu schauen, ob alles stimmte. Aber schon im nächsten Moment krachte die Tür der kleinen Hütte auf, und er trat heraus. Die Hände erhoben, einen schuldbewussten Ausdruck auf dem Gesicht, blaue Flecken und Kratzer am ganzen Körper.

Verdammte Scheiße.

Drei Männer folgten David mit auf ihn gerichteten Waffen.

Ich stöhnte leise und schüttelte den Kopf. »Warum vertraue ich überhaupt jemandem?«, rief ich ihm und den Männern entgegen, um ein wenig Zeit zu schinden. Ich wies Julien im Geist an, sich bereitzuhalten und Flucht- und Kampfoptionen auszurechnen, während ich, um Gelassenheit bemüht, in Davids Geist eindrang, um herauszufinden, was hier vor sich ging.

Bilder wirbelten durch seine Gedanken. Waffen, Schläge. Und ein Gesicht. *Dieser* Typ also.

»Sie können rauskommen, Mr. Soho!«, rief ich, als ich den Kerl identifiziert hatte. »Es kommt unerwartet, dass Sie sich noch einmal mit uns anlegen, nachdem wir Ihnen das letzte Mal den Arsch aufgerissen haben!«

Die Stirn gerunzelt, beobachtete ich den dunklen Eingang der Hütte, aus der unser *Freund* nun langsam trat. Das gewinnende Lächeln auf seinen Zügen verpasste mir einen Schauer. Julien übermittelte mir den Fluchtweg, den er berechnet hatte. Überlebenschancen: Vierunddreißig Prozent. Super.

»Was soll die Scheiße?«, rief ich. Regen wehte mir ins Gesicht und kribbelte unangenehm auf meiner Haut. Julien ließ langsam die Hände unter seinen Mantel zu seinen Waffen gleiten. »Können wir nicht …«

Ich wollte weitersprechen, während ich sein ADIC nach Informationen durchsuchte. Aber das erste Bild, das ich sah, versetzte mir einen solchen Schock, dass ich einige Schritte zurückstolperte.

Fuck!

Noch ehe ich Julien warnen konnte, eröffneten die Männer das Feuer. Mein Begleiter packte mich am Arm und zog mich auf eine der Müllpressen zu, während er die Schüsse erwiderte. Ich ließ mich willenlos mitziehen, achtete gar nicht auf das Geschehen, weil meine Augen und mein ADIC nach etwas anderem suchten.

Doch kurz bevor wir uns in die erste Deckung hatten flüchten können, brach es schon zwischen den Metallträgern der Anlage hervor und baute sich in all seiner Größe vor uns auf. Ich erstarrte, legte den Kopf in den Nacken und sah zu dem Ding hinauf, das eine Kanone auf mich richtete, die mindestens doppelt so groß war wie ich. Ein Kampfroboter.

Das Metall des Gebäudes hinter ihm knarzte, so viele Pfeiler hatte er mit einer Bewegung wie Streichhölzer weggerissen. Erst das Leuchten seines Arms, das das Aufladen des ersten Schusses ankündigte, riss mich aus meiner Schockstarre.

Ich hechtete zur Seite und rollte mich aus dem Schussfeld der Maschine, die mir ohne Mühen mit ihren Blicken folgte. Der Energiestrahl, den sie abfeuerte, war so gleißend weiß, dass er die Umgebung wie ein Blitz erhellte und ich kurz die Sicht verlor.

Blind rannte ich weiter. Die Streben der Anlage boten mir keinen Schutz, aber selbst eine stabilere Mauer wäre gegen dieses Ding nutzlos gewesen. Seine Waffen schnitten durch Stein wie durch Butter.

»Julien!« Das Hämmern seiner Gewehre war erstorben, ebenso wie das der gegnerischen.

Ein weiterer Energiestrahl verfehlte mich um Haaresbreite. Ich spürte die Hitze auf meiner Haut, als ich auf wackligen Beinen so schnell rannte, wie ich konnte. Der Roboter langte nach mir, und obwohl er mich nur am Fuß traf, schleuderte mich die Wucht seiner Berührung einige Meter zur Seite. Ich schlug gegen eine Wand, fiel zu Boden, aber da war kein Schmerz in meinen Gliedern. Blitzschnell raffte ich mich wieder auf die Beine, rannte weiter.

Stöhnend hastete ich zwischen den Stützen entlang und versuchte, meine schwirrenden Gedanken weit genug zu beruhigen, um zumindest überprüfen zu können, ob Julien noch lebte.

Ich erreichte das Ende des Korridors, aber unser Wagen war nutzlos. Selbst wenn wir ihn schnell genug hätten starten können, hätte das Ding uns einfach vom Himmel gepustet.

Taumelnd sprang ich um eine Hausecke, atmete tief durch und nutzte die eine Sekunde, die ich vermutlich noch bis zum nächsten Schuss hatte, um Verbindung zu allem aufzunehmen, was sich in der näheren Umgebung befand. Arbeiterandroiden verschiedener Klassen. Einer von ihnen fuhr in einem riesigen Lastwagen durch die Korridore, direkt auf uns zu.

Bingo! Ich hechtete zur Seite, während der Roboter tobend um die Ecke bog und mit einem seiner Arme die Wand der Halle einschlug. Das Metall knüllte sich unter der Wucht seines Hiebes wie Papier. Erneut richtete er seine Kanone auf mich, in dem Moment, in dem ich Juliens Gewehre wieder hören konnte – und das Ding herumwirbelte.

Scheiße, hoffentlich erwischte es Julien nicht! Aber ich durfte keine Sekunde verlieren. Ich hackte mich in den Androiden, der den Transporter steuerte, und ließ ihn beschleunigen und herumlenken. Der Roboter hatte gerade einen weiteren Schuss abgefeuert, als der Transporter ungebremst auf ihn zuraste und ihn mit einem ohrenbetäubenden Krachen tief in die Halle drückte.

Das würde ihn nicht aufhalten, gab uns allerdings eine halbe Minute.

Der Roboter regte sich.

Vielleicht doch nur fünfzehn Sekunden.

Ich schloss die Augen, um in sein System einzudringen. Verdammt, da waren drei beschissene Barrieren!

Die erste Barriere war eine simple Verschlüsselung, die sich innerhalb von wenigen Sekunden knacken ließ.

Ich hörte Julien auf mich zurennen, um mich am Arm zu packen und mich auf das Auto zuzuziehen.

»Nein, verdammt, dafür ist keine Zeit!«, schrie ich und kämpfte mich von ihm los.

Die zweite Barriere erforderte eine Stimmautorisierung, also flutete ich alle Worte über die Synapsen des Roboters, die ich jemals von Soho und seinen Mitarbeitern aufgeschnappt hatte. Es funktionierte!

Doch bevor ich die dritte Ebene erreichte, packte mich Julien erneut und riss mich weiter. Ich öffnete die Augen und sah, dass der Roboter sich bereits befreit hatte. Er schleuderte den Laster mit einer Wucht zur Seite, dass er an das nächstgelegene Gebäude donnerte, das unter der Gewalt des Aufpralls bedenklich wankte.

»Komm!«, rief Julien, als die Maschine einen Satz auf uns zumachte und ihre Kanone wieder aktivierte.

Die dritte Ebene! Ich achtete gar nicht auf meine Schritte. Die Umgebung verblasste unter diesem letzten Akt der Konzentration, die ich aufzubringen versuchte.

Ein optisches Passwort. Und zum ersten Mal war ich dankbar dafür, dass ich mein Leben damit verbracht hatte, in den Köpfen von Fremden herumzustöbern und alles anzusammeln, was mir über den Weg lief.

Der Supercomputer an meiner Kette begann zu glühen, und Juliens Sommersprossen leuchteten auf, als der Roboter nur noch wenige Schritte von uns entfernt war und ich ihn mit allen Bildern, Gedanken und Emotionen spülte, über die mein zugemülltes ADIC verfügte.

»STOPP!«, schrie ich.

Und einen knappen Meter vor uns kam die Maschine zum Stillstand.

Ich atmete auf, und Julien erstarrte in der Bewegung, seine Hand noch immer schmerzend fest in meinen Arm gekrallt.

Der nasse Schnee fiel auf mein Gesicht. Ich legte meinen Kopf in den Nacken, um zu dem gewaltigen Wesen aufzuschauen, das seine Kanone wieder entlud und mit den leuchtenden Augen fast fragend zu uns herabschaute.

»Na geht doch, Großer«, keuchte ich, dann beugte ich mich vor und stützte die Hände auf meinen Knien ab. Mein Schädel dröhnte. Ich wusste nicht, ob es von dem Aufprall an der Wand oder der Anstrengung kam, dieses Teil zu hacken.

Erst jetzt spürte ich den Schmerz, den der Schlag des Roboters ausgelöst hatte. Mein Fuß pochte, meine Rippen brannten bei jedem Atemzug, und ich fühlte Blut heiß an meiner Schläfe hinabrinnen, schmeckte es auf meiner Zunge.

»Was für ein Arsch«, ächzte ich und richtete mich auf. Einige Androiden waren aus den Winkeln und Gebäuden gekommen, um zu schauen, was hier vor sich ging.

Verdammt, wir mussten verschwinden, bevor jemand den Vorfall meldete und uns festnahm.

Ich setzte mich in Bewegung, um auf das Auto zuzusteuern – bevor ich Schritte in unserer Nähe vernahm und mich umsah.

»Soho!«, rief ich, überrascht, dass der Kerl noch lebte, und riss Julien eine seiner Waffen aus der Hand. Der Geschäftsmann schaute mich aus großen Augen an und stürzte in der nächsten Sekunde in die Gasse auf dem Weg zur Hütte zurück.

»Na warte«, knurrte ich, setzte ihm hinterher, nahm die Waffe in Anschlag und feuerte eine Salve ab. Es überraschte mich selbst, dass ich traf und er im Matsch zu Boden ging. Das Gewehr fallen lassend holte ich zu ihm auf, während er sich unter Stöhnen und Flüchen auf den Rücken wand. Weiter kam er nicht. Meine Schüsse hatten ihn am Bein und im Bauchbereich getroffen. »Bleib weg von mir, Schlampe!«, schrie er mir hysterisch entgegen.

Ich trat über ihn, bückte mich hinab und packte ihn am Kragen. »Was sollte die Scheiße, hm?«

Er spuckte mir Blut ins Gesicht, doch ich ließ nicht von ihm ab. Langsam hob ich die Hand, um es mir aus den Augen zu wischen.

Durchatmen. Nicht ausrasten.

»Ich bin keine einfache Kriminelle«, grollte ich zwischen zusammengebissenen Zähnen und blinzelte einige Male, ohne ihn loszulassen. »Du und deine Männer habt euch maßlos überschätzt, also erzähl mir, was das sollte. Dann bereitet dir mein Begleiter vielleicht ein schnelles Ende.«

Ich hätte mich auch in sein ADIC loggen können, aber ich wusste nicht, ob ich noch genügend Kraft und Konzentration aufbringen konnte, um Verwendbares herauszukristallisieren.

Meine Finger zitterten unkontrolliert. Blut rann mir von der Wunde an meiner Schläfe ins Auge.

Noch immer kein Wort.

»Julien!«, rief ich, ohne meinen Blick von Soho zu lösen.

Und endlich machte er den Mund auf: »Du dummes Stück Scheiße! Ich wusste genau, dass man sich mit euch Kindern aus der Gosse nicht einlassen kann! Du hast mich und meine verdammte Firma *verraten!*«

Ich runzelte die Stirn und loggte mich zumindest so weit in sein Bewusstsein ein, dass ich überprüfen konnte, ob das wirklich die Wahrheit war.

Tatsächlich.

Aber warum? Waren meine Informationen falsch gewesen?

»Die Erinnerungen stammten aus sicherer Quelle«, erklärte ich, nun etwas ruhiger. Soho hustete, und ich ließ ihn los.

Es war fast traurig, dass der Kerl sich weiterhin Sorgen um sein Geschäft machte. Lange leben würde er nicht mehr.

»Du weißt genau, wovon ich rede, Schlampe«, keuchte er, und ich wich noch ein Stück von ihm zurück, als er röchelnd nach Luft schnappte. »Du hast meinen Geschäftspartner kaltgemacht.«

Wieder ein Blick in sein ADIC.

Charles Langdon. Der Name kam mir bekannt vor.

Ermordet. Blut quoll aus seinen Augen und seinem Mund.

»Sein verdammter Schädel wurde gebraten«, hustete Soho. »Du bist der einzige Scheißmensch, den ich kenne, der dazu in der Lage ist.« Sein Blut vermischte sich mit Wasser, Schnee und Schlamm. »Wenn du überhaupt ein Mensch bist.«

Ich holte Luft, um etwas zu erwidern, dann schüttelte ich den

Kopf und rückte ein weiteres Stück von ihm ab. »Sie irren sich«, murmelte ich. »Ich *bin* ein Mensch. Ich kann so etwas nicht. Und ich *war* es nicht.«

Seine Gedanken sprudelten vor Chaos und Verzweiflung. Sein Partner war auf dem Weg zum Mars gewesen, um den Transport zu verhindern, als er umgekommen war.

Und plötzlich wusste ich, woher ich den Namen kannte: Er war eins der Mordopfer von Lora Hilands Liste.

Ein weiterer Industrieller.

Ich richtete mich auf, und Julien trat näher an uns heran. Wir sahen auf den Mann hinab, der sich verzweifelt krümmte.

»Du Monster«, fauchte er schwach.

Ich seufzte, wandte mich um und ging auf den Wagen zu.

»Komm, Julien«, murrte ich. »Wir müssen hier weg.«

»Soll ich ihn erlösen?«, rief Julien mir hinterher, und ich bedeutete ihm mit einem Daumen-hoch, dass er es zu Ende bringen sollte.

Kapitel 5

Die Entscheidung eines unwissenden Orakels

Das Dröhnen hinter meiner Stirn hatte nicht nachgelassen, als wir den obersten Bereich des Middle-Levels erreichten und ich aus dem leicht über dem Boden schwebenden Auto sprang. Frischer Schnee wirbelte um meine Füße.

»Du wartest«, wies ich Julien an und setzte mich in Bewegung, um über die wacklige Brücke von der Landeplattform zu den großen Wohnungen hinüberzugehen. Ein dunkles Gewittergrollen begleitete meinen Weg durch den Dunst, der so dick war, dass ich kaum mehr als einige Meter weit sehen konnte.

Mit einem Stofftuch wischte ich mir über die Schläfe. Die Blutung hatte noch nicht gestoppt, sich aber zumindest verlangsamt. Julien würde das später in Ruhe verarzten müssen.

Ein Blitz zuckte über den Himmel. Er wirkte durch den dichten Nebel nah und riesig.

Ich humpelte über die Brücke und die Galerie, von der man an guten Tagen vermutlich auf Hunderte Stockwerke hinabschauen konnte. Heute blickte ich nur in einen See aus Wolken.

Die Tür, die ich suchte, hatte die Nummer 456.001. Ich kannte niemanden, der so hoch wohnte.

Bis auf einen.

Mit zitternden Fingern schob ich das Tuch in meine Manteltasche und hob die Hand, um das eiskalte Klingelschild zu bedienen. Ein wenig Blut blieb daran kleben. Ich versuchte, es wegzuwischen, als die Tür mit einem elektrischen Surren aufschwang und mir Noah Levy gegenüberstand.

»Noah«, grüßte ich. Hinter ihm erkannte ich das, was mir bereits aus seinen Gedanken und Erinnerungen vertraut war: hohe Wände, unzählige Pflanzen und ein Dach aus Fenstern, die an guten Tagen die Sicht auf den Himmel freigaben.

Der junge Mann machte große Augen. Sein Blick glitt von meiner verletzten Stirn über meine mit Schlamm verklebten Haare hinunter zu meiner Kleidung, die mit Unrat und Blut getränkt war.

»Guten Abend«, versuchte ich seine Aufmerksamkeit wieder auf mein Gesicht zu lenken.

»Oracle. K-kann ich dir helfen?«, stotterte er und neigte seinen Kopf, um das wartende Auto zu begutachten.

»Ich bin hier, um dir zu sagen, dass ich deinen Auftrag annehmen werde.« Den Beschluss hatte ich in dem Moment gefasst, in dem ich realisiert hatte, dass diese Sache so groß war, dass ich ihr sowieso würde nachgehen müssen. Einfach aus Neugier. Und in diesem Fall konnte ich mich genauso gut dafür bezahlen lassen.

Der Ausdruck auf seinem Gesicht wurde ungläubiger. »O-okay«, stammelte er. »Danke. Wie …« Wieder sah er sich um, wie um sicherzugehen, dass niemand uns beobachtete. »Willst du reinkommen? Möchtest du einen Tee, oder …« Er blinzelte einige Male. »… ein Pflaster?«

Ich musste unvermittelt lachen und winkte ab. »Nein, schon gut. Ich warne dich nur vor, dass ich dich in den kommenden Tagen kontaktieren werde. Dann treffen wir uns und besprechen das Vorgehen.«

»Tausend Dank«, sagte er leise und musterte mich zutiefst besorgt. »Ich … werde dir das Geld überweisen, wenn du mir Zugang zu deinem System gibst.«

Ich nickte und trat einige Schritte zurück. »Kein Stress«, murmelte ich und hob meine blutverschmierte Hand zum Abschied.

Fast amüsierte es mich, wie blass er wurde.

Folge 2

The Cell

Kapitel 1

Das Auge eines tosenden Sturms

Elektronikmusik wummerte durch den Club. Ich spürte den Bass in der Platzwunde an meiner Stirn pulsieren, nippte an dem Medizin-Cocktail, den Shane mir zusammengebraut hatte, und sah ihn dabei mit ernstem Blick an. Die Füße auf dem niedrigen Tisch zwischen uns platziert, den pinken Rollkragenpulli halb über meine Hände gezogen, hoffte ich darauf, bald nach Hause zu können. Ein wenig mehr Schlaf würde mir sicher nicht schaden.

»Du willst also erst mal keine weiteren Aufträge annehmen, bis du diesen erledigt hast, ja?«, fragte er mich über unsere Hive-Verbindung. Sein üblicher Geruch nach Alkohol und kaltem Zigarettenrauch war sogar auf meiner Seite des Tisches bemerkbar. »Soll ich die Kunden abweisen oder sammeln?«

Der Raum, den wir seit Jahren als Treffpunkt nutzten, bot mir, trotz der Sicherheitsauflagen dieses Untergrund-Etablissements, kein Gefühl von Sicherheit. Ich kam nicht umhin, immer wieder durch eine Lücke zwischen den Vorhängen zu spähen, die uns vom Hauptraum trennten. Mit meinem Implantat, das vom Kampf gegen den Roboter noch komplett überlastet war, konnte ich es mir derzeit nicht leisten, die Straße zu überwachen.

»Mach das nach eigenem Ermessen«, erwiderte ich, während ich zu Julien hinüberschaute, der neben mir auf der runden Couch saß. Das regenbogenfarbene Leuchten seiner Sommersprossen signalisierte mir, dass er nach wie vor mit Recherchen zu dem Fall beschäftigt war. »Die, die es nicht eilig haben, dürfen sich ruhig ein wenig gedulden. Die anderen haben Pech.«

»Was denkst du, wie viel Zeit du benötigen wirst?«

Ich nahm meinen Mut zusammen und kippte den Rest der Medizin in einem Rutsch herunter. Die klebrige Flüssigkeit rann scharf und prickelnd meine Kehle hinab. Der Holundergeschmack, von dem wohl irgendjemand gedacht hatte, dass er die Ekelhaftigkeit des Medikaments überdecken konnte, machte es nicht besser. »Keine Ahnung«, keuchte ich und verzog das Gesicht. »Bei der Bezahlung ist das irrelevant.«

Shane lachte, verschränkte die Arme vor dem Körper und schüttelte fassungslos den Kopf. »Mann, allein von den zwanzig Prozent, die ich davon bekomme, kann ich mich zur Ruhe setzen.«

Oder dir eine ordentliche Wohnung im Middle-Level leisten, dachte ich. Doch das sprach ich nicht aus.

Shane wirkte heute überraschend stabil. Er hatte sich zum ersten Mal seit einer Ewigkeit den blonden Bart rasiert, und seine Kleidung machte zwar einen lodderigen, aber zumindest sauberen Eindruck.

Einen Blick in seinen Kopf würde ich trotzdem nicht riskieren. Die wenigen Male, die ich es getan hatte – wenn auch nur oberflächlich –, hatten mich in einen mehrere Tage anhaltenden Strudel aus Selbstmitleid und Hass auf die Welt geworfen.

»Gibt es was Neues zu den Ermittlungen?«, wollte er nach einigen Momenten wissen.

Ich presste die Lippen aufeinander, stellte mein Glas auf dem Tisch ab und zog meinen Kragen über Mund und Nase. Es war verdammt kalt in diesem Schuppen. »Nicht viel.« Vor knapp zwölf Stunden hatte ich den Auftrag angenommen. Danach war ich etwa zehn Stunden bewusstlos gewesen, und in der übrigen Zeit war ich damit beschäftigt gewesen, von Julien verarztet zu werden und mein überlastetes ADIC zu schonen. Ich hatte nicht viel Gelegenheit gehabt, zu recherchieren. »Ich verfolge die Polizisten, die mit dem Fall betraut sind. Lora Hiland und ihr Partner Cameron Pratt. Die Autopsien haben ergeben, dass die Menschen angeblich durch eine Überladung ihrer ADICs gestorben sind.«

»Was? Ist das technisch überhaupt möglich?«

»Nein. Dadurch ist Hypermind jetzt ins Visier geraten, weil irgendwo ein Hack vorliegen muss. Die Blockaden von The Cell erschweren die Ermittlungen allerdings enorm.«

Shane lachte humorlos. »Die sollen einfach zum Hypermind-Supercomputer im Orbit der Sonne fliegen. Da kommt The Cell nicht so schnell hin.«

»Stimmt. Aber selbst, wenn sie das Leck finden … Wenn tatsächlich jemand eine Möglichkeit gefunden hat, Hives zu hacken …« Das war bisher bis auf mich niemandem gelungen.

»Jemand da draußen könnte einen Mechanismus dafür entwickelt haben.« Er grinste breit. »Oder jemand ist wie du.«

Ich blinzelte Shane einige Male irritiert an, bevor ich antwortete. »Unsinn. Ich kann nur auslesen, nicht die Technologie zerstören.« Ich war in der Lage, Menschen zu betäuben, wenn ich ihnen genug Infodump schickte. Davon schaltete sich jedoch höchstens das ADIC kurzzeitig aus. Es explodierte nicht. »Dafür gibt es zu viele …«

»Schon okay«, unterbrach er mich und sah mich fast etwas enttäuscht an. »Das sollte ein Witz sein!«

Nicht lustig. Ich konnte allerdings nicht abstreiten, dass ich die Möglichkeit ebenfalls kurz in Betracht gezogen hatte. »An diesem Fall ist alles anders.«

»Inwiefern?«

»Ich habe einige Kontakte von Noah geprüft, um über *irgend*ein Gehirn Kommunikationen zu seiner Schwester auszulesen. Ich kann *nichts* zurückverfolgen.«

»Was?« Er schüttelte den Kopf. »Das ist doch gar nicht möglich.«

Ich zuckte mit den Schultern. »Soweit wir wissen. Aber ich bin der einzige Mensch mit dieser Fähigkeit, also ist es schwer, das zu überprüfen.« Ich fuhr mir mit der Zunge über die Lippen, während ich meine Gedanken ordnete. »Ich habe fast den Eindruck, die Erinnerungen an Sara wurden aus den ADICs anderer Menschen gelöscht.«

»Denkst du, Hypermind könnte dahinterstecken?«

Ich neigte den Kopf sacht zur Seite. »Ich arbeite seit zehn Jahren für diese Firma. Ich bin vertraut mit der Technologie, die sie verwenden. Laut meinem Wissensstand sollte das nicht möglich sein.«

»Es sei denn ...«, setzte er an, fixierte mich mit großen Augen und erwartete, dass ich den Satz fortführte.

»Es sei denn, da steckt etwas dahinter, das ein kleiner Programmierer wie ich nicht weiß.«

»Genau«, murmelte er. »Wer weiß, an was die experimentieren. Vielleicht ist eine Versuchskette fehlgeschlagen. Der Hive, der ausgelöscht wurde, wirkt so willkürlich.«

Das stimmte. In dem Hive hatten sich zwar viele Mitglieder von The Cell und einige mittelrangige Firmenangehörige befunden, aber sie hatten sich zusammengeschlossen, um sich über Freizeitsport auszutauschen. Nichts Relevantes. »Mehr weiß ich derzeit nicht.«

Shane brummte leise, seufzte kurz, dann erhoben wir uns langsam. Julien stützte mich, damit ich meinen verletzten Fuß nicht belasten musste.

»Na gut. Wir hören uns, wenn die Sache gegessen ist«, sagte ich und schob mich um den Tisch herum.

»Viel Erfolg, Oracle.«

»So darfst du mich erst wieder nennen, wenn ich diesen unlösbaren Fall erledigt habe«, scherzte ich.

Der Geruch des Kaffees vor mir linderte den brennenden Schmerz hinter meiner Stirn gefühlt mehr als all die Medikamente, die ich in den letzten Stunden in mich gepumpt hatte. Ich nahm die Tasse zwischen meine Hände und lehnte mich nach vorn, um den Dampf des Getränks tief in die Nase zu ziehen. Mit geschlossenen Augen lauschte ich auf die Geräusche des nahezu leeren Cafés, das ich zu unserem Treffpunkt erwählt hatte.

Durch die Demos von The Cell, die Washington und den Rest der Welt terrorisierten, wagten viele Menschen sich nicht mehr nach draußen. Fabriken außerhalb der Stadtgebiete brannten, Läden großer Handelsketten wurden zerstört, und vor den Zentralen von Hypermind und Dryden waren Blockaden errichtet worden.

Das kam mir überaus gelegen. In meinem aktuellen gesundheitlichen Zustand durfte ich meinen Kollegen auf keinen Fall unter die Augen treten. Es hatte mich Jahre gekostet, um mir das Image des gewöhnlichsten Menschen der Welt aufzubauen. Selbst wenn mir eine gute Erklärung für meine Verletzungen einfiele, würden sie Aufmerksamkeit erregen. Und die konnte ich ganz und gar nicht gebrauchen.

Ich schaute durch die Fensterwand hinab auf den Platz zwanzig Stockwerke unter uns. Tausende Menschen hatten sich versammelt, um in schwarzen und gelben Jumpsuits technische Graffiti an Wände zu sprühen und Parolen zu brüllen. Ihre Stimmen drangen nur gedämpft durch das dicke Glas des Cafés. Rhythmisch im Takt ihrer Worte rissen sie die Arme in die Luft.

Ich beobachtete das Treiben gedankenverloren, als ich Noah in dem kleinen Bereich wahrnahm, den ich zu überwachen in der Lage war. »Er ist da.«

Julien sah auf, und weil ich zu müde war, meinen Kopf zu heben, beobachtete ich durch seine Augen, wie Noah eintrat und uns sofort anvisierte. Er trug denselben schwarzen Mantel wie vorgestern im Untergrund, den Kragen aufgestellt, braune Handschuhe, halb in den Jackentaschen verborgen.

Vorsichtig schob er sich zwischen den metallenen Stühlen und Tischen auf uns zu. »Hallo«, grüßte er und blickte sich skeptisch um. »Hätten wir uns nicht an einem etwas … privateren Ort treffen können? Bei mir oder bei dir?« Er legte seinen Mantel ab, hängte ihn über die Stuhllehne und ließ sich vorsichtig nieder.

Ich nahm einen Schluck von meinem Kaffee, bevor ich bereit war, ihm in die Augen zu schauen.

Dieser Kerl war wirklich anders als alle Kunden, die ich in meinem Leben gehabt hatte. So unschuldig. Niemand anderes würde jemals auf die Idee kommen, einen Industriespion zu sich nach Hause einzuladen.

»Die Treffen finden nur zu meinen Bedingungen statt«, stellte ich also klar.

»Okay, okay«, grummelte er. »Du hast Vertrauensprobleme, ich verstehe.«

Ich kniff die Augen zusammen und beäugte ihn. Kritik an meiner Vorgehensweise – von dieser sanften Seele?

»Darf ich zumindest deinen richtigen Namen erfahren?«

»Das noch viel weniger.« Dieser Name war meinen Kollegen bei Hypermind und dem offiziellen Teil meines Lebens vorbehalten.

»Niemand wird mein ADIC auslesen«, erklärte Noah und winkte einen Kellner herbei. »Und ihr habt gesagt, dass ich sogar blockiert bin, mit jemandem darüber zu reden. Was besteht da für ein Risiko?«

»Prinzip.«

Er verdrehte die Augen. »Na schön. Ich möchte trotzdem zu Protokoll geben, dass ich mich dagegen sträube, dich *Oracle* zu nennen.«

Ob er lange darüber nachgedacht hatte, was er mir heute alles sagen wollte? Gestern hatte er nicht so schlagfertig gewirkt.

»Du kannst dir gern einen anderen Namen für mich ausdenken«, schlug ich ihm vor. »Ist mir egal. Können wir jetzt endlich über den Auftrag reden?« Ich wollte den Kerl nicht kennenlernen, sondern diesen Fall bearbeiten und mein Geld verdienen.

»Klar«, murmelte er mit unzufriedenem Gesichtsausdruck. »Nur … nur eine Frage.« Er wies auf meine Stirn. »Hat das etwas mit meiner Schwester zu tun?«

Ich widerstand dem Drang, die Stiche zu berühren, mit denen Julien die Platzwunde genäht hatte.

»Indirekt«, gestand ich. Er konnte es sich vermutlich sowieso denken, nachdem ich gestern so bei ihm aufgetaucht war.

Wir schwiegen, während die Bedienung an unseren Tisch kam und Noah ebenfalls einen Kaffee bestellte.

»Also«, setzte ich an, als der Kellner wieder außer Hörweite war.

»Wie war die Beziehung zu deiner Schwester?« Aus seinen Erinnerungen hatte ich nichts lesen können. Das meiste von ihr wusste ich durch Juliens Recherchen im Netz. Dadurch, dass sie beide die Kinder eines der reichsten Geschäftsmänner der Welt waren, gab es viele Informationen aus Zeitungen und Nachrichten über sie.

»Ich …« Er fuhr sich mit den Händen über das Gesicht und sah sich erneut um. »Ich weiß es ehrlich gesagt nicht. Ich hab das Gefühl … etwas vergessen zu haben.« Das war auch der Eindruck, den ich gehabt hatte, als ich seine Gedanken durchsucht hatte. Nicht mal ein Gesicht war dort verankert. »Aber ich weiß, dass ich seit Jahren kaum mehr Kontakt zu ihr hatte.«

Tatsächlich? Warum bezahlte er dann eine dermaßen horrende Summe dafür, ihren Mord zu untersuchen? Ich verstand Menschen, die kein Vertrauen in Polizei oder private Sicherheitsdienste hatten und deswegen Trader engagierten, um mehr über den Tod ihrer Liebsten herauszufinden. Das hier war anders und seltsam.

»Lass es lieber«, warnte mich Julien in Gedanken, in dem Moment, in dem ich meine Fühler ausstreckte und doch noch einen Blick in seinen Kopf warf. »Verlier dich nicht«, schob er hinterher, während ich abtauchte.

All die Blumen. Frischer Wind, der feuchte Knöchel umwehte, Hände, die im Schlamm nach Würmern gruben, Kinderlachen aus Erdbeermündern und hinter all dem das Surren der Bienen. So viele Bienen.

So einen Ort konnte es auf diesem Planeten gar nicht mehr geben, oder? Waren die Erinnerungen überhaupt echt, oder hatte er sie sich konstruieren lassen?

Aber nein, Konstrukte waren glatter als das hier. In ihnen spürte man nicht das leichte Stechen der Grashalme in nackten Fußsohlen, das klebrig-dreckige Hemd am Leib, die blauen Flecken von übermütigen Abenteuern auf dem Körper.

Das musste echt sein.

Zeitsprung. Tränen auf brennenden Wangen. Schreie, ich hörte nicht genau, was gesagt wurde. Es ging um The Cell und darum, dass sie sich dieser Organisation inzwischen mit Leib und Seele verschrieben hatte. Noah wandte sich von ihr ab.

Zeitsprung. Und plötzlich war es still. Eine Halle, von deren Wänden jeder Atemzug widerhallte. Es war kühl und dunkel wie in einem Schloss. Jason Levy, einer der größten Unternehmer, stand vor Noah. Er sagte: »Vielleicht ist es besser, dass deine Schwester sich vom Anwesen fernhält. Seitdem sie sich den Aktivisten von The Cell angeschlossen hat, betrachte ich sie nicht länger als Teil der Familie.«

Ein so unheilschwangeres Gefühl überkam mich, dass ich die Augen öffnete. »Du vermutest, dass dein Vater dahintersteckt«, sprach ich aus und sah meinem Gegenüber offen in die dunklen Augen. Er hatte keine Beweise für seine Theorie, es war nur ein ungutes Gefühl. »Weil er sie wegen ihrer Aktivitäten bei The Cell loswerden wollte.«

»Ich vermute es nicht«, grummelte Noah und schaute sich zu dem Kellner um, der ihn auf seinen Kaffee warten ließ. »Ich würde diese Eventualität nur gern ausschließen.«

»Wenn dein Vater einen Menschen loswerden will, hat er gewiss andere Wege. Mit einer unbekannten Technologie gleich einen ganzen Hive auszulöschen ist ein ziemlicher Overkill.« Ich würde Jason trotzdem überprüfen. Es stimmte: Als Kämpfer für eine friedliche Form des Umweltschutzes könnte ihm eine ökoterroristische Tochter ein Dorn im Auge gewesen sein.

»Aber du musst zugeben, dass diese Vorgehensweise so innovativ ist, dass sie enorm viele Fragen aufwirft«, drängte Noah weiter.

»In der Tat«, räumte ich ein und wies Julien im Stillen an, einige Recherchen zu Noahs Vater und seinem Unternehmen anzustellen. »Ich prüfe das. Ich bin richtig informiert, dass die Firma deines Vaters Unterstützer von The Cell ist, oder?«

»Das ist eine komplett symbolische Position. Viele Unternehmer sind hochrangige Mitglieder dort. Das dient der Zeichensetzung, weil dadurch die Chancen sinken, von den Aktivisten angegriffen zu werden. Das heißt nicht, dass er dahintersteht.«

Das Übliche also. Dieser Konflikt definierte das Bild der Gesellschaft schon seit einigen Jahrzehnten.

»Und Sara war mehr als eins dieser Scheinmitglieder gewesen?«

»Deutlich mehr, ja. Soweit ich weiß, hat sie The Cell am Ende ihr Leben gewidmet.«

Ich nickte gedankenverloren vor mich hin und hielt mich aktiv davon ab, einen weiteren Blick in die Erinnerungen meines Gegenübers zu werfen, bis Julien mir überraschend ein Datum und eine angehängte Information übersendete.

Die Augen auf den sich endlich nähernden Kellner gerichtet, fasste ich einen Entschluss. »Deine Schwester soll übermorgen beerdigt werden.«

Noah nickte unberührt.

»Ich möchte, dass du mich dorthin mitnimmst.«

Überraschung und Irritation breiteten sich auf seinem Gesicht aus. Noah bedankte sich für seinen Kaffee und wartete, bis der junge Mann wieder außer Reichweite war, bevor er antwortete. »Was soll das denn bringen?«

»Ich muss dir meine Vorgehensweise nicht erklären.« Ich würde es sogar tun, müsste ich dafür nicht die Funktionsweise meines ADICs erklären. Shane und Julien waren die einzigen Personen auf der Welt, die überhaupt von meiner Fähigkeit wussten, und daran würde ich nie etwas ändern. »Vorrangig möchte ich überprüfen, mit wem sie Umgang hatte.« Wenn ich den Menschen, mit denen sie zu tun hatte, in die Augen sah, wäre die Verbindung zu ihren ADICs stärker. Das würde viel Klarheit bringen, was die Lücken in Noahs Erinnerungen – und der einiger anderer, die ich geprüft hatte – anging. Noahs Gedächtnis war vielleicht nur wegen des Traumas so mühselig auszulesen.

»Na gut«, stimmte er nach einigen Schlucken Kaffee schweren Herzens zu. »Ich … hatte ehrlich gesagt darüber nachgedacht, nicht hinzugehen.« Er wollte seinen Vater und viele andere der Anwesenden nicht treffen. »Aber wenn es wichtig ist …«

»Ist es.«

»Und was soll ich meinen Verwandten sagen, wer du bist? Ich …« Er lachte über sich selbst. »Ich kann ihnen schlecht die Wahrheit sagen.«

»Sag einfach, ich bin deine Freundin oder so.« Ich zuckte mit den Schultern, weil es mir egal war. Wir würden uns bedeckt halten, und da Noah scheinbar keinen intensiven Kontakt zum Rest seiner Familie pflegte, würde das kein Problem darstellen.

In einer Mischung aus Schock und Belustigung schüttelte Noah seinen Kopf. »Du solltest mir wirklich deinen echten Namen sagen«, schmunzelte er humorlos.

Mein Bett fühlte sich endlos warm und gemütlich an, als ich am Nachmittag zwischen den Laken lag und den langsam fallenden Schnee durch die Fensterwand hinter der Küche beobachtete. In den Flocken glaubte ich, die Konstellation der Tausenden Sterne zu sehen, von denen ich jede Nacht träumte.

Ich sah das Muster überall.

Julien saß auf dem Boden neben mir und blätterte in einigen der alten Bücher. Ich wusste nicht, ob er las oder sich nur aus Langeweile mit etwas beschäftigte. Es war mir egal. Heute war mir alles egal. Ich war nur froh, nichts mehr tun zu müssen.

»Gibt es etwas Neues zu den Ermittlungen, die Soho betreffen?«, fragte er, nachdem wir lange geschwiegen hatten.

»Ich behalte das nebenbei im Auge«, murmelte ich. »Sie beschäftigen sich in erster Linie damit, wie Soho an diesen Kampfroboter kam. Ein Geschäftsmann, der sich persönlich in die Müllverbrennungsanlagen begibt, ist ein leichtes Opfer für Banden und Aktivisten. Sie werden den Fall schnell zu den Akten legen.«

»Das ist gut.«

»Lora Hiland ist nicht eingeschaltet. Sie wissen nicht, dass der Mord an Soho mit den Hive-Morden zusammenhängt.«

»Glück gehabt.«

»Hm«, machte ich und betastete die Wunde an meiner Stirn, die einfach nicht aufhören wollte zu schmerzen. »Zumindest ein wenig.« Es wäre ungünstig, wenn ich mit diesen Verletzungen ein Krankenhaus aufsuchen müsste. Das würde unangenehme Fragen aufwerfen.

Kapitel 2

Der Verlust einer flammenden Hoffnung

Während der Bestattung regnete es. Der Garten des Levy-Anwesens, hoch über den Dächern der meisten Wolkenkratzer, war vor Wind geschützt, doch nicht vor dem kühlen Nass, das die frisch aufgeschüttete Erde befeuchtete. Die Bäume auf der grünen Wiese waren kahl. Nur vereinzelte Blätter, die der Winter nicht abgetragen hatte, hingen im knorrigen Geäst.

Im Sommer war die Parkanlage gewiss schön anzusehen, aber selbst zu dieser Jahreszeit machte sie einen zu gepflegten und zu edlen Eindruck, als dass sie das wilde Grün aus Noahs Erinnerungen sein konnte.

Ich stand unter seinem großen Regenschirm und lauschte, wie der Geistliche über das erfüllte Leben und das zu frühe Ableben von Sara Levy sprach, während ich nach und nach Augenkontakt zu den hier Anwesenden aufnahm. Noch loggte ich mich nicht ein. Die Bilder der Gäste, die ich an Julien sendete, reichten vorerst aus, um unsere Datenbank zu erstellen.

Ich war so intensiv damit beschäftigt, mich umzusehen, dass die Worte des Predigers in den Hintergrund meiner Wahrnehmung verschwanden.

Hunderte Menschen hatten sich versammelt, um das Ableben von Noahs Schwester zu betrauern. Sogar Lora Hiland und ihr Partner Cameron waren gekommen. Vermutlich suchten die Ermittler, genau wie ich, nach Hinweisen. Obwohl es verwunderlich war, dass Mr. Levy ihre Anwesenheit hier zuließ.

Von dem, was ich bisher aus Loras ADIC hatte auslesen können, verfolgten die beiden keine bestimmte Spur. Sie stellten also keine Gefahr dar.

»Schon was gefunden?«, fragte Noah in Gedanken. Der Ausdruck, mit dem er die Anwesenden musterte, war so misstrauisch, dass es fast auffiel.

»Ich verschaffe mir erst mal einen Überblick.«

Der Prediger vollführte eine ausladende Geste mit seiner Hand, woraufhin die Anwesenden eine Schneise bildeten. Es war wie ein Meer aus Farbe, das in Bewegung geriet. Die Menschen, die sich um das Grab versammelt hatten, trugen kunterbunte Kleidung und erhellten mit den neonfarbenen Stoffen den dunklen Regentag.

Noahs Eltern traten langsam an das Grab, um die Urne heranzutragen. Jason Levy wirkte, entgegen meiner Erwartungen, ehrlich betrübt. Ich wusste nicht, ob Regentropfen oder Tränen über seine Wangen liefen. Die missgünstigen Worte, die er über Sara gesagt hatte, ließen sich hinter der trauernden Miene auf jeden Fall nicht mehr erahnen.

Andererseits war er ein hochrangiger Industrieller. Er wusste, wie man schauspielerte. Ich übermittelte ihn Julien für die Datenbank und würde sein Gehirn später eingehend prüfen.

Noah zog mich ein Stück nach hinten, um Platz zu machen. Der gelbe Anzug mit den Blumen, den er trug, stand ihm ganz gut.

Ich hoffte, bald ins Haus zu können. Meine Wunden hatte ich zwar überschminkt, allerdings würde das Make-up in der feuchten Winterluft nicht mehr lange halten. Außerdem fröstelte ich unter der Jacke und dem türkisfarbenen Kleid, das ich mir extra für diesen Anlass zugelegt hatte. Ich ging eindeutig zu selten unter Menschen.

»Wird dein Vater auf der Trauerfeier sein?«, fragte ich Noah, als Jason und seine Frau am Grab angekommen waren. »Ich würde mich gern mit ihm unterhalten.«

»Kann ich einrichten«, erwiderte Noah. Es gelang ihm nicht, seinen Unwillen zu verbergen.

Das Haupthaus des Levy-Anwesens war das größte Gebäude, das ich jemals betreten hatte. Die Wolkenkratzer, die vom Sub- bis ins Upper-Level reichten, waren zwar immens, aber gesplittet in Hunderte und Tausende kleine Wohnungen.

Dieses Haus war anders. Es erinnerte an ein Schloss aus alten Zeiten, mit riesigen Hallen, breiten Treppen, gewaltigen Tischen und etlichen großen Fenstern, die die Sonne über dem Smog hereinließen.

Während wir durch die verschiedenen Räume streiften, in denen sich die Trauergäste sammelten, hielt ich mich an Noah. Trotz des Marmors, von dem die Stimmen all der Menschen widerhallten, war es nicht sonderlich laut. Als verlören sich die Töne irgendwo über uns, zwischen der Galerie und dem verglasten Dach.

Es machte mich ein wenig traurig, dass die Sonne nicht schien, schalt mich jedoch immer wieder für den Gedanken. Ich war wegen anderer Angelegenheiten hier.

»Und wen haben wir hier?«

Es war allerdings mühselig, sich um diese zu kümmern, wenn überall neugierige Verwandte herumlungerten.

»Meine Freundin«, stellte Noah mich vor, und ich schüttelte dem älteren Herrn die Hand, der gemeinsam mit seiner Frau auf uns zugetreten war. Der hellen Hautfarbe nach zu urteilen, waren sie keine Verwandten von Noah; höchstens entfernte. Das gequälte Lächeln auf seinem Gesicht hielt die beiden nicht davon ab, ihn und mich übergenau zu mustern.

»Mein Name ist Atlas«, stellte ich mich wahrheitsgemäß vor. Ich hatte eine große Brille aufgesetzt, um zumindest ein wenig von meinem Aussehen abzulenken. Das verhinderte trotzdem nicht, dass ich hier offiziell unterwegs sein musste. Wenn die Polizei auf der Party herumschnüffelte, würde ich mir mit einer falschen Persönlichkeit nur ein Bein stellen.

»Dass Noah einmal so eine Schönheit aufgabeln würde, kommt überraschend. Er ist sonst eher der Einsiedler«, quietschte die ältere

Dame. Sie hatte bestimmt hundert Ringe an ihren schrumpeligen Fingern.

»Ja, wir hatten schon Sorge, dass er nie jemanden findet. Und dann auch noch eine so bezaubernde Latina.« Der Mann grinste mit einem vieldeutigen Ausdruck. Ich verzog den Mund zu einem unangenehm berührten Lächeln und nickte die unangemessene Bemerkung weg.

Bei diesem Bekanntenkreis tat Noah mir tatsächlich leid.

»Atlas, ja?«, murmelte er, als die beiden sich wieder von uns entfernten, und senkte seine Stimme ein Stück weiter: »Ist das dein echter Name, oder hast du den dir ausgedacht?«

»Mein echter.« Zumindest der, der in meinem Pass stand. Ich hatte ihn mir ausgedacht, aber nur, weil ich meinen richtigen Namen – wenn ich denn einen hatte – nicht kannte.

»Machst du dich damit nicht angreifbar?«

Hörte ich da etwa Sorge aus seinen Worten heraus? »Nein. Wenn mich jemand sucht, findet er eine Person mit dem gewöhnlichsten Leben auf diesem Planeten.«

Er lachte. »Gewöhnlich. Kein Lebensziel von mir.«

»Unterschätze den Aufwand nicht. Durch und durch normal zu sein ist verdammt harte Arbeit.«

Ich ignorierte sein belustigtes Kopfschütteln, und wir ließen unsere Blicke wieder zwischen den Trauergästen hin und her schweifen. Die meisten wirkten überraschend ausgelassen. Ich bedeutete Noah, dass wir uns ein wenig bewegen sollten, um zwischen ihnen nicht aufzufallen.

»Niemand hier scheint ernsthaft traurig zu sein«, stellte ich leise fest, als wir uns auf die Bar mit den Getränken und Snacks zuschoben. Das war vermutlich sogar echte Nahrung, keine synthetische. Ob sie anders schmecken würde als das, was ich mein Leben lang zu mir genommen hatte?

»Ja«, bestätigte er meine Einschätzung, obwohl er im Gegensatz zu mir nicht in die Köpfe der Personen schauen konnte.

Meine Befürchtung, von zu vielen Gefühlen der Trauer übermannt zu werden, hatte sich als unbegründet herausgestellt. Keiner litt ernsthaft. Nicht einmal die Frau, die Noah als Saras Lebensgefährtin vorgestellt hatte.

Ich griff nach einem Glas mit goldenem Sekt. Das Getränk war simpel und edel, nicht wie das Zeug in der Bar, das Shanes Kumpel immer servierten. Der erste Schluck prickelte angenehm auf meiner Zunge.

»Erzähl mir was«, forderte ich Noah auf. Es durfte nicht so aussehen, als stünden wir nur herum und beobachteten die Leute. Ich würde ein Stück tiefer in die Köpfe hineinsehen müssen, und dafür brauchte ich Konzentration.

»Was denn?«

»Was du willst. Was über deine Kunst«, überlegte ich und hörte schon im nächsten Moment Juliens Stimme, der sich aus der Ferne einschaltete.

»Lass ihn besser etwas weniger Persönliches erzählen«, riet er mir. »Sonst wächst er dir noch ans Herz.« Himmel, in dieser Beziehung war er wirklich so etwas wie die Manifestation meines Gewissens.

Ich reagierte nicht auf ihn, fokussierte für einen Moment Saras Lebensgefährtin, die Beileidsbekundungen empfing, und loggte mich ein.

»Na ja … Ich mag es, die Welt darzustellen, wie ich sie sehe«, begann Noah, als ich mich durch den Kopf der Frau wühlte, um nach Sara zu suchen. Das erste Treffen auf einer Party, auf der beide nicht hatten sein wollen. Der erste Kuss alkoholtrunken in einem Club. Annie Weskin war eine sanfte Seele, die Saras Engagement für The Cell nicht guthieß und sie trotzdem von ganzem Herzen liebte.

»Ich mag es, mir vorzustellen, dass … Dinge an Bedeutung gewinnen, wenn man sie mit dem Pinsel auf einer Leinwand festhält. Ich mag es, Augenblicke zu konservieren und …«

Ich beobachtete so viele Momente. Liebe, Streit, Verzweiflung, Hingabe. Blumen, Lachen, Tränen. Einen sterilen Saal in einem

Krankenhaus. Einen leeren Stuhl an dem Tisch, an dem sie gemeinsam gesessen hatten.

Aber keine Trauer.

Keine Trauer.

»... Ich denke, es ist meine Art, zu sprechen.«

»Aha«, kommentierte ich seine Worte abwesend, nachdem Noah mit seinem Monolog fertig war. Ich würde mir meine Aufzeichnung davon später in Ruhe anhören.

»Was herausgefunden?«

Er war nicht dumm. Es musste ihm klar sein, dass ich in der Lage war, mich in die ADICs der Menschen zu loggen.

»Überraschende ... Leere«, antwortete ich leise. Meine Augen blieben an dem Bild hängen, das man zwischen etlichen kunterbunten Blumen aufgestellt hatte. Eine junge Frau mit einem so ausgelassenen Lachen schaute mir von dort aus entgegen, dass es mich fast ansteckte.

Dieses Gesicht. Es war in keiner Erinnerung aufgetaucht, die ich bisher gesehen hatte. Ihre vollen Lippen, ihre dunkle Haut, ihre leichten Kleider, die sie als Kind getragen hatte, und ihre The-Cell-Jumpsuits, als sie älter geworden war – das alles hatte ich gesehen.

Aber niemand hier erinnerte sich an ihr Aussehen. An ihre Stimme. An Worte, die sie gesagt hatte.

Nicht, als hätten die Anwesenden sie vergessen – sondern als hätte sie nie richtig existiert.

»Leere?«, hakte Noah nach, und ich schüttelte den Kopf.

Das, was ich hier sah, bestätigte meine Vermutung. Etwas stimmte nicht, und es lag zumindest nicht an Noah. Nun musste ich nur noch überprüfen, ob es ein Fehler in meinem System war, oder etwas Übergreifendes.

»Ich sollte ...« Ich setzte mich in Bewegung und ging langsam durch den Raum, um Ausschau nach der blonden Polizistin zu halten. Wenn irgendjemand Blockaden eingerichtet hatte, würde sie es wissen.

Doch während ich gedanklich begann, den Raum nach Lora abzusuchen, breitete sich ein Tuscheln und Wispern zwischen den Anwesenden aus. Leise zunächst, nur nach und nach lauter werdend. Erschrockene Stimmen drangen an meine Ohren, und ich sah mich nach dem Ursprung des Tumults um, ging in Richtung der Hallenmitte, wo sich einige Trauergäste zusammenscharten. Securitymänner drängten sich bereits zwischen den Anwesenden hindurch.

Ich wollte meine Gedanken aussenden, um durch die Augen derer, die sich näher am Geschehen befanden, zu überprüfen, was dort vor sich ging.

Noch bevor ich jemanden erreicht hatte, blinkte eine Anfrage mit der höchsten Dringlichkeitsstufe auf meiner Kontaktlinse auf.

»Shane«, grüßte ich gedanklich, nachdem ich die Anfrage angenommen hatte. Unter gewöhnlichen Umständen hätte ich ihm gesagt, dass er mich in Ruhe lassen solle, aber das hier war etwas anderes.

»Oracle«, sprach er hastig und übermittelte mir im nächsten Moment einen Ausschnitt aus einer Live-Aufnahme der Rede einiger Wirtschaftsbosse. Mehrere Männer in sauber sitzenden Anzügen standen vor einem langen Tisch, um irgendwelche Daten zu präsentieren.

Dann kippten zeitgleich mindestens zehn von ihnen um. Die Kamera schwenkte auf einen der Kerle, die direkt vor dem Filmenden zu Boden gegangen waren. Blut quoll aus Augen und Mund. Die Züge schreckerfüllt, zuckte er unkontrolliert im Todeskampf. Schon nach wenigen Sekunden war er tot.

»Das kam gerade rein«, kommentierte Shane, als mein Herzschlag sich beschleunigte. Ich spielte die Aufnahme noch einmal ab. »Es wurde wieder ein Hive ausgelöscht. Ist kaum ein paar Minuten her. Es geht durch alle Medien.«

»Scheiße.«

»Die bisher gemeldeten Todesfälle belaufen sich laut Untergrundmedien auf etwa tausendzweihundert Menschen.«

»*Was?*« Es fiel mir schwer, das Wort nicht laut auszusprechen, so schockiert war ich. Tausendzweihundert Menschen, die in nur wenigen Minuten gemeldet wurden? Das bedeutete, die tatsächliche Zahl der Todesopfer musste weit darüber liegen.

Wie von allein trugen meine Füße mich näher zu dem Tumult in der Halle heran.

»Zurück bitte!«, rief einer der Sicherheitsmänner, während andere die Trauergäste wegdrängten.

»Was ist da los?«, fragte Noah.

Ich wusste es, bevor ich es sah.

Ein Mann lag am Boden. Ich erkannte ihn zwischen einigen Leibern, die schon im nächsten Moment wieder den Blick versperrten. Blut rann ihm aus Nase und Augen. Er bewegte sich nicht mehr.

»Was …?«, hauchte Noah. Ich hielt die Verbindung zu Shane, aber er schwieg. Er beobachtete das, was ich sah.

»Bitte treten Sie zurück!«, bellte der Sicherheitsmann lauter, und Noah packte mich am Arm, zerrte mich von dem Toten fort.

»Komm«, flüsterte er. »Wir verschwinden hier.«

Mir war nicht klar, warum Noah so schnell von hier fortwollte, immerhin konnte er nicht wissen, was geschehen war. Trotzdem zog er mich, meinen Arm fest umklammert, nahezu fluchtartig über die verschlungenen Wege des Anwesens, bis hinein in die Bereiche, in denen wir immer weniger Menschen antrafen.

Wir rannten nahezu, und trotzdem konnte ich mich nicht davon abhalten, die Medien zu durchsuchen, um mir immer weitere Aufnahmen davon anzusehen, wie Menschen spontan ums Leben kamen. Noah drängte mich weiter, als ich das Tempo verlangsamen wollte, also warf ich einen Blick in seinen Kopf.

Ich wusste gar nicht, warum er mich immer wieder überraschte. Natürlich. Hinter seiner Eile steckten keine Vermutung und kein Wissen. Er hatte nur Angst.

»Hey, wir müssen nicht rennen«, beteuerte ich in einer Mischung aus Belustigung und Sorge, als wir um eine Ecke bogen. Als wir allerdings fast in jemanden hineinliefen, erschraken wir beide so sehr, dass wir wie angewurzelt stehen blieben.

»Noah!«, sagte ein älterer Mann, der ebenso überrascht vor uns stand wie wir vor ihm. Helle Haut, dunkelgraues Haar und ein voller, weißer Bart. Das war …

»Mr. Haloren«, erwiderte Noah und bestätigte meine Vermutung. Bennie Haloren. Gründer und Vorstandsvorsitzender von The Cell.

»Bitte«, entgegnete der Mann lächelnd. Er trug im Gegensatz zu den meisten hier einen simplen grauen Anzug mit einem gelben Einstecktuch. Eine Bienenbrosche prangte auf seiner Brust. Das Erkennungsmerkmal der Organisation. »Wir kennen uns. Nenn mich Bennie.«

Dass er hier war, passte zu den Erkenntnissen der letzten Stunden. Sara Levy war offenbar tatsächlich eine seiner prominentesten Anhängerinnen gewesen. Aber wieso schlich er hier, abseits der Feier, durch das Gebäude?

»Eigentlich hatte ich gehofft, deinen Vater sprechen zu können. Er hält sich wohl aus verständlichen Gründen bedeckt.«

»Ja, ich habe ihn auch noch nicht gesprochen«, erklärte Noah.

»Ich habe gerade die Information bekommen, dass die Haupthalle abgesperrt wird«, erklärte der Vorsitzende entspannt. Mit einem Lächeln, als könnte nichts auf der Welt seine gute Laune trüben. »Ich gehe davon aus, dass wir alle sowieso gleich nach Hause geschickt werden. Gehen wir doch zu mir, um uns ein wenig zu unterhalten.« Er nickte mir unbekannterweise zu. »Deine Freundin kann gern mitkommen.«

Ich schickte Noah den gedanklichen Hinweis, dass er das Angebot auf jeden Fall annehmen sollte, also stimmte er zu. Trotz der Skepsis, die ihn offensichtlich befallen hatte.

»Das klingt nach einer guten Idee.«

Kapitel 3

Das Fragment eines dunklen Geheimnisses

Bennie Halorens Anwesen lag nicht weit entfernt von dem der Levys. Schon im Wagen mit seinem persönlichen Fahrer hatte er Noah und mir ein Glas mit Whiskey auf Eis in die Hände gedrückt und begonnen, Noah sein Leid über den Verlust seiner Schwester zu klagen. Ich war froh, dass er mich in Ruhe ließ, weil ich mich so von Shane über die neusten Ereignisse und Zahlen des Falls updaten lassen konnte.

Das Gebäude, in dem der Gründer von The Cell lebte, wirkte ähnlich wie das der Levys und doch ganz anders. Jede Ecke, jeder Winkel war bepflanzt oder mit Topfpflanzen zugestellt, sodass ich in der Einfahrt, in den Gängen und sogar in dem großen Saal, in den wir traten, das Gefühl hatte, mich durch einen gewaltigen überdachten Garten zu bewegen.

Das Grün hier war natürlicher als das auf dem Anwesen von Noahs Eltern. Es war wilder und nicht auf Eleganz ausgelegt. Es erzählte mehr eine Geschichte, als dass es ein Design-Element war.

Das Summen von Bienen unter großen Bäumen in der Mitte der Halle empfing mich mit seinem warmen Klang. Laternen, die an den Ästen und Zweigen befestigt waren, spendeten das einzige Licht in dem Zimmer. Sie verbreiteten eine so heimische Stimmung, dass ich fast Neid empfand.

»Passt gar nicht zu dir«, kommentierte Julien. Ich wollte etwas Bissiges erwidern, doch dann ereilte mich so ein eigenartiges Gefühl, dass ich ihn ignorierte.

Es war dieses Haus. Es kam mir so bekannt vor. War ich schon einmal hier gewesen oder hatte mich in jemanden geloggt, der sich hier befunden hatte? Vielleicht lag es am Alkohol, aber … ich war mir so sicher. Alles hier fühlte sich so vertraut an, als wäre ich selbst bereits durch diese Korridore und Räume gewandert.

»Geht es dir gut?«, wollte Noah wissen, und wir folgten Haloren langsam durch die Halle mit den rankenden Pflanzen, hinein in einen kleineren Raum mit mehreren wuchtigen Holzmöbeln und Teppichen, die mit ihren Mustern beinahe antik wirkten. Ein Arbeitszimmer.

Bennie ging um seinen Schreibtisch herum und ließ sich auf dem großen Ohrensessel dahinter nieder. Noah setzte sich schweigend auf einen der Holzstühle ihm gegenüber, und ich tat es ihm gleich.

»Der Verlust Ihrer Schwester tut mir leid«, wiederholte Haloren und schwenkte das Getränk in seiner Hand, das uns seine Mitarbeiter in der Eingangshalle überreicht hatten. »Es brach mir das Herz. Viele Mitglieder der Organisation mussten an diesem Tag ihr Leben lassen.«

Er wusste also von dem Hive-Mord. Natürlich. Ein mächtiger Mann wie er war eingeweiht.

»Ich bedauere den Tod *aller* Menschen, die bei dem Vorfall starben«, erwiderte Noah. »Egal, welcher Organisation sie angehört haben.«

Fast hätte ich meine Augenbrauen anerkennend hochgezogen, um Noah zu dieser schlagfertigen Antwort zu gratulieren. Das hatte ich gar nicht von ihm erwartet.

»Selbstverständlich«, erwiderte Haloren nickend und nahm einen Schluck seines Whiskeys. Die Eiswürfel klimperten. »Und ich hoffe, dass die Polizei bald herausfinden wird, was dahintersteckt. Dann können wir vielleicht wieder zu unserem Alltag zurückkehren.«

Während Shane mir immer wieder die neuesten Zahlen des letzten Hive-Todes zuschickte, warf ich einen Blick in Halorens Gedanken. Ich schaute in mein Glas, während ich durch Bilder von Versammlungen, Reden und prächtigen Anwesen stöberte.

»Haben Sie eine Vermutung?«, fragte ich frei heraus. Wenn er an die Antwort dachte, würde eventuell etwas in seinem Kopf auftauchen, mit dem ich arbeiten könnte.

»Nun …« Er dachte darüber nach, doch ich konnte kein eindeutiges Bild ausmachen. Keine Handlung, keinen Dialog, der darauf hindeutete, dass er etwas damit zu tun hatte. Das bedeutete nicht, dass er unschuldig war. Verbrechen solcher Art waren komplex, und viele Menschen gut darin, die eigene Schuld vor sich selbst zu verbergen. Das klarste Gefühl, das sich in ihm abzeichnete, war eine ehrliche Form von Bedauern und … war da ein Schuldgefühl? »Ich denke«, setzte er erst nach einigen Momenten erneut an, »dass die Anzahl der Anhänger von The Cell, die bei dem Mord umkamen, überraschend hoch war.«

»Sie meinen, dass ein Industrieller etwas damit zu tun haben könnte?« Seine Begründung schien scheinheilig, immerhin waren genauso viele Industrielle in diesem ersten Hive gewesen.

Das Lächeln, das er als Nächstes aufsetzte, beendete das Gespräch. »Das war eigentlich nicht das, worüber ich reden wollte«, sagte er freundlich und bestimmt. »Wie war gleich Ihr Name?«

»Atlas Lawson«, stellte ich mich vor. »Ich bin kein Mitglied.«

»Das ist schade. Denken Sie mal darüber nach.«

»Eventuell«, erwiderte ich ebenso freundlich, »wenn Sie aufhören, meinen derzeitigen Arbeitsplatz zu blockieren, und ich wieder Geld verdienen kann.«

»Dryden?«

»Hypermind.«

Ich spürte, wie Noah zu mir herüberschaute. Jetzt wusste er, wo ich arbeitete.

»Ich habe mit der derzeitigen Gewaltbereitschaft der Demonstranten nichts zu tun«, erklärte Haloren. »Wir haben eine Vorstandsbesprechung für morgen angesetzt, um uns über die Deeskalation der Lage zu unterhalten. Ich hoffe, dass Sie bald wieder zur Arbeit können.«

Das entsprach nicht der Wahrheit. Innerlich freute er sich darüber, dass die Mitglieder seines Unternehmens die Welt derartig unter Kontrolle hielten.

»Ich auch«, log ich ebenso mit einem süßen Lächeln.

»Worüber ich allerdings sprechen wollte, war *Ihre* Involvierung bei The Cell«, sagte Haloren an Noah gewandt, faltete die Hände auf dem Tisch zusammen und schaute ihn durchdringend an. »Ihre Familie ist ein großzügiger Sponsor. Als ein so prominentes Mitglied unserer Gesellschaft würden wir von The Cell es begrüßen, wenn wir Sie ebenfalls auf unseren öffentlichen Veranstaltungen empfangen dürften.«

»Finden Sie es wirklich angebracht, mit ihm am Beerdigungstag seiner Schwester darüber zu reden?«, warf ich ein, bevor Noah etwas erwidern konnte. Wieder schaute er mich fragend an. Haloren zog gekonnt eine Augenbraue hoch.

Ah, ich nervte ihn, ich erkannte es in seinen Gedanken. Warum gefiel mir das so?

Egal, was es war, ich genoss den beherrschten Gesichtsausdruck, den er aufsetzen musste, als er antwortete. »Nein, ich finde den Zeitpunkt sogar überaus passend. Sara war ein herausragend intelligenter Mensch und wusste genau, was The Cell bezweckt und wofür wir stehen. Ohne die Spenden der Organisationen, die wir monatlich *erzwingen*, wie die Öffentlichkeit behauptet, hätten wir die Biotope im Orbit niemals bauen können. Dort gelingt es uns, Tausende von Spezies zu retten und neue Lebensräume zu erschaffen. Sogar einige Bienenarten konnten wir vor dem endgültigen Aussterben bewahren. Unsere Methoden mögen angezweifelt werden, doch sie funktionieren. Und das tun sie vor allem, weil engagierte, in der Öffentlichkeit stehende Menschen wie Sara uns dabei unterstützen, unsere Reichweite auszubauen.«

Ich wollte einwerfen, dass die gehackten Anzeigen und die schreienden Menschen in den gelben Jumpsuits aktuell recht viel Reichweite generierten. Aber ich sollte Noah wohl mal zu Wort kommen lassen.

»Ich verstehe, was Sie für die Welt tun«, entgegnete dieser ruhig, in sehr diplomatischem Tonfall. »Ich setze mich für die Rettung der Natur ein und engagiere mich in anderen Organisationen. Ich denke nur nicht, dass Gewalt anzudrohen oder zu verüben der richtige Weg ist.«

Wie offen er mit seiner Überzeugung umging. Dabei wirkte er so fragil, fast schüchtern, als er die Worte aussprach. Als fürchtete er einen Rückschlag.

Haloren presste die Lippen aufeinander. »Ich bin ebenfalls kein Fan von Gewalt, glauben Sie mir. Wir verurteilen Aktionen schwer, bei denen Tiere oder Menschen zu Schaden kommen.« Aktionen. So nannte er die Anschläge seiner Ökoterroristen also. »In vielen Fällen ist die Androhung von Gewalt allerdings die einzige Sprache, die die Industriekonzerne und Wirtschaftsbosse sprechen. Und es ist eine, die in den letzten dreißig Jahren überraschend viel Gehör bekommen hat.« Seine Gedankenwelt klang deutlich weniger diplomatisch. In Halorens Augen waren Menschen, die sich an die von Staat und Wirtschaft gemachten Regeln hielten, feige Lämmchen.

Noah nickte, obwohl man ihm ansah, dass er nicht vollkommen zustimmte.

»Sie wissen, wie involviert Ihre Schwester in The Cell war«, fuhr Haloren fort. »Um ihretwillen würde ich Ihnen gern ein Angebot machen, wie Sie sich entsprechend Ihren moralischen Standards einbringen könnten.«

»Das ist wirklich sehr freundlich, ich fürchte nur, dass …«

»Hören Sie sich bitte erst an, was ich zu sagen habe«, warf Haloren dazwischen.

Ich runzelte die Stirn. »Ich bin müde. Wir sollten gehen«, warf ich an Noah gewandt ein, um ihm zu helfen, aus dieser Situation zu entkommen. Aus Halorens Kopf konnte ich nicht viel lesen, und das war der einzige Grund für uns gewesen, herzukommen.

Bevor Noah antworten konnte, funkelte mich der Vorsitzende

herausfordernd an. Wie viel dieser Mann über seine Augen kommunizierte. Das Lächeln auf seinen Lippen war nicht erloschen, doch sein Blick war feurig, sodass selbst ich verstand.

»Sie müssen sich nicht mit den Details langweilen, Miss Lawson. Wenn Sie draußen in der Halle warten wollen, können Sie sich gern in einen der Sessel setzen und entspannen.«

Das war kein Vorschlag, sondern eine Aufforderung. Ich erkannte in seinen Gedanken, wie sehr ich ihn aufregte. Himmel, der Kerl kochte innerlich. Er schien jedoch tatsächlich nur über Noahs Position in seiner Organisation sprechen zu wollen, deswegen konnte ich die beiden wohl allein lassen.

Mit einem breiten Lächeln auf den Lippen erhob ich mich von meinem Stuhl. »Das ist ein freundliches Angebot«, sagte ich mit der süßesten Stimme. Ich legte Noah die Hand auf die Schulter. »Ich warte dann draußen auf dich, Schatz«, säuselte ich. Vielleicht würde ich bei einem kleinen Streifzug ja etwas Spannendes entdecken. »Halten Sie ihn aber nicht so lange auf, ja?« Ich zwinkerte Haloren zu, dann ging ich langsam, mein Glas mit den klimpernden Eiswürfeln in der Hand, nach draußen.

»Du übertreibst es«, murrte Julien über unseren Kanal, und ich schmunzelte in mich hinein. Shane brach unsere Verbindung ab, sobald ich den Raum verließ. Vermutlich war es ihm von hier an nicht mehr spannend genug.

Das Summen der Bienen erfüllte die gesamte Vorhalle. Einige von ihnen kamen auf mich zugeflogen, um neugierig mein Glas zu untersuchen. »Ich denke nicht, dass euch das schmeckt«, murmelte ich, zog das Glas näher an meine Brust und trat in die Halle hinein, auf die Bänke unter den Bäumen zu.

Nachdem ich mich gesetzt hatte, nahm ich Augenkontakt zu dem Bediensteten auf, der mir am nächsten stand. An seinem Anzug prangte die Bienenbrosche, die ihn als öffentlichen Anhänger von The Cell auswies.

Der Mann lächelte, als ich mich in sein Gehirn hackte. Er arbeitete noch nicht lange hier, und die meisten Gespräche, die er geführt hatte, waren im Zuge der Einarbeitung gewesen.

Ich sprang weiter zum nächsten Bediensteten, zum übernächsten und zu dem danach, aber nichts Spannendes war zu sehen. Gleichzeitig hielt ich mich davon ab, Kontakt zu Noah aufzunehmen, um bei dem Gespräch, das er führen musste, zuzuhören. Ich würde es später auslesen können, wenn ich wollte.

Unter den Blättern des Baumes fühlte ich mich fast wie in einem Zuhause, das ich nie gehabt hatte.

Vielleicht sollte ich darüber nachdenken, mich in die Oberschicht einzuschleichen. Mit meinen Fähigkeiten wäre das kein Problem.

Ich nahm einen Schluck von meinem Drink, als ein Mann, der über die große Doppeltür in die Halle trat, meine Aufmerksamkeit erregte. Seine Uniform wirkte aufwendiger als die der anderen. Das Abzeichen, das er auf der Brust trug – das Logo der Gesellschaft groß und gelb auf dem schwarzen Anzug – deutete darauf hin, was mir ein Scan seines ADICs verriet: Er war der Manager des Personals auf diesem Anwesen.

Ich schlug die Beine übereinander und wendete mich ab, damit er meine forschenden Blicke nicht bemerkte.

Das würde spannend werden.

In seinem Kopf sah es bereits im ersten Moment überaus sortiert aus. Was für ein organisierter Mensch. Es tat beinahe gut, sich in den klaren Strukturen seiner Gedanken zu verlieren. Im Gegensatz zu der Müllhalde, die viele mit sich herumschleppten, wirkte sogar sein Gehirn wie ein geordnetes Haus.

Er verließ die Halle in einen Nebenraum. Den Blick auf die Laternen über mir gerichtet, durchsuchte ich die Gespräche, die er in den letzten Tagen geführt und verfolgt hatte.

Viele wichtige Menschen kamen und gingen auf dem Haloren-Anwesen. Jason Levy, Noahs Vater und Gründer von Levy-Industries, war öfter hier. Außerdem fand ich einige Erinnerungen an Besuche von Anaya Langhari, der Präsidentin von Dryden, dem

Androiden-Hersteller. Am häufigsten sah ich allerdings … das war interessant.

Der Manager des Anwesens hatte scheinbar viele Empfänge von Boston Everick vorbereitet, dem Vorsitzenden von Hypermind. Obwohl er der Gründer der Firma war, für die ich arbeitete, hatte ich den Mann nie persönlich getroffen. Hier ging er offenbar ein und aus wie ein alter Freund.

Viel war nicht über ihn bekannt. Nur, dass er das Unternehmen bereits in jungen Jahren, nach dem Tod seiner Mutter, Blaire Everick, übernommen hatte.

Hypermind war eines der ersten Unternehmen gewesen, die sich dazu entschieden hatten, in großem Stil an The Cell zu spenden, damit die Aktivisten die Fabriken und Firmengebäude in Ruhe ließen. Umso kritischer war nun verständlicherweise der Zustand, dass die Umweltschützer die gesamte Hypermind-Zentrale lahmgelegt hatten. Darum war es in den letzten Meetings gegangen.

Ich beobachtete etliche Besprechungen in großem und kleinem Rahmen. Von dem, was ich überfliegen konnte, wirkten sämtliche Gespräche und Verhandlungen deeskalativ, freundlich und wenig geheimniskrämerisch. Der ältere Herr hatte nicht allen Meetings mit Everick beigewohnt, aber die könnte ich später in Halorens Gehirn untersuchen.

Ich presste die Lippen zusammen, fast unzufrieden darüber, wie geregelt und freundlich der Alltag hier abzulaufen schien. Dabei *musste* es eine Spur geben! Eine kleine wenigstens.

Während ich tiefer grub, flammte der Schmerz hinter meiner Stirn langsam wieder auf. Verdammt, ich durfte das System nicht so überlasten. Die Kette, an dem der kleine Supercomputer angebracht war, der einen Teil der Rechenleistung meines ADICs übernahm, wurde schon warm.

Ich ließ die Spur mit Everick wieder los und suchte stattdessen nach Gedanken und Situationen, die dem Bediensteten in den letzten Tagen und Wochen eigenartig vorgekommen waren. Ich sollte meine

Untersuchungen auf später verschieben, um mein ADIC abkühlen zu lassen, aber scheiße, tatsächlich! Da war etwas, das herausstach!

Ich musste einiges an Konzentration aufwenden, um die Szene abzurufen, weil sie zwei Wochen zurücklag und die Erinnerung bereits verschwamm.

Und da war er wieder: Boston Everick. Dieses Mal nicht in einem Meeting am Konferenztisch, zusammen mit vielen Männern und Frauen in feiner Kleidung. Er stand auf dem Balkon eines der oberen Stockwerke, ein Glas Wein in der Hand, das der Hausverwalter ihm zuvor gebracht hatte, den Blick auf die Gartenanlagen von Haloren gerichtet. Der Manager war damit beschäftigt, einige Vermerke in ein Notizheft im Zimmer davor einzutragen, weswegen er beobachten konnte, wie einer der Bediensteten des Anwesens – sich scheinbar unbeobachtet fühlend – zu Everick auf den Balkon schlich und sich neben ihn stellte.

Der Bedienstete war ein junger Mann, sicherlich nicht mehr als dreißig Jahre alt.

»Schön, dass Sie gekommen sind«, sagte er zu Everick. Der Geschäftsmann antwortete nicht. »Ich habe, worum Sie mich gebeten haben.« Er schob ihm etwas über das Geländer zu, das der Hausverwalter nicht erkannte.

Verdammte Scheiße! Die Chance, dass das etwas mit den Morden zu tun hatte, war gering, aber selbst wenn nicht, steckte sicher eine faszinierende Geschichte dahinter.

Ich durchsuchte das Gehirn des Hausverwalters nach dem Namen des Bediensteten. Er kannte ihn allerdings nicht. Zumindest erinnerte er sich nicht genau an ihn.

Ich speicherte ein Bild seines Gesichts ab und schickte es Julien zur Überprüfung.

Als ich wieder aus den Gedanken des Mannes auftauchte, hatte sich der Schmerz bereits durch meinen ganzen Kopf gefressen und wand sich darin wie eine Schlange. Scheiße.

ADICs waren nicht dafür ausgelegt, so enorme Datenströme zu

verarbeiten, wie ich es jeden Tag tat. Ich hatte es übertrieben, und jetzt wurde es mir hundertfach zurückgezahlt.

Manchmal vergaß ich, dass es Einschränkungen gab. Ich vergaß es viel zu oft.

Ich stellte meinen Drink beiseite und lehnte mich nach vorn, um den marmorierten Boden anzustarren und tief durchzuatmen. Mir war übel, und es forderte meine volle Konzentration, die schleichende Schwärze vor meinen Augen zu vertreiben. Ich brach die Verbindung zu Julien ab, um nicht noch mehr Kapazität zu verbrauchen. Fast konnte ich seinen vorwurfsvollen Ton hören.

Ich wusste nicht, wie lange ich dort gesessen und einfach nur geatmet hatte, bis sich die Tür zu dem Besprechungsraum öffnete und Noah endlich heraustrat. Er wirkte erschöpft, aber Haloren schaute unzufrieden drein, also hatte er es wohl nicht geschafft, ihn zu brechen.

Noch bevor ich aufstehen konnte, hechtete Noah auf mich zu.

»Atlas«, rief er, beugte sich zu mir herab und legte eine Hand sacht auf meinen Rücken. »Geht es dir gut?«

Ich nickte, presste die Lippen zusammen und richtete mich langsam auf. »Alles gut. Es war nur ein anstrengender Tag.«

»Du bist kreidebleich!« Noahs Gesichtsausdruck verriet, dass er wusste, dass mehr dahintersteckte.

»Ich kann einen Sanitäter kommen lassen«, bot Haloren rasch an und kam ebenfalls auf uns zu. Er wirkte ehrlich besorgt. Verwunderlich, nach der stillen Auseinandersetzung, die wir beide geführt hatten.

»Danke. Ich glaube, ich muss mich nur hinlegen.«

»Na gut«, sagte Haloren.

Noah ließ seine Hand sacht auf meinem Rücken ruhen, als er mich nach draußen begleitete.

Kapitel 4

Die Angst eines feigen Lämmchens

Wir befanden uns seit einer ganzen Weile im Zug auf dem Weg zurück nach Central Washington, als sich mein Körper wieder so weit beruhigt hatte, dass ich aufhören konnte, den Boden anzustarren, und stattdessen Noah ansah. Er saß mir schweigend gegenüber, den Blick aus dem Fenster gerichtet, an dem die Nacht und der Schneematsch die Lichter der Stadt verschwimmen ließen. Die Neonanzeigen an den Wänden der Hochhäuser waren zurück. Nur noch an wenigen von ihnen prangte die Biene auf dem gelben Grund. Ich konnte nicht überprüfen, ob The Cell sich zurückgezogen hatte oder ob die Hacks rückgängig gemacht werden konnten. Dafür war mein System weiterhin zu überlastet.

»Und?« Noah hatte bemerkt, dass ich mich geregt hatte, und schaute mich nun mit fragendem Ausdruck an. »Was herausgefunden?«

Wir waren die Einzigen in dem Erste-Klasse-Abteil, das Noah uns gebucht hatte.

»Nur Kleinigkeiten. Ich verfolge die Spuren weiter.«

»Und Haloren?«

Ich schüttelte leicht den Kopf. »Er wirkt unschuldig. Aber … es ist seltsam. Der Mord deiner Schwester war eine Art … Overkill. Ich hatte das Gefühl, dass sich viele dort nicht einmal mehr richtig an sie erinnern konnten.«

Ein Ausdruck tiefen Bedauerns schlich sich auf Noahs Gesicht. Er faltete die Hände vor dem Körper zusammen und starrte in die Leere zwischen uns.

»Wie ich.«

»Genau.«

»Ich hatte auch das Gefühl, dass kaum jemand ehrlich getrauert hat.« Er hatte mit bloßem Auge das erkannt, was ich aus den Köpfen der Anwesenden gelesen hatte. »Du kannst dich in die ADICs der Menschen hacken, oder?«, fragte er dann überraschend und richtete seinen durchdringenden Blick auf mich.

»Ja.« Das hatte ich nie vor jemandem außer Shane und Julien zugegeben, aber es war sinnlos, es vor ihm zu verheimlichen. Trotzdem zog er die Augenbrauen in die Höhe, offensichtlich erstaunt von meiner Ehrlichkeit.

»Wie machst du das?«

»Betriebsgeheimnis.«

Er lachte, weil er nicht wusste, dass ich ihm nicht einmal hätte antworten können, wenn ich gewollt hätte. Ich wusste selbst nicht, warum mein ADIC so anders war als andere.

»Ich …« Er rieb die Hände aneinander und sah sich mit einem unwohlen Ausdruck im Abteil um. »Ich wünschte, ich hätte auch so eine Fähigkeit. Was man damit alles bewirken könnte …«

War das ein unausgesprochener Vorwurf, weil ich mein ADIC nur nutzte, um Geld zu verdienen?

»Ich besaß erst durch meinen Vater und danach durch die Kunst immer viel Geld.« Ich erinnerte mich daran, dass ich mir noch den Monolog anhören wollte, den er gehalten hatte, während ich die Trauergäste überprüft hatte. »Und ich spende jeden Coin, den ich übrighabe. Aber das sind nur Tropfen auf einem heißen Stein.«

»Ein Einzelner kann die Welt nicht verändern«, sagte ich.

»Sara war da anderer Ansicht. Sie dachte, wenn sie nur genügend Menschen inspirierte, ihren Weg zu gehen, könnte sie ehrlich etwas bewirken. Der Zustand unseres Planeten hat sie allerdings innerlich aufgefressen. Bis sie radikal wurde und The Cell beitrat.«

»Verstehe.« Das war genau das, was ich auch aus den fragmentierten Erinnerungen ihrer Frau herausgelesen hatte.

»Ich meine … ist Gewalt wirklich der letzte Ausweg? Ich … ich möchte das einfach nicht glauben.«

Wie offen er über seine Ängste und Wünsche sprach. Mit mir, einer vollkommen Fremden.

Je mehr Zeit ich mit Noah verbrachte, umso eigenartiger erschien er mir.

»Es ist ein Dilemma.« Etwas anderes fiel mir nicht ein. Die Probleme, die unsere Welt zugrunde richteten, waren zu groß, um nicht an ihnen zu verzweifeln. Deswegen mied ich sie für gewöhnlich.

»Ist es«, murmelte Noah, bevor er wieder gedankenverloren aus dem Fenster blickte.

Folge 3

The Trade

Kapitel 1

Die Tage einer müden Seele

Kurz bevor ich sterbe, sehe ich die Sterne. Ihre Konstellation auf dunklem Grund verschiebt sich. Als sie ihre Positionen eingenommen haben, erfüllt ihr Licht mein ganzes Sichtfeld. So mächtig, dass es in der Lage wäre, das Sonnensystem auszulöschen. Mein Atem stockt, denn ich weiß, dass dieses Licht nicht warm ist. Nicht heilsam und lebendig wie das der Sonne, sondern zerstörerisch wie die Macht einer Supernova. Destruktiv wie das Universum selbst, das kommen wird, um über uns zu richten.

Die Anordnung der Sterne vor dunklem Grund ist Nacht für Nacht dieselbe. Ich habe sie öfter gesehen, als ich zählen kann.

Manchmal träume ich, ich sähe die Sterne von der Erde aus. Wie ein Bild, das sie herum um die Sonne formen; wie Lichter im Dyson Swarm. Manchmal träume ich, ich sähe sie von der Sonne aus, als formten sie sich um mich herum. Mit mir als Zentrum. Manchmal träume ich, es müsse jemand kommen, um sie zu richten. Dass das Bild erst, wenn es sich gänzlich geformt hat, seine wahre Macht entfaltet.

Und manchmal träume ich, ich wäre diejenige, die die Sterne richtet. Diejenige, die den Untergang vorbereitet und sich gut dabei fühlt.

Ich weiß nur nicht, warum.

Ich weiß es nicht.

Lora Hiland war das Kind bescheidener Eltern. Sie stammten zwar nicht, wie Julien und ich, aus dem Sub-Level, hatten aber immer um ihren Stand in der untersten Mittelschicht ringen müssen. Loras Eltern hatten gemeinsam fünf Jobs bestritten. Das hatte für eine kleine Wohnung genügt, für die Schulbildung ihrer Tochter, die Standardeinheiten an synthetischer Nahrung und für ein Festmahl mit echtem Essen, einmal im Jahr zu Weihnachten.

Lora hatte bereits als Kind gelernt, den Überlebenskampf, den ihre Verwandten täglich ausfochten, auszublenden. Sie sah sich etliche Filme an, am liebsten mit scharfsinnigen Polizisten, die für Gerechtigkeit kämpften; las Bücher, über die intelligentesten aller Detectives, denen es nicht schwerfiel, Verbrechen aufzuklären. Denen es das größte Anliegen war, sich für eine bessere Welt einzusetzen.

Diese Männer und Frauen hatte sich Lora als Vorbilder genommen, als sie sich nach ihrem Schulabschluss dazu entschieden hatte, in einem Beruf Karriere zu machen, den heutzutage eigentlich niemand mehr ausüben wollte.

Das Ansehen der Polizei hatte in den letzten Jahren mehrere herbe Rückschläge erlitten. Spätestens der verlorene Kampf gegen The Cell hatte den Beruf des Polizisten herabgewürdigt. Wollte man den »Bösen« ordentlich eins auf den Deckel geben, ging man zu privaten Sicherheitsdiensten und ließ sich dafür einsetzen, Firmengebäude oder wohlhabende Haushalte zu verteidigen. Mehr Ehre war, Loras Meinung nach, unserer Welt nicht mehr geblieben.

Die Polizistin war vielleicht eine der beeindruckendsten Personen, die ich jemals beobachtet hatte. Sie war dermaßen taff, dass ich fast der Überzeugung war, wir hätten Freundinnen sein können, wenn sie nicht auf der Gegenseite arbeiten würde.

Sie zu beobachten war zu einem täglichen Ritual für mich geworden. Es war beruhigend, neben Julien auf dem Bett zu liegen und dabei zuzusehen, wie die junge Frau ihren Tag gestaltete. Ich wachte gemeinsam mit ihr auf und lag auf der harten Matratze, überwältigt von dem, was auf sie wartete. Ich verließ gemeinsam mit ihr das Bett, warf die Zweifel über Bord und überprüfte mit ihr die Pläne, die anstanden. Ich frühstückte mit ihr und beobachtete, wie sie die Nachrichten studierte.

Ihre Wohnung war nicht größer als meine. Bücher, Zeitschriften, billiges Essen und verwelkte Pflanzen erinnerten eher an eine Behausung aus dem Sub-Level als an die von jemandem, der sich in der höchsten Rangstufe seines Hives befand.

Nachdem sie ihre Pillen mit der synthetischen Nahrung eingeworfen und sich einen viel zu starken Kaffee gemacht hatte, nahm sie Kontakt zu ihrem neuen Partner Cameron auf, machte sich auf den Weg zu ihrem schäbigen Wagen und fuhr zum Polizeirevier.

Jeden Tag dasselbe.

Ihre Ermittlungen kamen schleppend voran und bewegten sich glücklicherweise auf Pfaden, die unseren nicht sehr nahe kamen. Lora hatte zwar die Besucherlisten der Beerdigungen durchgesehen, fokussierte sich allerdings auf jene Personen, die auf mehreren Trauerfeiern gewesen waren. Es gab keine wirkliche Spur.

Woher nahm sie ihren Antrieb, dieses triste Leben zu führen und daran nicht zu verzweifeln? Ich sah in ihren Kopf, doch ich verstand es nicht.

Fast tat es mir leid, dass sie keine handfesten Anhaltspunkte verfolgen konnte. In erster Linie, weil es mir gelegen käme, endlich selbst eine Richtung zu haben.

Nach der Beerdigung von Sara und dem Besuch bei Bennie Haloren waren einige ruhige Tage vergangen, bis Noah mich wieder kontaktierte. Ich hatte sie damit zugebracht, die Polizei, primär Lora, zu überwachen, die Untergrundmedien erfolglos nach Erinnerungen an die Morde zu durchstöbern und die Mordermittlungen rund um Soho zu überprüfen. Der Kampf gegen den Geschäftsmann und seinen Militärroboter schien inzwischen eine Ewigkeit zurückzuliegen, und wie erwartet ließ die Polizei die Nachforschungen schnell fallen. Dass sich Industrielle nicht zu tief in die unteren Ebenen begeben sollten, war so etwas wie ein ungeschriebenes Gesetz. Die Folgerung, dass er von einer Bande überfallen und getötet worden war, lag daher sehr nahe.

Um dieses Problem mussten wir uns also auch nicht mehr sorgen. Das hatte mir die Zeit gegeben, meine Wunden zu versorgen und die Überlastung meines ADICs auszukurieren.

Hinzu kam der glückliche Umstand, dass der oberste Vorstand von Hypermind eine Meldung an alle Mitarbeiter herausgegeben hatte, in der es hieß, dass das Viertel aufgrund der Demonstration von The Cell bis auf Weiteres geschlossen bliebe. Kein Hypermind-Mitarbeiter sollte versuchen, ins Viertel zu gelangen. Es war angeblich zu gefährlich.

Was ich mithilfe von Lora herausgefunden hatte, war, dass die Polizei durchaus eine Spur verfolgte, die in Richtung Hypermind führte, und die Anlage sowie die höchsten Mitarbeiter deswegen einer Überprüfung unterzogen wurden. Es kam dem Unternehmen vermutlich gelegen, dass The Cell das Viertel blockierte.

Ich hatte in diesem Zuge Boston Evericks Gedanken überprüft. Es war mir nichts Auffälliges entgegengesprungen, das das Unternehmen als schuldig hätte ausweisen können.

Dass Noah mich kontaktiert hatte, um mich zu treffen, hatte mich zunächst verwundert. Dann war mir eingefallen, dass er keine Ahnung hatte, wie solche Geschäfte für gewöhnlich vonstattengingen, also hatte ich zugesagt.

Als Treffpunkt hatten wir eine der groß angelegten Demonstrationen von The Cell ausgewählt. Hier fielen wir nicht weiter auf, und niemand würde, selbst wenn er uns sähe, unser Hiersein hinterfragen.

Um uns herum tobten die Menschenmassen im Schneegestöber einer der größten Einkaufsstraßen Washingtons. Männer, Frauen und sogar Kinder in gelben Jumpsuits hatten sich versammelt, hielten riesige Plakate mit Bienen in die Höhe und brüllten Parolen in wechselnden Rhythmen, so laut, dass es von den hohen Gebäuden widerhallte wie von den Wänden einer Kirche.

Hier würden wir uns unterhalten können.

Auch wenn Noah sich sichtlich unwohl fühlte. »Wie sieht es aus? Wie geht's weiter?«, wollte er wissen, sich immer wieder hektisch umsehend, als könnten überall in dieser Menschenmasse Spitzel lauern. Seine Anpassungsfähigkeit war unterirdisch. Wenigstens etwas gelbes Tape hätte er sich auf den fein geschnittenen Wintermantel kleben können, um besser mit der Menge zu verschmelzen. Aber dafür war das Ding vermutlich zu teuer.

»Ich glaube, du verstehst nicht, wie ich arbeite«, rief ich über den Lärm um uns herum hinweg. Es war sinniger, ihm das persönlich zu erklären. Vielleicht wollte ich auch nur spielen, ihn necken. »Die ersten Treffen fanden statt«, fuhr ich im Geiste fort, um nicht mehr schreien zu müssen, »weil du mich ausführlich briefen musstest. Bei der Beerdigung deiner Schwester und dem Anwesen von The Cell warst du dabei, weil ich ohne dich nicht hineingekommen wäre. Das waren allerdings Ausnahmen. Abgesehen von solchen Gelegenheiten arbeite ich allein.«

Noah zog die Augenbrauen zu einem überraschten Gesichtsausdruck in die Höhe. »So habe ich mir das nicht vorgestellt.«

»Das dient vor allem deiner eigenen Sicherheit.« Ich strich mir ein paar Schneeflocken aus den Haaren und setzte die Kapuze meines Mantels auf. »Je öfter wir uns treffen, umso häufiger besteht die Gefahr, dass wir zusammen gesehen werden.«

»Na, du bist ja jetzt eh offiziell meine Freundin.« Er grinste verschmitzt, und ich sah in seinem Kopf, dass er einen gewaltigen Spaß daran hatte, dieses Argument anzubringen. »Wir *sollten* uns sogar treffen, am besten in romantischen Settings, damit niemand unsere Lüge infrage stellt.«

»Das Hotel der Trader ist nicht gerade romantisch.«

»Geht es da als Nächstes hin?«

»Nicht für dich«, stellte ich erneut klar. »Ich will dich nicht beschützen müssen.« Aus dem Kampf mit Soho waren wir nur mit Ach und Krach selbst lebend herausgekommen.

Und mit einem Mal wandelte sich sein Gesichtsausdruck in eine ernste Miene. Er verschränkte die Arme in einer nahezu trotzigen Geste vor der Brust. »Ich bestehe darauf, dabei zu sein, oder ich entziehe dir den Auftrag!«

Tatsächlich? Das war seine Lösung für das Problem? Ich verkniff es mir, die Augen zu verdrehen, und dachte darüber nach, einfach in dieses Angebot einzuwilligen und den Auftrag abzublasen. »Na gut« zu sagen und ihn stehen zu lassen. Immerhin hatte ich eine verdammt großzügige Anzahlung bekommen, die würde für ein paar Monate reichen.

Andererseits würde ich den Fall sowieso weiterverfolgen wollen, also stand ich genau vor dem Dilemma, das mich dazu gebracht hatte, den Auftrag ursprünglich anzunehmen. Ich grummelte leise, bevor ich antwortete: »Ich kann nicht dafür garantieren, dass du überlebst. Julien beschützt mich und niemanden sonst. Wenn du mitkommen willst, tu, was du nicht lassen kannst. Aber erwarte nicht, dass wir ein zusätzliches Risiko eingehen, weil du nicht schnell genug rennen kannst oder nicht weißt, wie man eine Waffe bedient.«

Sein gerade noch so selbstsicherer Gesichtsausdruck wechselte zu einer Unsicherheit, die mir gefiel. Er zog die Augenbrauen zusammen. »Was? Ich … ich denke nicht, dass ich eine Waffe anfassen werde.«

Ich schürzte die Lippen. »Deine Sache. Ich will lediglich, dass die Überweisung des restlichen Geldes veranlasst wird, wenn du stirbst.«

Noah lachte wie über einen Witz, und dass ich ihn fortwährend ernst ansah, schien ihn nicht zu entmutigen. Was genau war so lustig? Ich schaute in seinen Kopf, doch ich verstand es nicht.

»Heute Nacht, zweiundzwanzig Uhr, im Sub-Level«, schloss ich unzufrieden. »Wir holen dich an dem Pub ab, an dem wir uns kennengelernt haben.«

»Okay.«

»Zieh dir was an, in dem man dich irgendwie ernst nimmt«, sagte ich und deutete ungenau auf seine feine Kleidung. »Wenn die denken, dass du ein reicher Schnösel bist, erschießen die dich sofort.«

Kapitel 2

Die Heimat eines vergangenen Kampfes

Es schneite heftig auf den oberen Ebenen der Stadt. Der Sturm, der Washington heimgesucht hatte, war so schwer und brachte so viel Niederschlag mit sich, dass es sogar im Sub-Level regnete. Das geschmolzene Wasser tropfte durch Abflüsse und an Wänden entlang bis zu Julien, Noah und mir hinab. Der Matsch, durch den wir stapften, klebte an meinen Stiefeln und an Noahs einstmals so sauberen braunen Halbschuhen.

Ein Blick in seinen Kopf verriet mir, dass er versucht hatte, sich den »Kleidervorschriften« hier unten anzupassen, aber es war ihm definitiv nicht gelungen. Er sah nach wie vor zu ordentlich gekleidet aus, für diesen Teil der Stadt.

Das Hotel, das wir besuchen würden, lag eingepfercht zwischen Wolkenkratzern und wirkte von außen wie aus der Zeit, zu der es noch nicht von illegalen Händlern betrieben worden war. Die alte Fassade war ein wenig abgebröckelt und an vielen Stellen rotbraun von den sauren Gewässern hier unten. Die Laternen, die die Einfahrt säumten, spendeten nur flackerndes düsteres Licht.

Wirkliches Sonnenlicht hatte dieses Gebäude schon seit Ewigkeiten nicht mehr gesehen. Seitdem die obere Stadtschicht errichtet worden war, war das Hotel lediglich den Abwässern und dem Schmutz der Gossen ausgesetzt gewesen. In großen Lettern prangte vergilbt und leuchtend sein Name in die Umgebung: ROYAL LIGHTS.

Dies war einmal einer der Orte gewesen, an denen die Reichsten der Reichen untergekommen waren. Geschäftsmänner, Industrielle, Politiker. Jetzt wurde das Hotel von einem Typen namens Johnson betrieben. Unter seiner Leitung war es bisher weder der Polizei noch privaten Sicherheitsdiensten gelungen, die Trader und die, die sich in den Räumen aufhielten, um ihre Geschäfte zu tätigen, festzusetzen.

Nicht, dass sich irgendeine Form von staatlicher oder privater Gewalt großartig darum scherte, womit die Menschen des Sub-Levels sich beschäftigten. Selbst wenn es um Angelegenheiten wie diese hier ging.

»Über eine Sache haben wir nicht gesprochen«, sagte ich, nachdem Noah, Julien und ich eine Weile nebeneinanderher gegangen waren.

Noah schaute zu mir herüber. Die Aufregung stand ihm viel zu deutlich ins Gesicht geschrieben.

»Wenn wir den- oder diejenigen ausfindig gemacht haben, die für die Morde verantwortlich sind … was sollen wir dann mit ihnen anstellen?«

Offenbar hatte Noah keine Ahnung, wovon ich sprach. Sein fragender Blick sprach Bände.

Ich fuhr also fort: »Neunzig Prozent der Kunden, die wir bedienen, kümmern sich selbst um diese Angelegenheiten, wenn wir ihnen die Informationen beschafft haben. Aber ich habe den Eindruck, dass du nicht viel wirst ausrichten können, wenn wir den Mörder entlarvt haben.«

Er verstand nach wie vor nicht, worauf ich hinauswollte. »Wenn du stichhaltige Beweise an mich schickst, kann ich damit zur Polizei gehen«, erwiderte er gedehnt, als wäre es das Selbstverständlichste der Welt. Er machte eine lange Pause, in der er mich skeptisch musterte. »Oder an was hast du da gedacht?«

Julien und ich lachten gleichzeitig. »Du weißt, dass du nicht über uns sprechen kannst«, erklärte ich, als er mich perplex anschaute. »Und selbst wenn sie dir die Informationen ohne Fragen abnehmen: Denkst du echt, dass die Polizei jemanden finden und festnehmen kann, der Tausende von Menschen tötet? Was, wenn tatsächlich Hypermind oder The Cell dahinterstecken? Denkst du, dass die Polizei da was machen kann?«

»Versuchst du, mich zu überreden, das *euch* zu überlassen?«

Ich zuckte mit den Schultern. »Kommt darauf an, wie groß die Sache ist.«

Noah schluckte angestrengt. »Du bietest mir an, jemanden für Geld umzubringen.« Seine Stimme war tonlos, als er zu dieser Schlussfolgerung kam, die überraschende Unruhe in seinen Gedanken stiftete. War ihm nicht klar gewesen, dass wir so etwas taten? »Hast du schon mal jemanden umgebracht?« Sogar im Licht der alten Straßenlaternen wirkte er plötzlich blasser.

»Vor fünf Tagen erst«, entschied ich mich, ehrlich zu sein.

Noah sah aus, als würde er sich gleich in der nächsten Ecke übergeben. »Was?«

Ich fuhr mir mit der Zunge über die Lippen und deutete auf meine Kopfwunde. »Was denkst du, wie der Kerl aussieht, der mir das angetan hat?«

»Möge er in Frieden ruhen«, scherzte Julien, und Noah schaute ausdruckslos zwischen uns hin und her. Vermutlich wurde ihm erst jetzt bewusst, in welchen Bereich der Welt er sich begeben hatte.

»Oracle«, rief uns Johnson bereits entgegen, als ich meine Hand auf die Klinke des Eingangs legte. »Was verschafft mir die Ehre?« Er wusste höchstwahrscheinlich, dass ich kommen würde, seitdem ich mit Noah und Julien beim Pub aufgebrochen war. Die alten Wände hier unten hatten Augen, und das Gemurmel der Gassen war schneller als Worte.

Julien und Noah traten hinter mir in die nur spärlich ausgeleuchtete Eingangshalle. In der pinken Neonbeleuchtung, die in einigen Winkeln angebracht war, sah Johnson hinter dem Pult der Rezeption zunächst aus, als sei er kaum mehr als ein Schatten.

Während Noah sich im Hintergrund hielt, gingen Julien und ich mit forschem Schritt auf den Mann zu, der das Hotel besaß und verwaltete. Noah war damit beschäftigt, sich umzusehen. Er sollte sich lieber nicht zu genau umschauen. Der Schimmel, der an den Wänden emporkletterte, machte keinen gesundheitsförderlichen Eindruck.

»Ich dachte, ich statte meinen geschätzten Kollegen mal einen Besuch ab«, sagte ich mit dem süßesten Lächeln, zu dem ich in der Lage war. »Man muss ja up to date bleiben.«

Der drahtige, blonde Mann uns gegenüber lächelte herabwürdigend. Seine Zähne waren so weiß, dass sie selbst in diesem dunklen Raum leuchteten.

Er hatte natürlich keinerlei Interesse daran, mich ohne Weiteres in das Netzwerk zu lassen, das er hier betrieb und pflegte. Das war mir bewusst gewesen, immerhin hatte er jahrelang versucht, mich abzuwerben; mich in seinen *inneren Kreis* aufzunehmen, wie er es nannte.

Dass ich, eine einzelne Person, mehr Geld verdiente als er mit seinem ganzen beschissenen Hotel, ging ihm mächtig gegen den Strich.

Julien und ich hatten das erste Mal Stress mit ihm gehabt, als ich zwölf Jahre alt gewesen war. Es fuchste ihn, dass er die Technologie, mit der ich arbeitete, nicht verstand. Ihm war nicht klar, dass ich das selbst nicht tat.

»Also bist du nun doch gewillt, dich uns anzuschließen?«

Ich verkniff mir ein Lachen, weil ich ihn nicht allzu sehr provozieren wollte. Wir mussten in sein gesichertes Netzwerk kommen, um mit den anderen Händlern in Kontakt zu treten. Dafür wäre entweder Feingefühl oder Waffengewalt notwendig. Ich bevorzugte aktuell Ersteres.

»Nein. Das wird aber kein Problem darstellen, weil ich ganz andere Geschäftsfelder bediene als du. Wir kommen einander nicht in die Quere.«

»Darf ich daraus schließen, dass du hier bist, weil du unsere Hilfe brauchst?« Abermals dieses Lächeln mit den weißen Zähnen. Der Kerl war zu gestriegelt für sein Geschäftsfeld. Menschen, die hier unten zu gut gekleidet waren, liefen schnell Gefahr, nicht ernst genommen oder überfallen zu werden. Johnson liebte es allerdings, zu zeigen, dass er Geld besaß. Dass er sich im Untergrund einen Namen gemacht hatte, schien ihn in Sicherheit zu wiegen.

»Ich bin hier, um eine Theorie zu überprüfen.« Wenn das, was ich vermutete, der Wahrheit entsprach, waren auch andere Händler auf Blockaden gestoßen, die diesen Fall umschlossen. »Ich möchte mich nur mit einigen deiner Trader unterhalten, um zu schauen, ob sie etwas gehört haben. Ich werde für die Informationen natürlich bezahlen.«

Johnson presste die Lippen aufeinander und verzog das Gesicht zu einem übertrieben anerkennenden Ausdruck. »Wow, ich glaube, so viele ehrliche Worte habe ich noch nie aus deinem verschissen süßen Mund gehört.« Sein Blick glitt an mir vorbei, zu Noah hinüber, der nach wie vor verlassen in der Eingangshalle stand.

Während dieser sich beklommen umsah, ruckte Johnson mit dem Kopf in seine Richtung.

»Und der reiche Junge da? Ist der dein Auftraggeber oder dein Sugar Daddy?«

»Er ist sowas wie mein neuer Bodyguard«, erwiderte ich, obwohl Noah mehr als verunsichert wirkte. Wenn ich zugab, dass er mich nur begleitete, würde Johnson sich auf ihn stürzen wie ein Gossenhund auf ein frisches Stück Fleisch.

Johnsons schreiendes Gelächter riss Noah aus seinen Gedanken, sodass er sich endlich in Bewegung setzte und zu uns herantrat. Ich hatte allerdings keine Lust mehr darauf, dass der Kerl weiter vom Thema ablenkte, also legte ich meine Hand auf das Rezeptionspult, schaute ihm tief in die Augen und murmelte: »Was willst du dafür, dass du uns reinlässt?«

Er schüttelte schmunzelnd den Kopf. »Nein, nein, nein, so läuft das hier nicht, Süße. Ich lass keine anderen Trader rein. Du kannst dich verpissen und deiner Spur woanders folgen. Ist mir egal, wie du das anstellst.«

»Na gut«, schloss ich und trat einen Schritt zurück. »Wenn das so ist.« Ich warf Julien einen Blick zu und musste ihm nicht einmal sagen, was er zu tun hatte. Gelassen streifte er seinen Mantel beiseite und offenbarte die Pistolen, Gewehre und sonstigen Waffen, die er wie üblich bei sich trug.

Der Rezeptionist verzog den Mund wenig beeindruckt. »Denkst du, dass mir das Angst macht? Hier, in dieser Einrichtung?« Er lachte. »Ich handle täglich mit Auftragskillern, Mördern, Vergewaltigern und allem Abschaum, den es in dieser Stadt gibt. Eure Waffen beeindrucken mich nicht mehr als eine Gabel.«

Ich nickte verständnisvoll. Menschen wie er ließen sich nur schwerlich von Gewaltandrohungen einschüchtern. Sie waren sein Geschäft. Ich hatte ihm trotzdem eine Chance geben wollen.

Er verließ sich auf das automatische Sicherheitssystem, das uns umgab. Ich hatte dieses Gebäude bereits einige Male betreten, und inzwischen war es ein Leichtes, mich einzuhacken.

Ich faltete die Hände vor meinem Bauch und lächelte.

Julien zog eine seiner Waffen und trat auf Johnson zu, der in der nächsten Sekunde ein lautes »Achtung!« bellte.

Das mechanische Geräusch etlicher Waffen, die sich aus Ecken und Winkeln lösten, um ihre Läufe auf uns zu richten, war zu hören.

Noah sog die Luft scharf zwischen den Zähnen ein und trat näher an mich heran.

Johnson grinste amüsiert. »Muss ich jetzt Angst haben, dass dein neuer Bodyguard mich verprügelt?«

»Hm«, machte ich gedehnt. »Es sieht wie folgt aus: Entweder du lässt uns rein und dich dafür bezahlen … oder das hier wird nicht nur der schlimmste, sondern auch der letzte Tag deines Lebens.« Sofort loggte ich mich in das Sicherheitssystem des Gebäudes, und es war deutlich zu hören, dass die Waffen sich erneut bewegten. Ich drehte sie mit der optischen Zielvorrichtung genau auf ihn zu – und er sah es. Er verfolgte es auf dem kleinen Monitor hinter seinem Tresen.

Von einer Sekunde auf die andere wurde unser Gegenüber kreidebleich.

Das hier war fast zu einfach. Meine einzige Sorge war, dass Noah sich in die Hose machen würde.

»Scheiße«, murmelte Johnson, doch professionell, wie er war, machte er keine plötzlichen Bewegungen. Besser so für ihn. Er hatte eine Waffe in einer der Schubladen und eine in seiner Hosentasche, aber wenn er klug war, würde er keinen Gedanken daran verschwenden, eine von beiden zu benutzen. »Wie zum Teufel machst du das?« Er wusste, dass er keine Antwort bekommen würde.

»Also?«, überging ich ihn. »Bezahlende Kunden oder der Tod.« Das klang ausgesprochen deutlich theatralischer als in meinem Kopf. »Es liegt an dir.«

Das Neonlicht warf ihm tiefe Schatten unter die Augen, während ich jede Regung seiner Gedanken beobachtete. Er besaß eine geheime Bodenluke hinter dem Tresen, die er zu benutzen überlegte. Er dachte nicht darüber nach, zurückzuschlagen.

»Na gut, Oracle«, grummelte er eine halbe Ewigkeit später und entschloss sich, seine Würde zu wahren. Wie anständig von ihm. »Du schuldest mir was.«

Eigentlich nicht, wir saßen eindeutig am längeren Hebel.

»Solange es nichts Zwielichtiges ist …«, gestand ich ihm trotzdem zu, um mir Stress zu ersparen. Er kramte in einer Schublade, um eine Schlüsselkarte hervorzuziehen, und schob sie anschließend über die Ablagefläche.

Julien entspannte sich sichtlich, doch Noah neben mir war wie zu Stein erstarrt. Er war einfach zu niedlich für diese Welt.

»Verbindlichsten Dank.« Ich lächelte, und es gefiel Johnson nicht, dass ich so entspannt war. Er würde trotzdem nichts mehr unternehmen. Er dachte jetzt schon darüber nach, um was er mich bitten konnte, um seinen Gefallen einzulösen.

»Zimmer 193«, sagte er, und ich nickte. »Zwei Stunden, maximal.«

»Geht klar.« Ich bedeutete Noah und Julien, mir zu folgen, und trat in den dunklen Gang neben der Rezeption, ohne mich umzudrehen.

»Dein neuer Bodyguard ist süß«, rief Johnson uns hinterher. »Halt dir den warm!«

»Das war … intensiv.« Noah stöhnte, und alle Anspannung fiel mit einem Schlag von ihm ab, als wir in unser zugewiesenes Zimmer traten und die Tür hinter uns schlossen. Mehrere Sicherheitsschlösser klickten laut, bevor das energetische Feld um den Raum sich mit einem elektrischen Zischen verschloss.

Ich musste mich nicht einmal in Noahs Kopf loggen, um zu wissen, dass er sich vor diesem Ort ekelte. Die Wände, Teppiche, Betten und Möbel waren seit mindestens fünfzig Jahren nicht mehr gereinigt worden. Der Staub auf den Oberflächen war dick und ölig, auf den Böden klebten Flecken von diversen getrockneten Flüssigkeiten unbekannten Ursprungs, und an den Wänden kletterte der Schimmel empor. Die Luft roch feucht und faulig.

Ein typischer Raum im Sub-Level. Das wusste Noah nicht, was wohl erklärte, warum er alles mit gerümpfter Nase musterte.

»Hier, nimm das.« Ich reichte ihm eins der Headsets, die auf dem kleinen Tisch der Sitzgruppe bereitlagen. Wir schalteten das Licht nicht ein, sondern blieben verdeckt hinter dem dicken Vorhang vor den Fenstern, der nur wenig des gelben und orangefarbenen Lichts der Laternen hereinließ.

»Sieh dir das lieber nicht zu genau an«, warnte ich ihn, als er begann, die Kopfhörer skeptisch zu beäugen. »Bereust du schon, dass du heute mitkommen wolltest?«, scherzte ich und ließ mich auf dem Ohrensessel nieder.

»Na ja«, murmelte Noah und setzte sich mir gegenüber. Julien faltete die Hände vor dem Körper und stellte sich breitbeinig neben uns. »Schlimmer kann's ja nicht mehr werden.«

Ich lachte schallend und setzte das Gerät auf meinen Kopf. »Das solltest du nicht zu laut sagen.«

Sobald wir uns in den virtuellen Raum begeben hatten, wirkte das Hotel wie restauriert. Der Schimmel war aus den Ecken verschwunden, die alten Lampen erleuchteten die Zimmer und Flure warm und gemütlich, die Teppiche sahen aus wie frisch gewaschen, und alles war sauber. Edel.

Ich fühlte den Sessel nicht mehr in meinem Rücken, als unsere Avatare sich gemächlich erhoben und Noah und ich einander musterten. Das interne Netzwerk des Hotels diente dazu, die Identitäten der Besucher bis zur Unkenntlichkeit zu verschleiern, was dadurch gelöst wurde, dass an jede Person ein zufälliger virtueller Körper vergeben wurde.

Der Mann, der mir zugeteilt worden war, hatte eine stattliche Größe, einen Bart und trug einen schwarzen Anzug mit Fliege, wie vorbereitet auf eine Abendgala.

Ich presste meine Lippen zusammen, um nicht zu lachen, nachdem Noah und ich den Raum verlassen hatten. Er hatte den Avatar einer älteren Lady bekommen, behangen mit verdammt viel Schmuck und gehüllt in ein nachtblaues Kleid. Es war nahezu niedlich, wie er immer wieder knapp an seinem Körper hinabschaute; so kurz, als wollte er es vor mir verbergen. Vermutlich hatte er noch nie zum Spaß den virtuellen Körper eines anderen Geschlechts angenommen.

»Merk dir, wie ich aussehe.« Ich versuchte, keinen amüsierten Kommentar abzugeben. »Bleib bei mir. Wenn wir uns aus irgendwelchen Gründen verlieren, treffen wir uns an unserem Zimmer.«

»Ist vermerkt«, nuschelte er. Wir folgten dem Gang in eine Richtung, aus der mehrere Stimmen und Gemurmel drangen.

»Warum muss man überhaupt an diesem widerwärtigen Ort sein, um sich einzuloggen? Ist das Netzwerk nicht international?«

»Doch, ist es«, erklärte ich mit einer Geduld, die mich selbst überraschte. »Aber wenn man sich von außen einloggen will, braucht man einen gesicherten Key. Und den bekommt man nur, wenn man eine Sicherheit hinterlegt.«

»Was denn für eine Sicherheit?«

»Seine DNA, verbunden mit der persönlichen ID. So kann niemand den Laden hier verraten, ohne sich selbst straffällig zu machen.«

»Also … sind die Erinnerungen, mit denen hier gehandelt wird, wirklich derart illegal«, stellte Noah fest.

Ich wusste nicht, wie ich darauf angemessen antworten sollte. »Das hier ist das Ende der Welt«, murmelte ich. »In tiefere Abgründe kommst du vermutlich nicht mehr.« Ich wusste nicht einmal, ob es tiefere Abgründe gab.

»Super«, grummelte er.

»Merk dir das, wenn du noch mal dabei sein willst«, flüsterte ich ihm zu, während wir in die Halle traten. »Ich erkläre dir jetzt die Regeln.« Einige Getränke und Snacks standen bereit, wie bei einem Buffet. Der Kronleuchter an der Decke spendete warmes Licht, und wie wir waren sämtliche Anwesende in feine Abendkleidung gehüllt. »Diejenigen, die eine rote Rose bei sich tragen, sind die Trader. Man nähert sich ihnen ausschließlich dann, wenn sie mit niemandem sprechen. Spricht ein Trader mit jemandem, gehst du nicht mehr als fünf Meter an ihn heran. Die ganz privaten Angelegenheiten werden zwar in abgeschlossenen Räumen geklärt, aber auch hier sollte man nichts von dem mitbekommen, was verhandelt wird.«

»Das will ich gar nicht«, sagte Noah leise.

Mehrere Dutzend Menschen befanden sich in dem Raum. Einige streiften ziellos umher, andere hatten sich an Tischen und an der Bar niedergelassen, um angeregt zu plaudern. Die Tische waren gedeckt, als wartete die Feiergesellschaft auf ein Festmahl, das gleich aufgetischt werden würde.

Ein Festmahl, das nie kam. Hier hatte es vor fünfzehn Jahren bereits genauso ausgesehen.

»Kann ich Ihnen weiterhelfen, die Herrschaften?«

Alles hier drin machte mich wütend, also sah ich den Mann,

der auf uns zukam, mit düsterem Blick an, obwohl er so zuvorkommend lächelte. »Sind Sie mit den Regeln unserer Einrichtung vertraut?«

»Ja.« Ich bemerkte, wie Noah mir einen Blick zuwarf, ich würde ihm allerdings nicht erklären, zu welcher Gelegenheit ich diesen Ort aufgesucht hatte. Damals war ich ein Kind auf der Suche nach seiner Vergangenheit gewesen. Am Ende war ich froh gewesen, sie hier nicht gefunden zu haben.

»An welcher konkreten Dienstleistung sind Sie interessiert?«, fragte der gedrungene Mann weiter. Es gab bestimmte Codes für das, was man hier erwerben konnte. »Dann kann ich Ihnen einen Verkäufer empfehlen.«

»Danke, ich brauche keine Hilfe«, murmelte ich. »Ich weiß, mit wem ich sprechen will.« Ich hatte den Trader, den ich suchte, schon entdeckt. Er hatte immer einen anderen Avatar, aber er war meist die älteste Person im Raum. Heute eine Frau, die, den Kopf in die faltigen Finger gestützt, an einem Tisch in der hinteren Ecke saß. Die Beine übereinandergeschlagen, die Rose vor sich liegend, hatte die Dame uns als Neuankömmlinge bereits fixiert.

»Gut. Viel Erfolg bei Ihren Transaktionen.«

Der Kerl trat aus dem Weg, sodass wir uns auf das andere Ende des Raumes zubewegen konnten. Einzelne Gespräche gingen im Gewirr der Stimmen unter. Die meisten Menschen hier wirkten ausgelassen. Nur die Neuankömmlinge erkannte man daran, dass sie sich flatterhaft und nach allen Ecken umschauten – wie Noah.

Wir ließen uns gegenüber der älteren Dame nieder. Sie lächelte nicht, als sie zu uns aufschaute.

»Guten Tag«, grüßte ich. Ich würde gar nicht versuchen, mich an meine dunklere Stimme zu gewöhnen. »Erinnerst du dich an den Vorfall vor sechzehn Jahren?« Ich kannte den Namen des Traders nicht, der mir damals weitergeholfen hatte.

Ein erkennender Ausdruck machte sich auf ihrem Gesicht breit. »Ah«, sagte sie, und ein Teil der Langeweile, die sie befallen hatte, schien von ihr abzufallen. Sie richtete sich ein Stück auf. »Ich erinnere mich. Wie kann ich dienen?«

»Ich möchte etwas überprüfen.«

Noah neben mir rieb die Hände aneinander. Er war so aufgeregt, dass sogar sein Avatar schwitzte.

»Was denn, Schätzchen?« Die Person hinter dem Körper der alten Frau wusste, wer ich war, auch wenn ich keine Ahnung hatte, wer er oder sie war.

»Es geht um die Sache, die in den letzten Tagen in den Medien war.«

Die ältere Frau blinzelte ruhig, doch der gerade noch so entspannte Ausdruck auf ihrem Gesicht wich eindeutigem Groll. »Gewiss.«

»Ich will wissen, ob es dazu Aufzeichnungen gibt, die ich erwerben kann. Die Perspektive ist mir egal. Mörder, Opfer oder Zeuge. Ich will alles, was damit zu tun hat.«

Die Frau zog die Augenbrauen hoch und sah sich kurz im Raum um. »So deutliche Worte benutzen wir eigentlich nicht.«

»Tut mir leid, ich kenne euren Code nicht. Hast du, was ich brauche?«

Der Groll auf ihrem Gesicht wurde intensiver. »Nein«, presste sie zwischen aufeinandergebissenen Zähnen hervor. »Zu diesem verschissenen Fall gibt es nichts. Kein Anzeichen, wer der Mörder ist. Nichts aus der Perspektive der Beute. Rein gar nichts.«

Beute also.

Ich nickte, nicht sonderlich überrascht, weil das, was sie sagte, meine Beobachtungen bestätigte. Morde und sonstige Verbrechen, egal aus welcher Perspektive, waren für die Händler ein gefundenes Fressen. Gerade, wenn so viele Menschen davon betroffen waren, *musste* es jemanden geben, der mit den Erinnerungen handelte.

»Denkst du, hier sind Blockaden im Spiel? Oder könnte etwas anderes dahinterstecken?«

»Wir reden bereits ganz schön lange.« Die Frau fixierte mich streng. Die Augen ihres Avatars waren gelblich und blutunterlaufen. Ob sie auch im echten Leben eine alte Person war? »Bezahlst du mich für dieses Gespräch?«

»Natürlich.«

»Na gut.« Das schien ihre Motivation deutlich zu steigern. »Ehrlich gesagt habe ich so etwas nie erlebt. Wir kriegen *immer* was rein. Egal, ob die Polizei involviert ist oder nicht. Hier muss irgendeine massive Blockade errichtet worden sein. Ich gehe davon aus, dass die Polizei nicht möchte, dass jemand schnüffelt. Wer weiß. Vielleicht ist ein Detective oder irgendjemand verdammt Wichtiges mit im Spiel.«

»Hm.« Das war das, was ich befürchtet hatte. Ich wusste allerdings, dass die Polizei ihre Hände nicht im Spiel hatte. Zumindest nicht, soweit Lora wusste.

»Ist nur die Polizei in der Lage, solche Blockaden zu errichten, um das Übertragen von Erinnerungen auszuschalten?«

»Die Blockaden-Technologie befindet sich im Teststadium. Wenn es bisher Beschränkungen beim Versenden und Empfangen von Erinnerungen gab, waren die meist lückenhaft. Das Ganze ist noch zu komplex, um reguliert zu werden. Aber keine Ahnung. Vielleicht haben sie das inzwischen weiterentwickelt.«

Ich wusste nicht einmal, ob ich erleichtert sein sollte, weil meine Theorie sich bestätigt hatte und es scheinbar nicht an meinem persönlichen System lag, oder ob ich entrüstet sein sollte, dass nicht einmal der tiefste Untergrund etwas wusste.

»War das alles?«, fragte die alte Lady, faltete ihre Hände auf dem Tisch zusammen und sah mich mit intensivem Blick an. Noah neben mir hatte sie die ganze Zeit überhaupt nicht beachtet.

»Ja«, antwortete ich knapp. Ja, das war wohl alles. »Was macht das?« Ich bereitete mich innerlich darauf vor, selbst für diese Information einen horrenden Preis zahlen zu müssen.

Doch etwas in der Stimmung des Raumes änderte sich. Das Murmeln der anderen Gäste wurde plötzlich lauter, und ich spürte eine

Berührung an meinem Arm, drehte mich zur Seite – aber dort war niemand.

Das musste von außen kommen. Julien!

»Ich schätze, wir müssen jetzt gehen«, sagte ich. Ich wollte anfügen, dass wir über den Preis später verhandeln könnten, im nächsten Moment löste die ältere Frau sich schon in Luft auf. Ich zögerte nicht, sondern erhob mich und bedeutete Noah, dass er mir rasch folgen sollte.

Viele der Gäste verschwanden oder liefen auf die Korridore, einige ruhig, andere eilend, wie auf der Flucht. Wir schlossen uns ihnen an.

»Was ist los?«

»Keine Ahnung«, murmelte ich. »Ich weiß nur, dass wir hier rausmüssen. Vielleicht gibt es eine Razzia.«

Nachdem wir uns ausgeloggt hatten, folgten wir Julien, der mit gezogenen Waffen auf die Tür zutrat und sie langsam öffnete. Laute Stimmen waren zu hören. Nur vorsichtig schoben wir unsere Köpfe aus dem Türrahmen, um zu schauen, was passierte.

»Hände hinter den Kopf, und langsam auf den Boden legen«, bellte ein Polizist. Scheiße, die waren verdammt schnell ins Gebäude vorgedrungen. »Jetzt, oder ich schieße!«

Aus einem anderen Bereich des Hotels waren Schreie und Schüsse zu hören. Die Kerle machten Ernst.

»Wartet kurz«, übermittelte ich den beiden. »Ich erstelle eine Karte.« Ich streckte die Fühler meines ADICs aus und versuchte, jede Person aufzuspüren, die sich im Gebäude befand. Das Hotel war verdammt groß, und zum Glück war ich durch die Tage der Ruhe wieder weit genug in Form, dass ich es schaffen sollte. Ich fügte meine Beobachtungen einer Karte hinzu, die ich an Julien sendete. »Gefahrenanalyse«, wies ich ihn an.

Die Sommersprossen auf seinen Wangen leuchteten, als er begann, die Daten zu verarbeiten. Währenddessen kamen Polizisten aus einem der vorderen Räume des dunklen Korridors und führten zwei Frauen den Gang hinunter, die Hände auf dem Rücken gefesselt. Ich zog meinen Kopf zurück, damit sie mich nicht noch ausmachten, wenn sie doch einen Blick über die Schulter werfen würden. Aus einem ihrer Köpfe las ich, dass Lora hier sein musste.

Scheiße, warum hatte ich das nicht aus ihren Gedanken erfahren? Den Einsatz hier musste sie heute erst beschlossen haben, sonst hätte ich davon gewusst.

Weitere Polizisten drangen aus einem anliegenden Zimmer, kamen auf dem Gang ein Stück in unsere Richtung, klopften allerdings an einer anderen Tür. Erneut schallte die Stimme des bulligen Mannes durch den Flur.

Die einzige Hoffnung, die ich hatte, war, dass sich in irgendeinem der Räume Menschen befanden, die sie festnehmen konnten. Zur anderen Seite des Korridors lag nichts. Nicht einmal ein Fenster. Wir mussten also an den Polizisten vorbei, wenn wir hier abhauen wollten.

»Können wir durch das Zimmerfenster entkommen?«, fragte Noah über sein ADIC.

Ich schüttelte den Kopf. »Nein, da unten patrouillieren Polizisten.« Ich erkannte auch ein paar Aufklärungsdrohnen und sogar ein oder zwei kleinere Kampfroboter. Die rechneten damit, hier auf heftige Gegenwehr zu stoßen.

Der Schrei des Polizisten fuhr mir durch Mark und Bein, als er die nächste Tür eintrat.

»Hände hinter den Kopf, und auf den Boden legen!«, rief er so laut, als würde er direkt neben mir stehen. Er und sein Kollege stürmten in den Raum nebenan, und in dieser Sekunde übermittelte Julien uns, dass wir uns in Bewegung setzen mussten. Ich folgte seiner Anweisung, ohne zu überlegen, doch Noah schien Schwierigkeiten zu haben, dem Androiden blind zu vertrauen.

»Nein, nein, nein, nein, nein«, rief er im Geist, als ich ihn packte und mitzerrte. Das Geräusch unserer Schritte so leise wie möglich haltend, näherten wir uns dem Raum, in dem die anderen armen Schweine verhaftet wurden. Es tat mir nicht sonderlich leid um sie. Festgenommen zu werden und uns damit eine Möglichkeit zur Flucht zu bescheren war vermutlich das Beste, was diese Menschen jemals getan hatten.

»Wartet«, befahl Julien. Ich erstarrte, und Noah neben mir wagte es überhaupt nicht, sich zu regen.

Wir harrten aus, warteten, dass die beiden Männer in dem Raum den Anweisungen der Polizisten gehorchten und sich auf den Boden legten. Wenn wir Glück hätten, würden wir an der Tür vorbeihuschen und früh genug das Ende des Korridors erreichen können, bevor die nächste Patrouille kam.

Sämtliche Ausgänge waren von schwer bewaffneten Polizisten besetzt. Eine Flucht hier raus war auf den ersten Blick unmöglich. Soweit ich die Gegend abscannen konnte, hatte es bisher keiner der Besucher ungesehen hinausgeschafft. Obwohl ... wo war Johnson? Er war nicht mehr im Gebäude und auch nicht in den Transportwagen, mit denen die Einheit angerückt war.

Dann dämmerte es mir: Die Bodenluke hinter dem Tresen!

Angespannt lauschten wir auf jeden Mucks, der aus dem Raum drang. Währenddessen überprüfte ich, ob die Einheiten irgendeine Möglichkeit hatten, die Personen in diesem Gebäude zu lokalisieren. Ich entdeckte nichts.

Die Männer protestierten lautstark in einer Sprache, die ich nicht kannte. Der Polizist forderte sie abermals auf, sich zu ergeben, doch im nächsten Moment durchriss ein Schuss die Stille, und wie auf Knopfdruck packte Julien mich und Noah an unseren Ärmeln und zog uns an der Tür vorbei und den Gang entlang.

Wir hielten uns an die Karte, die ich erstellt hatte, drückten uns in eine Ecke, bis die nächste Patrouille vorbei war, schlichen weiter durch einige Flure, und ich durchkämmte das ganze Gebäude auf der Suche nach einer weiteren Fluchtmöglichkeit. War die Luke an der Rezeption die einzige? Ich teilte meine Überlegungen mit Julien.

»Ich hab eine Idee«, erwiderte er nach einigen Sekunden der Berechnung, während wir uns eng an eine Wand drückten und versuchten, so flach wie möglich zu atmen. Im Gang neben uns unterhielten sich einige Polizisten. Lora selbst befand sich nicht in der Nähe, sondern tief im Gebäude.

»Alles, was uns hier rausbefördert, ist gut«, murmelte ich ihm im Geiste zu, und er nickte, spähte um die Ecke, dann ruckte er mit dem Kopf herum, um Noah und mir zu bedeuten, dass wir ihm folgen sollten.

Wir schlichen uns in einen unbeleuchteten Seitengang. Ich hielt mich davon ab, zu überprüfen, wie es Noah ging, weil die Aufregung und die Angst in seinem Kopf so groß waren, dass ich Gefahr lief, von dem Strudel gefangen zu werden, wenn ich einen Blick riskierte.

Die Karte überprüfend stellte ich fest, dass Julien uns in die Nähe der Rezeption manövrierte. Ich wusste nicht, ob das eine gute Idee war, aber wenn sie von Julien kam, war sie vermutlich das Beste, was wir hatten.

»Kannst du die Sicherheitssysteme wieder hacken?«, fragte er und blieb wenige Meter vom Eingangsbereich entfernt, verborgen hinter einigen Holzpaletten, stehen. Mit schweren Waffen und dicken Schutzwesten hatten sich dort in einer Reihe Polizisten vor dem Ausgang postiert. Wir könnten ihre Blockade durchbrechen – allerdings nicht, ohne das unnütze Risiko einzugehen, von ihnen erkannt und registriert zu werden.

»Ich hatte ehrlich gesagt nicht vor, hier alle niederzumähen«, entgegnete ich und nahm trotzdem geistige Verbindung zu den Überwachungssystemen und Geschützen auf.

»Musst du nicht. Eventuell reicht ein auf den Boden gerichtetes Kugelfeuer als Ablenkung für uns aus, um hinter die Rezeption zu kommen.«

»Wie hoch stehen die Chancen dafür, dass das funktioniert?«

»Wenn ich dir das sage, sinkt die Wahrscheinlichkeit weiter«, erwiderte er halb im Scherz. »Wenn's nicht klappt, können wir uns mit Waffengewalt befreien.«

»Na gut.« Ich zog mir die Kapuze meines Mantels tief ins Gesicht und bedeutete Noah, dasselbe zu tun, während ich ihm den Plan übermittelte. Julien aktivierte seinen Helm und stellte sich in eine sichere Ausgangsposition.

Die Geschosse zu hacken war ein Kinderspiel. Noah protestierte, doch ich schaltete die Frequenz zu ihm stumm. Wir brauchten jetzt Konzentration.

»Bereit«, übermittelte ich Julien.

»Hier wird's gleich richtig laut«, warnte der Android uns vor. »Und hier werden viele Personen auftauchen. Jede Sekunde zählt.«

Noah krallte seine Finger in meinen Mantel, in dem Moment, in dem ich die Maschinengewehre aktivierte und so gut wie möglich auf den Boden ausrichtete. Er war aus Stein, also waren Querschläger nicht unwahrscheinlich. Hoffentlich waren die Westen dieser Einheit so dick, wie sie aussahen.

»Drei, zwei, eins«, zählte ich ab, dann ließ ich den Kugelhagel starten. Der Krach donnerte schmerzhaft in meinen Ohren, Schreie und Rufe vermischten sich mit den Geräuschen der auf den Boden einprasselnden Geschosse.

Der Plan ging auf! Die Polizisten zogen sich hinter die Tür zurück, und eine Staubwolke bildete sich von all dem alten Putz, der durch die vom Boden abprallenden Kugeln von den Wänden abgesprengt wurde.

Julien wartete nicht, bis Noah und ich bereit waren, sondern packte uns erneut, um uns in den Raum hineinzuziehen. Wir schlitterten hinter die Rezeption, und Julien, durch die Scanner in seinen Augen deutlich sicherer in seinen Bewegungen, machte eine Sekunde später einen Schalter direkt hinter dem Pult aus, auf den er wahllos schlug.

BINGO!

Eine Steinplatte, nahezu nahtlos in den Boden eingelassen, schob sich zur Seite, und sobald der Spalt breit genug war, drückten wir uns nacheinander hinein, um kurz darauf mehrere Meter ins Unbekannte zu stürzen.

Als ich am Boden ankam und auf einem Haufen öliger Matratzen landete, hatte sich die Luke über uns bereits geschlossen.

»Scheiße«, zischte Noah und rappelte sich auf, bereit, jeden Moment weiterzulaufen. »Haben die uns gesehen? Wissen die, wo wir hin sind?«

Ich sah mich rasch in dem heruntergekommenen Kellergewölbe um, in das wir gefallen waren. In einigen Ecken standen Kerzen, die nahezu heruntergebrannt waren. Nicht einmal elektrisches Licht also. Johnson war wirklich verdammt vorsichtig. Nachdem ich sichergestellt hatte, dass wir allein hier unten waren, wies ich Julien an, nach einem Ausgang zu suchen, und scannte dann den Bereich über uns, ohne die Gewehre zu deaktivieren. Das Einsatzteam würde eine ganze Weile brauchen, bis es die zentrale Steuerung dafür gefunden hätte. Bis dahin wären wir längst fort.

Es herrschte Aufruhr. Von den Polizisten, die ich untersuchte, hatte uns niemand hinter der Staubwolke erahnen können.

»Ich glaube, sie haben uns nicht bemerkt«, versuchte ich mich in vorsichtiger Hoffnung.

»Hier drüben«, ließ uns Julien mit gesenkter Stimme wissen. Ich setzte mich in Bewegung, schaute allerdings noch einmal zu Noah zurück, der wie angewurzelt dastand. Angespannt und als wäre er nach wie vor bereit, zu rennen, konnte aber nicht. Er sah mich schweißüberströmt an.

»Komm schon«, flüsterte ich. »Wir sollten hier schnell weg.«

Fast mechanisch setzte er sich in Bewegung, um mir zu folgen. Wir steuerten auf einen alten Lastenaufzug zu, den Julien gerufen hatte. Die Schreie und das Donnern der Gewehre über uns waren nur dumpf zu erahnen.

»Julien, überprüfe die Erkenntnisse des Einsatzteams, und halt mich auf dem Laufenden, falls sie die Luke finden oder unsere Spur ausfindig machen«, wies ich ihn an, als die metallenen Schiebetüren sich öffneten. Ich atmete einige Male tief ein und aus, bevor wir eintraten, dann schaute ich die beiden Männer abwechselnd an.

Noah, noch so leichenblass im Gesicht, als würde er sich gleich übergeben, rang sich ein mattes Lächeln ab. »Jetzt hast du mich ja doch gerettet.«

Ich warf ihm den bösesten Blick zu, den ich aufsetzen konnte, und wollte gerade etwas erwidern, als eine Kontaktanfrage von Shane bei mir einging.

Die Stirn gerunzelt nahm ich sie an, während die Türen sich knarzend schlossen und das alte Gefährt sich in Bewegung setzte. Viel zu laut, für meinen Geschmack.

»Was ist los?«, wollte ich im Geiste wissen.

»Ich …« Das Schweigen am anderen Ende der Leitung versetzte mich sofort in Alarmbereitschaft.

»Shane?«

»Ich fühle mich nicht so gut.« Allein das kleine Fragment aus seinem Geist, das er mir schickte, ließ mir eine Gänsehaut über den Körper fahren. So düstere Gedanken, so endloses Chaos. Es versetzte meinem Herzen einen Stich.

»Hey, du sollst das nicht machen«, mahnte ich ihn. Ich konnte nicht noch mehr Durcheinander in meinem Kopf gebrauchen. »Soll ich kommen?«

»Ich … ich weiß nicht.«

Das bedeutete Ja. »Ich kann kommen und dir beim Defragmentieren helfen. Bin eh unterwegs.«

Er bestätigte leise und beendete die Verbindung ohne ein weiteres Wort.

Kapitel 3

Die Rückkehr einer finsteren Erinnerung

In vielen Bereichen des Sub-Levels war es zu jeder Tageszeit still. Im Gegensatz zu den belebten Straßen der oberen Stadtebenen waren die Menschen, die hier lebten, wie Geister. Ich rief es mir ins Gedächtnis, wenn ich allein durch die finsteren Gassen streifte, die bei Tag nicht mehr Licht erreichte als zu den tiefsten Nachtstunden.

Ich dachte daran, wie ich aus schmutzigen Fenstern geschaut und gewartet hatte, dass die Wege frei wurden, bevor ich mich hinausgewagt hatte. Die Angst, überfallen oder verhaftet zu werden, sobald ich das Haus verließ, war zu einer alten Wahrheit geworden, die ich noch immer fürchtete. Julien und ich hatten unsere Fenster nie geputzt, damit niemand auf die Idee kam, jemand würde in dem winzigen Coffin leben, den wir unser Heim nannten. Die Lampen und Lichter hatten wir gelöscht, um keine Aufmerksamkeit zu erregen.

Ein Leben in Dunkelheit.

Zog ich durch die Gassen, so eng, dass kaum ein Mensch durch sie hindurchpasste, eingepfercht zwischen bröckeligen Mauern und den Straßen der über mir liegenden Ebenen, erinnerte ich mich daran, woher ich stammte. Aus den Gossen. Der untersten Schicht der Städte und der Gesellschaft. Im Gegensatz zu allen Menschen hier hatte ich das Unmögliche geschafft: zu entkommen.

Julien hatte ich mit Noah geschickt, damit er ihn sicher nach Hause eskortieren konnte. Vielleicht hatte ich mich vorher ein wenig zu sehr aufgespielt, mit dem ganzen Gerede darüber, dass wir ihn nicht beschützen würden. Ich hatte nur verhindern wollen, dass er uns ein Klotz am Bein werden würde. Dass er einen *solchen* Schrecken bekam, hatte ich nicht gewollt. Sogar ich selbst war noch durch den Wind, dabei waren wir längst in Sicherheit.

Ich trat in Shanes Wohnhaus ein, stieg durch die Dunkelheit das nach Fäulnis riechende Treppenhaus hinauf und sendete ihm eine kurze Information, dass ich auf dem Weg war. Er sollte sich nicht erschrecken, wenn ich plötzlich vor seiner Tür stand.

Das Knarzen der schweren Metalltür im sechsten Stock war so laut, dass mir Schweiß auf die Stirn trat. Vielleicht eine Überreaktion, hervorgerufen von Erinnerungen, vielleicht berechtigte Angst. Das Sub-Level war meine Heimat, aber keine, die ich vermisste.

Shanes Wohnung bestand aus zwei winzigen Räumen. Ein Wohn- und Schlafzimmer und eine Küche, in der sich auch das Bad befand. Der Coffin war mir vertraut. Ich war fünf Jahre alt gewesen, als Shanes Tochter und Frau mich bei sich empfangen und ihre Essensrationen mit mir geteilt hatten. Sie waren nach Julien die ersten Personen, an die ich mich erinnerte.

Jetzt schien es leer in der winzigen Wohnung zu sein. Im Gegensatz zu meinen Erinnerungen wirkte sie mit ihren zwei kleinen Zimmern fast zu groß für einen einzigen Menschen. Die Enge, die hier geherrscht hatte, wenn Julien und ich zu Besuch gewesen waren, hatte sich heimisch angefühlt.

Zwei weiße Lichter blinkten in den Ecken der Wohnung und beleuchteten das Chaos. Ich ignorierte die auf dem Boden liegende Kleidung, die das Gehen erschwerte, und steuerte auf das Bett zu, auf dem Shane lag.

Selbst im blassen Licht sah er kreidebleich aus.

»Da bin ich«, murmelte ich. »Tut mir leid, dass es so lange gedauert hat.«

Er antwortete gar nicht, sondern starrte an die fleckige Decke über sich.

»Ich weiß nicht, wie weit ich komme.«

»Ist okay.« Er nuschelte nur.

Ich bereitete mich innerlich darauf vor, in sein Gehirn vorzudringen und für etwas Ordnung zu sorgen, auch wenn ich wusste, dass alles, was ich tun konnte, oberflächlicher Natur war. Die Informationen in seinem ADIC waren teils bis zur Unkenntlichkeit fragmentiert, Erinnerungen zerbrochen und durch Gedanken ersetzt, die nicht seine waren. Nach dem Tod seiner Tochter und dem Selbstmord seiner Frau vor einigen Jahren hätte er dringend zu einem Mindcenter gehen sollen, um all das Negative, all das Chaos, das sich in seinem Speicher abgesetzt hatte, zu entfernen. Doch er fürchtete sich zu sehr davor, Wichtiges zu verlieren, das er nie wiederbekommen könnte.

Ich loggte mich ein und konzentrierte mich auf meinen Atem.

»Lösch nichts Wichtiges«, murmelte Shane, regte sich aber kein Stück.

Ich wies ihn nicht noch einmal darauf hin, dass er psychologische Hilfe brauchte. Ich wies ihn nicht noch einmal darauf hin, dass er sich bereits vor dem Tod seiner Familie an ein Mindcenter hätte wenden sollen, um das Mindloss-Syndrom zu behandeln, an dem er schon seit seiner Kindheit litt. Ich wies ihn nicht darauf hin, dass er sich mit dem Geld, das er durch mich verdiente, eine andere Wohnung leisten sollte. Weit weg von der Dunkelheit um ihn herum, damit er sich um die in seinem Herzen kümmern konnte.

Ich schwieg und begann mit der Arbeit.

Kapitel 4

Das Driften eines beklommenen Geistes

Am Abend, nachdem ich Julien hinausgeschickt hatte, um einige Einkäufe zu tätigen, schneite es. Ich hatte das Licht in der Wohnung gelöscht, um die Schneeflocken beobachten zu können, wie sie von den Scheinwerfern der vorbeischwebenden Wagen, der Werbereklame und den hängenden Laternen angeleuchtet wurden. In etlichen Farben blitzten sie auf, wie ein Meer aus Glitzer oder wie all die Sommersprossen auf Juliens Wangen.

Das beruhigte mich ein wenig.

So nah, wie wir heute daran vorbeigeschlittert waren, gefangen genommen zu werden, dachte ich nun darüber nach, was mich eigentlich davon abhielt, diesen Auftrag fallenzulassen. Es gab keinen brauchbaren Hinweis, sogar der Untergrund war blockiert, und mit jedem Korn, das wir entdeckten, wurde klarer, dass wer auch immer hinter den Anschlägen steckte, eventuell eine Nummer zu groß für uns war. Ein Gegner, mit dem wir uns vermutlich nicht anlegen sollten.

Fuck, ich war sogar bekannt dafür, dass ich nie unnötige Risiken einging. Was war hieran anders? Das konnte doch nicht nur Neugier sein, oder? Verfolgte ich diese ganze Sache wirklich, weil sie mir das Gefühl gab, etwas Richtiges zu tun?

Das wäre ungewöhnlich. Ich sollte Julien danach fragen, wenn er zurückgekehrt war. Er war inzwischen ohnehin so etwas wie mein Gewissen.

Lora Hiland hatte mich bei der Razzia heute nicht gesehen, und ich hatte herausgefunden, dass der Einsatz die Idee ihres Partners

Cameron gewesen war. Scheinbar hatten sich die Ermittlungen der beiden in unterschiedliche Richtungen entwickelt.

Dass mir der neue Partner von Lora so unerwartet dazwischenfunken würde, hatte ich nicht kommen sehen. Ich hatte seine Rolle bisher als zu unwichtig eingeschätzt und würde ihn in Zukunft besser überwachen.

Wenn ich den Fall denn weiterverfolgte.

Ich verschränkte die Hände hinter dem Kopf, schloss die Augen und atmete tief durch. Die Wärme meines Bettes fühlte sich gut an, aber nicht ganz nach Geborgenheit. Manchmal fragte ich mich, ob ich dieses Gefühl überhaupt kannte.

Ich war halb eingeschlafen, als ich Schritte von draußen hörte, jedoch nicht überprüfte, weil ich der Überzeugung war, dass es Julien wäre, der zurückkehrte. Und weil ich viel Energie dafür aufgewendet hatte, Shanes Gedanken ein wenig zu befreien, auch wenn es vermutlich nicht viel genutzt hatte.

Ich lauschte erst auf, als es an der Tür klopfte, richtete mich auf und blinzelte verschlafen durch die Dunkelheit. Es dauerte einen Moment, bis es mir gelang, meine Konzentration zu sammeln, um zu schauen, wer dort vor unserer Tür stand. In der Zwischenzeit klopfte es ein weiteres Mal, dieses Mal heftiger.

Und dann erkannte ich es.

Scheiße!

»Miss Lawson, sind Sie zu Hause?«, rief ein Mann, die Stimme durch die Tür gedämpft.

Scheiße, scheiße, scheiße! Ich stolperte von der Tür zurück und rang um einen klaren Gedanken.

»Wir sind vom Police Department Washington. Öffnen Sie die Tür. Wir haben ein paar Fragen an Sie.«

Folge 4

The Bomb

Kapitel 1

Das Beben einer urtümlichen Wut

Das Licht im Verhörraum war gedimmt. Aus den Fußleisten und aus dem oberen Bereich der Wände drang ein bläuliches Schimmern, fast wie von einer Notbeleuchtung. Es gab nichts, an dem ein müder, irrender Blick besonders lange haften konnte. Glatte Wände wie aus Kunststoff stießen Gedanken ab und schickten sie leer zu der Person zurück, die inmitten dieser Tristheit hatte Platz nehmen müssen.

Diese Person war ich.

Und während ich hier saß, vergingen die Stunden …

An diesem Ort war es leicht, jedwedes Zeitgefühl zu verlieren. Hätte ich nicht die Möglichkeit besessen, mich durch meinen ADIC in die Gehirne der Menschen auf dem Revier zu loggen, wüsste ich nicht, ob es mitten in der Nacht oder längst Morgen war. So wie all die anderen, die sie gemeinsam mit mir aus ihren Betten geholt hatten.

Einzig und allein das Überwachen der Polizisten um mich herum hielt mich davon ab, den Verstand zu verlieren. Nachdem ich herausgefunden hatte, dass viele der Personen, die auf Sara Levys Beerdigung gewesen waren, festgenommen worden waren, um befragt zu werden, hatte ich mich zwar ein wenig entspannt, es war mir jedoch nach wie vor nicht recht, hier zu sein.

Ich wusste, dass die Polizei in der Lage und auch berechtigt war, die ADICs von Personen auszulesen, bei denen sie den Eindruck hatten, dass sie nicht die Wahrheit sagten. Und wenn sie mein Gehirn mit einer Technologie scannten, gegen die ich vielleicht noch nicht geschützt war, müsste ich mir eine verdammt gute Ausrede einfallen lassen, für das, was sie dort drin finden würden.

Ich hatte Kontakt zu Julien aufgenommen, aber ihm waren die Hände gebunden. Er hätte natürlich mit seinen Waffen das Polizeirevier stürmen und mich in einer waghalsigen Rettungsaktion herausholen können. Das würde allerdings ziemlich viel Aufmerksamkeit erregen.

Etwas mehr, als uns guttun würde, schätzte ich.

Lora Hiland betrat das Gebäude um etwa drei Uhr nachts, und von diesem Moment an beobachtete ich sie durch meine Gedanken Schritt für Schritt. Die Wachen in der verglasten Eingangshalle grüßten sie mit blutunterlaufenen Augen. Sie waren es gewöhnt, dass Lora ab und an um diese Uhrzeit auftauchte. Eigentlich wunderte sich niemand hier darüber.

Nur Lora selbst war genervt. Diese Emotion brodelte so heftig in ihr, dass sie sogar mich etwas wacher machte, als ich mich darauf konzentrierte, ihre Gedankenwelt näher zu erkunden.

Sie war nicht diejenige gewesen, die die Entscheidung getroffen hatte, diese Festnahmen mitten in der Nacht durchzuführen. Das war wieder ihr Partner Cameron gewesen. Und ich teilte ihre Wut über ihn und sich selbst.

Ich kam mir sogar endlos dumm vor. Hatte ich nicht gerade erst darüber nachgedacht, dass ich ihn würde überwachen müssen? Der Kerl musste echt gut sein, wenn es ihm gelang, mir sogar zwei Schritte voraus zu sein.

Aber da war noch etwas anderes. Cameron hatte sich unter den Personen befunden, die ich während der Stunden des Wartens verfolgt und untersucht hatte. Dabei war es mir so vorgekommen, als könnte ich in einen Teil seines Gehirns nicht vordringen. Ich sah seine Gedanken, seine Pläne und seine Gefühle, doch das alles war mir im Vergleich zu anderen Gedankenströmen viel zu oberflächlich erschienen.

Ich hatte diese Beobachtung zunächst meiner Müdigkeit zugeschrieben, aber nun, da ich erneut in Loras Geist herumstöberte, war ich mir sicher, dass die Eigenheiten in Camerons Kopf aus anderer Quelle rühren mussten, denn in ihrem war alles wie immer.

Dieser Sache würde ich nachgehen müssen. Es gab durchaus Personen, deren Art zu denken sich so weit von meiner unterschied, dass es mir schwerer fiel, in ihnen zu lesen. Wenn dies hier der Fall war, würde es mir helfen, dem Mann persönlich gegenüberzustehen, ihm in die Augen zu schauen, um direkteren Zugang zu ihm zu bekommen.

Lora war Cameron von der Hierarchie her überlegen, aber er hatte die jüngsten Entscheidungen scheinbar ohne ihr Wissen gefällt. Dieser Umstand frustrierte Lora mindestens genauso sehr wie mich. Im Gegensatz zu ihr würde ich aber hoffentlich herausfinden, was dahintersteckte.

Was mich zusätzlich beunruhigte, war, dass Cameron im Gegensatz zu Lora einer, zumindest für meine Einschätzung, valideren Spur folgte. Immerhin untersuchte er dieselben Orte wie ich. Das Einzige, was mir zugutekam, war, dass keiner der beiden mich in diesem Untergrundhotel gesehen hatte. Wenn das passiert wäre, müsste Julien mich hier wirklich mit Waffengewalt herausholen.

Ich beobachtete, wie Lora ihre Jacke auf ihren Schreibtisch warf, sich einen Kaffee aus der Küche holte und erst dann bei ihrem Vorgesetzten hereinschaute. Die Predigt, die sie ihm über die Befehlskette halten wollte, wurde von ihm im Keim erstickt. Sie entschuldigte sich kleinlaut bei ihm, obwohl es in ihr brodelte, und verließ sein Büro mit noch mehr Adrenalin in den Adern als zuvor. Es fiel ihr schwer, seine Tür nicht mit voller Wucht zuzuknallen.

Diese Frau wurde mir immer sympathischer.

Mit einem Stapel voller Akten in den Händen machte sie sich wenige Minuten danach auf dem Revier auf den Weg zu den Verhörräumen. Sie warf einen schnellen Blick auf die Akten derer, die noch zu befragen waren. Ich wusste nicht, was ich denken sollte, als meine diejenige war, die obenauf lag. Einerseits war ich erleichtert, hier nicht mehr herumsitzen zu müssen, andererseits beschleunigte sich mein Herzschlag. Ich hatte keine Ahnung, wie ich mich verhalten sollte.

Während Lora durch das Revier stapfte, studierte sie einige Infos über mich. Den falschen Namen, den ich mir als Kind ausgesucht hatte, den gefälschten Geburtsort und den gewöhnlichsten Lebenslauf, den man sich vorstellen könnte. Es freute mich, wie langweilig sie mich als Person fand, das war immerhin das Ziel, nach dem ich stets gestrebt hatte.

Meine pastellpinke Haarfarbe war das Einzige, das ihr in besonderer Weise auffiel, aber das war nichts Schlechtes.

Warum machte ich mir überhaupt solche Sorgen, dass meine Tarnung aufflog? Bisher hatte mein Profil jeder einzelnen Überprüfung standgehalten. Es war so unwahrscheinlich, dass sie mir gerade jetzt auf die Schliche kommen würden.

Andererseits ließ mich dieses unbestimmte Gefühl nicht los, von dem ich nicht wusste, woher es rührte. Das Gefühl, etwas Gewaltiges würde sich über mir zusammenbrauen, um bald über meinem Leben zusammenzubrechen. Und die Frage, warum sie Noah und seine Familie nicht festgenommen hatten, nagte ebenfalls an mir.

Das musste etwas zu bedeuten haben, oder?

In dem Moment, in dem Lora vor dem Raum, in dem ich saß, angekommen war und ihre ID an den Türöffner hielt, lösten sich die Verriegelungen, und das Licht im Raum schaltete sich ein. Grell und viel zu weiß kam es mir vor, sodass ich einige Male blinzeln musste, um meine müden Augen an die Helligkeit zu gewöhnen.

Es war ein eigenartiges Gefühl, Lora das erste Mal von Angesicht zu Angesicht zu sehen. Ich hatte es schon oft erlebt, dass ich Menschen beobachtet hatte, sie von vorn bis hinten kannte, ihre tiefsten Ängste, ihre düstersten Geheimnisse, ihre Vergangenheit und ihr Leben – doch diese Menschen schauten mich an und kannten nicht mehr als meinen Namen. Manchmal nicht einmal den. Das war jedes Mal aufs Neue irritierend.

Bei ihr war es trotzdem irgendwie anders, denn in ihrem Kopf hatte ich nicht nur nach einer Information gesucht. Ich hatte versucht, sie zu verstehen. Es würde mich einiges an Konzentration kosten, sie das nicht spüren zu lassen.

Die Frau mit dem streng gebundenen blonden Zopf und den tiefen Augenringen wünschte mir einen guten Abend, schloss die Tür hinter sich und setzte sich mir gegenüber an den Tisch.

»Miss Atlas Lawson, richtig?«

Ich nickte bestätigend und bemühte mich, wie ein gewöhnlicher Mensch zu reagieren. »Es war ehrlich gesagt ein ziemlicher Schock, als Ihre Kollegen plötzlich bei mir vor der Tür standen. Ich lag schon im Bett.« Das war etwas, was eine normale Person erwidern würde, oder? »Ich war wirklich froh, dass ich mir richtige Kleidung anziehen konnte, bevor ich hergebracht wurde.«

»Ja, es tut mir leid, dass wir Sie um diese Uhrzeit belästigt haben. Aber der Fall, den wir bearbeiten, lässt leider keine Zeitfenster offen.« Sie glaubte selbst nicht an das, was sie sagte. Sie war genervt davon, um diese Uhrzeit herbeordert worden zu sein. Ich musste nicht einmal ihre Gedanken lesen, um das zu erkennen.

Ihrer Meinung nach waren alle Menschen, die befragt werden sollten, nicht von Relevanz. Das gab mir einen entscheidenden Vorteil.

»Worum geht es denn?« Ich fühlte mich dämlich dabei, so unschuldig zu tun. Selbst ein uninformierter Mensch würde sich denken können, was hier los war. Inzwischen war öffentlich, woran Sara Levy gestorben war, nachdem der nächste Hive-Mord von der Polizei nicht hatte verdeckt werden können. »Hat es mit Sara zu tun?«, fügte ich deswegen an. Ich durfte nicht zu dümmlich wirken. Das würde ebenfalls auffallen.

»Ich darf Ihnen leider keine Details mitteilen. Ich möchte Ihnen lediglich ein paar Fragen stellen. Danach können Sie wieder nach Hause.«

Ich atmete tief ein und aus, presste meine Lippen zusammen und nickte erneut, bemüht um einen beunruhigten Ausdruck auf meinem Gesicht.

Lora blätterte die Akte durch und tat, als wenn sie sie genau studierte. Ich wusste nicht einmal, ob das Schauspielerei war, um Druck aufzubauen, oder ob sie selbst einen Moment brauchte, um sich zu sammeln. »Miss Lawson, wie ich sehe, waren Sie auf der Beerdigung von Sara zugegen. Ist das richtig?«

»Ja.«

»In welcher Beziehung standen Sie zu der Verstorbenen? Kannten Sie sie persönlich?«

»Ich bin die Freundin von Noah Levy, ihrem Bruder«, blieb ich bei der Ausrede, die wir Noahs Verwandten aufgetischt hatten. Das war wohl das Beste, immerhin war das mit ihm abgesprochen. »Wir sind noch nicht lange zusammen, deswegen durfte ich seine Schwester nie persönlich kennenlernen. Seine Kunst hat mich damals einfach verzaubert.« Ich setzte ein möglichst verliebtes Lächeln aufs Gesicht. Das mit seiner Kunst war nicht gelogen.

»Uns ist aufgefallen, dass Sie bisher nie öffentlich mit Noah Levy zu sehen waren. Wir haben Aufnahmen überprüft und festgestellt, dass die Beerdigung der erste Anlass war, auf dem Sie zu zweit zugegen waren. Ist das richtig?«

So genau hatten sie die Anwesenden überprüft?

»Ja. Wir hatten unsere Beziehung bisher privat gehalten. Nicht einmal seine Familie wusste davon.« Ich zuckte mit den Schultern. »Wir versuchen noch herauszufinden, was genau das zwischen uns ist. Ihn zur Beerdigung seiner Schwester zu begleiten war für mich trotzdem eine Selbstverständlichkeit.« Ich schüttelte ganz sacht den Kopf, als wäre meinen Freund zu einer Beerdigung zu begleiten das Gewöhnlichste auf der Welt. Für die meisten Menschen war es das wohl auch.

Ich erkannte in Loras Gedanken, dass sie diese Ausrede schlüssig fand. Viel mehr noch: Es war ihr scheinbar ein Rätsel, warum man mich und nicht Noah eingeladen hatte.

»Das ist verständlich«, sagte sie ruhig, hob ihren Blick allerdings nicht von der Akte.

War da noch etwas? Ja, irgendetwas an der Fassade des verliebten Dummchens kaufte sie mir nicht ab. Eventuell lag das an den blauen Flecken in meinem Gesicht, die von den noch nicht gänzlich verheilten Wunden sprachen. Oder etwas an ihrem nahezu übernatürlichen Spürsinn, den ich mir nicht erklären konnte.

»Darf ich Sie fragen, wie Sie sich die Wunde an Ihrer Stirn zugezogen haben?«

Scheiße. Es hätte mir klar sein sollen, dass sie danach fragen würde. »Ich, ähm … ich arbeite als Programmiererin bei Hypermind. Vor einigen Tagen bin ich auf dem Weg zur Arbeit in eine Demonstration von The Cell geraten.«

»Wurden Sie angegriffen?«, fragte sie und linste zu mir herauf. Ich hielt nicht viel von den Umweltschützern, weil sie den Behörden nichts als Ärger bereiteten.

Ich hob abwehrend die Hände, schüttelte den Kopf. »Nein, ich bin nur in ein Gedränge geraten und hab mir den Kopf am Geländer der Bahnunterführung angestoßen.« Zum Glück war ich eine so verdammt gute Lügnerin, und zum Glück waren diese Verletzungen in den letzten Jahren so alltäglich geworden, dass es kein besonderes Aufsehen mehr erregte.

Sie machte sich einige Notizen. »Haben Sie den Vorfall Ihrem Arzt oder Ihrer Krankenkasse gemeldet?«

Ich schürzte, in einem Versuch, peinlich berührt zu wirken, die Lippen. »Ehrlich gesagt, nein.« Ich kniff die Augen ein wenig zusammen und rieb die Hände aneinander, um Unwohlsein zu simulieren. »Meine Krankenversicherung ist nicht besonders gut, und … ich wollte nicht in den Kosten hochgestuft werden. Da das Hypermind-Viertel die nächsten Tage eh geschlossen bleibt, musste ich mich nicht krankschreiben lassen und …« Ich zuckte mit den Schultern, während ich so unschuldig wie möglich dreinschaute. »Ich dachte, ich übersteh das schon so.«

Sie machte sich weitere Notizen, aber ich las aus ihrem Gehirn, dass sie sogar Mitleid bei meiner Geschichte empfand. Auch die war Alltag für die meisten Menschen in der Mittelschicht.

»Gut«, schloss sie und nickte wie für sich selbst. »Ich habe kein Interesse daran, Sie länger als nötig hierzubehalten. Die Sache ist die: Wir haben die Freigabe, in diesem Fall alle ADICs zu überprüfen, wenn nur die geringste Verbindung zu unserem Fall besteht. Das bedeutet nicht, dass Sie unter Tatverdacht stehen. Je mehr Erinnerungen wir zusammentragen, umso schlüssiger wird das Bild, das sich hoffentlich ergibt. Ich hoffe also, dass Sie einer Untersuchung Ihres ADICs zustimmen.«

Fuck, ich hatte es befürchtet. Ich hatte zwar ein System entwickelt, das verhinderte, dass das Gerät in meinem Kopf von den üblichen Scannern an Bahnhöfen und Flughäfen erkannt wurde, aber ich wusste nicht, ob die Polizei im Geheimen Technologien einsetzte, von denen ich nichts wusste. Die ich noch nicht kannte. Technologien, mit denen sie mich vielleicht enttarnen konnten.

Ich presste die Lippen zusammen und runzelte die Stirn, versuchte, ehrlich bedrückt zu wirken; wie jemand, der aus normalen, menschlichen Gründen nicht wollte, dass jemand in seinem Gehirn herumschnüffelte.

»Kann ich diesem Eingriff widersprechen?« Ich bemühte mich erneut, so unschuldig wie möglich auszusehen.

Dieses Mal zog es bei ihr nicht. »Sie können gern Widerspruch gegen diese Vorgehensweise einlegen. Allerdings werden Sie sich dabei vor einem Gremium rechtfertigen müssen, was Ihre Gründe betrifft.« Lora legte ihre Hände aneinander und schaute mich konzentriert an.

Dass ich, ihren Informationen zufolge, eine Person aus der Mittelschicht war, die sich scheinbar an eine der wohlhabendsten Familien des Planeten herangemacht hatte, schien ihr nicht ganz zu gefallen. Sie würde mich auf keinen Fall ohne eine Überprüfung davonkommen lassen, egal, wie freundlich sie sich gab.

»Ich weiß, dass es ein unangenehmes Gefühl ist, sein Gehirn den Beamten offenzulegen. Ich habe das auch schon durchmachen müssen.«

Das stimmte sogar. Ich hatte in Loras Erinnerungen gesehen, dass ihr Gehirn regelmäßig überprüft wurde. Vor allem, um sicherzustellen, dass sie Stillschweigen über ihre aktuellen Fälle behielt.

»Es passiert relativ häufig, dass befragte Personen Einspruch einlegen. Tatsächlich ist das Prozedere, das darauf folgt, meist aber so anstrengend und nervenaufreibend, dass die Betroffenen einem Prozess selten standhalten. Ich persönlich würde Ihnen empfehlen, dass Sie sich, wenn Sie nicht sehr heikle Information in Ihrem Kopf haben, der Untersuchung stellen. Es dauert nicht lange, und Sie können gleich danach nach Hause. Und wir können uns ein wenig besser mit dem Umfeld vertraut machen, in dem Sara Levy sich aufhielt. Ich kann Ihnen versichern, dass wir extrem vertraulich mit Ihren persönlichen Daten umgehen werden. Natürlich werden wir dazu vorher auch diverse Datenschutzunterlagen mit Ihnen durchgehen und beiderseitig unterzeichnen.«

Ich spürte, wie sich Schweiß auf meiner Stirn bildete. Scheiße, was sollte ich tun? Wenn ich mich länger weigerte, fiele das auf. Es war allgemein bekannt, dass man sich einer polizeilichen Befragung nicht entziehen konnte, außer man war jemand aus einer großen Firma oder von einem privaten Sicherheitsdienst. Solche Menschen waren die Einzigen, die der Auslesung ihres ADIC entgehen konnten.

Mir blieb im Grunde nichts anderes übrig, als einzuwilligen. »Nein, ist … ist in Ordnung.« Reagierte ich über? Vielleicht würden sie überhaupt nichts finden. Vielleicht würden meine Blockaden funktionieren.

Aber ich konnte mir nicht sicher sein!

»Sehr schön«, sagte Lora und klappte ihre Akte demonstrativ zu. Es erfüllte sie mit einem Hauch von Anerkennung, dass ich nicht gesagt hatte, sie sollten lieber Noah überprüfen. Das war die Reaktion gewesen, die sie offenbar von mir erwartet hatte.

Ehrlich froh darüber, nicht weiter mit mir diskutieren zu müssen, schenkte sie mir ein Lächeln. »Warten Sie bitte hier. Ich mache sofort die Unterlagen fertig, und wir bringen alles schnell hinter uns. Dann können wir beide bald wieder ins Bett.«

Lora erhob sich und ging durch den kleinen Raum. In dem Moment, in dem sie allerdings die Tür öffnen wollte, sprang diese von allein auf. Die Verriegelungsmechanismen wurden von außen deaktiviert – und Cameron Pratt trat ein.

Der junge Mann setzte einen überraschten Ausdruck auf seine nahezu marmornen Züge. Bis auf das etwas strubbelige hellbraune Haar wirkte er wie frisch aus dem Ei gepellt. Der Blick seiner klaren, blauen Augen lag so wach und scharf auf mir, dass mich eine Gänsehaut überfuhr.

Und bevor er auch nur ansetzen konnte, zu sprechen, wurde mir etwas klar. Etwas, das mir nicht beim Auslesen seines Gehirns aufgefallen war und auf das ich nie gekommen wäre, weil weder Lora Hiland noch seine Kollegen oder sein Vorgesetzter es wussten: Dieser Mann war ein Android.

Nun, wo er vor mir stand, wo ich all die Blockaden in seinem Gehirn wahrnahm, die ich zwar gesehen, aber anders interpretiert hatte, fragte ich mich, wie mir das nicht sofort hatte klar sein können. Die Struktur seiner Gedanken war anders als die eines normalen Menschen. Geordneter, strukturierter. Gleichzeitig dennoch ein wenig chaotischer als die von Julien.

Er erschien mir wie ein Mischwesen. Die bunten Sommersprossen auf seinem Gesicht fehlten, was es für einen Außenstehenden fast unmöglich zu erkennen machte, dass dieser Mann kein Mensch war.

Und Lora Hiland wusste es nicht.

Sie wusste es nicht. Was war hier los?

»Lora, was machst du denn hier?« Ich dachte, in seinem Gehirn so etwas wie echte Überraschung festzustellen. Dazu waren Androiden eigentlich gar nicht in der Lage.

War er ein neues Modell? Und warum wusste niemand im Revier, was er war? Von wo stammte er?

»Ich führe eine Befragung durch.« Sie machte sich nicht einmal die Mühe, zu verbergen, dass sie nicht gut auf ihn zu sprechen war. »Ich mache gleich die Unterlagen für die Auslesung fertig. Das sollte schnell gehen.« Sie zog die Augenbrauen fordernd hoch, den stillen Vorwurf deutlich in ihren hellen Augen.

Cameron hob die Hände und schüttelte rasch den Kopf. »Nein, nein, alles gut«, entgegnete er. »Miss Lawson wurde bereits überprüft. Wir haben die Daten gesichert und nichts Außergewöhnliches gefunden. Sie kann also wieder nach Hause.« Der junge Mann schaute zum ersten Mal zu mir herüber und schenkte mir ein ehrliches Lächeln.

Was hatte das nun zu bedeuten? Ich war nicht überprüft worden. Oder besaßen sie irgendwelche Mechanismen, einen ADIC auszulesen, ohne dass man es bemerkte? Normalerweise musste man dafür in eine dieser Röhren, in denen man fünf Minuten lang stillstehen musste, während einen die Geräte scannten. In Loras Gehirn hatte ich nichts Gegenteiliges gesehen.

War das eine Verwechslung? Führte dieser Typ irgendetwas im Schilde? Ich wusste nicht, was ich davon halten sollte, und, scheiße, ich konnte nur rudimentäre Gedankenfetzen aus ihm lesen.

Ich sollte froh darüber sein, hier rauszukommen, aber … Nein, mein Unwohlsein steigerte sich ins Unermessliche, wenn ich diesen Kerl anschaute.

Lora wandte sich wieder zu mir, schüttelte leicht den Kopf. »Sie wurden schon überprüft? Warum haben Sie das nicht gleich gesagt?«

Ich hatte nicht einmal Zeit zu antworten, da schaltete Cameron sich erneut ein. »Wir haben ja jetzt diese neue Methode. Und es ist spät«, erklärte er für mich. Er musterte mich so eigenartig aus dem Augenwinkel. »Es tut mir wirklich leid wegen der Umstände, die wir Ihnen bereitet haben. Sie können jetzt nach Hause gehen.« Cameron bedeutete mir mit einer ausladenden Geste, ihm zu folgen.

Ich nickte mechanisch. »Ich … ich scheine mir den Kopf wohl doch etwas mehr angestoßen zu haben, als ich dachte«, schloss ich mich Camerons Ausrede mit gerunzelter Stirn an.

Lora schluckte die ganze Sache nicht.

»Ich würde gern die Unterlagen dazu sehen«, meinte sie zu ihrem Kollegen, der sie mit einem Blick bedachte, der ganz eindeutig »Jetzt mach doch vor der Fremden keinen Stress« signalisierte.

»Die liegen abgeheftet auf meinem Schreibtisch.«

Lora sah ihn noch eine ganze Weile lang wütend an, dann stürmte sie an ihm vorbei, hinaus aus dem Verhörraum.

Cameron lächelte mir entschuldigend zu und bedeutete mir, dass ich ihm folgen sollte. »Kommen Sie. Ich hole Ihre Jacke.«

Cameron hatte sich sicherlich hundertmal dafür entschuldigt, dass sie mich so spät geweckt und danach so lange festgehalten hatten. Es war bereits nach vier Uhr nachts, als ich endlich wieder in der Eingangshalle des Polizeigebäudes angekommen war und mich fragte, was gerade passiert war.

Während der Android mich persönlich durch einen Teil des Reviers begleitet hatte, hatte ich fast damit gerechnet, dass er etwas sagen würde, etwas tun würde, das mir einen Hinweis darauf gab, warum er mir so spontan zur Rettung geeilt war.

Aber er hatte sich bis zu unserer Verabschiedung am Lift komplett bedeckt gehalten, und obwohl mich das in Sicherheit wiegen sollte und ich wohl am einfachsten darauf schließen sollte, dass es sich bei dieser ganzen Sache nur um eine Verwechslung gehandelt hatte, gab mir das alles nur ein noch schlechteres Gefühl.

Ich musste diesen Auftrag abbrechen und die Stadt verlassen. Das Land vielleicht, am besten.

Ich war so darauf fokussiert gewesen, hinter die Mysterien zu kommen, die sich im Revier abgespielt hatten, dass ich erst damit konfrontiert wurde, was davor lag, als ich in die verglaste Vorhalle getreten war und den Lärm wahrnahm, der sie erfüllte.

Dutzende schwer bewaffneter Polizisten sammelten sich hier, die Gesichter dem Eingang zugewandt. Und davor: The Cell. Die Aktivisten demonstrierten direkt vor dem Polizeirevier Washington.

Mitten in der Nacht.

Ich presste die Jacke enger an meinen Oberkörper und trat weiter in die Mitte des nur spärlich beleuchteten Raumes. Cameron hätte mich ruhig darauf hinweisen können, dass da draußen die Hölle tobte.

Die Demonstranten unterschieden sich auf den ersten Blick nicht von anderen. Die Uhrzeit und der Ort machten mich allerdings stutzig, also suchte ich in ihren Gehirnen nach Hinweisen, was dieser Aufmarsch zu bedeuten hatte.

Die Wut und Gewaltbereitschaft, die ich vorfand, jagten mir einen eisigen Schauer über den ganzen Körper. Das war mehr als eine bloße Demonstration. Die Mitglieder schienen das Ziel zu haben, in das Revier einzudringen, das zu dieser Zeit nicht voll besetzt war.

»Sie wollen sicher zur Bahn, junge Frau?« Einer der Polizisten wandte sich zu mir um und schaute dann demonstrativ zu den Menschen in ihren gelben Anzügen. »Ich weiß nicht, ob das eine gute Idee ist.«

Ich blinzelte einige Male perplex und neigte meinen Kopf leicht. »Bedeutet das, ich muss hierbleiben?« Ich hatte keine Lust, mich noch länger hier aufzuhalten. Es musste doch so etwas wie einen Notausgang geben. »Ich würde gern nach Hause.«

Der Beamte in seiner schwarzen Schutzkleidung zuckte mit den Schultern. »Ich habe nicht die Befugnis, Sie hier festzuhalten, Miss. Ich kann Ihnen nur davon abraten, dort hinauszugehen. Wie Sie vielleicht in den letzten Tagen mitbekommen haben, sind die Mitglieder von The Cell auf Krawall gebürstet. Einige von ihnen sind bewaffnet, und sie blockieren sämtliche Eingänge. Wir versuchen, sie zurückzudrängen, aber …« Er sprach nicht weiter, weil ihm vermutlich aufging, dass er nicht verpflichtet war, mir alles zu erklären.

Ich war nicht traurig darüber, immerhin konnte ich in seinen Gedanken die Fortsetzung des Satzes lesen.

Dieser Angriff hatte erst vor weniger als dreißig Minuten gestartet, was erklärte, warum ich nichts von ihm mitbekommen hatte. Das Revier war heillos unterbesetzt. Die Special Forces mussten sich erst einfinden, und bis sie vollständig waren, würde es der Einschätzung meines Gegenübers nach wohl bis zum Morgengrauen dauern.

Ich kratzte das letzte bisschen Konzentration zusammen und ging meine Optionen durch. Verdammt, es gab einfach zu viele Probleme zu lösen.

Ich hatte Julien zuvor angewiesen, in der Wohnung zu bleiben, um kein zusätzliches Aufsehen durch sein Herkommen zu erzeugen. Jetzt wünschte ich mir, er wäre hier. Ich könnte ihn kontaktieren, damit er mich sicher durch die Menge eskortierte. Andererseits war ich froh, dass ich ungeschoren aus der Befragung gekommen war, und wenn Cameron oder Lora auf den Überwachungsbändern sahen, dass ein ehemaliger Kampfandroid eine gewöhnliche Programmiererin begleitete, könnte das ihr Interesse wieder entfachen.

Ich konnte natürlich warten, bis sich die Situation entschärft hatte. Mir von irgendwoher einen Kaffee besorgen.

Oder – und das war auch nicht zu vernachlässigen – ich könnte versuchen, mich durch einen der Hintereingänge hinausschleusen zu lassen. Die Gewalt von The Cell richtete sich nur gegen Industrieriesen und staatliche Institutionen wie Polizei und Sicherheitsdienste. Mich als Privatperson sollten sie eigentlich in Ruhe lassen.

Ich scannte weitere Gehirne, um meine Einschätzung der Situation zu verbessern, während ich mich bei dem Beamten bedankte.

Die Aktivisten waren einem Aufruf der Untergrundmedien gefolgt, der erst vor einigen Stunden von einem gesicherten Netzwerk aus versendet worden war. Ich konnte nicht nachvollziehen, von wem der ursprüngliche Appell zu dieser Aktion gekommen war. Ich war sicher, dass die Festnahme der Gäste und die Demonstration in keinem Zusammenhang standen, aber ein eigenartiges Gefühl gab mir das Aufeinandertreffen dieser Ereignisse trotzdem. Hatte die Polizei jemanden verhaftet, der mit drinhing? Ließ jemand seine Macht spielen, um vom Fall abzulenken?

Scheiße, ich wurde paranoid. Vermutlich waren die Menschen, die vor den verstärkten Glastüren standen und ihre Parolen brüllten, nur extremistische Vollidioten, die nichts Besseres zu tun hatten.

Unentschlossen, was zu tun war, und nach wie vor mitten im Raum stehend, nahm ich schließlich Kontakt zu Julien auf, übermittelte ihm die Bilder meiner Befragung und gewährte ihm Einblick in die Situation. Fast konnte ich hören, was er mir gleich empfehlen würde. Keine Risiken eingehen. Auf Nummer sicher gehen. »Wird wohl 'ne Weile dauern«, kommentierte ich also resigniert.

»Soll ich kommen?«, fragte er über unsere gedankliche Verbindung, doch ich schüttelte den Kopf. Vermutlich würde er sich eh nicht durch die Menge kämpfen können, ohne Aufmerksamkeit auf sich zu ziehen.

»Ich werde mir die Zeit damit vertreiben, hier herumzusitzen und herauszufinden, worum es bei dieser Aktion überhaupt geht«, beschloss ich für mich selbst.

Juliens Alarmglocken schallten. Er machte sich Sorgen. Nach einem kurzen Seufzen bestätigte er dennoch meinen Wunsch und sagte: »Dann bleibe ich in Bereitschaft. Bist du sicher, dass ich nicht zumindest in deine Nähe kommen soll?«

Ich trat einen Schritt weiter an die Glastür heran und fuhr mir überlegend mit der Zunge über die Lippen. »Ich bin unsicher. Wir sollten es vermeiden, Aufsehen zu erregen. Die Polizei muss nicht unbedingt wissen, was für ein Modell du bist. Halten wir uns bedeckt. Wenn die Luft rein ist, komme ich nach Hause.«

»Geht klar, Boss. Ich bleibe trotzdem in Bereitschaft.«

Ich lächelte über seinen winzigen Akt der Rebellion und beendete die Verbindung. Meine Gedanken glitten weiter zu den Personen, die sich um das Gebäude herum angesammelt hatten. Ihre Anzahl war unübersichtlich geworden. Ich konnte nicht einmal vermuten, wie viele sich auf dem Platz vor uns befanden.

Hier drin waren wir der Einschätzung der Einsatzkräfte nach sicher. Das Glas hielt wohl auch schweren Geschützen stand.

Trotzdem machten mich die Gesichter, die Gedanken und das leuchtende Gelb der Jumpsuits nervös. Es war in den letzten Tagen zu einem noch größeren Symbol des Terrors herangewachsen als in all den letzten Jahren.

Ich war so vertieft in Gedanken, dass ich erst nach einigen Sekunden bemerkte, dass die Schreie langsam lauter wurden. Das Chaos geriet außer Kontrolle. Wie auf Kommando begannen die Demonstranten, sich an die Türen und Fenster des Reviers zu drücken, als könnte es ihnen mit bloßer Körperkraft gelingen, das Panzerglas zu zerbrechen.

»Miss, bitte treten Sie zurück, und begeben Sie sich sofort in einen der anliegenden Wartebereiche!«, befahl der Polizist, mit dem ich vorhin gesprochen hatte, und nahm sein Maschinengewehr in Anschlag.

Ich folgte seinen Anweisungen, ohne weiter darüber nachzudenken, wirbelte herum und hechtete zur Tür.

Ein so heftiger Knall donnerte hinter mir, dass er mir bis in die Knochen fuhr, gefolgt von einem Zischen, das ich nicht einordnen konnte. Die Polizisten schrien Befehle in verschiedenen Sprachen. Der Lärm der Demonstration war auf einen Schlag lauter geworden.

Als ich mich herumdrehte, um zu erkennen, was geschehen war, sah ich Glas splittern. Die Außentür war durch irgendetwas Gewaltiges zerstört worden, das einige der Demonstranten in Mitleidenschaft gezogen hatte. Blut klebte an der Scheibe, einige Männer und Frauen gingen zu Boden, doch andere stiegen ohne Rücksicht über sie hinweg, um sich einen Weg ins Gebäude zu bahnen.

Die Polizisten bildeten einen Schutzwall um den zerstörten Eingang herum, richteten ihre Gewehre auf die Menschen und eröffneten das Feuer.

Das Geräusch der durch den Raum donnernden Kugeln riss mich aus meiner Starre, und ich setzte mich wieder in Bewegung, musste mich irgendwie in einen der anliegenden Räume retten. Die Mitglieder von The Cell hatten die Polizisten am Eingang bereits überwältigt, überrannt – vermutlich mit ihren eigenen Waffen. Es waren einfach zu viele!

Ich war fast bei einer der Türen angelangt, da erklang ein Schrei, übertönte alle anderen. Tief, markerschütternd und so grell, dass er sich in meinen Geist zu fressen schien: *»In Deckung!«*

Ich war nicht schnell genug. Ich hörte das Grollen der Explosion, bevor mich die brennend heiße Druckwelle erfasste und mich gegen die gegenüberliegende Wand schleuderte. Halb im Delirium wollte ich mich sofort wieder aufrichten, obwohl ich etwas Warmes, wahrscheinlich Blut, an meinem Kopf spürte und ein stechender Schmerz in meinen Rippen brannte.

Ich sah nichts als Schwärze, blinzelte mehrere Male, versuchte verzweifelt, mich wieder auf die Beine zu stemmen. Die Schreie um mich herum waren entweder verstummt, oder das Piepen in meinen Ohren war so laut, dass es sie übertönte.

Ich setzte einen Hilferuf an Julien ab, kurz bevor ich das Bewusstsein verlor.

Kapitel 2

Die Nachricht eines traurigen Mannes

Ruckartig erwachte ich aus einem traumlosen Schlaf, setzte mich auf und versuchte hektisch, meine Sicht wiederzuerlangen. Alles um mich herum war weiß und grell, sogar die hellen Laken des Bettes, auf dem ich lag. Alles schmerzte, von meinem Scheitel bis hin zu meinen Fingerkuppen. Es fiel mir schwer, gleichmäßig Luft zu holen, denn bei jedem Atemzug brannte mein Brustkorb, bei jeder Regung kribbelten Glieder unangenehm, und mein Kopf fühlte sich an, als würde er jeden Moment zerbersten.

Den Blick starr auf die Leere vor mir gerichtet versuchte ich fieberhaft, mich daran zu erinnern, was geschehen war, versuchte, die Bilder des letzten Traums vor meinem inneren Auge zu vertreiben, um mich darauf zu konzentrieren, was das Hier und Jetzt war.

Ein Krankenhaus. Die Explosion in der Polizeizentrale. Es kam langsam zurück.

War ich in Gefahr?

Zitternd hob ich die Finger, um meinen Kopf zu betasten. Ein Verband an der Stirn. Ebenfalls an den Händen. Ich war auf jeden Fall untersucht worden. Hatten sie etwas gefunden? Hatten sie mich gescannt und mein ADIC gesehen?

Scheiße, scheiße, scheiße.

Ich war allein in dem kleinen Zimmer. Ich wollte überprüfen, ob sich jemand in der Nähe befand. Jemand, der wusste, welchen Behandlungen sie mich unterzogen hatten, der wusste, was mit mir los war.

Doch es gelang mir nicht einmal, meine Fühler weit genug auszustrecken, um diesen Raum zu verlassen.

Ich war allein. Ganz allein.

Ich musste hier raus.

Schwach ließ ich meine rechte Hand zur anderen wandern, um die Nadel für den Tropf herauszuziehen. Vor den Fenstern war es zwar dunkel, aber je nachdem, wo in der Stadt wir uns befanden, hatte das nichts zu bedeuten. Es könnte genauso gut Mittag sein. In viele Bereiche Washingtons drang das Licht nie.

Ich setzte mich aufrecht hin, schob meine Füße behutsam über den Rand des Bettes, drückte die Decke weg und überlegte, ob es mir überhaupt gelingen würde, aufzustehen, so schwach, wie ich war.

Sollte ich mich sammeln? Sollte ich warten, bis Julien kam?

Ich wusste nicht, ob ich es geschafft hatte, eine Verbindung zu ihm herzustellen, bevor ich in Ohnmacht gefallen war. Ich hatte es versucht, daran erinnerte ich mich, aber ob es mir gelungen war? Ich war mir nicht mehr sicher, und jetzt gab es keinen Weg, es zu überprüfen.

Und selbst wenn ich es geschafft hatte: Wenn ich nicht mehr in der Lage war, Signale zu senden, würde er meinen Standort nicht ermitteln können.

Vielleicht wäre es das Beste, mich für einige Minuten zu sammeln, damit ich ihm zumindest meine Koordinaten übermitteln könnte. Eventuell brauchte ich nur ein paar Momente, um meine Konzentration zu bündeln. Andererseits: Wenn sich die Polizei irgendwo im Haus befand, wenn die Ermittler schon darauf warteten, mich zu befragen, weil sie irgendetwas gesehen hatten, das sie nicht hätten sehen sollen, dann musste ich hier weg. Ohne Verzögerung.

Ich atmete zitternd ein. Ich musste irgendwie herausfinden, was geschehen war, also sammelte ich all meine Kraft und schob mich aus dem Bett, bis meine nackten Füße den kalten Boden berührten, meine Hände wankend in die weißen Decken gekrallt.

Meine Kleidung war auf einen Stuhl neben das Bett gelegt worden. Umsichtig machte ich einen Schritt auf ihn zu. Meine Rippen schmerzten, mein Kopf, meine Finger. Der Halt, den mir meine Füße boten, war nicht sonderlich solide, doch ich konnte mich langsam fortbewegen.

So rasch, wie es mir möglich war, griff ich nach meinen von Blut und Staub beschmutzten Klamotten, streifte mein Krankenhaushemd ab und legte die zerschlissene Kleidung mit unkontrollierten Bewegungen an.

Hoffentlich war es Nacht. In diesem Outfit würde ich auffallen.

Leise Stimmen drangen vom Flur aus bis zu mir herein, und nur wenige Sekunden später schaltete sich das Licht im Zimmer aus, wich dem gedämmten Schimmer kleinerer Leuchten in den Ecken des Raumes. Offenbar begann die Nachtruhe.

Ich strich meine Kleidung glatt, im Versuch, sie trotz des Blutes und der Löcher irgendwie normal aussehen zu lassen, und machte mich wackelig auf den Weg zur Tür. Wenn sich nur wenige Leute auf dem Gang befanden, würde ich hoffentlich nicht so viele Fragen beantworten müssen.

Gerade hatte ich meine Hand auf die Klinke gelegt, da öffnete sich die Tür nach innen, und ich stolperte zurück, fiel fast zu Boden.

»Miss Lawson!«, rief die ältere Krankenschwester erschrocken, korrigierte sich jedoch sogleich und fuhr mit gesenkter Stimme fort. »Was machen Sie denn? Sie können noch nicht aufstehen!«

Kraftlos stand ich ihr gegenüber und versuchte, ihr meinen Blick so standfest wie möglich entgegenzurichten. »Ich …«, setzte ich an, brach jedoch ab. Nein, bevor ich in der Lage war, mir eine angemessene Ausrede einfallen zu lassen, musste ich einen weiteren Versuch wagen. Jetzt, wo sie so direkt vor mir stand, würde es mir vielleicht gelingen …

Ja, es funktionierte! Ich drang unter Schmerzen in ihr Gehirn ein und checkte so schnell wie möglich, ob man hier irgendetwas über mich wusste.

Ich hatte keine Operation gebraucht, die Prellungen und Mikrofrakturen erforderten allerdings einen längeren Krankenhausaufenthalt. Ich hatte definitiv eine Gehirnerschütterung. Das hatte ich gewusst, bevor ich meine Akte durch ihre Augen gelesen hatte.

Und sie hatten es nicht gefunden. Sie hatten die Optimierung meines Gehirns nicht gesehen.

Ich atmete auf, dann schüttelte ich leicht den Kopf, um sie intensiv anzuschauen. »Ich befürchte, ich muss gehen. Ich weiß nämlich nicht, ob meine Krankenversicherung das hier übernimmt.«

»Wir haben uns mit Ihrer Versicherung in Verbindung gesetzt, Miss Lawson. Es sollte keine Probleme geben.«

Es tat weh, den Kopf zu schütteln. »Nein, da gab es schon einmal Probleme. Und ich würde das gerne mit meinem Hausarzt besprechen.« Bevor sie mich unterbrechen konnte, hob ich beschwichtigend meine Hände und versuchte mich an einem müden Lächeln. »Es geht mir wirklich gut. Machen Sie sich keine Sorgen um mich. Ich würde nur gern erst mal nach Hause. Mit jemandem sprechen, den ich kenne.«

»Wir konnten leider keine Kontaktperson für Sie ausfindig machen.« Der Ausdruck, den die Schwester aufgesetzt hatte, war fast mitleidig.

»Ja, ich sollte mal meine Akten updaten lassen.« Demonstrativ schaute ich an mir hinab. »Ich habe, soweit ich das sehen kann, keine lebensgefährlichen Verletzungen.«

Die Schwester musterte mich von oben bis unten und nickte endlich. Nur sacht, aber sie nickte.

»Soll ich Ihnen ein Rezept ausstellen, für die Medikamente, die Sie in den nächsten Wochen brauchen werden?«

Ich hielt mich davon ab, erneut reflexartig den Kopf zu schütteln. Währenddessen bewegte ich mich auf sie zu und durch die Tür an ihr vorbei. »Nein, alles gut. Wenn Sie Kontakt zu meiner Versicherung aufgenommen haben, kann ich das auch über die regeln lassen. Ich rufe da gleich morgen an.«

Bevor die Schwester weiter protestieren konnte, trat ich in den

Korridor hinein. Auch hier war Nachtbeleuchtung eingeschaltet worden. Das schummrige Deckenlicht machte es mir und meinem angeschlagenen Gehirn schwer, mich problemlos fortzubewegen.

Nachdem ich in den Lift eingestiegen war, versuchte ich erneut, Julien zu erreichen.

Der Atem in meinen Lungen rasselte, als ich in die Nacht hinauswankte. Vielleicht war es keine gute Idee gewesen, mich auf eigene Faust davonzumachen. Mit jedem Schritt, den ich tat, spürte ich, wie ich schwächer wurde, wie sich der Schmerz in meinem Rücken verstärkte, wie der Schwindel heftiger wurde und wie ich mich immer mehr nach einem Bett sehnte. So sehr, dass ich mich am liebsten hier, direkt auf den schmutzigen, feuchten, kalten Boden der Straßen, niedergelegt hätte. Kein Gedanke erschien mir schöner.

Es war mir zwar gelungen, meinen Standort an Julien zu senden, aber ich hatte nicht lange genug die Verbindung zu ihm aufrechterhalten können, um zu überprüfen, ob er verstand, was ich von ihm wollte.

Hoffentlich würde er sich beeilen. Hoffentlich würde er gleich um die nächste Ecke biegen und mich nach Hause tragen.

Schwerfällig schlurfte ich in meinen Stiefeln am Gehweg entlang. Musik dröhnte aus anliegenden Clubs, kunterbunte Neonbeleuchtung erhellte die Straßen des Middle-Levels, ausgehend von gewaltigen Werbetafeln; zwischen ihnen noch immer ein paar Screens, auf denen die Biene von The Cell prangte. Es war unmöglich, zu sagen, ob diese Bildschirme nach wie vor gehackt waren oder ob sie Eigentümern gehörten, die mit der Organisation sympathisierten.

Früher wäre es mir egal gewesen. Jetzt wünschte ich mir diesen Zustand zurück. Diesen Zustand, in dem ich einfach an Bienen und Polizisten und Industriellen vorübergehen konnte, ohne zu befürchten, dass sie wussten, wer ich war. Ohne zu befürchten, dass sie irgendwie in dieser ganzen Sache mit drinsteckten.

Aber das war Wunschdenken.

Es würde lange dauern, bis ich diesen Status der Gleichgültigkeit zurückerlangen könnte. Bis ich Noah und diese ganze Verschwörung vergessen hätte.

Nur wenige Autos schwebten über die leuchtenden Bahnen zwischen den Startebenen. Vor einigen Tagen hatte die Nacht noch anders ausgesehen. Bunter, lauter, chaotischer. Nun trieben sich kaum mehr Menschen auf den Straßen herum; nur einige düstere Gestalten, die sich in Ecken herumdrückten und so schäbig wirkten, als würden sie überhaupt nicht in diese Stadtebene gehören. Als wären sie von weiter unten heraufgekrochen, weil die normalen Menschen, all die Schwächlinge, all die Wohlhabenden, sich in ihren Häusern verschanzten.

Dabei mussten sie doch wissen, dass sie Wände nicht vor etwas beschützen konnten, das so problemlos in jedes Gehirn drang.

Meine Füße schmerzten bei jedem Schritt. Es kam mir vor, als läge der Zwischenfall mit dem Kampfroboter inzwischen Wochen zurück, dabei waren seitdem erst wenige Tage vergangen. Ich sollte Julien bitten, ein Tagebuch anzulegen, um all das zu sammeln, das uns in letzter Zeit widerfahren war, all das zu ordnen und die Informationen neu durchzugehen wie Akten.

Aber nein. Nein, ich würde den Auftrag abbrechen. Das musste ich.

Ich fuhr mit den Händen über mein Gesicht, blinzelte einige Male heftig und hielt weiter auf die Bahnstation zu. Wenn Julien meinen Notruf empfangen hatte, würde er dort ankommen.

Das Licht der Station war gleißend weiß und brannte so intensiv in meinen Augen, dass es das Stechen hinter meiner Stirn weiter verstärkte. Ich wollte sie schließen und nie wieder öffnen. Doch selbst der Gedanke, in meinem Bett zu liegen und zu schlafen, erschien mir irgendwie zu anstrengend. Eigentlich wollte ich überhaupt nichts mehr.

»Hey Baby, alles okay bei dir?«

Ich machte mir nicht einmal die Mühe, mich umzudrehen, um zu schauen, aus welcher Ecke diese Stimme gekommen war.

»Hey du, mit den pinken Haaren, warte mal.«

Ein kalter Schauer lief mir über den Rücken. Es war also nicht nur irgendein Ruf gewesen, der Typ wollte tatsächlich etwas von mir. Ich blieb nicht stehen. Eventuell würde er abhauen, wenn ich ihn ignorierte.

»Hey Süße«, ertönte die Stimme kurz darauf direkt hinter mir. Und ich drehte mich um, um mit dem bösesten Blick, den ich aufzubringen in der Lage war, in das Gesicht des Kerls zu schauen, der mir gefolgt war.

Er sah nicht ganz so aus, wie ich erwartet hatte. Manchmal vergaß ich, dass nicht alle Begegnungen unbedingt so unbehaglich und gefährlich waren wie die, die ich auf dem Sub-Level erlebte. Der Mann war gut angezogen, wirkte müde, vielleicht vom zu langen Feiern oder von zu vielen Drogen. Seine Haut war schweißüberzogen, obwohl Minusgrade herrschten. Unser Atem schlug weiße Wölkchen aus.

»Lass mich in Ruhe, ja? Ich hab kein Interesse an irgendwas.«

Der Typ hob die Hände und schaute mich an wie ein Autoverkäufer, dessen Kunde gerade das Angebot des Jahrhunderts ausgeschlagen hatte. Er fuhr sich durch seine braunen Haare, kniff die Augen ein bisschen zusammen und musterte mich skeptisch. »Hey Süße, ich will dir gar nichts tun. Ich dachte nur, dass du vielleicht ein bisschen Lust auf Party hast.«

»Nein danke.« Ich versuchte, so abweisend wie möglich zu klingen, ohne diesen Typen weiter zu provozieren. Mir war durchaus klar, dass ich im aktuellen Zustand weder körperlich noch geistig in der Lage war, mich großartig gegen ihn zur Wehr zu setzen.

»Bist du sicher?« Er lächelte schelmisch. »Nicht mal eine Zigarette?« Mit schlanken Fingern klaubte er ein Schächtelchen aus der Tasche seiner geöffneten Jacke.

»Ich rauche nicht.« Wie konnte es sein, dass ich vor ein paar Tagen einen meterhohen Kampfroboter besiegt hatte und jetzt nicht mal mehr in der Lage war, einen aufdringlichen Typen abzuwimmeln?

Der Kerl interessierte sich überhaupt nicht dafür, was ich gesagt hatte, öffnete die Schachtel und zog eine Zigarette heraus. »Du solltest sie nehmen. Wirklich.« Er hob eine Augenbraue und sah mich irgendwie vielbedeutend an.

»Ist da … irgendwas drin oder so?« Ich hatte keine Lust auf diese Spielchen. Ich hörte bereits das Geräusch der Bahn, die am Ende des Gleises einfuhr. Hoffentlich war Julien drin. Oh bitte, lass Julien drin sein.

Der Fremde stand mir gegenüber, die Zigarette in der Hand, mir entgegenhaltend, blinzelte nicht einmal. »Du holst jetzt dein Portemonnaie raus, gibst mir einen Dollar, nimmst die Zigarette, und ich verschwinde. Klar?«

Unsere Blicke blieben ineinander verschränkt, während der Zug leise neben uns einfuhr. Die Türen öffneten sich, Menschen stiegen aus, wimmelten umher, während wir verharrten und ich es nicht wagte, wegzuschauen.

Irgendetwas war da.

Irgendetwas in den Augen dieses Fremden, das mir sagte, dass er mir nicht nur eine Zigarette verkaufen wollte.

Mechanisch zog ich die Briefbörse aus meiner Hosentasche. Hatte ich überhaupt Geld dabei? Fast alle Transaktionen liefen inzwischen über die ADICs ab.

Doch, tatsächlich. Da war ein einziger Dollar drin.

Ich zog ihn heraus, reichte ihn dem Fremden, nahm die Zigarette entgegen, und er bedankte sich leise, stieg in die Bahn, ohne sich umzudrehen.

Ich schaute ihm so intensiv hinterher, dass ich gar nicht bemerkte, dass Julien sich genähert hatte. Als er neben mir auftauchte, zuckte ich zusammen, wandte mich zu ihm um, und es verging kaum eine Sekunde, bis ich ihm in die Arme fiel.

»Ein Glück«, nuschelte ich in seinen Mantel, die Zigarette noch immer in der Hand.

Kapitel 3

Das Schlachtfeld eines globalen Krieges

Die Zigarette in meinen eiskalten Fingern hin- und herdrehend, saß ich Julien in der Bahn gegenüber, starrte aus dem Fenster und war froh darüber, dass ich kaum in der Lage war, einen anständigen Gedanken zu fassen.

Er hatte mir einige Fragen gestellt. Fragen, auf die ich ihm jetzt noch keine Antwort geben konnte. Vielleicht auch nicht später. Es hatten sich einfach zu viele Rätsel angesammelt.

Ich würde darüber nachdenken, wenn ich wieder zu Hause war. Wenn ich zehn oder zwanzig Stunden geschlafen hatte.

Die Stadt rauschte so schnell an uns vorbei, dass aus dem Fenster heraus kaum etwas zu erkennen war. Und weil mir nichts anderes übrigblieb, weil ich keine Ahnung hatte, was es zu bedeuten hatte, sah ich immer wieder auf das kleine weiße Ding zwischen meinen Fingern hinab.

Träge schaute ich mich um, ob wir im Sichtbereich von irgendjemandem saßen, der sich für uns interessieren könnte. Aber alle Anwesenden in diesem Waggon waren mit ihren eigenen Problemen beschäftigt. Nur müde Gesichter. Blass wie meins.

Also fasste ich mir ein Herz und rollte das weiße Papier langsam auf. Der Tabak bröselte heraus, fiel auf den schmutzigen Boden der Bahn. Ich verteilte ihn mit meinen Füßen. Nichts Verdächtiges. Keine Wanze oder Ähnliches.

Hätte mich auch gewundert. Das wäre zu offensichtlich gewesen.

Doch als ich meinen trägen Blick auf das Papier richtete, das ich noch immer zwischen den zitternden Fingern hielt, fühlte ich mich gleichzeitig in meiner Vermutung bestätigt und erschrocken.

Eine Nachricht. Hauchdünn geschrieben, wie mit einem Bleistift. Unordentlich, kaum leserlich, stand dort nur ein Wort.

Entschuldigung.

Ich starrte es an, bevor eine Kontaktanfrage mich aus meinen Gedanken zog. Ich konnte im ersten Moment gar nicht erkennen, von wem sie war, so schwach war ich. Erst nach einigen Sekunden tauchte ein Name, ein Gefühl, vor meinem inneren Auge auf: Noah.

Mitten in der Nacht?

Was wollte er um diese Uhrzeit von mir?

Ich lehnte die Anfrage ab. Egal, was bei ihm los war, es sollte mich nicht mehr interessieren. Es durfte mich nicht mehr interessieren. Ich würde schlafen, und danach würde ich überlegen, wie ich ihm am schonendsten beibrachte, dass ich seinen Auftrag nicht weiterverfolgte. Die Anzahlung würde ich ihm zurücküberweisen, immerhin hatte ich rein gar nichts erreicht.

Warum tat es mir überhaupt leid, daran zu denken, wie ich ihn abwies? Eigentlich sollte es mir nichts ausmachen.

Ich wusste nicht, warum es anders war.

Wieder glitt mein Blick auf das, was auf dem Zigarettenpapier geschrieben stand. Die Handschrift war mir unbekannt. Schweigend reichte ich den Zettel an Julien, der ihn studierte, ihn hin und her drehte, das Wort einige Male las und mich dann fragend ansah.

Ich erwiderte seinen Blick. Ich hatte keine Ahnung, von wem das war. Von Cameron, eventuell? Er hatte einen so überaus eigenartigen Eindruck gemacht. Entweder er verbarg etwas Größeres als seine Identität, oder er war wirklich schlecht in seinem Job.

Oder vielleicht von Johnson, weil wir im ROYAL LIGHTS fast geschnappt worden wären? Aber nein, das passte nicht zu ihm.

Wer um alles in der Welt sollte mich sonst um Entschuldigung bitten? Wer, der es mir nicht auch einfach sagen könnte? Und worauf bezog es sich? Auf den Anschlag? Oder auf meine Gefangennahme? Vielleicht auf etwas, das noch gar nicht geschehen war?

Ich rollte das Papier zusammen und steckte es seufzend in meine Tasche.

Zu viele Mysterien.

Es gab zu viele Mysterien.

Meine Füße schlurften über den Boden, doch ich würde nicht mehr lange durchhalten müssen. Unsere Wohnung war so nah, dass wir nur noch um die Ecke biegen mussten, um in die Tür zu treten. Ich wusste, dass Julien mich getragen hätte, wenn ich ihn darum gebeten hätte, und tatsächlich hatte ich mehrere Male darüber nachgedacht, ihn zu fragen. Vermutlich war es mein eigener Stolz, der mich davon abhielt. Ich hasste mich selbst ein wenig dafür.

Ich würde mich allerdings nicht mehr lange ertragen müssen, denn ich würde so, wie ich war, ins Bett fallen und die Welt ruhig sein lassen.

»Während du schläfst, werde ich dieses Papier untersuchen.« Julien hatte mir seinen Mantel gegeben und trug nur ein kurzärmliges Shirt. Zum Glück war er ein Android und kein echter Mensch, sonst hätte ich ein wirklich schlechtes Gewissen, ihn seiner Jacke beraubt zu haben. »Ich weiß nicht, ob ich da was herausfinde. Ich werde mal ein bisschen stöbern, versuchen, die Handschrift abzugleichen.«

»Ja, das ist jetzt einer der letzten offenen Punkte, die wir klären sollten. Vor allem, ob sich die Entschuldigung auf etwas bezieht, das schon passiert ist, oder auf etwas, das noch passieren wird.« Ich hoffte Ersteres und befürchtete Letzteres. »Sobald ich wieder fit bin, kann ich dich dabei unterstützen.«

»Und du willst den Auftrag wirklich abbrechen?«

Es nervte mich, dass er immer wieder nachfragte, aber da ich ihm meine Erfahrungen der letzten Stunden noch nicht hatte übersenden können, war seine Irritation vielleicht verständlich. »Ja«, antwortete ich deswegen kurz.

Wieder beschlich mich dieses Gefühl des Bereuens, als ich darüber nachdachte, wie ich es Noah am besten beibringen sollte. Er hatte mir zwei weitere Kontaktanfragen gesendet, die ich ignoriert hatte.

Hoffentlich war er nicht in Schwierigkeiten.

Meine Finger waren um das kleine Papier in meiner Tasche geschlossen, als wir um die Ecke bogen und Julien sofort seine Hand ausstreckte, um mir zu signalisieren, dass ich stehen bleiben sollte. Ich war so konfus, dass ich in ihn hineinlief, bevor ich realisierte, was er von mir wollte.

Sein Blick war angespannt auf unsere Tür gerichtet, auch wenn ich nichts erkannte, das aufsehenerregend gewesen wäre. Hatten seine Scanner angeschlagen?

»Es war jemand in unserer Wohnung«, sagte er ruhig.

Mein ganzer Körper spannte sich an, und ich schaute perplex zu ihm auf. »Was?«

Die Sommersprossen auf seinen Wangen leuchteten, und er begann, die ganze Wohnung zu scannen. »Es ist niemand mehr hier. Ich sehe nichts Ungewöhnliches, aber mein Scan sagt, dass die Tür in unserer Abwesenheit geöffnet wurde.« Achtsam schob er sich einen Schritt weiter nach vorn.

Meine Sinne waren geschärft, und es war, als würde das Adrenalin, das nun in meinen Adern kribbelte, für kurze Zeit dafür sorgen, dass der Schmerz betäubt wurde, dass der Schwindel verschwand, dass ich etwas klarer im Kopf wurde.

Sorgsam auf meine Schritte bedacht folgte ich ihm, bis er mir bedeutete zurückzubleiben, und dann sacht die Finger auf die Klinke legte.

Ich hatte mich schon auf eine erneute Explosion gefasst gemacht – doch nichts geschah, als Julien die Tür langsam öffnete und in den Raum schaute.

Eine ganze Weile stand er da, um alles mit seinen Augen zu untersuchen. Ich wagte es kaum, mich zu rühren.

Verdammt, woher kam diese Angst? Ich glaubte, mich noch

nie in meinem Leben so machtlos gefühlt zu haben. »Siehst du etwas?«

»Ich denke, es ist sicher.«

Nur langsam bewegte ich mich auf ihn zu, spürte, wie meine Hände trotz der Kälte schweißnass wurden, obwohl ich wusste, dass nichts Schlimmes auf mich lauern konnte. Ich vertraute Julien. Ich vertraute ihm mehr als jeder anderen Person auf diesem Planeten. Nur mein Körper schien das nicht ganz begreifen zu wollen.

Dass jemand hier gewesen war, war nun auch für mich ganz offensichtlich. Alles war durchwühlt. Die Bücher aus dem Regal gezogen, die Akten aus den Schränken, sogar mein Bettzeug war durch den Raum geworfen worden.

Jemand hatte nach etwas gesucht.

Nach was? Ich hatte nichts zu verbergen, bis auf das Ding in meinem Kopf.

So eine verdammte Scheiße.

Mein Herz begann zu rasen, und ich musste mich davon abhalten, zurückzustolpern, während der unbändige Drang in mir wuchs, wegzurennen, irgendwohin, wo ich das Gefühl hatte, dass mich nie jemand finden könnte. Irgendwohin. Einfach weg.

Mir fiel nichts mehr ein. Ich wusste nicht, was ich jetzt tun sollte. Mein Gehirn hatte sich vollends deaktiviert. Ich stand dort, starrte in das Chaos unserer Wohnung und wusste, dass etwas in unserem Leben zerbrochen war, das sich nicht wieder würde richten lassen.

Und in dieser Leere erreichte mich eine erneute Kontaktanfrage.

Noah.

Dieses Mal nahm ich sie an, und, ohne ihn reden zu lassen, begann ich zu sprechen: »Hey. Können Julien und ich heute bei dir übernachten?«

Die Worte waren über meine Lippen gekommen, ohne dass ich darüber nachgedacht hatte. Mir wurde erst bewusst, was ich gesagt hatte, als Noah eine irritierte Pause einlegte – um danach mit einem gedehnten »J-ja, klar« zu antworten.

Folge 5

The Shield

Kapitel 1

Die Wärme eines letzten Lichts

Ich zitterte am ganzen Körper, während Julien das Auto auf die Landeplattform in der Nähe von Noahs Apartment setzte. Ich, kaum in der Lage, mich zu bewegen, stieg aus und ging, ohne auf meinen Begleiter zu warten, über die verschneite Galerie, weit oberhalb der mittleren Stadtebenen, auf Noahs Tür zu.

Der letzte Besuch hier schien eine Ewigkeit zurückzuliegen. Damals war alles noch gut gewesen. Zumindest besser als jetzt. Ich hatte gewusst, dass wir uns in etwas Schwieriges hineinmanövrierten. Welche Ausmaße es annehmen würde … damit hatte ich nicht gerechnet. Ich hatte nicht damit gerechnet, fast ums Leben zu kommen. Ich hatte nicht damit gerechnet, dass die Polizei beinahe mein Geheimnis aufdecken würde. Dass nun jemand meine Wohnung durchsucht hatte, brachte mich gänzlich aus dem Gleichgewicht.

Wir würden diese Nacht bei Noah bleiben, und danach würde ich untertauchen. Die Stadt verlassen oder das Land. Was auch immer.

Im obersten Bereich des Middle-Levels war es stürmisch und eiskalt. Die Feuchtigkeit der Wolken, die sich an den Spitzen der Hochhäuser gefangen hatte, hatte die Geländer, Wege und Klingelschilder vereist, an denen wir vorübergingen.

Julien hinter mir schaltete den Wagen aus, und ich, noch immer gekleidet in seinen Mantel, steuerte auf die Tür zu, hinter der sich so viel verbarg, das ich gern näher kennenlernen wollte. So vieles, mit dem ich in den letzten Tagen Wärme, Geborgenheit und Freiheit verbunden hatte.

Inzwischen kam es mir wie eine Lüge vor.

Ich vermied es, geistigen Kontakt zu Noah aufzunehmen, um mich zu schonen. Stattdessen betätigte ich das kleine Klingelschild, auf dem sein Nachname kaum mehr zu lesen war.

Das Läuten der Klingel, das im Inneren hallte, drang sanft bis zu uns hinaus. Eine Sekunde später waren Schritte zu hören, und das Schloss klickte mehrere Male.

Dunkle Ringe zeichneten sich unter Noahs Augen ab, und eine tiefe Falte bildete sich auf seiner Stirn, nachdem er mich einige Momente lang gemustert hatte. Ein wenig Farbe wich aus seinem Gesicht. »Oracle? Ich meine Atlas. Was … Was um alles in der Welt ist passiert?«

Ich wartete nicht einmal darauf, dass er uns hereinbat, und schob mich schweigend an ihm vorbei. Nachdem Julien auch eingetreten war, schloss Noah die Tür, aktivierte mehrere Sicherheitsmechanismen und kam langsam hinter uns in den warm erleuchteten Raum.

Das Loft, in dem er lebte, war mir inzwischen fast so vertraut wie meine eigene Wohnung. Ich hatte es so oft durch seine Gedanken betreten. Durch seine Erinnerungen. Wenn ich ihn beobachtet hatte, kurz bevor ich schlafen gegangen war, wenn ich in der Bahn gesessen oder Ablenkung gesucht hatte. Ich hatte mit ihm auf dem Holzboden gesessen und die Sterne durch das gläserne Dach betrachtet, hatte gemeinsam mit ihm die Gemälde gemalt, die in Ecken und an Wänden angebracht waren. Ich war zwischen den Pflanzen, die chaotisch in jedem Winkel rankten, mit ihm auf und ab gegangen, hatte Kaffee getrunken, die wohlige Wärme genossen und war einfach zufrieden gewesen.

Vielleicht war es mir deswegen lieber gewesen, hierherzukommen, als in den Untergrund zu fliehen, zu Shane und den anderen.

War es das, was aus mir geworden war? Jemand, der sich nach der Oberschicht sehnte und seine Wurzeln vergaß? War es wirklich so, wie Shane manchmal vermutete? Hatte ich mich insgeheim immer nach diesem Leben gesehnt und es nur nie einsehen können?

»Brauchst du Medizin oder … irgendwas?«, wollte Noah kleinlaut wissen. Unser Hiersein verunsicherte ihn eindeutig. Fast tat es mir leid.

»Nein, alles gut«, antwortete ich leise. »Ich komme gerade aus dem Krankenhaus.« Es fiel mir schwer, meinen Blick loszureißen und Julien anzusehen. Seine Sommersprossen leuchteten, doch ich wies ihn trotzdem an: »Errichte Scanner und Barrieren, damit uns niemand aufspüren kann, ja? Sollte sich die Polizei uns in einem entfernten Umkreis nähern, will ich davon wissen, klar?«

Julien nickte schweigend, trat in die Mitte des Raums und begann mit der Arbeit. Er würde einige Energiequellen anzapfen müssen, vorhandene Technologien modifizieren, sodass sie unserem Zweck dienten. Das dürfte niemandem weiter auffallen. Ich hatte Noahs Wohnviertel schon vor einiger Zeit gescannt, hier lebten nur Privatpersonen.

»Tee?«, fragte Noah weiter, blieb allerdings in der Nähe der Tür stehen, als wüsste er selbst nicht, wohin mit sich.

Ich entschied, sein Unwohlsein zu beenden, und wandte mich ihm zu. »Hast du was Stärkeres für mich?« Die Müdigkeit war weitestgehend aus meinem Geist gewichen, und die Frustration darüber, nicht sofort etwas überprüfen zu können, nicht sofort damit beginnen zu können, zu ermitteln, wer bei uns eingebrochen war, hielt mich wach.

»Ähm … ja klar.« Er knetete seine Hände und schaute erst mich und danach Julien eine ganze Weile an. »Macht es euch ruhig bequem. Ich lege euch nachher Decken und Matratzen raus, wenn ihr hier übernachten wollt. Fühlt euch … wie zu Hause.«

Noah ging in den Küchenbereich hinter dem breiten Tresen. Ich folgte ihm träge mit meinen Blicken, innerlich noch wie betäubt. Obwohl es hier wohlig warm war, brauchte ich eine Weile, um mich zu motivieren, den Mantel von meinen Armen gleiten zu lassen. Ich legte ihn über einen der Holzstühle, die wirr verteilt in dem großen Zimmer standen.

»Was trinkst du denn gern?«, fragte Noah aus der Küche.

»Ich wette alles, was du besitzt, ist sowieso besser als das, was ich bisher so getrunken habe.«

Das Klimpern von Gläsern und Flaschen war zu hören, und darüber hinweg sein leises Lachen. »Ich glaube, in deinem Job verdient man um einiges mehr als in meinem.«

Tatsächlich entlockte mir das ein Schmunzeln. Vermutlich.

»Will Julien auch einen?«

Julien und ich warfen einander einen Blick zu, dann wandte er sich selbst an Noah, ein feixendes Lächeln auf den Lippen. »Ich könnte, aber das wäre Verschwendung. Immerhin kann ich nicht betrunken werden.«

»Auch wahr«, stimmte Noah nervös lachend zu und bedeutete mir, mich zu ihm in die kleine gepolsterte Sitzgruppe zu setzen, die in der Mitte des Raumes platziert war. »Na gut«, sagte er und war sichtlich bemüht darum, entspannt zu wirken, während ich mich ihm gegenüber niederließ. »Was ist passiert? Und sag mir nicht, dass du mir das nicht erzählen kannst. In meiner Wohnung gibt es keine Geheimnisse.«

Ich lächelte in das Glas mit Whiskey hinein, das er mir gereicht hatte.

Keine Geheimnisse. Schön wär's.

»Ich kann einfach nicht an einen Zufall glauben.«

Noah hatte die Lichter in seiner Wohnung gelöscht, die großen Rollläden des Daches geöffnet, und wir lagen dort in seiner dunklen Wohnung, mit dem Sternenhimmel funkelnd über uns. Ich dachte, die Sterne nie so klar gesehen zu haben. Nur in meinen Träumen, vermutlich. Und ich dachte, dass alles, was zu diesem Moment geführt hatte, doch nicht so schlecht gewesen sein konnte. Hier, auf dem hölzernen Boden, den Kopf von dem Whiskey benebelt, die Glieder warm, fühlte es sich an, wie im Zentrum der Welt zu liegen.

Und während Noah Theorie um Theorie spann, Option um Option durchging, lag ich dort und versuchte, an gar nichts zu denken.

»Ich meine, die Befragung von der Polizei verstehe ich schon. Und die Explosion am Revier könnte wirklich ein spontaner Anschlag gewesen sein. Aber die Plünderung deiner Wohnung? Bist du sicher, dass nichts gefehlt hat?«

»Ja, ganz sicher. Da war nichts.« Selbst wenn ich etwas zu verstecken hätte, würde ich es niemals mit nach Hause nehmen. Das Einzige, das einem Eindringling hätte auffallen können, wären die Supercomputer gewesen, die Juliens und meine Systeme betrieben. Die könnte ich allerdings auch mit der Arbeit als Programmiererin bei Hypermind rechtfertigen.

»Was hätten sie denn gesucht haben können?«

Nicht nur, dass ich zu entspannt war, um überhaupt darüber nachzudenken – ich wusste es auch einfach nicht. Ich hatte mir auf der Fahrt hierher den Kopf zerbrochen, doch mir war nichts eingefallen.

War es ein Einschüchterungsversuch gewesen?

»Ich weiß nicht.«

»Das ist doch scheiße«, murmelte Noah. »Und es gibt keine Möglichkeit für dich, zu überprüfen, wer da bei euch war oder was er wollte?«

»Wenn ich topfit wäre, hätte ich gleich etwas gemerkt. In dem Fall hätte mich Juliens System sofort benachrichtigt. Aber ich bin … leider angeschlagen.« Ich lächelte schief, obwohl er es nicht sehen konnte.

»Ich denke, du solltest mir langsam mal erklären, wie du das machst. Ich meine dieses Überwachen und Überprüfen. Wenn ich das wüsste, könnte ich eventuell besser helfen.«

Ich schwieg, doch dieses Mal wollte er sich offenbar nicht damit zufriedengeben.

»Du hast dein ADIC modifiziert, oder? Ich hab gehört, dass sie das im Untergrund manchmal machen. Ich wusste nur nicht, dass das jemals so erfolgreich geklappt hat. Ich dachte immer, die meisten, die das versuchen, sterben. Da gibt es ja angeblich … Sicherheitsmechanismen, die verhindern, dass man selbst dran herumbastelt. Ich meine … abgesehen davon, dass eine Operation am Gehirn notwendig ist.«

Ich schloss die Augen für einen Moment und seufzte lautlos. Sollte ich es Noah wirklich sagen? Ich hatte bis auf Shane nie jemanden in dieses Geheimnis eingeweiht. Andererseits hatte ich auch nie jemanden getroffen, den ich als so vertrauenswürdig eingeschätzt hatte. Seine Gedanken und Erinnerungen hatten mir so viel über ihn verraten. Und im Gegensatz zu den meisten anderen Menschen, in die ich hineingeschaut hatte, hatte er nichts zu verbergen.

»Ich wurde in der Unterschicht geboren«, setzte ich nach einer ganzen Weile an. Ich hörte, wie er sich neben mir regte. Vielleicht, um mich anzusehen oder um sich auf das vorzubereiten, was er hören würde. »Ich weiß nicht, wer meine Eltern waren oder wie mein Name ist. Ich kann mich eigentlich … an nichts erinnern.« Ich machte eine lange Pause, um meine Gedanken zu ordnen. Es fühlte sich seltsam an, es laut auszusprechen, was ich mein Leben lang nur in meinem Kopf hin und her gewälzt hatte. Meine Kehle schnürte sich ein wenig zu. »Ich weiß nur, dass ich in irgendeiner Art Heim war. Da waren viele Kinder und einige Erwachsene, aber ich kann mich nur bruchstückhaft daran erinnern. Ich weiß, dass ich irgendwann von jemandem dort weggebracht und auf der Straße ausgesetzt wurde. Keine Ahnung, warum. Aber da war ich erst vier Jahre alt, also hab ich daran sowieso kaum Erinnerungen.«

Ich riss meinen Blick von den Sternen los, um zu Julien hinüberzuschauen, der sich auf der Bank einer der Sitzgruppen niedergelassen hatte und offensichtlich wegen der Notiz recherchierte, die mir der Fremde gegeben hatte. »Julien hat mich in einer dunklen Gasse gefunden. Er hat mich mit in seine Wohnung genommen und mich großgezogen.« Verdammt, wenn ich nicht angetrunken wäre, hätte ich ihm das nicht erzählt. Wenn die Sterne nicht so magisch über uns glitzern würden. »Das ist alles, was ich über mich selbst weiß.«

Und als hätte ich ihm nicht gerade erst mein tiefstes Geheimnis preisgegeben, als hätte ich nicht gerade sogar Schwierigkeiten damit, ruhig zu atmen, so sehr wühlte mich das Erzählte auf, schwieg Noah.

Ich drehte meinen Kopf zu ihm, doch er schaute nach wie vor hinauf zum gläsernen Dach und dem, was dahinter lag.

»Du hast also … keine Ahnung, wie dein Name ist?«, wiederholte er erst nach einer ganzen Weile. »Oder wann du geboren wurdest? Hättest du nicht später zurück zum Heim gehen können, um danach zu fragen?«

Irgendwie trafen mich seine Worte. In ihnen lag der stille Vorwurf, ich wäre nie selbst auf diese Idee gekommen, dabei hatte ich etliche Male darüber nachgedacht, jedes Szenario geplant und doch wieder verworfen. Diese Sache beschäftigte mich schon mein Leben lang, und dass er tatsächlich danach fragte, zeigte mir vielleicht etwas zu deutlich auf, wie wenig er mich kannte. Wie wenig er von mir wusste.

Doch ich versuchte, geduldig zu bleiben. »Ich habe keine Ahnung, wo sich dieses Heim befand. Und ehrlich gesagt sind die Erinnerungen, die ich daran habe, nicht gerade rosig.« Ich konnte mich zwar nicht mehr an Details benennen, aber mich überlief noch immer ein kalter Schauer, wenn ich an diese Zeit zurückdachte.

Noah atmete hörbar ein und aus. Ich gab ihm kurz Zeit, falls er weitere Fragen stellen wollte, doch er wurde wieder ruhig, also fuhr ich fort: »Auf jeden Fall habe ich irgendwann festgestellt, dass etwas an meinem ADIC anders ist.« Ich wollte einen Schluck aus dem Glas nehmen, das kühl zwischen meinen Fingern ruhte, ich war allerdings zu erschöpft, um mich aufzurichten. »Dass ich, wenn ich mich genug konzentrierte, Dinge sehen konnte, die offenbar niemand sonst sah. Dinge, die in den Gehirnen der Menschen waren. Ihre Erinnerungen, ihre Gedanken, ohne dass sie mir eine Zugriffsgenehmigung erteilt hatten.« Am Anfang war ich sogar davon ausgegangen, diese Fähigkeit wäre ganz gewöhnlich. »Während wir im Untergrund unser Leben fristeten, lernte ich über die Gedanken anderer. Ich übte, meine Reichweite zu vergrößern. Irgendwann hatte ich gelernt, auf die Gehirne von Menschen zuzugreifen, die sich nicht direkt vor mir befanden und denen ich nie in die Augen geschaut hatte. Über die Verbindung zu ihren Gehirnen ging ich gemeinsam mit anderen Kindern zur Schule, machte mit ihnen Hausaufgaben, las mit ihnen Bücher und spielte Spiele.« Ich hob die Schultern und blinzelte erneut zu Julien hinüber, der mit leuchtenden Sommersprossen noch immer den Zettel zwischen seinen Fingern anstarrte. »Ich konnte natürlich nicht selbst auf eine Schule gehen. Die Erwachsenen hätten gefragt, wo meine Eltern sind. Hätten mich vielleicht in eine Pflegefamilie oder in ein anderes Heim gesteckt. Aber ich wollte bei Julien bleiben.«

Noah war ganz leise geworden. Erst, nachdem ich eine Weile geschwiegen und über meine eigenen Worte, über meine Vergangenheit sinniert hatte, vernahm ich ein leichtes Rascheln seiner Kleidung neben mir.

»Und dann?«, hauchte er sacht.

Wann hatte ich überhaupt das letzte Mal so viel am Stück gesprochen? »Dann wartete ich, bis ich achtzehn Jahre alt wurde, ließ mir von einem Profi eine ID und einen Bank-Account und all das erstellen. Mit meinem antrainierten Wissen gelang es mir, einen Job zu finden.« Den Rest der Geschichte kannte er ja. »Seitdem arbeite ich als gewöhnliche Bürgerin bei Hypermind und verdiene mir nebenbei ein bisschen Geld damit, meine Fähigkeit zu nutzen. Zum Wohle der Gerechtigkeit … oder so.« Beim letzten Satz lachte ich, und sogar Julien stimmte ein.

Noah machte allerdings nicht den Eindruck, als wäre er belustigt von meinem Scherz. Sofort schob er nach: »Und du hast es *nie* jemandem erzählt? Ich meine, nicht deinen Kollegen, deinen Freunden oder … irgendjemandem?«

Ich schüttelte den Kopf. Noahs Verwunderung sprach von so viel Unverständnis, dass es an Missbilligung grenzte.

Das Lächeln verschwand wieder aus meinem Gesicht.

»Keiner von denen weiß etwas davon?«

Abermals konnte ich nur den Kopf schütteln.

»Die Polizei hätte dir sicherlich geholfen, wenn du dich an sie gewandt hättest! Oder Hypermind. Oder irgendein privater Sicherheitsdienst, die wären doch verdammt froh, jemanden mit deinen Fähigkeiten im Team zu haben. Ich …«

»Hey«, unterbrach ich ihn, weil er sich immer weiter in seine Überlegungen hineinsteigerte. Ich runzelte die Stirn und richtete mich langsam auf meinen Unterarmen auf. »Denkst du wirklich, dass die mich nicht tausenden von Experimenten unterzogen hätten? Oder dass sie mein ADIC nicht deaktiviert hätten, aus Angst vor dem, was ich damit anstellen könnte?«

Ich sah Noah lange an, und allmählich bildete sich eine Sorgenfalte zwischen seinen Augenbrauen. Vermutlich, als ihm dämmerte, dass ich recht hatte. »Es grenzt an ein Wunder, dass das nie jemand herausgefunden hat«, stellte er energielos fest.

»Ja, und ich hoffe, dass es so bleibt«, sagte ich gedehnt und schaute ihn durch die Dunkelheit an. Irgendwo schien der Mond. Ich sah ihn nicht, aber er erleuchtete zumindest einen kleinen Teil der Wohnung, sodass ich den Blick von Noahs dunklen Augen einfangen konnte.

»Na ja«, flüsterte er. »Jetzt hast du ja eine Möglichkeit, deine *Kräfte* für das Gute einzusetzen.«

Er betonte den Satz so über, dass die Ironie deutlich heraustroff und ich mich in seinen Kopf loggte, um zu verstehen, wie er das meinte. Ich erkannte, dass er nur nicht wusste, wie er reagieren sollte.

Verständlich.

Und ein düsteres Gefühl beschlich mich, als mir wieder einfiel, dass ich ihm noch sagen musste, dass unsere Zusammenarbeit von morgen an beendet wäre.

Kapitel 2

Die Gefahr einer finsteren Schwärze

»Cameron, halt deinen verdammten Mund!«, bellte Lora Hiland durch eine Straße des Sub-Levels, die mir unbekannt vorkam. Gemeinsam mit ihrem Partner und einigen schwer bewaffneten Sicherheitsmännern im Gepäck streifte sie durch die Dunkelheit.

Ich konnte nicht schlafen, also hatte ich mich mit Juliens internem System verbunden, um zumindest ein wenig auf dem Laufenden zu bleiben. Es war nicht die beste Idee gewesen, nach dem Alkohol auch noch die Schmerzmittel einzuwerfen. Ich war allerdings überzeugt davon, dass es mir sowieso nicht mehr schlechter gehen könnte.

»Du weißt genau, dass ich nicht freiwillig mit dir arbeite«, senkte die Polizistin ihre Stimme etwas. »Ich werde nicht so tun, als wären wir beste Freunde, nur weil wir in diesem Fall kooperieren müssen. Aber dass du mich unterwanderst und Entscheidungen hinter meinem Rücken fällst, geht zu weit.«

Sie waren auf dem Weg zu einer Razzia, um jemanden zu untersuchen, der anscheinend auf mehreren der Beerdigungen der Mordopfer gewesen war. Sie jagten wirklich jedem Strohhalm nach. Ich konnte es ihnen nicht verdenken.

Cameron blieb trotz des Schwalls an nicht gerade freundlichen Worten, die Lora ihm entgegenschleuderte, ruhig. Vermutlich fiel es dem Androiden nicht einmal sonderlich schwer. »Tut mir leid, dass ich dich übergangen habe«, antwortete der junge Mann, um einen entschuldigenden Tonfall bemüht. »Ich hatte das mit unserem Boss geklärt. Ich dachte, dass er dich über die Maßnahmen informiert hätte.«

Die Beleuchtung der Straße, durch die sie sich bewegten, war wirr und bunt. Straßenlaternen mit unterschiedlichsten Farben wechselten einander ab. Grün, blau, rot, orange. Es wirkte fast psychedelisch, wie sich das Team mit den glänzend schwarzen Schutzhelmen und gezogenen Waffen durch die flackernden Lichter bewegte.

Camerons Worte beruhigten Lora kein Stück.

»Hat er nicht. Das nächste Mal besprichst du solche Einsätze gefälligst mit mir persönlich, klar?« Sie hatte, nachdem das Chaos des Anschlags beseitigt und ein Einsatzteam zur Untersuchung zusammengestellt worden war, selbst mit ihrem Vorgesetzten darüber gesprochen.

Weder auf sie noch auf mich machte dieser Kerl einen sehr vertrauenswürdigen Eindruck. Lora kannte ihn natürlich länger als ich, konnte sein Verhalten besser deuten. Ihrer Einschätzung nach war ihr Boss ein Feigling. Jemand, der sich nicht gern mit den Industriemächten und den großen Organisationen herumschlug. Jemand, der selbst so sehr danach gierte, eines Tages der Oberschicht anzugehören, dass er gern ein Auge zudrückte, wenn eine wichtige Person etwas Rechtswidriges angestellt hatte. Jemand, dem klar war, dass das Ansehen der Polizei derart geschädigt war, dass er die großen Angelegenheiten von vornherein lieber den privaten Sicherheitsdiensten überließ.

Dabei waren Menschen wie er überhaupt erst schuld daran, dass die Polizei und ihre Ermittlungen so in Verruf geraten waren. Trotzdem war Lora nicht der Überzeugung, dass er ein grundsätzlich schlechter Kerl war. Niemand, der bei irgendwelchen zwielichtigen Sachen direkt mitmischte.

Ich teilte diese Einschätzung. Ich hatte mich noch nicht ausgiebig in seinem Gehirn umgesehen, doch das, was ich gefunden hatte, bestätigte den Eindruck, den Lora von ihm hatte. Er hatte zugestimmt, Cameron in sein Team aufzunehmen, aber er war ihm von einer anderen Behörde geschickt worden, in der Cameron offenbar schon seit Jahren angestellt war. Daran war also zunächst nichts Fragwürdiges.

Es dauerte einige Minuten, bis sich Cameron zu einer Reaktion auf Loras Beschimpfungen durchgerungen hatte. »Geht klar, Chef«, sagte er, ohne seinen Blick von der Straße abzuwenden.

Die Gasse, ganz feucht vom Schnee, der geschmolzen und in die untersten Schichten getropft war, war vollkommen leer. Doch, dass man keine Menschen sah, bedeutete nicht, dass sie nicht da waren. Ich kannte das. Sie lauerten, wie ich damals, hinter ihren Fenstern, zwischen den Felsspalten, und beäugten jeden, der vorbeikam. Fast konnte ich ihr Herzklopfen spüren. Die meisten Menschen von hier unten besaßen keine besonders reine Akte. Hier ging es ums Überleben, egal, zu welchen Bedingungen. Vermutlich fürchtete jeder Einzelne von ihnen, dass dieser Einsatz ihm galt.

Loras Gedanken waren düster, als sie ihrem Team bedeutete, in eine schmale Gasse zwischen zwei Häusern einzudringen und Ruhe zu bewahren. Cameron loszuwerden war ein weiterer heftiger Beweggrund für sie, diesen Fall so schnell wie möglich aufzuklären.

Sie drangen weiter in eine vollkommen unbeleuchtete Gasse vor, steuerten auf eine morsche Holztür zu, ließen ihre Taschenlampen allerdings gelöscht, um nicht noch mehr Aufsehen zu erregen. Lora drückte sich an die Wand neben der Tür, wartete, bis ihr Einsatzteam sich gesammelt hatte, nahm geistigen Kontakt zu ihnen auf und zählte herunter:

»Drei.

Zwei.

Eins.«

Einer der Männer trat die Tür ein, nahm sein Sturmgewehr wieder in Anschlag und schrie: »Hände hoch und Waffen weg!«

Verdammt, wenn die Polizei nur über die Technologie verfügte, derer ich mächtig war. Dann hätten sie gewusst, dass die Männer und Frauen in dem Raum bereit waren, sich bis aufs Blut zu verteidigen.

Der Mann, der die Tür aufgebrochen hatte, wurde so heftig unter Beschuss genommen, dass er trotz seiner dicken Schutzkleidung zu Boden ging. Die Weste würde ihn vor lebensbedrohlichen Verletzungen schützen, doch die in die Ecke gedrängten Bewohner hatten sofort auf die Schwachstellen seiner Uniform gezielt; auf Arme und Beine.

»Deckung!«, schrie Lora, und die Männer und Frauen, die sich hinter ihrem Kollegen platziert hatten, sprangen aus dem Schussfeld. »Nehmen Sie die Waffen runter, und heben Sie Ihre Hände!«, brüllte sie den Menschen in dem dunklen Raum zu. Nicht eine einzige Lampe brannte. Es war unmöglich, einzuschätzen, wie viele Menschen sich darin befanden oder wie groß das Zimmer war.

Lora nahm ihre Pistole in Anschlag, lehnte sich kurz durch die Tür hinein, in der Hoffnung, sich durch das Licht ihrer Taschenlampe einen besseren Überblick über die Situation verschaffen zu können. Sobald sie in die Ziellinie gekommen war, prasselten die Schüsse allerdings abermals los. Sie wurde am Arm getroffen und zog sich nach hinten zurück. Die Zähne aufeinandergepresst und nicht einen einzigen Schmerzenslaut ausstoßend gab sie einem Kollegen des Einsatzteams das Signal, die Blendgranate bereit zu machen.

Ohne zu zögern, ergriff der Mann die kleine Kugel, die an seinem Gürtel befestigt war, und auf Loras Zeichen aktivierte er das Gerät und warf es in den Raum.

Lora drehte sich weg, als die Granate mit einem lauten Knall und einem Licht, so grell, dass es für einige Sekunden die ganze Straße erleuchtete, hochging. Schreie waren aus dem Raum zu hören, Schritte, Holz, das über den Boden kratzte.

»Los!«, brüllte die Polizistin, und im nächsten Moment stürmten sie, Cameron und die anderen in den Raum, um das Chaos, das ausgebrochen war, für sich zu nutzen.

Die Taschenlampen, die an den Gewehren der Polizisten befestigt waren, offenbarten erschrockene Gesichter. Die Menschen, die ihnen gegenübersaßen, hatten keine Kampferfahrung. Sie hatten vor allem Angst und Zugang zu Waffen gehabt.

Erst in diesem Moment, in dem ihnen mindestens fünfzehn

Polizisten gegenüberstanden und die Sturmgewehre auf sie richteten, schienen sie zu realisieren, dass sie keine Chance hatten, und knickten ein.

»Nicht schießen!«, rief eine ältere Frau, kniete sich auf den Boden und hob ihre Hände so weit in die Luft, wie es ihr möglich war. »Wir ergeben uns!«

Einer der Polizisten trat weiter in den Raum hinein, um sich zu ihrem gefallenen Kollegen hinabzubücken. Im Geiste teilte dieser ihnen mit, dass es ihm so weit gut ging.

»Hände hinter den Kopf!«, befahl Lora laut und deutlich. Mitleid durchströmte sie, nachdem die Personen innerhalb des Raums ihr, ohne zu zögern, gehorchten. »Legen Sie die Waffen auf den Boden, und schieben Sie sie langsam zu uns herüber!«

Niemand machte Anstalten, sich zu widersetzen, und ich erkannte in den Köpfen der Menschen überdeutlich die verzehrende Angst, die an allen nagte.

Cameron zog ein Gerät aus seiner Tasche, mit dem er das Zimmer auf weitere Waffen scannte, und erst, als sie sämtliche Gewehre und Pistolen gesichert hatten, holten sie die Handschellen heraus, um die acht Personen festzunehmen.

Nur einer von ihnen war das Ziel dieser nächtlichen Operation gewesen. Ein kleiner Verbrecher, der der Polizei zwar schon mehrere Male aufgefallen, aber nie verhaftet worden war. Einfach, weil er sich vorrangig im Untergrund herumtrieb und seine Aktivitäten die Menschen aus der Mittel- und Oberschicht nicht tangierten.

Sein Fehler war gewesen, sich gleich auf mehreren der Beerdigungen herumzutreiben. Lora hegte die Hoffnung, dass der Kerl gestohlene Erinnerungen besaß, die er sich eindeutig zu beschaffen versucht hatte. Der Umstand, dass er sich so heftig zur Wehr gesetzt hatte, untermauerte ihre Vermutung, dass er etwas zu verbergen hatte.

Sie wusste noch nicht, dass ihr Hoffen vergebens war. Ich hatte das Gehirn des Kleinverbrechers vor ihrem Eintreffen ausgelesen.

Da war nichts. Er hatte genauso wenig gefunden wie ich. Er hatte nur deutlich auffälliger recherchiert.

»Geht's?«, wollte Cameron wissen.

Lora presste ihre behandschuhten Finger auf den Streifschuss an ihrem Arm und rang sich ein grimmiges Lächeln ab. »Ja, ja. Ist nichts weiter.« Ihre Kollegen legten die Männer und Frauen in Handschellen und führten sie ab. Ein Wagen war in der nächstgelegenen größeren Straße vorgefahren, um ihre Angreifer in Gewahrsam zu nehmen.

Lora ließ ihren Blick durch den Raum gleiten und betrachtete die umgefallenen Stühle, die niedrigen Schränke, die spärliche, verstaubte Einrichtung und die schmutzigen Matratzen auf dem Boden, die darauf hindeuteten, dass in diesem winzigen Raum mindestens fünf Menschen hausten.

Ihre Gedanken waren unergründlich, während sie all das auf sich wirken ließ. Da war Mitleid. Und je länger ich in ihrem Kopf verweilte, umso deutlicher wurde die Unzufriedenheit, die hintergründig in ihren Gedanken lauerte. Der Frust über das System, das diese Untergrundwelt, die sie so verabscheute, überhaupt erst erschaffen hatte. Die Hilflosigkeit im Angesicht all der Menschen, die sie nicht retten konnte, weil kein Mörder oder Verbrecher ihnen Leid angetan hatte, sondern die Gesetze und die Politik dieser Welt.

Lora stand eine Zeit lang einfach nur da. Erst nach einer Weile drehte sie sich um, trat aus dem Raum hinaus, griff in ihre Tasche und zog eine Schachtel Zigaretten heraus. Als sie das kleine Feuer entfachte, um den Tabak zu entzünden, gab ihr einer der Polizisten einen Daumen nach oben.

Kapitel 3

Das Aufflammen einer letzten Hoffnung

Als ich am nächsten Tag aufwachte, war es Mittag, und Noah bereitete mit Juliens Hilfe Mittagessen zu. Der Geruch der Zwiebeln und Gewürze war überhaupt erst das, was mich aus meinen Träumen gerissen hatte.

Ich ignorierte meinen wummernden Schädel und blinzelte einige Male, um meine Augen an das helle Licht zu gewöhnen, das durch das hoch über uns liegende Dach hineinfiel. Noah hatte die Rollläden nicht geschlossen, und die Wolken versperrten zwar die Sicht auf den Himmel, doch so viel Licht, wie noch durch sie zu uns herabdrang, sah man selten außerhalb des Upper-Levels.

»Guten Morgen«, grüßte Noah mit einem amüsierten Unterton. Wie konnte er so hellwach sein? Er war fast genauso lange aufgeblieben wie ich.

Noch während ich die warme Decke von meinen Gliedern schob und mich aufsetzte, hätte ich mich am liebsten wieder in die weiche Matratze zurückfallen lassen. Es kostete mich einiges an Anstrengung, diesem Drang nicht nachzugeben. »Was kocht ihr?«, fragte ich über das Brutzeln in den Pfannen hinweg. »Ist das … echtes Essen?«

»Ja!« Noah arbeitete konzentriert an etwas auf dem Schneidebrett vor sich, das ich vom Boden aus nicht erkennen konnte. »Ich koche gern frisch. Schmeckt einfach am besten.«

Ich verengte die Augen leicht, verkniff mir allerdings einen Kommentar. Es war ja nicht so, dass die ärmeren Leute nicht gerne gut aßen. Sie konnten es sich nur nicht leisten. Das war Noah vermutlich nicht ganz klar.

Und warum rechtfertigte ich sein Verhalten überhaupt? Jeden anderen hätte ich bei so einer Bemerkung zurechtgewiesen.

Ich schälte mich aus dem Bett und stemmte mich mühselig auf die Beine. Erst jetzt wurde mir klar, dass ich noch immer die zerrissenen Klamotten am Leib trug, die ich schon bei dem Anschlag auf das Revier angehabt hatte. Ich würde in meine Wohnung zurückkehren müssen, um etwas Neues zu suchen, bevor ich mich mit Julien darüber beriet, welche Schritte wir als Nächstes angingen. Der Gedanke, das Land zu verlassen, erschien mir immer verlockender.

»Ich dachte, wir könnten essen und darüber reden, wie es weitergehen soll.« Noah schaute nicht von seiner Pfanne auf, während er das sagte. Er wusste, dass ich vorhatte, den Auftrag abzubrechen, oder? Er musste es wissen, und trotzdem versuchte er, zu verhandeln.

Entweder Noah war sehr gutgläubig oder deutlich mutiger und risikofreudiger als ich, wenn er tatsächlich weitermachen wollte. Er war allerdings auch nicht derjenige, der bei dieser Sache seinen Kopf hinhielt.

Ich stand etwas verloren im Raum und knetete meine Hände. Sollte ich es ihm gleich sagen?

»Ich kann dir ein paar Klamotten geben«, unterbrach er meine Überlegungen. Der Duft nach Gewürzen wurde immer intensiver, und ich dachte darüber nach, wann ich eigentlich das letzte Mal etwas gegessen hatte. »Wird etwas groß sein, aber es ist besser als gar nichts.« Noah wandte sich herum und gab die angebratenen Zwiebeln in einen der Töpfe. Seine Bewegungen waren fast so gekonnt wie Juliens.

Vielleicht war es der köstliche Geruch, der mich ein wenig besänftigte. Ich sollte mich vom Leben dieses Kerls fernhalten. Wirklich. Dass wir uns hier befanden, war schon eine so große Grenzüberschreitung zu dem, was ich normalerweise für Aufträge auf mich nahm, dass ich es gar nicht mehr vor mir selbst rechtfertigen konnte.

»Okay«, antwortete ich trotzdem gedehnt und schlurfte in Richtung Badezimmer. Ich würde mir zumindest ein bisschen Wasser ins Gesicht spritzen und meine Zähne putzen, bevor ich mich diesen Themen widmete.

»Essen ist gleich fertig«, säuselte Noah.

»Klasse«, murmelte ich und wusste überhaupt nicht, was ich denken sollte.

»Atlas, bist du sicher, dass du nicht doch zum Arzt musst? Du siehst … na ja.«

»Ich sehe beschissen aus, ich weiß«, seufzte ich mit einer wegwerfenden Handbewegung und schob den leeren Teller von mir fort. Noah kaute noch an seinen letzten Bissen, Julien beobachtete uns beide mit verschränkten Armen, und ich war satt und unangenehmerweise sogar ein wenig zufrieden. »Aber es geht mir gut«, versicherte ich. »Ich will einfach nur meine Sachen packen und schauen, dass wir wegkommen.« Die Kleidung, die Noah mir gegeben hatte, war ein wenig zu groß, doch sie roch nach dem blumigen Weichspüler, den er benutzte.

Ich musste verschwinden, bevor ich mich doch dazu entschied, in diesem sonnendurchfluteten Loft bei gutem Essen meine letzten Tage zu fristen. »Und du solltest ebenfalls darüber nachdenken, unterzutauchen. Die Stadt zu verlassen, bis diese ganze Sache erledigt ist. Irgendetwas Großes lauert in dieser Stadt, und ich will weit weg sein, wenn es über uns zusammenbricht.«

Noah legte seine Gabel zur Seite, schluckte angestrengt, wie um sich Zeit zu verschaffen. Er verzog das Gesicht zu einem gequälten Ausdruck. »Es ist niemand vor diesem Mörder sicher. Egal, ob er geplant oder zufällig tötet. Es gibt keine Garantie, dass es uns beim nächsten Anschlag nicht auch erwischt. Es spielt keine Rolle, wo wir uns befinden.« Noah legte die Hände aneinander und überlegte, wie er seine nächsten Worte formulieren sollte. Die kurze Hose und das weite Shirt waren die am wenigsten hochklassigen Kleidungsstücke, in denen ich ihn jemals gesehen hatte. »Wenn wir etwas tun können, um das zu verhindern, sollten wir es tun. Ich meine …« Er stockte und sah auf seine Hände hinab. »Ich meine, wenn irgendein Mensch etwas herausfinden kann, sind das wir. Oder nicht?«

Wie ich vermutet hatte. Er würde nicht so schnell aufgeben. »Ich weiß nicht genau«, gestand ich ein. »Ich glaube, dieser Cameron ist der Sache auf der Spur. Oder *mir*. Auf jeden Fall ist er uns jetzt zweimal deutlich näher gekommen, als mir lieb ist.«

Erneut entwich Noah ein tiefes Seufzen. »Ich weiß, dass ich dich nicht davon überzeugen kann, hierzubleiben, wenn du das wirklich nicht willst«, murmelte er. Nun wirkte er doch geknickt und müde. »Nur bitte lass uns ein letztes Mal alle Informationen bündeln, die wir zusammentragen konnten. Vielleicht haben wir etwas übersehen. Und wenn du danach gehen willst, ist das deine Sache.« Er starrte in die volle Kaffeetasse, die vor ihm stand. »Ich werde versuchen, weiterzumachen. Das ist immerhin besser, als gar nichts zu tun und darauf zu warten, zu sterben.«

Der vorwurfsvolle Tonfall war vermutlich nicht von ihm beabsichtigt. Ich ballte die Hände unter dem Tisch zu Fäusten, obwohl es schmerzte.

Es fiel mir schwer, einzugestehen, dass er recht hatte. Etwas zu unternehmen wäre wirklich das Beste, denn es war nicht sicher, ob die Polizei zu einem Ergebnis gelangen würde. Noah besaß andererseits aber auch keinen Sinn für Realität. Hier, in seiner warmen Wohnung, fühlte er sich sicher. Er hatte das Gefühl, dass niemand ihm etwas antun konnte. In diesem Wissen war er aufgezogen worden.

Er kannte die Welt dort draußen nicht, auch wenn ich ihm kleine Ausschnitte daraus gezeigt hatte.

»Na gut«, gestand ich ihm trotzdem zu. Diesen letzten Gefallen würde ich ihm tun, obwohl ich bezweifelte, dass Noah irgendeine Schlussfolgerung aus dem Erlebten ziehen konnte, auf die Julien und ich nicht schon gekommen waren.

»Danke!«, hauchte er erleichtert, fuhr sich mit den Händen durch das Haar und sah mir danach lang in die Augen. »Danke, wirklich. Das bedeutet mir viel.«

»Schon okay«, murmelte ich, irritiert von seinem plötzlichen Anflug von Emotionalität. »Lass uns gleich loslegen. Hier ist, was wir wissen: Ein Unbekannter löscht aus einem unbekannten Grund Hives aus. Wir wissen nicht, ob diese Hives gezielt ausgewählt wurden oder willkürlich. Zur gleichen Zeit beginnen weltweit zufällig oder auch nicht zufällig extrem aggressive Demonstrationen von The Cell. Irgendjemand – unbekannt, ob die Polizei, ein privater Sicherheitsdienst, Hypermind oder vielleicht irgendjemand anderes – errichtet Blockaden, die es unmöglich machen, Erinnerungen von Opfern auszulesen. Boston Everick, der Vorstandsvorsitzende von Hypermind, hat irgendetwas mit einem Bediensteten vom The-Cell-Anwesen zu tun.

Dann ist da noch Cameron Pratt, scheinbar ein neues Androiden-Modell mit einer nicht zugelassenen Optik und ungewöhnlichen Denkstrukturen, den jemand offenbar bei der Polizei eingeschleust hat, damit er die Ermittlungen leitet. Oder sabotiert.« Ich übersandte den beiden die Informationen, die ich bisher zu diesem Mysterium gesammelt hatte, auch wenn es nicht viel war. »Habe ich etwas vergessen?«

Julien schüttelte den Kopf.

»Wie exakt ist denn deine Fähigkeit, Gedanken zu lesen?«, fragte Noah unbeirrt weiter. »Wenn du das Gehirn des Täters scannst … gibt es die Möglichkeit, dass jemand so etwas vor dir verbergen kann? Kommt es infrage, dass du schon in das Gehirn von demjenigen geschaut hast, der die Morde verübt oder in Auftrag gegeben hat, du es aber übersehen hast?«

Ich trank einen Schluck Kaffee und vermied es, Noah in die Augen zu schauen. Seine hoffnungsvollen Fragen taten irgendwie weh. Ich wusste selbst nicht genau, warum. »Wenn es eine Technologie gibt, die es ermöglicht, spezielle Erinnerungen auszublenden, weiß ich nichts davon«, antwortete ich ruhig, den Blick auf die Holzmaserung des Tisches zwischen uns gerichtet. »Ich weiß nur, dass Gedanken wirr sind und nicht immer einfach zu interpretieren. Einen Mord zu beauftragen sät allerdings in gewöhnlichen, normal strukturierten Gehirnen Chaos. Egal, wie abgebrüht jemand zu sein scheint. Die Denkmuster ändern sich durch eine solche Tat. Es sollte normalerweise das Erste sein, das ich sehe, wenn ich mich in jemanden logge, selbst wenn ich nach etwas anderem suche.« Nun hob ich doch meinen Kopf, um ihn zu mustern. »Das Erste, das ich sah, als ich mich in dein Gehirn gehackt habe, war endloses Chaos, das durch den Tod deiner Schwester verursacht wurde. Ich hab zwar nicht erkannt, dass sie gestorben war, aber ich wusste, dass irgendetwas mit dir nicht stimmte.«

»Hm«, machte Noah gedehnt, lehnte sich in seinen Stuhl zurück und richtete den Kopf nach oben, in die Wolken. »Das bedeutet, selbst wenn jemand den konkreten Umstand, dass er etwas mit den Anschlägen zu tun hat, vor dir verbirgt, solltest du zumindest erkennen, wenn jemand durch emotionales Chaos gegangen ist.«

»Genau«, bestätigte ich leise. Verdammt. Über diese ganze Sache zu reden machte mich so mutlos, dabei sollte es mir egal sein. Ich biss die Zähne fester aufeinander, um mich davon zu überzeugen, mich zusammenzureißen.

»Und so etwas war bei niemandem zu finden?«

»Nein. Weder bei Haloren noch bei Everick. Der Einzige, der es vor mir verbergen könnte, wäre dieser Cameron. In seinen Kopf komme ich nicht tief genug rein. Und weil er ein Android ist, sollte er wohl auch nicht viel empfunden haben, wenn er da mit drinsteckte.«

Wir beide schauten hinüber zu Julien, der dem Gespräch lauschte und zustimmend nickte. »Und diese Sache mit den Demonstrationen«, schloss er sich an. »Vielleicht gibt es etwas, das irgendjemand bei Hypermind verbergen möchte. Wenn Everick mit jemandem vom Anwesen Halorens zu tun hat, ist das Ganze eventuell eine abgesprochene Sache. Es hinterfragt niemand, dass The Cell das Hypermind-Viertel blockiert, und das Timing ist auffällig.«

»Die Vorstandsvorsitzenden habe ich überprüft«, erklärte ich für Noah. »Die scheinen allesamt genervt davon zu sein, dass diese ganze Sache weiterhin andauert. Wenn es abgesprochen ist, haben sie nichts damit zu tun.«

Noah atmete tief ein, um die Luft anschließend mit einem Seufzen aus seiner Lunge entweichen zu lassen. »Das ist doch scheiße«, stöhnte er und machte eine unbestimmte Geste. »Wir haben so viele Ansatzpunkte. Wir haben sogar jemanden, der *Gedanken lesen* kann. Irgendeinen Hinweis *muss* es doch geben. Irgendetwas, das wir übersehen haben.«

Julien nickte still, während mich etwas an dem, was Noah gesagt hatte, stutzig machte.

Es stimmte, wir hatten jemanden, der Gedanken lesen konnte: mich. Mein ganzes Leben war mir, trotz aller Hindernisse, immer bequem vorgekommen, allein aus dem Grund, dass es niemanden mit meinen Fähigkeiten oder meiner Technologie gab – und damit niemanden, der versuchte, sich vor ihr zu schützen.

Wenn es Blockaden gab, die ich nicht erkannte … wenn wirklich jemand, der verantwortlich war, sein Gehirn vor dem Auslesen gesperrt hatte, bedeutete das nicht, dass jemand genau damit rechnete?

Wussten sie, dass es jemanden wie mich gab?

Scheiße, nein. Ich war zu paranoid geworden. Wir hatten nicht den geringsten Beweis für diese These.

Ich fuhr mir mit den Fingern in kreisenden Bewegungen über die Schläfen, holte tief Luft, um dann wieder zu Noah in die dunklen Augen zu blicken. »Und? Siehst du irgendetwas, das wir nicht sehen?«, fragte ich, halb ehrlich, halb provokativ. »Hast du irgendeine Idee, wie wir an weitere Informationen kommen? Vor allem, ohne uns dabei selbst in Gefahr zu begeben?« Mir fiel nicht einmal ein Weg ein, an Informationen zu kommen, der gefährlich war. Mir fiel gar kein Weg mehr ein.

Allein der verzweifelte, mutlose Ausdruck auf seinem Gesicht war mir Antwort genug. Er war genauso hilflos, wie ich mich fühlte.

»Ich hab keine Ahnung, aus welcher Richtung ich dieses Problem noch angehen soll. Und ich denke, es ist Unsinn, es weiter zu versuchen. Ich …« Jetzt war es so weit, es deutlich auszusprechen. »Ich werde dir den Vorschuss zurücküberweisen. Du hattest genug Stress mit uns, und wir sind nicht sonderlich weit gekommen. Danach verschwinden wir.« Und wir würden einander nie wiedersehen.

Noah schüttelte heftig den Kopf und hob abwehrend die Hände. »Nein, kommt nicht infrage! Ich hab gesagt, dass du das Geld bekommst, wenn du den Auftrag annimmst. Und so soll es auch sein. Du kannst dir ja davon …« Er seufzte tief. »Du kannst dir davon ja 'ne neue Identität kaufen. Oder Urlaub machen. Vielleicht bei der Sonne, im Dyson Swarm. Soll nett da sein. Und weiter weg geht nicht.« Er lächelte mild. »Ich war selbst nie da. Um ehrlich zu sein, würde mir ein kleiner Urlaub auch guttun. Und …«

Während er sprach, stellte ich mir tatsächlich vor, wie ich in einem feinen Hotel auf Satelliten um die Sonne kreiste. Ich könnte die künstlichen Gärten besuchen, die man dort angelegt hatte, beim Levy-Shield vorbeischauen. Oder, ich könnte …

Moment.

Der Dyson Swarm. Natürlich!

»Das ist es«, flüsterte ich, und Noah stockte in seinem verträumten Gemurmel. Die beiden Männer hoben erstaunt ihre Köpfe.

»Was?«, hakte mein Gegenüber tonlos nach. Verwirrung lag in seinen Augen.

»Im Dyson Swarm befindet sich der Hypermind-Supercomputer«, stellte ich in den Raum und schlug die Hände an die Stirn. Unglaublich, dass ich auf diese Idee nicht schon viel früher gekommen war! Wie konnte ich nur so verdammt dumm sein?

»Ich … Ich weiß nicht, worauf du hinaus …«

»Der Hypermind-Supercomputer sammelt sämtliche Informationen, die jemals von allen ADICs auf der ganzen Welt gespeichert, empfangen und gesendet wurden«, unterbrach ich ihn. »Er befindet sich in einem Satelliten im Orbit der Sonne, weil er sich von dort aus selbst mit Energie versorgen kann. Und da drin befindet sich *alles*, sogar Erinnerungen, die gelöscht oder blockiert wurden. Eventuell nur fragmentiert, aber das …« Mein Herz schlug mir auf einmal viel zu wild in der Brust. »Das könnte ein letzter Ansatzpunkt sein.«

Noah schien nicht zu begreifen, was das für uns bedeutete. Julien hingegen teilte meine Aufregung, weil er in meinen Gedanken nach dem Plan stöberte, der sich langsam in mir formte.

»Die Menschen, die gestorben sind«, fuhr ich fort, »vor allem die des ersten Mordfalls … wenn diese Morde nicht absolut zufällig sind, dann *muss* irgendeiner von ihnen etwas befürchtet, etwas gedacht oder geahnt haben. Irgendetwas, das uns auf irgendeine Spur bringt, an die wir jetzt gar nicht denken. Oder wenn sie ein Geheimnis hatten, das sie verbunden hat, irgendetwas, das jemanden dazu hatte ermutigen können, sie zu töten. Wenn es so etwas gibt, finden wir es dort!« Das Blut rauschte wild durch meine Adern. Endlich war da wieder ein Lichtstrahl, wo ich mich schon vollkommen in Dunkelheit geglaubt hatte. Endlich sah ich die Sterne wieder funkeln.

Noah schaute mich fortwährend ausdruckslos an. Ich loggte mich in sein Gehirn und erkannte, dass er es nicht tat, weil er nicht verstanden hatte, wovon ich sprach, sondern weil er schockiert von dem war, was ich vorschlug.

»Du willst den Hypermind-Supercomputer hacken.« Er sprach das eher als eine Feststellung als eine Frage aus. Seine Stimme war vollkommen tonlos. Er dachte, gerade eben hatte ich von der ganzen Sache ablassen wollen, weil es mir zu riskant war, und jetzt plante ich den vermutlich waghalsigsten Hack in irgendeine Einrichtung, seitdem es die Menschheit gab.

Und er hatte recht. Der Gedanke, einen Blick in dieses Ding zu werfen, hatte mich schon mein Leben lang gereizt. Und jetzt fühlte es sich sowieso an, als hätte ich nicht mehr viel zu verlieren.

Ohne dass ich es wollte, schlich sich ein Lächeln auf meine Lippen. »Oh ja.« Das Grinsen auf meinem Gesicht wurde breiter. »Statten wir der Sonne einen Besuch ab.«

Kapitel 4

Das Finden eines letzten Auswegs

»Der Plan sieht wie folgt aus«, sagte Noah ruhig, nachdem wir aus unserem Auto gestiegen waren und über die große Landefläche auf das Anwesen der Levys zusteuerten. Wind wirbelte mir durch die Haare, zerrte an meiner viel zu weiten Kleidung, aber er war frisch und belebend. Hier oben gab es keine Abgase mehr, und ich hatte das Gefühl, nach langer Zeit frei atmen zu können.

Es war eigenartig, wieder beim Anwesen von Noahs Familie zu sein. Das letzte Mal hatte ich unter solchem Druck gestanden und hatte trotzdem so viel Hoffnung in mir getragen. Nun waren wir wieder hier, in einem letzten, verzweifelten Versuch, diesen Fall zu lösen.

»Ich werde meinen Vater um Erlaubnis bitten müssen, eins seiner Shuttles zu benutzen«, grummelte Noah. Auf der Fahrt hierher war er überraschend schweigsam gewesen, auch wenn er sich recht schnell dazu entschieden hatte, uns bei der Aktion zu begleiten.

Ich hatte mich nicht weiter dagegen gewehrt. Wir brachen jetzt eh alle Regeln.

»Das ist scheiße. Wir können den Space Elevator nicht ohne seinen Zugangscode benutzen, und wir brauchen die Energie der Satelliten, um mit dem Shuttle bis zur Sonne zu kommen. Wir müssen diese Reise also offiziell anmelden.« Er hatte sich einen schwarzen Overall angezogen, auf dem das Logo der Firma seines Vaters prangte. Den dunklen Mantel hatte er sich nur locker über die Schultern gelegt.

Wenn er diese Art von Kleidung besaß, bedeutete das, dass er schon im Weltraum gewesen sein musste. Wahrscheinlich hatte er den Shield besucht, der die Erde vor einem Teil der Sonneneinstrahlung schützte. Sein Vater hatte das Ding immerhin bauen lassen.

»Das ist eh besser«, überlegte ich laut. »Wenn wir den Eindruck erwecken, wir hätten irgendetwas zu verbergen, macht uns das auffällig. Es kann sowieso niemand ungesehen zur Sonne fliegen.«

»Ja. Halten wir uns so gut wie möglich an die Wahrheit.« Noah war bereits einige Schritte vorausgegangen und wandte sich noch einmal zu mir um. »Ich hab das mit dem Anschlag aufs Polizeirevier mehrere Male in den Nachrichten gehört. Wenn mein Vater dich danach fragt, sag ihm, was passiert ist. Vielleicht können wir das als Ausrede nehmen.«

Er hatte sich also auf der Fahrt hierher Gedanken darüber gemacht, wie wir seinem Dad gegenübertreten sollten. Sehr vorausschauend. Und ich wurde besser darin, ihn einzuschätzen, ohne seine Gedanken zu lesen.

Ich nickte und folgte Noah mit Julien hinter mir über die versteinerte Plattform in die Vorgärten hinein. Die Bäume und Büsche waren ordentlich beschnitten, zu Mustern und in Form gebracht, wie sie in der Natur nie wachsen würden. Die Brunnen, die alles durchzogen, plätscherten selbst bei der Kälte, die uns umringte.

Es würde mir immer ein Rätsel sein, wie man auf die Idee gekommen war, die Natur so zu deformieren, dass sie dem persönlichen Geschmack entsprach. Das war vermutlich einer der Gründe, aus denen sich die Menschheit an dem Punkt befand, an dem sie nun war.

»Wir tarnen die Sache als romantischen Ausflug, oder?«, wollte Noah von mir wissen und beäugte mich fragend von der Seite. Wie witzig. Vor einigen Tagen war er noch so überaus schelmisch gewesen, wenn es um dieses Thema gegangen war. Nun war es ihm unangenehm.

»Ja, ist wohl das Beste«, bestätigte ich und rang um einen lapidaren Tonfall. Irgendwie war mir jetzt auch eigenartig zumute bei dem Gedanken. Vielleicht, weil Julien mich so lange damit getriezt hatte.

Doch ich sprudelte über vor Tatendrang, sodass selbst dieses Gefühl hinter der Aufregung verblasste. »Ich könnte natürlich …«

»Warte«, unterbrach Noah mich, nachdem wir durch die verglaste Tür in eine der Eingangshallen des Gebäudes getreten waren.

Und dort, vertieft in ein Gespräch mit einem Kollegen, stand Jason Levy.

Noah, erschrocken darüber, seinen Vater schon hier anzutreffen, erstarrte in seiner Bewegung und schluckte angestrengt. Er hatte wohl mehr besprechen wollen, bevor wir uns der Konfrontation mit seinem Vater aussetzten.

Ich stupste ihn vorsichtig mit dem Ellenbogen an, damit er sich aus seiner Starre löste, und nachdem er sich in Bewegung gesetzt hatte, schob ich mich hinter ihm durch die Tür in den Raum hinein.

Erst jetzt sah sein Vater von den Unterlagen auf, die ihm der Fremde überreicht hatte, und blinzelte zu uns hinüber.

Ein ebenfalls überraschter Ausdruck machte sich auf seinen Zügen breit. Die beiden hatten wirklich viel Ungeklärtes zu besprechen, wenn eine simple Gegenüberstellung sie so zu Stein erstarren ließ.

Es dauerte eine Weile, bis Jason seinem Geschäftspartner etwas zumurmelte und dieser daraufhin in einen der anliegenden Räume verschwand. Noahs Vater, einen ordentlich sitzenden, dunkelgrauen Anzug tragend, kam mit einem irritierten Lächeln auf den Lippen auf uns zu.

Ich setzte den freundlichsten Ausdruck auf, zu dem ich in der Lage war, und reichte Jason die Hand.

»Noah. Womit verdienen wir die Ehre deines Besuches?« Er musterte seinen Sohn, danach direkt mich – und das deutlich länger. Hatte er mich überhaupt auf der Beerdigung gesehen? Ich bezweifelte es, bei all den Menschen, die dort gewesen, und all den Dingen, die passiert waren.

»Deine Mutter ist gerade leider nicht daheim. Sie sollte …«

»Nein, ich möchte zu dir«, unterbrach ihn Noah rasch. Ich erkannte, wie viel Mühe es ihn kostete, Augenkontakt zu halten. »Vater. Das … Das ist meine Freundin, Atlas. Wir …«

»Entschuldigung, aber darf ich wissen, was mit Ihnen passiert ist?«, fragte der Mann und betrachtete mit heftiger Besorgnis meine Verbände, Schürfwunden und blauen Flecken. Ich hatte mich heute Morgen selbst ein wenig erschrocken, als ich einen ersten Blick in den Spiegel geworfen hatte.

Ich versuchte, das Lächeln auf meinen Lippen zu halten. »Ich war leider von dem Anschlag betroffen, der auf das Polizeirevier ausgeübt wurde. In dieser Nacht hatte das Revier einige Menschen, die auf den Beerdigungen zugegen waren, zur Befragung abgeholt.« Das stellte ich lieber gleich klar, bevor er hinterfragte, was ich nachts auf einem Revier tat.

Jason nickte mit einem unglaublich ernsten Zug um den Mund. »Davon habe ich gehört. Das ist ja furchtbar, dass Ihnen das widerfahren ist.« Er sah erneut von Noah zu mir.

Ein Blick in seinen Kopf verriet mir, dass Jason ehrliche Sorge empfand. Ich fragte mich, wie Noah ihn verdächtigen konnte, seine eigene Tochter ermordet zu haben. Ich erkannte keinerlei Anzeichen für ein Verbrechen in Jasons Gehirn.

»Und du sagst, diese junge Dame ist deine Freundin?«, wollte er anschließend an seinen Sohn gerichtet wissen.

Wir nickten im Einklang. Ich entschloss mich, es drauf anzulegen, und fügte an: »Normalerweise sehe ich nicht so mitgenommen aus.« Das entlockte ihm ein ehrliches Lachen. »Das mit Ihrer Tochter tut mir wirklich leid … Mein herzliches Beileid«, beteuerte ich danach. »Es ist schrecklich, was zurzeit in der Welt vor sich geht.«

Jason verzog dankend die Mundwinkel, sagte allerdings nichts dazu. So, wie er sich gab, würden wir keine großen Probleme haben, ihn davon zu überzeugen, uns sein Shuttle zu leihen.

»Ich weiß, das ist etwas vermessen von mir zu fragen, Vater. Ich …« Er stockte und hatte ehrliche Probleme damit, sich zu überwinden, sein Anliegen vorzubringen.

»Alles gut, mein Junge. Womit kann ich euch helfen?« Jason schaute mich intensiv an. Ich las aus seinen Gedanken, dass er vermutete, Noahs Anfrage hätte irgendetwas mit meinem Zustand und der Krankenversicherung zu tun.

»Wir … wir hatten überlegt, ob es nicht nett wäre, uns ein bisschen zurückzuziehen. Weg von all dem Stress. Weg von den Demonstrationen, dem Trubel, den Explosionen und …« Er musterte mich so intensiv, während er sprach, dass sogar ich fast überzeugt von seinen Worten war. Davon, dass er das alles nur aus Sorge um mich tat. Mein körperlicher Zustand unterstrich seine Worte perfekt.

Dass die Chancen gut standen, dass ich auch bei dieser Aktion wieder in körperliche Mitleidenschaft gezogen werden würde, blendete ich für den Moment aus.

Jason hob die Hände, um seinen Sohn nicht weiter herumstottern zu lassen. »Ich verstehe schon. Ihr wollt eins der Shuttles, um ein bisschen Urlaub im Orbit zu machen.« Er nickte lächelnd, fast gönnerhaft.

Und dass er so freundlich war, kam mir nun doch eigenartig vor. So nett war niemand, oder? Oder war ich einfach nur verblendet von alldem, was ich im Untergrund erlebt hatte?

»Im Swarm, um genau zu sein«, stellte Noah klar, sehr kleinlaut, auch wenn ich nicht verstand, warum. Sein Vater besaß etliche der kleinen Raumschiffe. Es würde ihm weder einen finanziellen noch einen organisatorischen Schaden bereiten, wenn wir eins davon nutzten. Gesetzt den Fall, dass wir bei unserer Aktion nicht auffliegen würden.

»Das ist gar kein Problem.« Wieder lächelte er warmherzig, und ich konnte nicht abstreiten, dass dieser Mann uns gegenüber verdammt gutaussehend war. »Ihr könnt gern meinen Zugang zum Space Elevator nutzen. Ich gebe euch den Key für eins der Shuttles, und wenn ihr wollt, sende ich euch einen Fahrer mit.«

»Das ist sehr freundlich«, murmelte ich, bedacht darauf, möglichst bescheiden zu klingen, wies aber auf Julien neben mir. »Mein

Android sollte die Steuerung des Shuttles allerdings übernehmen können.«

Jason sah das erste Mal zu Julien, den er bisher ignoriert hatte, und musterte ihn intensiv. »Das ist ein altes Modell. Wo haben Sie das denn aufgegabelt?«

»Ich hab ihn von meinen Eltern bekommen«, antwortete ich, ohne überlegen zu müssen. Das war eine Frage, die ich öfter gestellt bekam.

»Und ich funktioniere nach wie vor hervorragend«, fügte Julien mit einem verschmitzten Lächeln an.

Das schien Jason zu gefallen. Er legte die Hände aneinander, nickte, und mit einem Rucken seines Kopfes bedeutete er uns allen, ihm zu folgen. »Dann kommt mal mit«, wies er uns an.

Wundervoll. Dieser Schritt wäre also geklärt.

Jetzt mussten wir nur herausfinden, wie wir uns in das am meisten gesicherte Gebäude der ganzen Welt einhackten.

Folge 6

The Swarm

Kapitel 1

Der Name eines alten Clusters

Durch die verstaubten Fenster des Spaceshuttles blickte ich hinaus zu den Sternen. Deutlich mehr von ihnen funkelten in der Ferne, als ich es jemals von der Erde aus gesehen hatte, und so dicht standen sie beieinander, dass es fast wirkte, als bildeten sie Wolkenformationen.

Aber ich wusste nicht, was ich erwartet hatte, denn näher war ich ihnen nicht gekommen. Nicht so nah wie in meinen Träumen.

Jason Levy hatte sich relativ schnell abschütteln lassen, war nicht einmal in seinem Space Elevator mit uns hinauf in den Orbit gefahren. Das hatte mich ein wenig beruhigt, denn die Anwesenheit dieses Mannes hatte mich nervös gestimmt.

Nun saß ich in meinem Overall, das Logo seiner Firma auf der Brust, in seinem Shuttle zur Sonne und wollte nicht zur Erde zurückschauen. Ich hatte das Gefühl, jedes Mal, wenn ich einen Blick zu dem braunen und blauen Planeten warf, zu seinen Satelliten und all den Maschinen, die ihn umkreisten, schaute der Himmelskörper müde zu mir zurück. Ich hatte nicht das Gefühl, dass diese Erde mir je freundlich gesinnt gewesen war. Nun, da ich sie verlassen hatte, war sie vielleicht froh. Vielleicht war sie jetzt zu einem besseren Ort geworden.

Ich war nie im Weltraum gewesen. Nie im Orbit, nie bei der Sonne, nie auf dem Mars. Diese Gebiete waren schon vor meiner Geburt von Menschen erschlossen worden, doch ich hatte immer gedacht, mich selbst an einen von ihnen zu begeben, wäre zu auffällig für mich gewesen. Ich hätte es mir leisten können; zu erklären, woher ich das Geld für solche Reisen besaß, wäre allerdings schwierig geworden.

Durch den schwerelosen Raum zu gleiten fühlte sich ungewöhnlich friedlich an. Ich bemerkte kaum, dass wir uns bewegten. Ich hörte es nicht, und ich sah es allein an der Sonne, die langsam näher rückte.

In einem kleinen Metallding mitten im All hatte ich Ruhe gefunden. Ich hatte das Gefühl, unerreichbar zu sein. Unantastbar.

Sicher.

Und am liebsten würde ich überhaupt nicht mehr fortgehen. Am liebsten würde ich hierbleiben und nie wieder etwas tun.

»Atlas.«

»Hm?«

»Ich frage mich, warum du dir so einen Namen ausgesucht hast.«

Noah und ich hatten uns in den weich ausgepolsterten Stühlen im hinteren Bereich des kleinen Raumschiffs niedergelassen, während Julien die Steuerkonsolen im vorderen Teil bediente.

Noah schaute müde zu mir herüber. »Du hast dir den Namen doch selbst ausgesucht, oder?«

Es dauerte eine ganze Weile, bis ich mich aufraffen konnte, auf die Frage zu antworten, weil ich nicht wusste, ob ich diese Information teilen wollte. Andererseits hatte ich alles andere auch mit ihm geteilt. »Hast du schon einmal dein Cluster aufgerufen?«

Noah runzelte die Stirn, als wüsste er nicht, ob meine Antwort überhaupt irgendetwas mit seiner Frage zu tun hatte. Irritiert antwortete er: »Du meinst diese Verbildlichung der Hives und Personen, mit denen man je in Kontakt stand?« Er zuckte mit den Schultern. »Ich glaube, in irgendeinem Mindcenter haben sie mir mal gezeigt, wie das geht. Aber ich hab's nie aufgerufen, weil ich es nutzlos finde. Warum?«

»Mach das mal«, forderte ich ihn auf. Ich lehnte mich ein Stück zu ihm hinüber, um eines der digitalen Displays an der Lehne seines

Sessels zu aktivieren. »Ruf im Menü deines ADICs die Cluster-Funktion auf, und pack es auf das Display.«

Mit nach wie vor streng zusammengezogenen Augenbrauen tat Noah, worum ich bat. Ich wartete geduldig, bis sich viele leuchtend blaue Punkte in der Luft bildeten und sich durch Linien miteinander verbanden. Einige verworren und fast wie Spinnennester, andere einzeln und hauchzart.

Die Punkte, die jeweils für einen Menschen standen, waren so klein, dass die Namen neben ihnen kaum mehr lesbar waren.

»Das ist dein Cluster«, erklärte ich. »Ziemlich cool, oder?«

Noah betrachtete das Bild, das sich vor ihm aufgebaut hatte, und nickte. Er schien zu versuchen, die winzigen Namen zu lesen.

Für einen gewöhnlichen Menschen hatte er tatsächlich viele Kontakte. Das kam vermutlich daher, dass er durch seinen Vater zahlreiche Personen der Oberschicht kennengelernt hatte. Kinder aus Upper-Level-Familien waren anders als jene, die nur die Schule besuchten und danach jeden Tag ihres Lebens einem einzigen Job nachgingen und immer nur dieselben Menschen trafen.

Noahs Cluster hatte die Ausmaße eines durchschnittlich großen Menschen. Wie es sich so vor ihm ausbreitete, musste er seinen Kopf nach links und rechts wenden, um all die kleinen Daten zu studieren. Er drehte das Konstrukt langsam mit seinen Fingern am Steuerpult.

»Und was soll ich damit anfangen? Hat das was mit dem Namen zu tun?«

»Ich wollte nur, dass du dir einen Eindruck davon verschaffst, wie das für gewöhnlich aussieht.« Ich griff zu seinem Sessel hinüber, deaktivierte den Screen und aktivierte danach meinen. »Jetzt zeige ich dir meins.« Ich legte mein Cluster auf den Screen vor mir, und im nächsten Moment wurde es hell.

Der ganze Raum war erfüllt von winzigen Punkten, Linien, Nestern. Vom Vorderbereich bis in die hintersten Ecken war das ganze Shuttle erfüllt von meinen Verbindungen, von allen Menschen, mit denen ich jemals kommuniziert oder die ich jemals gehackt hatte.

Es waren Milliarden.

Mit ein wenig Genugtuung betrachtete ich das Erstaunen, das sich auf Noahs Gesicht breitmachte. Er blinzelte viele Male, während sein Blick durch den Raum glitt. Perplex drehte er sich mit seinem Stuhl, betrachtete die Punkte, die weit entfernt von ihm lagen, dann die direkt vor seinem Gesicht.

Nur langsam wandte er sich nach einer Weile wieder zu mir um. »Das sind … die Menschen, die du gehackt hast?«

Ich nickte. »Der Screen ist nicht groß genug. Wenn es möglich wäre, würde mein Cluster über die Grenzen des Shuttles hinausreichen. Und ich habe sie nicht nur gehackt. Mit all diesen Menschen stand ich bereits in geistiger Verbindung. Ich kenne ihre Gedanken und ihre Gefühle. Die der meisten, zumindest.«

»Sind das … alle Menschen, die es gibt?« Unentwegt musterte er mein Cluster.

Das entlockte mir ein Lachen. »Nein, ich denke nicht. Aber ein paar Milliarden sind es schon.«

Noah schwieg viele Sekunden lang, während er das Konstrukt meines Geistes betrachtete. Ich gab ihm einige Momente, bis ich es deaktivierte. Es war spannend, das jemandem zu zeigen, doch je länger er geschaut hatte, umso nackter hatte ich mich gefühlt. Nahezu bloßgestellt.

Nachdem es dunkel geworden war, wandte Noah sich erneut mir zu. »Ich verstehe. Du bist so etwas wie ein Atlas der Menschen.«

Er war von allein darauf gekommen. Damit hatte ich gar nicht gerechnet. Ich lächelte in mich hinein und murmelte ein bestätigendes »Ja, irgendwie schon«.

Ein unerwartet schelmisches Grinsen nahm seine Züge ein. »Eine so philosophische Seite hätte ich dir gar nicht zugetraut«, scherzte er und zwinkerte mir provokant zu.

Die Augen leicht zusammenkneifend lächelte ich spielerisch in seine Richtung. »Es gibt viele Seiten von mir, die du noch nicht kennst.«

Im Polizeirevier in Washington war nach wie vor keine Ruhe eingekehrt. Ich beobachtete das Treiben während unseres Fluges zur Sonne, in der Hoffnung, etwas Neues zu den Ermittlungen den Anschlag von The Cell betreffend herauszufinden. Die Recherchen liefen auf Hochtouren. Das Areal um das Revier war großräumig abgesperrt worden, weil der Eingangsbereich nach wie vor in Schutt und Asche lag. Weitere Demonstranten, die sich kurz darauf um die Absperrung herum versammelt hatten, waren von Spezialeinheiten mit Gewalt niedergestreckt worden. Das Ermittlungsteam, das den Fall untersuchte, hatte inzwischen die Vermutung aufgestellt, dass einer der Polizisten, die zum Schutz des Eingangsbereichs eingeteilt worden waren, eine Bombe mit sich geführt hatte. Die Explosion hatte es den Demonstranten erlaubt, ins Gebäude zu dringen, Beamte niederzuschlagen, Büroräume zu verwüsten und Akten zu vernichten. Die Leute von The Cell waren offenbar dafür ausgerüstet gewesen, sich gegen die Waffengewalt der Polizei zur Wehr zu setzen. Viele von ihnen waren selbst bewaffnet gewesen.

Es hatte zwölf Todesopfer unter den Polizisten gegeben.

In dieser bedrückenden Stimmung wanderte Lora durch die nur spärlich beleuchteten Korridore, um dem Aufruf ihres Chefs zu folgen, ihn in seinem Büro aufzusuchen. Jedes Mal, wenn sie diesen Weg auf sich nehmen musste, flatterte ihr Herz ein wenig.

Vor allem aus Wut auf sich selbst. Weil sie immer noch nicht weitergekommen war. Weil sie diesen verdammten Fall einfach nicht knacken konnte.

Sie hatte keine Ahnung, wo Cameron sich herumtrieb. Das gefiel ihr nicht. Und sie hatte nicht den Eindruck, diesem Mann jemals wieder vertrauen zu können.

Ich wusste, dass etwas an ihrer Sorge berechtigt war. Vermutlich tat sie gut daran, ihm so wenig wie möglich über den Weg zu trauen.

Ihr Vorgesetzter, Adam Davis, saß mit einer großen Tasse Kaffee in der Hand vor seinem Bildschirm, als sie klopfte und, ohne darauf zu warten, hereingebeten zu werden, eintrat. »Sie wollten mich sprechen, Boss?«

Der ältere Mann nickte und bedeutete ihr mit einer Handbewegung, ihm gegenüber Platz zu nehmen. Die Wunde an ihrer Schulter, an der sie beim letzten Einsatz von dem Schuss gestreift worden war, schmerzte noch. Sie hatte sie nur ambulant behandeln lassen und sogar verweigert, Schmerzmittel zu nehmen, weil sie ihren Verstand nicht trüben wollte.

Meiner Einschätzung nach vernebelte ihr vorrangig der Schlafmangel den Kopf. Sie war wahrscheinlich zu stur, um das zu sehen.

Lora nahm auf dem unbequemen Holzstuhl Platz, faltete die Hände über dem Schoß zusammen und schaute ihren Chef fragend an. Sie hatte keine Ahnung, was er von ihr wollte, und es war ihr mehr als unrecht, dass er in letzter Zeit häufiger Anstalten machte, ihr in ihre Arbeit reinzureden.

»Wie sieht's aus? Hat das Team etwas Neues wegen des Anschlags gefunden?«, fragte sie unschuldig. »Ich habe gehört, dass ein Verdächtiger verhaftet wurde.« Insgeheim störte sie, dass sie keine Zeit hatte, sich ebenfalls an diesen Ermittlungen zu beteiligen. Sie war der Meinung, dass mit ihrer Hilfe viel schneller Schlussfolgerungen gezogen werden könnten, auf wen der Anschlag zurückzuführen war. Vor allem, weil sie sofort, ohne zu zögern, Bennie Haloren, den Gründer von The Cell selbst, dazu befragt hätte. Etwas, das sonst kaum jemand aus diesem Revier wagte.

»Ja.« Endlich sah Davis von seinem Bildschirm auf, um sie zu fokussieren. »Ich bin sicher, dass wir schon in den nächsten Tagen mit dem Prozess beginnen können.«

»Wurde Haloren dazu befragt?« Sie wusste, wie die Antwort lauten würde. Trotzdem konnte sie sich diese Stichelei nicht verkneifen.

Er verzog den Mund zu einer schmalen Linie. »Das ist nicht dein Fall, Lora. Halte dich da am besten raus. Haloren hat nichts mit der Sache zu tun.«

»Und selbst wenn er es hätte, wäre es zu riskant, ihn zu provozieren, oder?« Ihre streitlustige Art hatte sie weit gebracht in ihrem Job. Sie wusste allerdings auch, dass es ihrem Vorgesetzten nicht gefiel, wenn sie solche Bemerkungen von sich gab.

In ihren Augen war dieses politische Gerangel der größte Schwachsinn. Sie hätten Haloren wenigstens um ein Statement bitten können.

Davis legte die Stirn in tiefe Falten. »Halte dich aus diesen Sachen heraus, das hab ich dir schon mehrere Male gesagt. Wir müssen hier vorsichtig vorgehen. Wenn wir diese Organisation weiter herausfordern, sprengen sie als Nächstes vielleicht unser ganzes Revier in die Luft. Möchtest du das verantworten?«

Lora antwortete nicht. Das schien ihrem Vorgesetzten gelegen zu kommen, denn er setzte gleich nach: »Das ist aber gar nicht, worüber ich mit dir reden möchte. Es geht um deinen letzten Einsatz. Mir wurde zugetragen, dass du verletzt wurdest. Wann bekomme ich den Bericht dazu?«

»Tut mir leid, ich bin zurzeit etwas zu beschäftigt, um Berichte zu schreiben.« Sie folgte einer Spur nach der anderen, ohne etwas zu essen und so gut wie ohne Schlaf. Sich die Zeit zu nehmen, Berichte über solche Kleinigkeiten zu verfassen, war ihr überhaupt nicht in den Sinn gekommen. »Es geht mir gut. Es war nur ein Streifschuss.«

Davis nickte. »Das ist schön. Ich mache mir aber Sorgen darum, dass du dich übernimmst. Ein Wochenende lang eine Auszeit zu nehmen würde dir mal guttun.« Die Pause, die er einlegte, verstärkte die Wirkung der folgenden Worte: »Einige deiner Kollegen teilen diesen Eindruck.«

Vor Wut schlug Loras Herz schneller, und sie spürte, wie ihr Hitze ins Gesicht stieg, während sie darüber nachdachte, welcher ihrer verdammten Kollegen so etwas von sich gegeben haben sollte. Selbst mit zwanzig Prozent ihrer gewöhnlichen Energie war sie deutlich leistungsstärker als die meisten Idioten, die hier arbeiteten. »Wer hat das gesagt? Cameron, dieser Vollidiot? Ich schwöre, wenn er mir noch einmal in den Rücken fällt, dann …«

»Reg dich nicht auf, Lora! Es war nicht nur Cameron. Er meint es nicht böse, und ich denke, dass deine Abneigung ihm gegenüber absolut ungerechtfertigt ist. Er macht gute Arbeit, und er versteht sich mit jedem auf dem Revier. Er hatte ein paar interessante Ideen. Ich denke, dass ihr beide gemeinsam viel erreichen werdet.« Davis legte die Hände aneinander und schaute in die Kaffeetasse vor sich, als würde er darin die Worte finden, die er suchte. »Aber solange du dich so dagegen sträubst, mit ihm zusammenzuarbeiten, wird das nichts. Du musst deine persönlichen Gefühle herunterschrauben.«

Lora biss die Zähne aufeinander, um nichts Blödes zu erwidern. Um nicht zu schreien. Ihre persönlichen Gefühle? Sie hatte ihr persönliches Leben, ihre persönlichen Belange, immer zurückgestellt, um diesen Job auszuüben. Um diesen Job so gut wie möglich machen zu können. Besser als jeder andere. Sie hatte immer auf ihr Bauchgefühl vertrauen können; es hatte sie nie betrogen. Und jetzt sollte sie ihre Gefühle zurückschrauben? Was fiel diesem alten Arschloch überhaupt ein?

»Bei allem Respekt, Captain: Ich denke nicht, dass meine Gefühle diesen Fall in irgendeiner Art behindern. Sie wissen, dass ich immer mein Bestes gegeben habe. Und das tue ich auch jetzt.« Es fiel ihr so schwer, diese Worte in einem ruhigen Tonfall auszusprechen.

Wieder nickte der ältere Herr. »Du weißt, dass ich dir immer vertraue. In diesem Fall muss ich allerdings leider ein Machtwort sprechen. Ich werde dich für zwei Tage vom Dienst freistellen.«

Lora wollte protestieren, doch er unterbrach sie mit einem harschen Wink seiner Hand. »Du wirst dir Medikamente verschreiben lassen, deine Wunde versorgen und dich ordentlich ausschlafen. Wenn du dich irgendwo im Revier oder an irgendwelchen Tatorten blicken lässt, suspendiere ich dich für zwei Wochen! Tut mir leid, dass ich diesen Schritt gehen muss. Es ist zu deinem Besten.« Er sah ihr ernst in die Augen, konnte aber nicht verhindern, dass sein standfester Ausdruck von Mitleid verschleiert wurde.

Lora kochte innerlich. Sie kochte so sehr, dass sie Angst hatte, irgendetwas zu zerschlagen, wenn sie eine weitere Minute hier drinbleiben müsste. Bei diesem Idioten, der zu feige und zu faul war, um Grenzen zu überschreiten.

»Ist das alles?«, wollte sie tonlos wissen. Wenn er noch ein Wort sprach, wenn er ihr noch irgendetwas sagte, könnte sie für nichts garantieren.

»Ja«. Kurz angebunden. Eine gute Entscheidung. Vermutlich wusste er, dass sie nah dran war, ihm eine reinzuhauen.

Wortlos erhob Lora sich, ballte die Hände zu Fäusten und stürmte aus dem Büro. Es kostete sie sämtliche Willenskraft, die Tür nicht so hart zuzuschlagen, dass das Glas zersplitterte.

Kapitel 2

Die Stimme einer dunklen Nacht

Obwohl ich darüber gescherzt hatte, dass ich die Reise zur Sonne und die Unterkunft im Dyson Swarm mit dem Vorschuss bezahlen könnte, den mir Noah gezahlt hatte, war er am Ende derjenige, der die ganzen Kosten bereitwillig übernahm. Das Hotel, das er gebucht hatte, war vermutlich der luxuriöseste Ort, an dem ich mich jemals befunden hatte. Nachdem Julien das Shuttle angedockt hatte, kamen uns mehrere Bedienstete entgegen, nahmen unser Gepäck und geleiteten uns zur Rezeption. Noah füllte die Formulare aus.

Die ganze Anlage trug den Duft von einem frischen, teuren Parfüm. Es roch so gut, dass es fast Spaß machte, zu atmen. Eigenartig, wenn man bedachte, wo wir uns befanden.

Die Eingangshalle und anliegenden Flure waren angenehm hell. Die großen Fenster zeigten weit ins All hinein, zurück zur Erde, die von hier aus nur ein winziger Punkt war, und vor allem hin zur Sonne, die die Räumlichkeiten mit ihrem Schein erfüllte. Diesem gewaltigen, kolossalen Himmelskörper so nahe zu sein, seine Wärme auf dem Gesicht zu spüren, angenehm, wie an einem lauen Sommertag, war vermutlich das Beeindruckendste, das ich je erlebt hatte.

Julien war irritiert davon, dass ich immer wieder stehen blieb, um mich umzuschauen. Wir waren jetzt so weit weg von der Erde. So nah an diesem Stern, den ich Nacht für Nacht zwischen den anderen sah, von denen ich träumte.

Und irgendetwas gab mir das unbestreitbare Gefühl, bereits an diesem Ort gewesen zu sein. Es war weniger das, was ich sah, als vielmehr ein Anflug von Vertrautheit, der mich beschlich, während ich mich gemächlich durch diese Einrichtung bewegte.

Ich *musste* schon einmal hier gewesen sein, mein Unterbewusstsein schien an diesem Umstand gar keinen Zweifel zu kennen.

Und doch war ich es nie gewesen.

Wie konnte das sein?

Die Suite, die Noah für uns gebucht hatte, war mindestens dreimal so groß wie meine eigene Wohnung. Wir besaßen eine Küche, eine riesige Sitzecke vor einer Fensterwand, die direkt zur Sonne blicken ließ, zwei Badezimmer, ein Schlafzimmer und ein Büro. Nun verstand ich Noahs Abscheu dem Hotel gegenüber, in dem wir uns in das virtuelle Netzwerk der Trader gehackt hatten. Wenn er so etwas gewohnt war …

Etwas wie das hier hatte ich nie gesehen. Es gab nicht viele Personen, die es sich leisten konnten, in den Dyson Swarm zu fliegen. Und wenn ich im Kopf von jemandem herumgestöbert hatte, der tatsächlich über solche Mittel verfügte, dann hatte ich meistens nach anderen Dingen gesucht als netten Urlaubserinnerungen.

Das Gepäck war bereits auf unser Zimmer gebracht worden, auch wenn es nicht viel war. Ich hatte mir einige der Overalls aus der Space Station der Levys geschnappt, damit ich zumindest irgendetwas Frisches zum Anziehen haben würde. Noah hatte es mir gleichgetan.

Sein Vater hatte glücklicherweise nicht hinterfragt, warum wir ohne Kleidung in den Urlaub reisen wollten. Dennoch hatte der Kerl für meinen Geschmack zu wenige Fragen gestellt.

Die Polstersessel, auf die wir uns fallen ließen, waren endlos weich. Ich hatte das Gefühl, auf einer Wolke zu sitzen, während ich die Sonne ansah und mir gar nicht die Mühe machte, mich zu meinen beiden Begleitern umzuwenden.

Julien war auf der Reise überraschend still gewesen. Sonst verbrachte er so viel Zeit damit, meine Gedanken zu kommentieren, mir zu helfen, sie zu ordnen, mich zurechtzuweisen oder zu unterstützen. Heute hatte er sich wohl dazu entschieden, einfach zu observieren. Das machte mich nervös.

»Wenn die Sache vorbei ist, werde ich vielleicht Shane empfehlen, mal herzukommen. Ich denke, das würde ihm guttun.«

»Ist das der Kerl, der dir den Auftrag vermittelt hat?«, wollte Noah wissen. »Ich glaube, so hat er sich vorgestellt.«

»Genau.«

»Er hat den Untergrund nie verlassen«, warf Julien dazwischen. »Denkst du, er würde wirklich ins All fliegen?«

»Nein, du hast recht.« Ich seufzte tief, als ich mich kurz in den Gedanken an ihn verlor. Es war ihm besser gegangen, nachdem ich seinen Kopf ein wenig aufgeräumt hatte, doch dort hatte so viel Chaos geherrscht, dass ich selbst kaum etwas daraus hatte lesen können. Lesen wollen.

Ich wusste gar nicht, wie es ihm überhaupt möglich war, zu reden, zu denken, zu leben.

Und ich wusste, dass es mir egal sein sollte.

Erneut seufzte ich, und nun schaute Noah zu mir herüber. »Schwere Zeit, was?« Er lächelte knabenhaft, und ich lachte müde.

»Schon irgendwie. Aber das bringt nichts. Setzen wir uns an die Pläne.«

»Die Suite ist abhörgeschützt«, verkündete Julien. Seine Sommersprossen leuchteten wieder, während er das Gebäude scannte. »In diesen Räumlichkeiten werden oft wichtige Geschäfte getätigt. Wir können offen reden.«

»Soweit ich weiß, gibt es keine Aufzeichnungen darüber, wo genau sich der Hypermind-Computer aktuell befindet«, setzte Noah an. »Die Koordinaten sind nur Mitarbeitern der Firma bekannt.« Er schielte zu mir herüber.

»Ich weiß von Personen, die die Koordinaten kennen müssten.« Ich ging in meinem Kopf die Liste an Menschen durch, von denen ich wusste, dass sie mit der Wartung des Computers beschäftigt waren. Die Aufgaben vor Ort verrichteten zwar für gewöhnlich Androiden, aber diese mussten von der Erde aus gesteuert werden. »Das kann ich leicht herausfinden.« Wenigstens einen Punkt, den wir schnell würden abhaken können. »Was schwieriger wird, ist, uns ungesehen dorthin zu bewegen. Unser Shuttle wird gerade geladen, das heißt, wir können es durchaus benutzen. Allerdings ist es niemandem gestattet, unbefugt an den Satelliten anzudocken.«

»Dazu habe ich eine Idee«, sagte Julien. »Wir beschaffen uns am besten eine digitale Karte sämtlicher Satelliten, und danach machen wir uns an die Arbeit. Wir haben viel zu tun.«

Die Sicherheitssysteme des Satelliten, in dem der Hypermind-Supercomputer verborgen lag, bestanden aus drei Komponenten. Es gab die automatischen Sicherheitssysteme, bestehend aus Kameras, Wärmedetektoren und Bewegungsmeldern, dann gab es die Androiden vor Ort, zusammengestellt aus sowohl Wartungs- als auch Sicherheitspersonal, und die Hypermind-Sicherheitsleute auf der Erde, die dauerhaft damit beschäftigt waren, alles zu überprüfen und zu überwachen.

Gelang es uns, die Androiden zu hacken, würden wir trotzdem von den Bewegungsmeldern erkannt werden. Ließen wir die Androiden die Sicherheitssysteme deaktivieren, würde das Sicherheitspersonal auf der Erde es bemerken und Alarm schlagen. Und selbst wenn wir die Androiden auf dem kompletten Satelliten lahmlegen sollten, besaß Hypermind noch viele weitere Satelliten im Orbit der Sonne, wodurch es für sie kein großes Problem wäre, Shuttles zu schicken, um uns festzunehmen.

Wir brauchten Zeit. Das war der wichtigste Faktor.

Der Plan, den wir uns zurechtgelegt hatten, um dieses System zu umschiffen, war riskant, doch damit hatten wir von Beginn an gerechnet. Trotzdem sollte es uns möglich sein. Wenn wir keine Fehler begingen.

Nun lag ich frisch geduscht in meinem Bett auf dem Hotelzimmer und wusste, dass Noah auch wach war. Wir beide taten so, als würden wir schlafen. Julien hatte das Zimmer verlassen, um an einer offiziellen Ladestation des Hotels Energie zu sammeln. Wir hätten zwar die internen Systeme anzapfen können, aber das hätte eventuell jemand bemerkt. Und Aufsehen war das Letzte, das wir jetzt gebrauchen konnten.

»Bist du wach?«, flüsterte Noah in die Dunkelheit hinein. Wir hatten die Jalousien heruntergelassen, nachdem uns klar geworden war, dass im Schein der Sonne Schlaf unmöglich war. Ich hatte schon jetzt das Gefühl von Tag und Nacht verloren, auch wenn alles an der Belichtung des Hotels darauf ausgelegt war, einen gewöhnlichen Erdenrhythmus beizubehalten.

»Ja«, hauchte ich. Es fühlte sich eigenartig an, hier zu liegen. Ich konnte nicht sagen, warum, doch irgendetwas daran ließ mein Herz schneller schlagen. Ich glaubte nicht, dass es die Aufregung war. Da war erneut dieses unbekannte Gefühl. Und ich wusste nicht, ob ich es mochte oder nicht.

Inzwischen war ich mir nicht mehr im Klaren darüber, was mich dazu veranlasst hatte, Noah mein Cluster zu zeigen. Ihm zu erklären, was es mit meinem Namen auf sich hatte. Vielleicht hatte ich nur angeben wollen, aber irgendwie fühlte es sich jetzt falsch an. Ich hatte ihn in einen Teil meines Lebens gelassen, in dem sich bisher nur Julien und ich befanden. In meine Privatsphäre, die ich sonst um jeden Preis schützte.

Und irgendetwas daran schmerzte. Ich wusste, selbst wenn wir es schaffen sollten, diesen Auftrag abzuschließen, hatte ich mit Noah inzwischen eine so intensive Verbindung, dass es unmöglich war, mich danach einfach so von ihm zu trennen. Diese Empfindung war mir vollkommen neu.

Wie sah er das? Ihm war vermutlich nicht klar, was für eine große Bedeutung all die Dinge für mich hatten, die ich ihm gezeigt hatte. Für ihn war das wahrscheinlich nicht mehr als normale, zwischenmenschliche Interaktion.

So eine verdammte Scheiße.

»Wie geht es dir?«, fragte er leise nach, und ich wog meine Antwort ehrlich ab.

»Du meinst, wegen morgen? Ich glaube nicht, dass ich schlafen kann.« Jetzt war ich froh darüber, dass Julien nicht in der Nähe war, um in meinem Kopf herumzustöbern. Er hätte sicherlich einen abfälligen Kommentar gemacht.

»Nein, ich meine wegen deiner Verletzungen. Hast du noch Schmerzen?«

Machte er sich etwa Sorgen um mich?

»N-nein, es geht.« Die Medikamente wirkten tatsächlich, und außerdem war ich Schlimmeres gewohnt. Ich hatte mir im Laufe der Jahre so einiges zugezogen. Dass ich jetzt in der Lage war, mir angemessene medizinische Versorgung zu leisten, war ein echter Luxus, den ich genoss. »Das wird morgen auf jeden Fall funktionieren. Dafür geht es mir gut genug.«

»Das … Darauf wollte ich gar nicht hinaus.« Sein Murmeln in der Dunkelheit klang irgendwie schwach, dabei hatte er heute so stark gewirkt. So entschlossen.

Es war schwierig, ihn einzuschätzen. Obwohl ich wusste, was in ihm vorging, war er sich selbst offenbar nicht sicher, woher sein so intensiver Tatendrang rührte.

»Es tut mir leid, dass …«, setzte er an, brach aber ab und schwieg wieder. Ich loggte mich nicht in seinen Kopf ein, weil ich sämtliche Kapazitäten, die mir zur Verfügung standen, für morgen schonen musste. Und weil es mir inzwischen irgendwie falsch vorkam, die ganze Zeit seine Gedanken zu lesen. Dass ich mich in unserer Anfangszeit so oft in sein Gehirn geloggt hatte, um ihn in seinem Alltag zu beobachten, erschien mir inzwischen fast pervers. Bei Lora war das etwas anderes, bei ihr hatte ich konstant nach Informationen gesucht. Ihn hatte ich einfach zum Spaß ausspioniert.

»Es tut mir wirklich leid, dass das alles passiert ist. Ich wollte da niemanden mit reinziehen. Nicht so …«

»Ist okay. Ich werde ja dafür bezahlt.« Ich lächelte in die Dunkelheit hinein. »Mir tut es leid, dass wir vermutlich nicht so professionell sind, wie du erwartet hast.«

Noah lachte leise und richtete sich ein Stück in seinem Bett auf. Ich erkannte es im Licht, das durch die wenigen Spalten hineinfiel, die wir offengelassen hatten.

»Ganz ehrlich? Als ich das erste Mal ins Sub-Level gestiegen bin und den Entschluss gefasst hatte, mir einen Trader zu suchen, war ich der festen Überzeugung, dass ich vermutlich überfallen und getötet werden würde. Oder erpresst. Oder als Geisel genommen. Und als dieser Shane mir dann erklärte, dass er mich mit jemandem namens *Oracle* bekannt machen würde, dachte ich erst, du wärst sowas wie ein zwielichtiger Wahrsager.« Er lachte herzhaft, und ich stimmte mit ein. »Ich kann dich beruhigen: Ihr seid tausendfach professioneller als alles, was ich jemals erwartet habe. Und bedeutend enthusiastischer. Ich hätte nicht gedacht, dass irgendjemand, den ich gar nicht kenne, bereit ist, so viel aufs Spiel zu setzen, nur um mir zu helfen. Von daher … Danke dafür. Ich meine es wirklich ernst.«

Ob ich ihm sagen sollte, dass ich eigentlich genau so war, wie er erwartet hatte? Dass ich bisher in meinem Leben alles immer nur für mich getan hatte? Dass ich sonst nicht einmal auf die Idee gekommen wäre, irgendein Risiko einzugehen, um jemandem zu helfen?

Nein, das sagte ich ihm besser nicht. Es störte mich zwar, dass das Bild, das er von mir hatte, so falsch war, aber ihm zu offenbaren, dass er der Erste war, der diese Sonderbehandlung bekam, wäre noch störender gewesen.

Kapitel 3

Das Kennenlernen einer vertrauten Maschine

Ich wusste nicht, wie lange ich gestern Nacht wach gelegen hatte. Ich wusste nicht, ob ich überhaupt geschlafen hatte. Es fühlte sich zumindest nicht so an.

Noah war es ähnlich gegangen wie mir. Wir hatten zwar nicht mehr gesprochen, doch ich hatte gehört, wie er sich herumgewälzt hatte, wie er immer wieder von einer Seite auf die andere gewechselt war, leise geseufzt hatte, um danach erneut einige Minuten lang ruhig zu atmen.

Nun schwebten wir im Orbit, nicht weit entfernt von dem Satelliten, in den wir zu gelangen versuchten, und ich raffte meine Konzentration zusammen, um die erste Phase unseres sorgsam ausgetüftelten Plans umzusetzen. »Julien, hat irgendjemand Verdacht geschöpft?«

Wir mussten die Flugroute erklären, die wir mit dem Shuttle nahmen, um so nah wie möglich an den Hypermind-Satelliten heranzukommen. Deswegen hatten wir im Hotel einen Flug zu einem Biotop angemeldet, das sich unweit von unserem Ziel befand. Julien hatte dafür gesorgt, dass die Route auf sämtlichen Anzeigen, die den Verkehr im Orbit der Sonne überwachten, korrekt dargestellt wurde. Das war der erste und leichteste Teil des Plans gewesen.

»Sieht gut aus. Die Landung auf dem Biotop wurde bestätigt. Ich kontrolliere die Androiden, die mit unserer Abfertigung beschäftigt wären. Das sollte nicht auffallen.«

Meine Finger krallten sich in die Lehne des Sessels. »Gut. Dann gehen wir jetzt zu Phase zwei über.« Eins der größten Probleme, vor denen wir standen, war, dass alle Aktionen über die Rechenprozesse meines ADICs laufen müssten – und meine eigene Rechenkapazität dafür bei weitem nicht ausreichte. Ich würde sämtliche Satelliten im Umkreis anzapfen, um auch nur ansatzweise die Energie zu gewinnen, die wir benötigten. Das an sich stellte kein Problem dar.

Wie lange mein eigenes ADIC das aushalten würde, war die Frage, die uns eher beschäftigte. Ich war durchaus in der Lage, uns etwas Zeit zu verschaffen, trotzdem war unsere mögliche Einsatzdauer zeitlich begrenzt. Vorrangig durch mich.

Ich schloss die Augen, rief die Karte auf, die wir gestern von sämtlichen Satelliten in der Nähe angefertigt hatten, und suchte diejenigen aus, die eine Sendefunktion zur Erde besaßen. Sie übermittelten von Minute zu Minute gewaltige Datenströme an verschiedene Orte der Erde, um immer in Verbindung mit den Menschen und den Unternehmen zu stehen, die sie angefertigt hatten. Die Signale, die ich einschleusen würde, waren im Vergleich dazu so klein, dass sie kein Aufsehen erregen sollten.

Ich zapfte einige der Antennen an, die ein Signal direkt in die Hypermind-Zentrale sandten. Ich hatte herausgefunden, welche Mitarbeiter des Unternehmens heute Schicht hatten. Wer damit betraut war, den Supercomputer und die Sicherheitssysteme, die mit ihm in Zusammenhang standen, zu überwachen.

Ich konnte mich nicht in die Menschen selbst hacken, um ihre Gedanken zu kontrollieren. Das war mir bisher erst wenige Male in meinem Leben gelungen. Allerdings war ich in der Lage, mich in die Bildschirme und Screens zu loggen, vor denen sie saßen und die ihnen mitteilten, wie der Sicherheitsstatus auf der Sphäre aussah.

So könnte ich hoffentlich lange genug den Eindruck eines gewöhnlichen Ablaufs auf dem Satelliten simulieren, und niemand auf der Erde würde bemerken, wie wir kamen und gingen.

Nie zuvor hatte ich irgendetwas aus so weiter Ferne kontrolliert. Es hatte mich Jahrzehnte der Übung gekostet, zu Menschen überall auf der Welt Kontakt aufnehmen zu können, egal, wo genau sie sich befanden. Die Verbindung zu Lora und zum Revier herzustellen war schon schwierig genug gewesen, und da hatten wir uns noch deutlich näher an der Erde befunden.

Der Versuch, über mein eigenes System und über solch eine Strecke eine stabile Verbindung herzustellen und aufrechtzuerhalten, war ein ganz neues Level für mich.

»Und, funktioniert es?«, flüsterte Noah, vermutlich an Julien gewandt. Ich runzelte die Stirn, während ich mich darauf konzentrierte, die Sicherheitsprotokolle der letzten Jahre aufzurufen und einige von ihnen zu kopieren, um sie in einer Dauerschleife abspielen zu können.

»Nur noch kurz«, antwortete ich. Es war tatsächlich so, wie ich vermutet hatte. Allein diese Aktion kostete mich unglaublich viel Energie. Ich spürte, wie der kleine Computer an meiner Kette, der für gewöhnlich dafür zuständig war, die kognitive Belastung auf mein Gehirn zu verringern, heiß wurde und wie sich ein paar Schweißperlen auf meiner Stirn bildeten. Ich lagerte einige der Prozesse auf die Rechner nahegelegener Satelliten aus.

Für einige Sekunden beobachtete ich durch die Augen der Mitarbeiter, wie sie auf die Bilder reagierten, ob sie etwas bemerkten, ob sie irgendetwas stutzen ließ.

Doch der Übergang der Bilder und Protokolle war nahtlos gewesen, und die Männer und Frauen in der Zentrale waren so routiniert damit beschäftigt, ihre für gewöhnlich ereignislose Schicht mit Kaffee und Serien abzusitzen, dass es vermutlich keinen Grund zur Sorge gab.

»Geschafft«, sagte ich leise und öffnete die Augen. Ich spürte ein leichtes Ziehen hinter meiner Stirn.

Julien setzte unser Shuttle wieder in Bewegung, um weiter auf den Satelliten zuzusteuern, den wir bereits seit einigen Minuten anvisierten. »Ich habe eine Liste sämtlicher Sicherheitssysteme und Androiden aufgestellt, die sich innerhalb der Basis befinden. Wie wir vermutet haben, halten sich dort keine Menschen auf. Das kommt uns zugute.«

Ich streckte meine Fühler aus und nahm geistigen Kontakt zu den Tausenden von Androiden auf, die auf der Hypermind-Sphäre ihren üblichen Aufgaben nachgingen. Es waren gewöhnliche Maschinen; zwar die der neuesten Generation, aber keine von ihnen war wie Cameron. Keine von ihnen war etwas, das ich nicht hacken konnte.

»Sieht gut aus«, stellte ich fest. »Holt eure Masken raus.«

Wir würden die Androiden übernehmen und sie dazu bringen, die Sicherheitssysteme zu deaktivieren, uns freundlich in Empfang zu nehmen und uns zum zentralen Computer zu bringen.

Sie dürften uns dabei natürlich nicht erkennen. Wenn irgendjemand ihre Aufzeichnungen auslesen sollte, falls wir etwas übersehen haben sollten, konnten unsere Gesichter auf keinen Fall irgendwo auftauchen.

Ich zog eins der metallischen Visiere heraus, die standardmäßig auf den Shuttles gelagert waren. Sie waren für gewöhnlich für andere Zwecke gedacht – zum Beispiel die der Wartung. Doch sie verschleierten durch ihre verspiegelte Oberfläche unsere Gesichter, also würden sie ausreichen.

Ohne dass ich es wollte, begann mein Herz zu rasen. Mein Kopf war schon jetzt kaum mehr aufnahmefähig. »Ich gebe euch das Signal, wenn ich bereit bin und die Androiden keine Gefahr mehr darstellen. Dann dockst du an, Julien.«

»Okay.«

Und abermals schloss ich die Augen.

»So eine verdammte Scheiße!«

»Ist okay«, zischte Noah beschwichtigend. »Es geht. Wir bekommen das hin!«

Ich biss die Zähne aufeinander und krallte mich in Noahs Kleidung fest, während er mich stützte und mich durch die hell beleuchteten Gänge der Station brachte. Ich konnte mich nicht mehr allein auf den Füßen halten. Selbst mit der übrigen Rechenleistung der naheliegenden Systeme war die Kontrolle all dieser Androiden zu viel für mein Gehirn.

»Schaffst du es in deinem Zustand, dich in den Computer zu loggen?«, wollte Noah leise wissen. Ich spürte seine Anspannung. Selbst durch das Visier gedämpft wirkte seine Stimme verkrampft.

»Ich werde es müssen«, murmelte ich.

Die Androiden, die uns durch die Korridore des Satelliten führten, waren schwer bewaffnet und eskortierten uns schweigend. Es war schon genug Aufwand gewesen, sie kurzzeitig so umzuprogrammieren, dass sie uns als hochrangige Besucher wahrnahmen. Sie freundlich sein zu lassen lag nicht in meiner Macht.

Julien hatte sich den Androiden angeschlossen, die mit in Anschlag genommenen Gewehren vor und hinter uns gingen. Sämtliche Gänge des Satelliten sahen gleich aus, klinisch rein, in hellen Weiß-, Blau- und Grautönen gehalten. Es wäre einfach gewesen, sich hier zu verirren, wenn man sich nicht auskannte, also verfolgte ich im Kopf die Karte, um sicherzugehen, dass die Maschinen uns richtig führten; obwohl die Übersicht immer wieder unter der Anstrengung, die ich aufbringen musste, flackerte und zusammenbrach.

»Bist du sicher?«, hakte Noah erneut nach. Durch unsere Berührung bemerkte ich sein Zittern. »Wir können umkehren. Wir können gehen, wenn du dir das nicht zutraust. Das wäre kein Problem, wirklich. Ich meine …«

»Ruhe!«, keifte ich. Ich konnte mich jetzt nicht noch zusätzlich auf sein Gejammer konzentrieren. Der Kopfschmerz hatte eingesetzt. Ziehend, zerrend und brennend, in meinem ganzen Schädel. Der Schweiß rann mir mittlerweile über die Schläfen. Wir mussten das jetzt hinter uns bringen. Ich konnte es schaffen.

Die Androiden sagten nichts, während wir nach einer gefühlten Ewigkeit auf eine große, graue Metalltür zuhielten, einige Sicherheitsmechanismen deaktivierten und sich die Doppeltür unter einem mechanischen Krächzen aufschob.

Die Maschinen traten beiseite, um uns in den blau und türkis beleuchteten Raum hineinzulassen.

Der Zentralcomputer.

Ein kalter Luftstoß kam uns entgegen und jagte mir unvermittelt einen Schauer über den ganzen Körper, dabei schien meine Haut vor Anstrengung bereits zu brennen. Andächtig schoben wir uns in die Halle, in die die deckenhohen Rechner so weit hineinreichten, dass man ihr Ende auf den ersten Blick gar nicht erkannte.

Julien sprach nicht, obwohl er immer wieder den Augenkontakt zu mir suchte. Er verbrauchte zu viel Energie. Vermutlich hatte er seine nicht lebenserhaltenden Systeme deaktiviert.

Ich wünschte, dazu wäre ich ebenfalls in der Lage.

Noah atmete flach, während wir uns im Herzen des Satelliten – und irgendwie auch dem Herzen der Welt, die wir kannten – umsahen. Der ganze Raum war eine gewaltige Maschine.

Einige große Anzeigetafeln waren direkt am Eingang aufgebaut, warteten darauf, aktiviert zu werden. Ich wies die Androiden erst nach einer ganzen Weile an, uns allein zu lassen, die Tür zu schließen, mich aber zu benachrichtigen, falls irgendjemand die Station betreten oder verlassen sollte. Sie schickten eine Bestätigung, dann fuhr die große Schiebetür langsam hinter uns zu, und wir blieben zurück, nur beleuchtet von tausenden kleinen Lichtern, die den Status der Systeme anzeigten.

»Wie gigantisch ist dieses Ding denn?«, raunte Noah und sah sich perplex um. Ich deaktivierte das Visier, und er tat es mir gleich.

»Hier werden alle Hive-Verbindungen des ganzen Planeten aufgezeichnet«, erklärte ich und löste mich vorsichtig von ihm, auch wenn ich das Gefühl hatte, dass er sich am Ende mehr an mir festgehalten hatte als ich mich an ihm. »Hier läuft jede Information ein, die jemals von irgendeinem Menschen gedacht oder versendet wurde. Das ist der massivste Rechner der Welt. Wenn er irgendwann zusammenbrechen sollte, wird unsere Kommunikation um etliche Jahrzehnte zurückgesetzt.«

»Zum Glück wollen wir das Ding nicht zerstören.« Noah lachte humorlos.

»Obwohl es vermutlich deutlich schwerer wird, sich einzuloggen.« Ich atmete tief ein, aktivierte einige der Bildschirme vor uns, danach ließ ich mich unter Anstrengungen im Schneidersitz auf dem Boden nieder und schloss die Augen.

Noah schwieg für einige Momente. Ich hörte, wie er von einem Fuß auf den anderen trat. »So, wie du dasitzt, siehst du wirklich aus wie ein Orakel.«

Ich lächelte und bedeutete ihm mit noch immer geschlossenen Augen, sich neben mich zu setzen. Ich konnte jetzt keine Ablenkungen gebrauchen.

Noah stöhnte zum mindestens hundertsten Mal innerhalb der letzten drei Stunden, und dieses Mal riss es mich so sehr aus der Konzentration, dass ich meine Augen öffnete, um zu ihm hinüberzusehen.

Er hatte sich neben mich auf den Boden gesetzt und starrte auf die in der Luft schwebenden Holo-Bildschirme, auf die ich einige der Daten projiziert hatte, um ab und an einen anderen Blickwinkel auf den Code zu bekommen, den ich zu entschlüsseln versuchte.

»Ich hatte mich immer für recht intelligent gehalten«, murmelte er, ohne seine Augen abzuwenden. »Aber ich sehe mir das jetzt seit Stunden an, und ich verstehe *nichts*.«

Ich lachte leise, doch Noah zog die Augenbrauen hoch und schüttelte den Kopf mit einem frustrierten Ausdruck auf dem Gesicht. »Nein, im Ernst. Ich denke nicht, dass diese Zahlen, Worte und Symbole etwas bedeuten.«

»Na klar tun sie das«, erwiderte ich gespielt empört und grinste gleichzeitig über seine Bemerkung. »Ich muss nur herausfinden, auf welche Art und Weise diese Maschine Erinnerungen in Daten umschreibt. Sobald ich das weiß, können wir daraus lesen. Und ich glaube, dass ich die letzten Schlüssel für die Decodierung bald gefunden habe.«

»Und wie genau stellst du das an?«

»Das ist im Grunde, wie eine neue Sprache zu lernen. Na ja … etwas komplizierter vielleicht. Ich analysiere die vorhandenen Daten und ihren Einfluss auf das gesamte System, schaue mir an, wie sie miteinander interagieren. Jeden Datensatz, den ich durchschaut habe, kann ich nutzen, um anhand seiner Logik und seines Aufbaus weitere Informationen zu decodieren. Je mehr dieser Schlüssel ich finde, umso schneller geht es. Am Ende sollte es mir möglich sein, sämtliche Daten, die hier durchfließen, zu übersetzen. Sodass wir sie verstehen können.«

»Faszinierend«, raunte er in einem müden und gleichsam andächtigen Ton. »Und das hast du dir selbst beigebracht?«

»Alles, was ich weiß, habe ich mir selbst beigebracht.« Ich zwinkerte ihm zu. »Aber es hilft schon, wenn einem die Köpfe sämtlicher Menschen dafür zur Verfügung stehen.«

Inzwischen hatte ich mich deutlich entspannt. Es war nach wie vor anstrengend, die Prozesse aufrechtzuerhalten, doch hier zu sitzen und mich auf meine Arbeit konzentrieren zu können tat gut. »Hätte ich mehr Zeit gehabt, mich auf diese Mission vorzubereiten, hätte ich die Code-Sprache aus dem Gehirn von jemandem lernen können, der sie zumindest im Ansatz beherrscht. Das würde jetzt zu lange dauern. Bis ich herausgefunden hätte, wer genau darüber Bescheid weiß, und das in meinem Gehirn gespeichert hätte, wäre eine ganze Weile vergangen. So ist es einfacher und schneller.«

Ich wendete mich wieder meinen Bildschirmen zu und entschied mich, die Ablenkung zu nutzen, um mich neu zu fokussieren. Ich griff auf die optische Datenbank zu, um die Live-Daten auf dem Screen abzubilden und so weit herauszuzoomen wie möglich. Als ich das Maximum erreichte, stellten die gesammelten Daten eine Kugel dar, die sich schimmernd und flackernd vor uns abbildete.

Wir sahen die Erde vor uns. Das, was jede einzelne Person gerade dachte, fühlte und erlebte, übersetzt in Zahlen. Ich konnte bereits mehr davon entziffern, als ich erwartet hatte.

Das Bild vor uns warf sanfte Schatten in Noahs Gesicht. »Eigenartig. Gedanken und Emotionen, umgeschrieben in Zahlen und simple Worte. Dass überhaupt eine Maschine in der Lage ist, das zu verarbeiten.«

»Hm«, machte ich gedehnt. Ja, es war eigenartig. Ich konnte mir gar nicht mehr vorstellen, wie die Menschen vor der Zeit von Hypermind gelebt hatten. Wie es wohl gewesen war, Emotionen aussprechen zu müssen, wenn man sie teilen wollte. Wenn man nicht Bilder oder Gefühle übersenden konnte.

Wie war es überhaupt möglich gewesen, so komplizierte Dinge in Worte zu fassen?

Ein leichter Anflug von Bedauern machte sich in mir breit. Ich hatte mein Leben damit verbracht, die Emotionen anderer auszulesen, dabei war ich nicht bereit, meine eigenen zu teilen.

Noah betrachtete die Daten, während ich darüber grübelte, welche weiteren Fähigkeiten mir die Entschlüsselung des Codes bringen würde. Wenn ich tatsächlich in der Lage wäre, Erinnerungen und Gefühle in Datenform zu übersetzen, sollte es mir dann künftig nicht möglich sein, Menschen Signale zu senden, um Emotionen und Gefühle zu beeinflussen? Das war eine Fähigkeit, die ich mir lange erfolglos versucht hatte anzutrainieren.

Darüber würde ich später nachdenken können. »Ich versuch's jetzt mal«, verkündete ich und schloss die Augen erneut. »Ich kann schon vieles erkennen. Wenn ich die richtigen Schlüssel habe, sollte es mir möglich sein, die Erinnerungsfragmente der Mordopfer umzuinterpretieren, die noch im Computer hinterlegt sind. Das gibt uns sicher mehr Aufschluss über den Tod der Hives.«

»Das heißt, du kannst aus diesem Wirrwarr lesen, was es für Erinnerungen waren?«

Ich nickte.

»Gruselig«, murmelte Noah, und ich hielt mich davon ab, ihn anzusehen, um zu schauen, ob er das im Scherz oder tatsächlich ernst meinte. Warum interessierte mich das überhaupt?

Ich biss die Zähne aufeinander, um mich zu konzentrieren. Julien hinter uns hatte schon seit mehreren Stunden keinen Mucks von sich gegeben.

Nach und nach entspannte ich mich und versuchte, Verbindung zu der riesigen Maschine um uns herum aufzunehmen. Ich spürte ihre Kabel, ihre Anschlüsse, ihre Anzeigen, ihre Knöpfe. Ich drang weiter vor, zu ihren Schaltkreisen, ihren Datenplatten und den elektrischen Impulsen, die durch sie gejagt wurden wie durch ein Gehirn.

Die Daten liefen durch mein System, und ich wehrte mich nicht gegen den Ansturm an Informationen, der mich zu überwältigen drohte, sondern ließ es einfach zu. Und all die Zahlen, Wörter, die elektrischen Impulse, die direkt aus der Maschine kamen, wurden allmählich zu Bildern. Menschen, die lachten, weinten, hassten oder liebten. Ein neugeborenes Baby schrie. Jemand starb. Ein Fußballspiel. Tausende von Menschen jubelten und überschütteten mich mit ihrer gebündelten Emotion. Eine Beerdigung. Und noch eine. Viel zu viele; und mit ihnen so viel Verzweiflung, so viel Düsternis.

Ich versuchte, den Strom an Informationen sacht zu lenken, um mich fort von den Einzelschicksalen zu bewegen und das große Ganze betrachten zu können.

Noah sagte etwas, das ich nicht verstand. Viel zu tief war ich inzwischen eingetaucht.

Ich hatte immer gedacht, dass Liebe und andere positive Emotionen das Schlechte der Welt aufwiegen würden. Aber ich hatte mich getäuscht. Oder? Ich war mir sicher, viel mehr Hass zu sehen, viel intensivere negative Gefühle zu spüren als positive. Die Morde, die Anschläge, The Cell. Ich spürte die Verzweiflung in den Gehirnen der Menschen, die an den Demonstrationen teilnahmen. Plötzlich konnte ich das gebündelte, zentrale Empfinden ihrer Gehirne wahrnehmen: Es war Trauer.

Sie trauerten um eine gefallene Erde. Sie trauerten darum, dass es zu spät war. Sie trauerten darum, dass niemand sich mehr um diesen einst so wundervoll blauen Planeten scherte. Um die längst toten

Korallenriffe, die längst ausgestorbenen Tier- und Pflanzenarten, die ausgezehrten Lebewesen, deren Leichen ungesehen in Wüsten verrotteten.

Und sie dachten, wenn diese Erde schon zugrunde ging, dann könnte sie zumindest all die Kapitalisten und Industriellen mit in ihren Abgrund ziehen.

Ich versuchte, mich von den Bildern loszureißen, weil ich spürte, dass sich Tränen hinter meinen Lidern gebildet hatten. Behutsam lenkte ich den Informationsfluss weiter zu den Menschen im Sub-Level. Hier empfing ich vorrangig Angst – und eine unerwartet starke Verbindung zu einer Personengruppe, die ich bisher noch gar nicht auf dem Schirm gehabt hatte: die Minenarbeiter auf dem Mars.

Ich sprang weiter zu den Kolonien auf dem roten Planeten. Dorthin, wo Shanes Tochter gestorben war. Dorthin, wohin man diejenigen schickte, die keinem Hive zugeordnet werden konnten, weil ihre Schulbildung bis zum achtzehnten Lebensjahr nicht gut genug gewesen war. Alle von ihnen, jeder einzelne Arbeiter in den Mars-Minen, stammte aus dem Sub-Level; kein einziger aus einer anderen Schicht.

Ich hatte nie verstanden, warum Androiden nicht die Arbeit in den Mars-Minen verrichteten. Das Terraforming und der Bergbau auf dem fast unbewohnten Planeten waren viel zu gefährlich für Menschen.

Doch während ich diejenigen beobachtete, die dort weit über ihre körperlichen Grenzen hinaus schufteten, unbezahlt, unterdrückt von unnachgiebigen Vorgesetzten, wurde mir klar, warum es so war.

Ich sprang zu den Verwaltern der Minen.

Da ging es nur darum, kostenlose Kräfte für die Arbeit zu finden und als einen netten Nebeneffekt die Bevölkerung auszudünnen.

Unsere Welt war überbevölkert, ja. Aber wer hatte es sich ausgedacht, Menschen aus dem Sub-Level auf den Mars zu schicken, um damit dem Planeten etwas Gutes zu tun? Und wie kam es, dass ich mich nie wirklich damit auseinandergesetzt hatte?

»Und? Funktioniert es?«, fragte Noah leise nach.

»Ich verstehe die Welt gerade ein wenig besser«, antwortete ich, ohne meine Augen zu öffnen. So viel strömte durch mich hindurch, dass ich kaum in der Lage war, zu sprechen.

Ich ließ von den Echtzeit-Beobachtungen ab und begab mich weiter hinein, in den Speicher des Systems. Dorthin, wo die Erinnerungen der Verstorbenen lagerten. Es fühlte sich an, als würde ich die Zeit zurückdrehen. Ich sah, wie Menschen ihre Leben lebten, die inzwischen längst tot waren. Ich sah, wie Schicksale sich aufbauten und zusammenbrachen. Ich sah Morde, Krankheiten, endlose Verzweiflung und inmitten des Chaos etwas wie einen Hintergrundschimmer, den ich nicht gleich deuten konnte.

Es war, als riefe etwas in diesen vergangenen Emotionen, etwas in diesem Speicher, nach mir. Und es ging mir auf, dass ich nur weit genug zurückspulen musste, um herauszufinden, wer ich war. Woher ich stammte. Wer meine Eltern waren.

Mir wurde schlecht. Jetzt war nicht die Zeit für private Recherchen, das wusste ich. Trotzdem hatte ich das Gefühl, mich irgendwo festhalten zu müssen, um mich nicht einfach einsaugen zu lassen. Um mich nicht diesem endlosen Fluss hinzugeben und mich darin zu verlieren.

Die Hände zu Fäusten ballend riss ich mich zusammen.

Ich sprang zu dem Tag, an dem die ersten Morde stattgefunden hatten; an dem der Hive ausgelöscht worden war, in dem sich Noahs Schwester befunden hatte.

Ich sah es vor meinen Augen: Tag für Tag starben so viele Menschen. In jeder Sekunde. Doch das hier war anders. Es war irgendwie größer. Ich hatte die Daten vor meinen Augen, konnte sie nur noch nicht ganz interpretieren, also speicherte ich sie in meinem internen System ab, um danach zum nächsten Mordfall zu springen. Wieder speicherte ich alles. Dann sprang ich weiter, auf der Suche nach ähnlichen Ereignissen, von denen wir eventuell noch nichts gehört hatten.

In diesem Moment geschah etwas Eigenartiges. Etwas, das die Maschine nicht zu verstehen schien. Es löste in ihr ein winziges Alarmflimmern aus, so kurz, dass es nichts weiter verursachte.

Nur ich bemerkte es.

Ich öffnete die Augen und projizierte das, was der Computer mir zeigte, auf die Screens. Noah regte sich, als sich ein Bild der Welt vor uns aufbaute, sehr viel simpler als das, was ich ihm zuvor gezeigt hatte.

Ich stand auf, ignorierte so gut wie möglich, dass meine Beine taub geworden waren, meine Glieder kribbelten, und trat näher an den Screen heran. Die Punkte vor meinen Augen flackerten. Sie waren nicht stabil wie das Bild, das wir zuvor gesehen hatten. Und das lag nicht am Bildschirm.

Noah hatte sich ebenfalls aufgerichtet, und ich hatte es nicht gewagt, zu blinzeln, so konzentriert betrachtete ich das Bild.

Dann leuchteten die Punkte grellweiß auf – und waren in der nächsten Sekunde verschwunden.

Ich riss die Augen weit auf, um den leeren Screen anzustarren. Was war da gerade …

»Was bedeutet das?«, fragte Noah, doch ich loggte mich bereits wieder in das System ein, um nach den Menschen zu suchen, die gerade vor unseren Augen verschwunden waren.

Da waren sie! Ich hatte sie gefunden, aber … Sie waren gestorben. Alle zusammen, eben gerade erst. Und in irgendeiner Weise hatte der Computer ihre Tode miteinander in Verbindung gebracht.

Das war ein Hive gewesen. Mehr als siebentausend Menschen, die direkt vor unseren Augen umgekommen waren, innerhalb eines Wimpernschlags.

Heiße und kalte Schauer überzogen meine Haut abwechselnd. Ich spürte, wie ich zu zittern begann, wie der Drang in mir wuchs, mich umzudrehen und fortzulaufen, mich vor der Erkenntnis zu verstecken, die sich gerade in mir ausgebreitet hatte. So viele Menschen, und hier, für uns, waren sie nur Datensätze in einer Maschine gewesen.

»Atlas? Was war das?«

Noahs Stimme brachte mich zurück auf den Boden der Tatsachen, auch wenn ich vorerst keine Zeit haben würde, seine Frage zu beantworten. Ich musste mich zusammenreißen, verdammt!

Hier waren gerade so viele wichtige Dinge geschehen, die ich nicht übergehen durfte! Zuallererst: Hatte mir die Maschine gerade wirklich etwas gezeigt? Ich hatte nicht das Gefühl, selbst nach dieser Information gesucht zu haben. Sie war einfach da gewesen.

Und wenn sie mir etwas hatte zeigen wollen, war das bloße Ableben der Menschen die eigentliche Information gewesen? Nein, da musste noch mehr sein!

Ich loggte mich tiefer in das System, nahm Verbindung zu den Verstorbenen auf, versuchte, ihre letzten Momente gebündelt auszulesen, auf der Suche nach gleichen Datensätzen, ähnlichen Erfahrungen.

Und plötzlich erkannte ich, was das, das ich als Blockade interpretiert hatte, wirklich war. Da war nichts verschleiert oder vertuscht oder geschwärzt. Die Datensätze waren lediglich zerstört, doch das in einem Ausmaß, dass die Fragmentierung sich sogar auf andere ADICs auswirkte. Verwandte, Freunde, Bekannte – in den Momenten, in denen die Menschen gestorben waren, wurden sämtliche Erinnerungen von ihnen oder an sie fast bis zur Unkenntlichkeit vernichtet. So sehr, dass nicht einmal der Supercomputer sie mehr interpretieren konnte, und gleichzeitig nicht heftig genug, als dass es einen Fehlalarm auslösen würde.

Ich würde Noah und Julien davon berichten müssen. Später! Da war noch etwas, das ich übersehen musste. Etwas, das mir entgangen sein musste, ich spürte es!

Ich loggte mich in die Überreste und fand mich in den fragmentierten Erinnerungen mehrerer tausend Menschen. Kinder, Babys, alte Menschen und junge. Männer, Frauen und Menschen anderen Geschlechts, Menschen sämtlicher Abstammungen und Hautfarben. Nun, wo ich es vor Augen hatte, bestätigte sich mir der Eindruck der Willkür.

Vollkommen wahllos. Doch das war es nicht, was ich suchte. Was übersah ich nur?

»Atlas? Geht es dir gut?«, murmelte Noah.

All die Eindrücke, all die Daten, die ich in mich aufzunehmen versuchte, steigerten meinen Kopfschmerz von einem Moment auf den anderen ins Unermessliche. Scheiße.

Ich lagerte erneut einige Rechenprozesse auf die Maschine aus und nahm Kontakt zu Julien auf, damit er mir ein wenig davon abnehmen konnte.

Doch es war zu spät.

Ich öffnete die Augen, nachdem der Speichervorgang abgeschlossen war, aber ich konnte bereits nichts mehr sehen. Alles war in absolute Schwärze getaucht.

Ich spürte, wie sich Hände unter meine Arme schoben, wie jemand versuchte, mich aufzufangen, als ich mich nicht länger auf den Beinen halten konnte.

Scheiße, scheiße, scheiße!

In dem Moment, in dem ich das Bewusstsein verlor, hörte ich, wie sich das Sicherheitssystem wieder in Gang setzte.

Folge 7

The Machines

Kapitel 1

Die Größe eines einzelnen Planeten

Der Lärm der Sirene war so laut, dass er meinen Verstand benebelte und den Schmerz in meinem Schädel ins Unendliche steigerte. Ich hatte keine Ahnung, wo ich mich befand, nachdem ich nach und nach das Bewusstsein wiedererlangt hatte. Meine Sicht war zu verschleiert, um etwas zu erkennen, und ich hatte keinen festen Halt unter meinen Füßen.

Das war Julien. Er trug mich. Er rannte.

»Tut mir leid«, hauchte ich, wusste nicht, ob ich jeden Moment wieder in Ohnmacht fallen würde oder ob es mir irgendwie gelingen könnte, wach zu bleiben.

Verdammte Scheiße! In dem Augenblick, in dem ich ohnmächtig geworden war, waren all meine Hacks in sich zusammengebrochen. Ich hatte die Verbindung zu den Satelliten verloren, die das Störsignal zur Erde gesandt hatten, ebenso wie die Kontrolle über die Androiden und die Sicherheitssysteme.

Fuck! Wir hatten es doch fast geschafft! Wir wären doch fast unbemerkt hier herausgekommen!

»Ich hab versucht, die Systeme aufrechtzuerhalten«, rief Julien gegen den Lärm der Sirene an. Ich schaute mich zu Noah um, erkannte aber noch nicht genug, um ihn auszumachen. Mein Sichtfeld war erfüllt vom stechend roten Schein der Notfallbeleuchtung. »Es hat nicht funktioniert.« Juliens Stimme klang entschuldigend. Ich hatte nicht die Zeit, ihm zu antworten, denn im nächsten Moment ertönten Schüsse.

Das Licht des Sicherheitssystems, das in den Gängen, durch die wir hasteten, phasenweise aufleuchtete und abflachte, brachte mich nahezu um den Verstand.

»Verdammt«, knurrte Julien, als Sicherheitsleute hinter uns auf den Gang bogen, hechtete um eine Ecke, ließ mich sacht hinunter und zog seine Waffe. Er winkte jemandem zu, und während ich noch versuchte, Halt auf meinen Beinen zu finden, folgte ich seinem Blick. Noah! Er musste uns einige Schritte voraus gewesen sein und kam nun zurück, stürzte auf mich zu, um mich zu stützen. Ein Glück, es ging ihm gut!

»Nimm sie, und bring sie zum Shuttle«, befahl Julien knapp. »Ich halte uns den Rücken frei.«

Ohne zu zögern, legte Noah meinen Arm um seine Schultern und setzte sich in Bewegung. Wenn ich nur richtig laufen könnte! Ich war immerhin diejenige, die uns in diese Situation gebracht hatte.

»Alles gut!«, murmelte Noah und zerrte mich voran, während Julien zurückfiel und einige Schüsse abfeuerte. »Wir schaffen das!« Noah war schweißüberströmt, aber ein verbissener Ausdruck der Entschlossenheit spiegelte sich auf seinen Zügen wider. Und erst, als ich seinem Blick folgte, erkannte ich, dass wir bereits auf die Dockingstation des Shuttles zusteuerten, dass uns nur noch wenige Meter fehlten, bis wir es tatsächlich geschafft hätten!

Unter Anstrengungen traten wir in die dunkle Halle. Das flackernde Licht der Notbeleuchtung machte es so gut wie unmöglich, sich einen Überblick der Lage hier zu verschaffen, doch das hielt uns nicht davon ab, weiterzugehen. Ich konzentrierte mich auf meine Füße und sah erst wieder auf, als Noah einige Schritte vom Shuttle entfernt stockte und stehen blieb. Ich brauchte einen Moment, um zu erkennen, warum: Androiden waren aus den Seiteneingängen geströmt und bauten sich zwischen uns und unserer einzigen Fluchtmöglichkeit auf! Ich raffte den letzten Rest an geistiger Kraft, der mir zur Verfügung stand, zusammen, um mich in die Maschinen zu loggen, die auf uns zugelaufen kamen. Schweiß lief mir über die Stirn, und mein Kiefer verkrampfte sich, weil ich die Zähne zu fest zusammenbiss, während ich versuchte, die Sicherheitsprotokolle der Androiden zu umgehen. Da waren noch so verdammt viele Daten in meinem Kopf, so viele Erinnerungen, dass ich mich erst durch das Chaos in meinem eigenen Gehirn kämpfen musste, um die Codes für die Deaktivierung der Maschinen zu finden.

Scheiße, die würden gleich nicht mehr lange rumfackeln, sondern uns einfach erschießen!

»Komm schon!«, presste ich hervor.

Noah hatte mich noch immer festgekrallt und stürzte zurück, versuchte, uns hinter die Tür zu bringen.

Die Androiden kamen auf uns zu. Erst jetzt erkannte ich die Sicherheitsprotokolle in ihren Systemen deutlich vor meinem inneren Auge. Mir wurde übel, als ich mich gegen Noahs Griff stemmte und gleichzeitig die Codes abrief, die ich zum ersten Hack der Androiden benutzt hatte.

Sie hoben ihre Waffen, richteten sie auf uns, und Noah schrie auf.

Doch ich hatte es geschafft, in sie einzudringen. Einen Augenblick später sanken die Maschinen vor uns leblos zu Boden; und ich beinahe ebenso.

Ich presste die Finger auf meine Lippen, um mich darauf zu konzentrieren, mich nicht zu übergeben. Noah ließ mich los, um vorzulaufen und die Tür des Shuttles zu aktivieren. Nur langsam schloss ich zu ihm auf, lehnte mich an das kleine Raumschiff und schaute zurück zu Julien, der noch immer unter Beschuss stand. Trotz Schwindel und Übelkeit loggte ich mich in die Androiden, die ihm gefolgt waren, um ihm zu ermöglichen, uns zu folgen. Nun, nachdem ich die Überbrückung der Sicherheitssysteme einmal ausgeführt hatte, kostete es mich nicht mehr allzu viel Kraft.

»Hey, du sollst das nicht tun! Wir brauchen dich«, rief er mir zu und schloss zu uns auf.

Nachdem die Tür ganz aufgefahren war, kam Noah zu mir zurück und zog mich hinein. Ich stolperte die Stufen hinauf, hielt mich an den Armaturen fest und schob mich allmählich hinüber zu meinem Sitz, um mich vorsichtig darauf niederzulassen.

Durch das kleine Fenster neben mir erkannte ich, wie weitere Sicherheitskräfte in den Landebereich strömten, nachdem Julien die Tür hinter uns geschlossen hatte.

»Das Sicherheitssystem verhindert, dass wir die Tore öffnen können«, gestand Julien nun widerwillig ein und schob sich eilig auf den Sessel hinter dem Steuerpult. Nun würde er meine Hilfe wohl doch in Anspruch nehmen müssen. »Wir brauchen …«

Ich hatte gewusst, was er von mir wollte, bevor er es ausgesprochen hatte, und während er das Shuttle startete, hackte ich mich schwer atmend in den winzigen Bereich des Systems, der für die Tore zuständig war.

Die Schleuse öffnete sich, wenn auch viel zu langsam, und wir rasten auf die Ausgangstore zu. Es war entweder einem Wunder oder Juliens überaus berechnendem Gehirn geschuldet, dass wir es hinausschafften, bevor das Gewehrfeuer der Androiden uns erreichte.

Und als wir endlich mit unserem Shuttle im All schwebten, um uns so schnell wie möglich vom Hypermind-Satelliten zu entfernen, war ich sicher, die Welt würde untergehen.

Sie hatten uns entdeckt. Sie würden uns verfolgen und nicht von uns ablassen, bis sie uns geschnappt oder wir uns irgendwo verkrochen hätten, wo sie uns nicht fanden.

Alles, was ich jemals hatte verhindern wollen, würde jetzt eintreten.

Ich hatte immer gedacht, dass es ein Paradoxon war, dass wir uns als Menschen zu keinem Zeitpunkt unserer Existenz darüber bewusst waren, wie groß die Welt war. Dass wir immer nur in diesem winzigen Radius lebten, den wir selbst wahrnahmen. Das Haus, das wir bewohnten, die Straßen, über die wir fuhren, die Bahn, in der wir uns befanden. Unser Arbeitsplatz, vielleicht noch die Wohnungen von Freunden und die wenigen Orte, die wir aufsuchten, um Urlaub zu machen.

Doch darüber hinaus nahmen wir die Welt nie wahr. Wir konnten gar nicht begreifen, wie viele Menschen existierten. Wir wussten es, doch erfassen konnten wir es nie. Wir begriffen nicht, wie gewaltig dieser Planet war, wie endlos dieses Universum.

War das eine Maßnahme unseres Geistes, uns vor dem Gedanken zu schützen, unbedeutend zu sein? War das ein Manöver unseres Unterbewusstseins, um uns irgendein Gefühl von Sinn zu verleihen?

Ich hatte mich in dieser riesigen Maschine befunden. In der vermutlich größten Maschine, die es gab. Ich war eins mit ihr gewesen. Und für kurze Zeit hatte ich erfahren, wie groß die Welt eigentlich war. Wie voll von Menschen, von Emotionen, von Trauer, Liebe, Hass und Freude. Es hätte abzusehen sein sollen, dass ich darüber zusammenbrechen würde.

Und nun, hier im All, in der Nähe der Sonne kreisend, fühlte ich mich plötzlich wie ein winziger Punkt in einem riesigen System, so groß, dass ich es nicht verstehen konnte, obwohl ich es gesehen hatte.

Gleichsam fühlte ich mich ihm verbunden. Es machte mir keine Angst. Ich war ein Teil dieses Ganzen – und ich war ein außergewöhnlicher Teil.

Ich war nicht nur eine von vielen. Ich war die Einzige, die eine Verbindung zu *Allem* hatte.

Emotionen durchströmten mich, seitdem wir den Computer verlassen hatten – so neu und so unbekannt, dass ich nicht einmal einen Namen für sie hatte. Die einzige, die ich benennen konnte, war Reue. Reue darüber, wie ich mein Leben bisher gelebt hatte.

Wie konnte jemand, der die Fähigkeit besaß, die Emotion jedes anderen zu lesen und zu verstehen, sich selbst so sehr im Hintergrund halten? Wie konnte jemand wie ich, der in der Lage war, Gefühle zu erkennen, so kalt sein? Obwohl ich die Menschen hatte lesen können, hatte ich sie stets nach ihren oberflächlichsten Wünschen und Belangen beurteilt. Ich hatte mir nicht die Mühe gemacht, tiefer zu tauchen. Zu analysieren, warum jemand war, wie er war. Ich glaubte, Noah war bisher sogar der Einzige, dem ich jemals diese Art der Aufmerksamkeit geschenkt hatte; einfach, weil ich gezwungen gewesen war, Zeit mit ihm zu verbringen.

All das aus dem simplen Grund, dass ich stets versucht hatte, mich selbst zu beschützen. Vielleicht sogar vor etwas, das gar nicht da war, oder vor etwas, das überhaupt nicht so schlimm war, wie es schien.

Im Hypermind-Supercomputer hatte ich so viel Hass gesehen, so viel Wut, so viel Trauer – aber auch so viel Verbundenheit. Ich hatte erkannt, wie alles auf der Welt zusammenhing.

Und es war nicht schlecht gewesen, auch wenn es auf den ersten Blick so gewirkt hatte. Es war ganz und gar nicht schlecht gewesen …

Im Shuttle war es ruhig, auch wenn mein Herz noch immer flimmerte, auch wenn der Schmerz hinter meiner Stirn noch immer brannte, als würde mein Kopf gleich explodieren.

»Der Treibstoff unseres Shuttles reicht nicht aus, um bis zur Erde zu gelangen«, erklärte Julien nach einer ganzen Weile. »Vermutlich gehen unsere Reserven sogar schon vor dem Levy-Shield aus. Wir müssen entweder andocken, um zu laden, oder uns ein neues Schiff besorgen.«

»Ich kann versuchen, ein paar Satelliten anzuzapfen, um …«

»Willst du dich umbringen, oder was?«, brüllte Julien. Ich erschauderte, als er sich mit wütendem Ausdruck zu mir umwandte. Ich hatte ihn noch nie so aufgebracht erlebt. »Wir brauchen dich lebend und bei Bewusstsein, damit du mir helfen kannst, uns sicher zurück zur Erde zu bringen, klar? Die Analysen überlässt du mir, und du handelst nur, wenn ich es dir sage! Wenn du deine Energie weiterhin so verschwendest wie bei den Androiden, gegen die ich gekämpft habe, schaffen wir es nicht lebend zurück.« Er legte eine Pause ein, und ich schwieg angespannt. »Ich habe mir schon einen Überblick verschafft. In der Nähe befindet sich ein leerer Satellit, vermutlich nur für Energieübertragungen. Keine Androiden, keine

Menschen. Wenn wir Glück haben, liegen trotzdem ein oder zwei Shuttles im Wartebereich. Ich habe keinen genauen Zugriff, aber weiter kommen wir mit diesem Ding hier eh nicht.« Julien wandte sich wieder nach vorn, um die Steuerung zu betätigen.

Ich schluckte heftig und bestätigte seinen Plan leise. Vermutlich war sein eigenes System so überlastet, dass er den Filter für Freundlichkeit ausgeschaltet hatte. Es sollte mich nicht stören. »Wie geht es dir, Atlas?«, fragte Noah vorsichtig nach. Ich wusste, dass er eigentlich wissen wollte, wie weit ich mit den Recherchen gekommen war. Trotzdem antwortete ich mit einem simplen »Gut« und ging danach in mich, um die letzten Daten auszuwerten, die ich gespeichert hatte. »Ich werde gleich mit der Analyse fortfahren. Ich bin sicher, dass ich mit den Informationen, die ich sammeln konnte, etwas werde herausfinden können. Wir müssen uns nur zuerst in Sicherheit bringen.«

Noah legte die Stirn in tiefe Falten. War das doch nicht das gewesen, was er hatte hören wollen? »Ich glaube nicht, dass es dir *gut* geht. Und du musst damit jetzt nicht weitermachen. Wir sollten uns darauf fokussieren, dieser Situation so sicher wie möglich zu entkommen. Alles andere kann auf später verschoben werden.«

»Ich weiß gar nicht, ob es ein ›später‹ gibt.« Wenn Hypermind uns erwischte, bevor wir eventuell etwas Belastendes herausfanden, wäre sowieso alles vorbei.

Er hatte natürlich recht, ich sollte meine Kapazitäten wirklich dazu nutzen, Julien zu unterstützen. Aber ich hatte das Gefühl, *so* nah dran zu sein; dass ich kurz davor war, den Durchbruch zu erzielen. Und wer wusste schon, welche Möglichkeiten uns dieser Durchbruch bieten würde.

»Wir sollten zur Polizei gehen, Atlas«, ließ Noah nicht locker. »Deine Fähigkeiten und dein Wissen übersteigen das, was die Detectives dort leisten können, bei weitem. Ich bin sicher, dass sie uns zuhören werden, wenn …«

»Nein!«, unterbrach ich ihn harsch. Ich hatte erwartet, dass irgendwann wieder so ein Vorschlag von ihm käme, doch er war nicht vertraut mit dem Vorgehen der Behörde. Die würden sich niemals mit Menschen wie mir einlassen. »Du fährst jetzt nicht mit deinen Recherchen fort, Atlas. Das kann warten«, wies Julien mich erneut an. »Ich brauche noch mal deine Hilfe. Wir docken an.«

Die Androiden des Hypermind-Satelliten verfolgten uns nicht, soweit ich es beobachten konnte, aber ich war sicher, dass diese Sache noch nicht erledigt war. Aktuell machte der Orbit der Sonne zwar einen ruhigen Eindruck, es war allerdings nicht unwahrscheinlich, dass Hypermind bereits seine Sicherheitskräfte sammelte, um zum Schlag gegen uns auszuholen.

Wenn sie so weit waren, wären wir hoffentlich über alle Berge. Julien hatte es geschafft, die Flugroute, auf der wir uns bewegten, zu verschleiern, und mir war es unter heftigen Anstrengungen gelungen, mich in das Sicherheitssystem des leeren Satelliten zu loggen, auf dem wir uns nun befanden.

Mein Gehirn war so überlastet, dass ich nicht einmal wusste, ob die Sicherheitsvorkehrungen auf diesem Satelliten besonders verschärft waren oder ob es mir einfach sonderlich schwergefallen war, sie zu hacken.

Im Grunde war es mir egal.

Es war vollkommen dunkel im Landebereich der Sphäre. Wir machten uns nicht die Mühe, das Licht zu aktivieren, sondern bewegten uns mithilfe der Taschenlampen fort, die wir im Shuttle gefunden hatten. Es war durchaus prekär für Noahs Vater, dass wir das Ding hier zurücklassen mussten – immerhin prangte das Logo seiner Firma auf der Außenseite. Doch wir würden uns jetzt ohnehin eine ganze Weile nirgendwo mehr blicken lassen können. Selbst wenn unsere Gesichter nicht erkannt worden waren.

Wir hatten Glück, dass auf diesem Satelliten leere Shuttles lagerten. Juliens Berechnungen waren richtig gewesen.

Ich konzentrierte mich darauf, einen Fuß vor den anderen zu

setzen, mich über den genoppten Kunststoffboden voranzuschieben, um im Licht der Taschenlampen zum nächsten Schiff zu gelangen.

»Julien, beobachtest du unsere Umgebung? Ich will keine Überraschungen erleben.«

Der Android lachte fast abfällig. »Das musst du mir nicht sagen. Ich bin auch nicht scharf darauf, dass sie uns schnappen und mich deaktivieren.«

»Schon klar«, stimmte ich mit einem müden Lächeln zu. Das Raumgefährt, auf das wir uns zubewegten, hatte eine dunkelgraue Farbe und trug weder ein Logo noch irgendein anderes Erkennungsmerkmal, das darauf schließen ließ, wem es gehörte oder wer es hergestellt hatte. Ungewöhnlich. Sonst waren diese Dinger so vollgekleistert mit Werbung, dass es an Prahlerei grenzte.

Erst als Noah, der einige Schritte hinter uns ging, erschrocken die Luft einsog, ließ ich von meinen Überlegungen ab und wandte mich zu ihm um. Er hatte mit seiner Taschenlampe herumgeleuchtet und sie auf etwas gerichtet, das ich vorher nicht gesehen hatte.

Er stand einfach da und starrte es an. Ein kalter Schauer lief meinen Rücken hinab, als ich seinem Blick folgte.

In dieser Dockingstation befand sich mehr als ein paar leere Shuttles.

»Was zum …«, hauchte ich und ging, ohne darüber nachzudenken, auf das zu, was Noah mit seiner Taschenlampe beleuchtete.

Das sah aus wie eine inaktive Fertigungsanlage. Und das, was ich für einen winzigen Moment für eine Armee an Menschen gehalten hatte … das waren Androiden. Hunderte. Vielleicht sogar Tausende.

War das hier ein Satellit von Dryden? Aber die Dryden-Sphären trugen für gewöhnlich riesig leuchtend das Logo des Unternehmens an ihrer Außenseite.

»Wir müssen von hier verschwinden«, rief ich Noah und wahrscheinlich auch mich selbst zur Vernunft auf. Doch er war bereits tiefer in die Halle vorgedrungen und blieb erst direkt vor einem der männlichen Androiden stehen, die inaktiv dort standen. Sie trugen keine Kleidung.

»Diese Androiden … die haben kein Logo auf ihrer Brust«, stellte er fest. Das war die Stelle, an der sich für gewöhnlich das Dryden-Branding befand. »Und eine der Fertigungsmaschinen trägt das Hypermind-Logo.«

Ich legte die Stirn in Falten. Hypermind? Was sollte das denn bedeuten? Dryden war das einzige Unternehmen der Welt, dem es erlaubt war, Androiden herzustellen. »Ungewöhnlich«, murmelte ich, auch wenn ich eigentlich zu müde war, um zu denken. Waren da irgendwelche Lizenzen unter der Hand verkauft worden?

Wenn ich genug Kapazitäten gehabt hätte … Doch ich hatte sie nicht, und viel weniger hatten wir die Zeit, uns damit zu beschäftigen. »Keine Ahnung, was dahintersteckt. Aber wir müssen hier weg. Komm schon.«

Noah leuchtete die Fertigungsanlage noch eine Weile lang an, bis es ihm gelang, sich loszureißen und sich wieder zu uns umzuwenden.

»Erst brechen wir in ihren Supercomputer ein, und jetzt stehlen wir ihr Shuttle«, murmelte er. »Die werden richtig sauer auf uns sein.«

Kapitel 2

Das Muster einer zufälligen Auslöschung

Mit der Verbindung zum Hypermind-Computer war die Welt zu meinem Hive geworden. Es gab jetzt niemanden mehr, der vor mir unsichtbar war, von dem ich nicht wusste. Ich musste lediglich an den Datensatz denken, den ich in diesem gewaltigen System ausgelesen hatte, und ich bekam Zugriff auf alles, was ich brauchte. Alle Gedanken, Gefühle, Erinnerungen und Informationen der Welt standen mir zur Verfügung.

Und doch waren es die Menschen, die nicht länger unter uns weilten, denen ich meine ganze Aufmerksamkeit schenkte. Die Menschen, von denen nichts geblieben war – bis auf ein paar Zahlen in einem Computer.

Ich hielt mich davon ab, zu viel darüber nachzudenken, wie es wohl wäre, nicht nur zu sterben, sondern gleichzeitig auch vergessen zu werden. Wäre das nicht, als hätte man nie existiert?

Nein, das wollte ich mir nicht vorstellen.

Stattdessen stöberte ich in den letzten Fragmenten des großen Hives, der direkt vor uns ausgelöscht worden war. Ich hatte den Sessel zurückgeklappt, die Augen geschlossen, und betrachtete die Leben der Menschen, die ihm angehört hatten, durchforstete ihre letzten, verkümmerten Erinnerungen und die derer, die in dem Moment bei ihnen gewesen waren, in dem es geschehen war.

Und während ich Karten zusammenstellte und Analysen in Datenbanken speiste, schweifte ich ab, in das Leben so vieler Personen, die ich nicht kannte.

Mütter, Väter, Töchter, Söhne. Liebende und Geliebte. Sie waren einen schrecklichen Tod gestorben, und das einzig Schöne, das man über ihr Ableben sagen konnte, war, dass es schnell gegangen war.

Mit den Analysen des Computers gelangte ich zu dem Schluss, dass die Morde durch eine absolute Überladung des ADICs vollzogen worden sein mussten. Das war eigentlich nicht möglich. Wie auch bei mir gab es Regelungen innerhalb des Systems, die die Geräte in den Gehirnen davor bewahrten, durchzubrennen oder sich anderweitig zu entladen. Bevor dies geschah, wurde ein Mechanismus in Gang gesetzt, der das Gerät kurzzeitig deaktivierte, was dazu führte, dass der Betroffene das Bewusstsein verlor. Das bewahrte das Gehirn vor langzeitlichen Schäden.

Wer auch immer ein System entwickelt hatte, um diese Form der Überladung herbeizuführen, musste vertraut mit der Funktionsweise der Technologie sein. Es wurde eine Überbrückung geschaffen, die die Sicherheitssysteme aushebelte und einen kurzen Impuls sendete, der so heftig war, dass das Gerät in den Gehirnen explodierte. So heftig, dass er sich nicht nur auf die Person selbst, sondern auch auf all ihre Kontakte übertrug und sämtliche Daten, die damit in Zusammenhang standen, fragmentierte.

Das führte zu den Beobachtungen, die wir getätigt hatten. Es waren keine Blockaden im Spiel, niemand, der etwas vertuschte. Die leeren Räume, auf die ich gestoßen war, rührten von der Art der Morde selbst her.

Das war eine wichtige Erkenntnis, und ich übermittelte sie Noah und Julien, nachdem ich sie mehrfach überprüft hatte.

Beide schwiegen. Vermutlich hingen sie ihren eigenen Gedanken nach, während wir uns langsam auf den Levy-Shield zubewegten. Ob wir dort in Sicherheit wären, war allerdings fragwürdig.

Ich dachte immer häufiger darüber nach, was Noah über die Polizei gesagt hatte; dass wir unsere Informationen teilen könnten, in der Hoffnung, den Fall zusammen zu lösen. Oder zumindest Schutz zu bekommen, wenn die Aufmerksamkeit von wem auch immer auf uns gerichtet werden würde. Spätestens Hypermind saß uns jetzt im Nacken.

Aber ich durfte mich nicht ablenken lassen, verdammt! Das Gefühl, etwas übersehen zu haben, wurde immer übermächtiger, also stöberte ich weiter durch die Daten, ging die Orte durch, an denen die Menschen gestorben waren, die Tätigkeiten, die sie als Letztes ausgeführt hatten. Es gab offenbar keine Verbindungen unter den Hives, unter den Personen, die umgekommen waren. Nichts Auffälliges zumindest.

Doch dann ... Ja, das war vielleicht etwas.

Ich begab mich in die Liste der Verstorbenen und konzentrierte mich auf den letzten Mord, der stattgefunden hatte, untersuchte zum ersten Mal die zeitliche Abfolge. Mir war bewusst, dass alle Tode im Grunde gleichzeitig stattgefunden hatten, doch ...

Je tiefer ich grub, umso klarer wurde es: Einige Millisekunden, so wenige, dass es Außenstehenden niemals aufgefallen wäre, lagen zwischen den Toden. Das bedeutete ...

Ja! Das bedeutete, es hatte immer jemanden gegeben, der zuerst ums Leben gekommen war.

Während ich konzentriert eine Liste der zeitlichen Abfolge erstellte, ballte ich die Hände zu Fäusten. Und nachdem ich es geschafft hatte – als die Liste vollständig war –, öffnete ich meine Augen, richtete mich auf und schaute Noah und Julien an.

Obwohl Noah seine Augen geschlossen hatte, schien er bemerkt zu haben, dass ich mich geregt hatte. Er sah zu mir hinüber und fragte: »Alles in Ordnung?«

Ich fuhr mir mit der Zunge über die Lippen und überprüfte erneut, ob das, was ich herausgefunden hatte, tatsächlich der Wahrheit entsprach. Doch – ich war mir ganz sicher.

»Ich hab etwas«, verkündete ich, woraufhin sich auch Julien mit seinem Stuhl zu uns herumdrehte. »Es gab bisher drei Hive-Morde. Und der erste Mensch, der jeweils gestorben ist – wenn auch nur wenige Millisekunden vor den anderen –, war immer ein Industrieller. Sogar ein relativ hochrangiger.« Noah und Julien schauten einander kurz an. Ich ließ die Worte wirken, bevor ich fortfuhr. »Das erste Opfer war eins der Vorstandsmitglieder von Stuart-Industries, einem Unternehmen, das sich auf die Förderung von Rohmaterialien auf dem Mars spezialisiert hat. Im zweiten Fall war es eins der Vorstandsmitglieder von Hypermind, und im dritten Fall Jane Walden, die Mitbegründerin von Electric Sun.«

»Diesem Energiekonzern?«

»Genau.«

Noah fuhr sich mit der Hand über das Kinn. »In der Masse gehen diese Menschen unter, aber dass sie zuerst starben, ist ein Muster. Also … steckt doch The Cell dahinter?«

»Dafür sind zu viele Menschen von The Cell selbst bei den Anschlägen gestorben«, schloss sich Julien den Überlegungen an.

»Die sind extremistisch. Vielleicht verbuchen sie diese Tode als Kollateralschäden«, spann Noah seinen Gedanken weiter.

Währenddessen verschränkte ich die Arme vor der Brust und zog mich für einen kurzen Moment aus meinem System zurück, um mich für einige Sekunden ausruhen zu können. Es gab nicht genügend Medizin auf der ganzen Welt, um die Migräne zu vertreiben, die hinter meiner Stirn wummerte. »Wenn es wirklich The Cell ist, wäre das doch schwachsinnig. Wenn sie steuern können, wen sie töten, warum dann nicht gleich die Chefs der größten Firmen? Warum nicht Everick von Hypermind oder Langhari von Dryden? Warum suchen sie sich relativ kleine Tiere aus?« Ich schüttelte den Kopf. »Abgesehen davon, dass der Kollateralschaden viel zu groß ist. Warum sollten sie so riesige Hives auslöschen, nur um einzelne Menschen zu töten? Die Welt wäre leer, wenn sie damit fertig sind.«

Noah setzte einen düsteren Gesichtsausdruck auf. »Und was …« Er schien einen Gedanken gefasst zu haben. »Und was, wenn es ein Industrieller ist, der seine Konkurrenten aus dem Weg schaffen will? Stehen diese konkreten Menschen in irgendeiner Verbindung mit einem unserer Verdächtigen?«

»Ich kann das überprüfen, aber diese Giganten sind alle untereinander vernetzt«, räumte ich ein. »Ich könnte danach suchen, wer konkret diesen Menschen gegenüber eine große Abneigung hat. Vielleicht wurden die Hives mit ausgelöscht, um den Eindruck von Zufälligkeit zu erwecken.« Ein Eindruck, der komplett von mir abgefallen war, nun, da ich die Fakten kannte. Da steckte etwas dahinter. Scheiße, wir waren kurz davor, es herauszufinden.

Wenn wir nur mehr Zeit hätten …

Kapitel 3

Das Finden einer letzten Zuflucht

Der Levy-Shield war eins der größten Bauwerke, die die Menschheit jemals geschaffen hatte. Die Fresnel-Linse, etwa doppelt so groß wie der Querschnitt der Erde, war zwar nur wenige Millimeter breit, verringerte allerdings die Strahlung der Sonne, die die Erde erreichte, um etwa 1,5 Prozent. Das hatte die Schäden des Klimawandels nicht rückgängig machen können, aber immerhin konnte die globale Erwärmung durch den Schild deutlich verlangsamt werden.

Ob er die *richtige* Lösung war, darüber stritten sich Politiker und Umweltschützer seit Jahren. Es stand aber fest, dass er die *schnellste* Lösung gewesen war, um dem Planeten zu helfen. Vor allem, wenn man davon ausging, dass Politik und Wirtschaft seit Jahrzehnten Versprechungen gemacht und sich an keine von ihnen gehalten hatten.

Die Aktivisten hatten Jason Levy und seine Firma für den Bau des Schildes trotzdem unter harte Kritik genommen. Sie behaupteten, die Lösung, die Strahlung der Sonne einfach abzulenken, wäre faul und kapitalistisch, da sie dazu führte, dass sich auf der Erde nichts änderte. Dass diese Umstellung eine Einladung an Unternehmen war, weiterhin ungeachtet CO_2 in die Luft zu pusten, obwohl der Regen bereits giftig und die Meere längst sauer waren.

Dass der Schild geholfen hatte, bestritt trotzdem niemand. Und egal, welcher Meinung man war: Sich durch das All auf das riesige Bauwerk zuzubewegen war eins der beeindruckendsten Dinge, die man sich vorstellen konnte.

War der Schild innerhalb der letzten Stunden und Minuten wie ein Punkt in der Ferne erschienen, waren wir ihm nun so nahe, dass die Linse unser gesamtes Sichtfeld einnahm. In welche Richtung wir auch sahen, er war da.

Jetzt mussten wir nur noch irgendwie auf die anliegende Station gelangen, denn auch die Energie des neuen Shuttles reichte nicht mehr bis zur Erde, und vor etwa zwanzig Minuten hatten wir bemerkt, dass wir verfolgt wurden. Drei Hypermind-Shuttles hingen uns im Nacken – und wenn wir nicht bald irgendwo Zuflucht fanden, würden sie uns schnappen und vermutlich in irgendein Loch stecken.

Ich hatte meine Recherchen eingestellt, um mit Noah darüber zu diskutieren, wie wir am besten verfahren sollten. »Ich weiß, dass es dir nicht schmeckt«, versuchte ich mich an einer Ermutigung. »Und ich weiß, dass es gefährlich ist. Aber wir *müssen* deinen Vater um Hilfe bitten. Du musst ihm ja nicht sofort erklären, was passiert ist. Bis wir ihm gegenüberstehen, ist genügend Zeit, um uns was Kluges einfallen zu lassen. Und ich bin mir sicher: Wenn du ihm sagst, dass wir in Schwierigkeiten stecken, wird er dich nicht abweisen.«

Noah verzog das Gesicht missmutig. Er hatte die Hände vor der Brust verschränkt und blickte so düster drein, wie ich es gar nicht von ihm gewohnt war. »Du kennst ihn nicht«, grummelte er. »Ich weiß, du hast seine Gedanken gelesen, aber du kennst ihn trotzdem nicht so wie ich. Er wirkt freundlich, das ist mir klar. Er hat es in den letzten Jahren perfektioniert, seine Fassade aufrechtzuerhalten. Und vielleicht hat er sogar gelernt, seine Gedanken freundlich klingen zu lassen. Keine Ahnung, ob das geht, es ist mir auch egal. Dieser Kerl ist hinterlistig.« Er sah mich im matten Licht des Schiffes ernst an. »Ich weiß nicht, ob es nicht sogar besser wäre, Hypermind statt ihm in die Arme zu laufen. Die lassen eventuell mit sich reden. Er vermutlich weniger.«

Mir war absolut unklar, woher Noah diese Einschätzung seines Vaters bezog. Nichts in den Gedanken von Levy hatte darauf schließen lassen, dass dieser Mann das Monster war, für das sein Sohn ihn hielt.

Doch ich vertraute Noah. Nur aus diesem Grund war ich hier.

Das bedeutete allerdings nicht, dass wir jetzt dumm sein sollten. Noahs Vater würde nicht sofort eine Erklärung verlangen, wenn wir darum baten, auf den Schild gelassen zu werden; wenn wir vorgaben, dass es ein Missverständnis mit Hypermind gab und sie uns zu Unrecht verfolgten. Ehe jemand das überprüfen könnte, hätten wir unser Shuttle aufgeladen und wären wieder auf der Flucht. Und was Noahs Vater danach von uns hielt, könnte uns egal sein.

»Du würdest dich lieber den Androiden ausliefern, als deinen Vater um Hilfe zu bitten?« Ich musste einfach nachfragen, um mir seinen Punkt klarer vor Augen zu führen. »Du weißt, was die mit Spionen machen, oder? Es ist nicht so, dass die uns zur Polizei bringen würden. Wir sind in das am besten gesicherte Gebäude dieses Unternehmens eingedrungen. Und dann sind wir auch noch auf diese zwielichtige Fertigungsanlage gestoßen, und keine Ahnung, ob die gesehen haben, dass wir da waren, aber wir haben definitiv eins ihrer Shuttles mitgehen lassen. Wir haben ziemlich viel Dreck am Stecken, und ich bezweifle, dass die uns ermahnen werden und danach einfach abzischen. Die richten uns vermutlich hin.« Ich zog eine Augenbraue hoch. »Denkst du immer noch, dass das weniger schlimm ist, als mit deinem Vater zu sprechen?«

Julien war mit der Steuerung des Shuttles beschäftigt und hatte das Tempo gedrosselt, bis wir uns darauf geeinigt hatten, wie wir reagieren würden, wenn die Anfrage der Landestation kam.

»Komm schon, Noah.«

Es dauerte eine halbe Ewigkeit, bis er antwortete, doch ich hatte das Gefühl, er sah langsam ein, dass ich recht hatte. Er schaute mich so bitterernst an wie noch nie. »Na gut, ich mache es. Unter einer Bedingung: Wenn ich meinen Vater bitte, uns zu helfen, gehen wir zur Polizei, sobald wir auf der Erde sind. Wir wenden uns an diese Lora, die du überwacht hast. Und wir erklären ihr die ganze Angelegenheit, von vorn bis hinten.«

»Auf keinen Fall!«, fuhr ich auf.

»Doch!«, unterbrach er mich sofort und machte eine harsche Geste, damit ich nicht weitersprach. »Keine Spielchen! Wir werden zur Polizei gehen und ihnen alles erklären. Das ist der einzige Weg, den ich sehe, wie wir irgendwie aus dieser Angelegenheit herauskommen können. Und …« Jetzt wirkte er wieder unsicherer. Eine kleine Sorgenfalte hatte sich zwischen seinen Augenbrauen gebildet. »Und wenn die Polizisten irgendetwas von dir wollen, was du nicht möchtest … wenn sie dich festnehmen wollen, oder dich untersuchen, oder was auch immer, dann bürge ich mit meinem Namen für dich und hole dich da irgendwie raus. Und wenn sie dich nicht in Ruhe lassen, hauen wir zusammen ab. Okay?«

Julien hatte sich zu uns umgewandt und beobachtete, wie Noah und ich einander ansahen. Wie ich ihn musterte, sein weiches Gesicht, das ich mit so vielen friedlichen Erinnerungen verband, denen ich nicht beigewohnt hatte und die mir trotzdem so viel bedeuteten. Und wie ich darüber nachdachte, mein Leben, das ich für ihn längst über den Haufen geschmissen hatte, um einen weiteren Faktor zu verändern.

Dass die Polizei herausfand, wer ich war, war immer meine größte Angst gewesen. Etwas, das ich mein Leben lang versucht hatte, zu vermeiden. Warum dachte ich überhaupt darüber nach, es zu tun?

Warum konnten wir nicht untertauchen? Warum konnten wir nicht wieder ins Sub-Level gehen, verborgen vor den Augen der anderen, wo uns niemand vorgab, was wir zu tun hatten, und wo uns niemand je finden würde?

Die Welt, in der ich mich in den letzten Tagen bewegt hatte, war eine vollkommen neue für mich. Und vielleicht verstand ich es inzwischen ein wenig besser. Ich verstand, wofür normale Menschen kämpften. Nicht um ihr Überleben. Sondern um ein Leben, das tatsächlich lebenswert war.

War meins das jemals gewesen?

Ich war mir sicher, dass Noahs Idee verheerende Veränderungen zur Folge haben würde. Aber die Veränderungen, die ich in den letzten Tagen erlebt hatte, waren nicht alle schlecht gewesen, oder? Einige waren auch gut. Zumindest war das das irrationale Gefühl, das sich in mir ausgebreitet hatte. Verdammt, ich war verletzt worden, war mehrere Male fast gestorben, und von meinem Leben war nur noch ein Trümmerhaufen übrig.

Doch in diesem Trümmerhaufen schien sich etwas verborgen zu halten. Etwas Warmes. Etwas, das so lange eingemauert im Beton meiner Fassaden gewartet hatte, dass ich ganz vergessen hatte, dass es da war.

Und dieses unbestimmte Etwas, dieses irrationale, warme Gefühl, war es, das mich am Ende dazu brachte, zu nicken und es ehrlich zu meinen. »Gut«, erwiderte ich leise. »Dann machen wir das so.«

Wie um alles in der Welt konnte ich mich darauf einlassen? Ich verstand es nicht.

»Versprochen?«

»Versprochen.«

Ich wusste nicht, was genau Noah mit seinem Vater besprochen hatte, doch nachdem wir mit dem Shuttle angedockt waren und die Station betraten, die direkt am Schild installiert war, warteten einige Sicherheitsmänner auf uns, die uns freundlich in Empfang nahmen.

»Mister Levy, Ihr Vater hat uns persönlich über Ihr Eintreffen informiert«, grüßte uns ein uniformierter Mann und bedeutete uns, ihm zu folgen. Die Männer und Frauen des Teams bezogen vor und hinter uns Stellung, als wir uns in Gang setzten und durch die hell erleuchtete Landebasis gingen. Sie unterschied sich nicht sonderlich von denen, die wir bisher gesehen hatten. Langsam gewann ich den Eindruck, dass alle Space Stations ähnlich konstruiert waren.

Der Mann, der uns einwies, ging neben uns und lächelte zuvorkommend. Er war eindeutig ein Mensch, was mich irgendwie beruhigte.

»Mr. Levy hat uns außerdem mitgeteilt, dass Sie offenbar Schwierigkeiten mit einigen Hypermind-Shuttles haben, die Sie verfolgen.

Wir werden Ihr Shuttle laden und Sie währenddessen in einen unserer Sicherheitsräume bringen. Den Schiffen von Hypermind wird kein Zugang zum Shield gestattet. Also seien Sie unbesorgt.«

Noah nickte, bedankte sich leise und hielt den Kopf gesenkt, während die Sicherheitsmänner uns zwischen den Space-Fahrzeugen hindurchlotsten, die in der Halle warteten. Mehrere massive Mechanismen umkreisten den Schild, da seine Position ständig überwacht und adjustiert werden musste. Deswegen herrschte in dieser Station stets reger Verkehr.

»Das ist wirklich sehr freundlich von Ihnen«, fügte ich an, denn Noah war still geblieben. Es wäre zwar nicht schlecht, wenn wir uns verhalten gaben, doch unfreundlich sollten wir nicht sein. »Ich glaube, das war ein großes Missverständnis. Ich hoffe, wir haben nichts falsch gemacht.«

Der Mann, der inzwischen einige Schritte vor uns ging, drehte sich halb zu mir um, um mir abermals ein aufmunterndes Lächeln zu schenken. »Immer mit der Ruhe, junge Dame. Die werden schon manchmal nervös, wenn man zu nah an einen ihrer Satelliten ranfliegt. Die Sache sollte schnell geregelt sein. Und so lange sind Sie hier in Sicherheit.« Er zwinkerte mir zu. »Zumindest musste ich das persönlich vor dem Chef der Sicherheit und vor Mr. Jason Levy garantieren. Und ich habe ehrlich gesagt keine Lust darauf, einen Kopf kürzer gemacht zu werden, falls Ihnen etwas zustößt.«

Ich lächelte zurück und meinte es sogar ehrlich. Auch wenn ich nicht über die nötige Kapazität verfügte, mich in ihn einzuloggen, spürte ich einen Anflug von Vertrauen. Ich sollte wirklich lernen, besser aus Gesichtern als aus Gedanken zu lesen. Generell ein bisschen mehr zu vertrauen, damit würde ich mein System auf Dauer schonen können.

Die Gruppe führte uns durch ein großes Tor und hinein in die Station, die mit der Wartung und Überwachung des Schilds beschäftigt war. Einige Wissenschaftler kamen uns entgegen, Androiden, und Mitarbeiter, deren Aufgaben ich zwar nicht auf den ersten Blick einschätzen konnte, doch dass sich hier so viele Menschen befanden, beruhigte mich ein wenig. Hätte Hypermind tatsächlich irgendetwas zu verbergen, würden sie sicherlich nicht riskieren, hier einen riesigen Aufstand anzuzetteln.

Die Flure und Gänge der Station waren warm ausgeleuchtet, mit bunten Farben bemalt und mit dicken, pastellfarbenen Teppichen ausgelegt, was ein Gefühl von Gemütlichkeit vermittelte. Viele der Lampen waren so angebracht, dass sie echte Fenster simulierten, sodass man glauben konnte, sich auf der Erde zu befinden.

Die Einstellung der Lichter waren einen warmen Sommernachmittag nachempfunden. Vor einigen der künstlichen Fenster wehten sogar als Schatten ein paar Blätter im Wind.

Sobald wir saßen, sobald ich nicht mehr so tun müsste, als wäre alles mit mir in Ordnung, würde ich mich wieder an die Recherche machen.

Der Sicherheitsraum, in den wir gebracht wurden, unterschied sich nicht von dem, was wir bisher von der Station gesehen hatten. Nur das Geräusch, das die Tür verursachte, nachdem sie sich hinter uns geschlossen hatte, deutete auf die Sicherheitsmechanismen hin. Ein leises Summen, wie von einem elektrischen Schild, hatte eingesetzt.

Wir ließen uns in den bequemen Sesseln nieder, und ich überprüfte die Lage: Zwei Sicherheitsbeamte hatten sich direkt vor unserem Raum postiert, während ihr Vorgesetzter in die Kommandozentrale zurückgegangen war, um mit den ankommenden Hypermind-Gesandten zu verhandeln. Ich würde sie nicht beobachten können; mein Kopfschmerz hatte zwar nachgelassen, aber ich würde jedes bisschen an Speicherkapazität benötigen, wenn ich weiterforschen wollte. Wir mussten unsere Geschicke jetzt in seine Hände legen.

Es war an mir, die letzten Puzzlestücke zusammenzusetzen.

Kapitel 4

Der Tod einer verbliebenen Hoffnung

»Atlas, hör endlich auf!« Noah redete seit einigen Minuten auf mich ein, und es ärgerte mich zunehmend, dass ich mich mehr und mehr von ihm aus der Ruhe bringen ließ. »Schon dich wenigstens, bis wir wieder auf der Erde sind! Wenn wir hier in irgendwelche Schwierigkeiten geraten, werden wir deine Hilfe brauchen. Es bringt nichts, wenn du jetzt weitermachst. Lass uns doch erst mal in Sicherheit sein.«

Ein Teil von mir dachte, dass er recht haben könnte – ein anderer war sich sicher, dass ich Noahs Worte für wahr halten wollte, auch wenn sie unsinnig waren, weil ich mich so sehr nach Schlaf und Entspannung sehnte. Die Müdigkeit zerrte mehr und mehr an mir, doch ich konnte nicht aufhören.

Ich wusste, dass die Antwort irgendwo in mir verborgen lag, dass ich lediglich einen Datensatz, eine Information, ein Bild davon entfernt war, den Mörder zu entlarven. Und dass wir aus der ganzen Sache heil herauskommen würden, wenn ich diesen Datensatz fand.

»Wenn wir auf der Erde ankommen und dort direkt zur Polizei gehen, werde ich ihnen wertige Hinweise bieten müssen«, erwiderte ich und öffnete genervt meine Augen, um ihn streng anzusehen. »Mit den halbgaren Vermutungen, die wir bisher bekommen haben, werden wir sie nicht davon überzeugen können, dass wir ihnen eine echte Hilfe sind. Ich möchte vorsorgen.« Ich hatte darüber nachgedacht, dass wir Lora bei ihr zu Hause aufsuchen könnten. Sie hatte sich an die Anweisung ihres Vorgesetzten gehalten, auch wenn sie ihre Freizeit fortwährend mit Recherchen verbrachte, in den Medien stöberte, bei ihren alten Kontakten und bei Freunden nachfragte, um auf dem Laufenden zu bleiben. Sie konnte es nicht sein lassen. Wir waren uns wirklich ähnlich.

Ja. Vielleicht war sie inzwischen so verzweifelt, dass sie sich tatsächlich auf einen Deal einlassen würde, wenn wir ihr entscheidende Antworten boten. Ich hatte sie lange genug beobachtet, um einige ihrer Schwachstellen zu kennen. Die würde ich ausnutzen, wenn ich ihr wieder gegenüberstand. Das sah ich aktuell als unsere beste Chance an.

»Der Junge hat recht«, schloss sich Julien Noahs Zweifeln an und schaute mit blinkenden Sommersprossen zu mir herüber. »Ich habe nicht alles auf dem Schirm, aber ich schätze das Gefahrenpotenzial aktuell ziemlich hoch ein. Soweit ich es erkennen kann, hat sich Hypermind noch nicht zurückgezogen. Wir befinden uns seit dreißig Minuten hier drin, die Verhandlung scheint demnach recht lange zu dauern. Wir sollten auf der Hut bleiben. Wenn du zu tief abtauchst, laufen wir Gefahr, dass …«

»Seid endlich ruhig«, wies ich ihn zurecht und warf auch Noah einen strengen Blick zu. Ich hatte einige der internen Systeme des Shields angezapft. Ich nahm mir so wenig Energie, dass der Verlust nicht bemerkt werden würde, doch gerade genug, um meine Rechenleistung zu verstärken. »Ich bringe diese Sache jetzt zu Ende, und dann wissen wir, woran wir sind!«

Mein harscher Tonfall brachte die beiden tatsächlich zum Schweigen. Ich wies Julien an, den Bereich direkt vor unserer Tür unter Beobachtung zu halten, weil ich den Rest der Leistung seines Gehirns brauchte, um meine letzten Ressourcen aktivieren zu können. Und wenn wir Glück hatten, würde alles sehr schnell gehen.

»Was genau untersuchst du denn jetzt?«, fragte Noah kleinlaut nach.

»Ich schaue in die Köpfe der drei Industriellen, die als Erstes gestorben sind, um zu überprüfen, was sie gemeinsam haben. Sobald ich auf etwas stoße, sollten wir den Jackpot geknackt haben.«

Noah schob noch etwas nach, doch ich verstand es nicht mehr, hatte die Augen geschlossen und war in die Tiefen meines Systems verschwunden, um aus den tausenden und abertausenden Erinnerungen, die ich heruntergeladen hatte, diejenigen herauszusuchen, die ich benötigte.

Bis auf den Umstand, dass die drei Menschen in recht hohen Positionen von Industrieunternehmen gewesen waren, hatten sie auf den ersten Blick keine Gemeinsamkeiten. Der Erste hatte drei erwachsene Kinder und eine Frau, der Zweite war geschieden, und die Dritte hatte erst vor einigen Monaten frisch geheiratet. Sie lebten an den unterschiedlichsten Orten der Welt, bedienten vollkommen andere Geschäftsfelder. Sie besaßen einige gemeinsame Kontakte, aber das war nicht unüblich. In diesem Business kannte jeder jeden.

Einen gemeinsamen Hive hatten sie nicht gehabt. Nichts, was die drei in irgendeiner Art und Weise miteinander verband. Wenn ich es richtig aus den Fragmenten ihrer Erinnerung las, hatten sie einander nie getroffen. Hin und wieder waren sie gleichzeitig am selben Ort gewesen, hatten dieselben Galas besucht, dieselben Spendenfonds befüllt. Doch über den Weg gelaufen waren sie einander nie.

Auffällig war eventuell, dass sie alle mit ihren jeweiligen Firmen Mitglieder bei The Cell gewesen waren. Jeder der drei hatte monatlich bis quartalsweise recht hohe Summen an die Organisation gespendet, um sein Gewissen durch diese Form des modernen Ablasshandels zu bereinigen. Im Austausch dafür wurden sie nicht von den Aktivisten angegriffen.

Das hatte in den letzten Jahren ganz gut für die drei funktioniert. Es hatte keine Schwierigkeiten gegeben. Keiner von ihnen hatte jemals Haloren persönlich getroffen oder irgendjemanden …

Plötzlich hatte ich das Gefühl, dass einige Daten in meinem Kopf aufflackerten, auch wenn ich nicht genau wusste, woher das kam. Ich checkte kurz die Zugriffe auf mein System, aber bis auf Julien war da nichts, und es gab keine äußeren Faktoren, die so eine Unregelmäßigkeit verursachen könnten.

Trotzdem bewegten sich Daten in meinem Geist wie von allein. Einige Momente schienen hervorgehoben zu werden. Daten in den Files, die ich eben erst durchsucht hatte.

Es war, als wenn da etwas leuchtete.

Es beschlich mich dasselbe Gefühl, das mich schon vor einigen Stunden ereilt hatte, in dem Moment, in dem mir der Hypermind-Computer wie von selbst den Mord am neuesten Hive demonstriert hatte.

Bildete ich es mir wirklich ein, oder versuchte diese Maschine …

Nein, das konnte nicht sein. Der Computer konnte mir nichts zeigen, darauf war er nicht programmiert. Vermutlich waren diese Datensätze durch irgendetwas markiert.

Ich ließ mich trotzdem nicht davon abhalten, sie aufzurufen.

Sie zeigten die drei Personen an unterschiedlichen Tagen, jeweils kurz vor ihrem Tod. Sie zeigten sie in verschiedenen Situationen, in einem Café, einem Bürogebäude, auf einer Straße. Ich scannte die Erinnerungen, die Bereiche, die Gedanken, alles, was in diesen Momenten geschah, die, aus welchem Grund auch immer, vom System hervorgehoben worden waren.

Und dann fiel mir etwas Ungewöhnliches auf. Ich spulte einige Momente zurück. Die fragmentierten Bilder waren nur schwerlich zu lesen.

In dem Moment, in dem ich glaubte, zu erkennen, was geschah, fuhr es mir eiskalt den Rücken hinunter.

Es kostete mich alles an Überwindung, in der Erinnerung des ersten Mordopfers zu bleiben, nicht aufzuspringen, den Kopf zu schütteln, herumzulaufen, um irgendwie das zu verarbeiten, was ich da vor mir sah.

Das konnte nicht sein.

Das konnte überhaupt nicht sein! Am liebsten hätte ich die Augen davor verschlossen, wenn das irgendwie möglich gewesen wäre, meinen Geist. Am liebsten hätte ich einfach nicht hingesehen.

Das erste Opfer war Leonard White gewesen, Vorstandsmitglied bei Stuart-Industries. Der ältere Herr saß in einem Café in New York, trank einen Kaffee und arbeitete einige letzte Mails ab, bevor er sich auf den Weg nach Hause zu seiner Familie machen würde. Es schneite vor den großen Fenstern. Viele Menschen befanden sich in diesem kleinen Raum, einige ausgelassen lächelnd, andere konzentriert bei der Arbeit. Der Geruch von gemahlenem Kaffee durchdrang die Einrichtung, ein Milchaufschäumer sprudelte im Hintergrund. Der Duft nach winterlichen Gewürzen, Zimt und Orange, überdeckte alles.

Und der Mann fühlte sich wohl. Hierher kam er immer nach der Arbeit, wenn er noch zu angespannt war, um seiner Frau gegenüberzutreten, um sich zu sammeln und Ruhe zu finden.

Eine Stimme riss ihn aus seiner Konzentration. Er schaute zu dem Fremden auf, der ihn um Verzeihung gebeten hatte.

Der Mann trug lockere Kleidung, hatte sein blondes Haar gezielt ein wenig verwuschelt, vermutlich, um einen lässigen Look zu erzeugen, und trug einen charmanten Dreitagebart. Er fügte sich in das Bild dieses Cafés ein, als hätte er sein halbes Leben dort verbracht. Der braune Schal um den Hals geschlungen, die Wangen rosig, als sei er gerade erst von draußen hereingetreten, das Hemd in einem warmen goldbraunen Ton gehalten – ich hatte ihn fast nicht erkannt.

Es war Shane.

Ein überaus zuvorkommendes Lächeln lag auf seinen Lippen. »Entschuldigen Sie«, setzte er an, in einer Stimme, so freundlich, wie ich es nie aus seinem Mund gehört hatte. »Ich weiß, dass es hier WLAN gibt, aber ich befürchte, ich habe meine Quittung mit dem Passwort verlegt. Könnten Sie es mir vielleicht übermitteln?«

White war ein wenig genervt von dieser unnötigen Störung. Shane machte auf ihn allerdings einen so netten Eindruck, dass er ihn nicht abblitzen lassen wollte.

»Ja, einen Moment.« Er aktivierte die Verbindung zu seinem eigenen ADIC, suchte Shane aus den Menschen des Cafés heraus, schickte ihm eine Kontaktanfrage und übersandte ihm nur eine einzige Information. Das WLAN-Passwort des Cafés.

Shane bedankte sich vielfach, bevor er zurück an seinen Platz ging.

Datenwechsel.

Ein anderer Tag. Flynn Miller Jr., Vorstandsmitglied von Hypermind, befand sich in der Eingangshalle eines Bürogebäudes in Paris. Er wartete auf ein Meeting, das angeblich bald anstand, aber mehrere Male verschoben worden war. Der junge Mann hatte schlechte Laune, und es kostete ihn Kraft, sie nicht zu zeigen. Die nächste Verhandlung, die er führen würde, würde er auf feindlichem Boden austragen müssen. Er dürfte sich jetzt keine Schwächen erlauben.

Er erschrak, als ihm plötzlich ein gutaussehender Mann in einem säuberlich sitzenden Anzug gegenüberstand. Er hatte den Fremden nie gesehen, doch er machte einen gepflegten Eindruck und hatte so einen verschmitzten Ausdruck um die Züge, dass er irgendwie überlegen wirkte.

Shane.

»Entschuldigen Sie bitte, dass Sie so lange auf Ihre Besprechung warten mussten, Mr. Miller. Ich bin hier, um Ihnen mitzuteilen, dass das Meeting, das heute angesetzt war, verschoben wurde. Wenn Sie gestatten, würde ich Ihnen gern das neue Datum und den neuen Ort übermitteln.«

Miller verkniff es sich, laut aufzustöhnen. Hätten sie ihm das nicht früher mitteilen können? Jetzt hatte er umsonst mehrere Stunden seines Lebens hier vergeudet, als hätte er nichts Besseres zu tun.

All diese Gedanken behielt er, Geschäftsmann, der er war, allerdings für sich, warf Shane ein freundliches Lächeln zu und erlaubte ihm die Kontaktaufnahme zu seinem ADIC.

»Natürlich. Übersenden Sie mir gerne die Daten. Ich werde hier sein.«

»Vielen Dank für Ihr Verständnis«, sagte Shane mit dem freundlichen Lächeln und nahm Kontakt zu dem Gehirn des Mannes auf.

Datenwechsel.

Eine stark besuchte Fußgängerzone in Tokio. Hunderte von Menschen drängten sich in unterschiedliche Richtungen, stauten sich an Ampeln, vor Geschäften, vor Bahnsteigen, und hingen ihren eigenen Gedanken nach. Jane Walden, Gründungsmitglied von Electric Sun, hatte sich unter sie gemischt, um ein paar letzte Einkäufe zu tätigen, bevor sie zu ihrer Familie zurückkehren würde. Es war Wochenende, und sie hatte in der Firma nicht viel zu tun. Einer der wenigen freien Tage ihres Jahres. Dieses Wochenende würde schön werden. Sie würde einen Ausflug mit ihrem Mann und ihren Kindern veranstalten, vielleicht irgendwohin in den Orbit reisen, oder in die höchstgelegenen Schichten der Stadt, um ihnen allen ein wenig frische Luft und ein bisschen Grün zu gönnen.

Die Menschenmassen hier machten ihr nichts aus, denn sie war sie gewöhnt. Anonym in der Masse zu verschwinden gefiel ihr. Sie mochte es, sich eher im Hintergrund zu halten, jemand anderen sein Gesicht hinhalten zu lassen, wenn es um Fernsehberichte oder Zeitungsartikel ging. Das gab ihr die Freiheit, sich hier bewegen zu können, ohne Aufsehen zu erregen. Abgesehen davon, dass sie wahrscheinlich sowieso niemand in ihren Freizeitklamotten erkannte.

Sie schaute zu einer großen Anzeigetafel auf, um herauszufinden, wann die nächste Bahn fahren würde. Es würde noch ein paar Minuten dauern, doch sie hatte ein Buch auf dem Reader, also würde sie sich die Zeit vertreiben können.

Jane sah erst auf, als sie von einem Touristen angerempelt wurde, der hier ganz offensichtlich fehl am Platz war. Er trug für das Wetter viel zu dünne Kleidung und hatte eine altmodische Karte bei sich, die ihm allerdings nicht großartig weiterzuhelfen schien.

»Oh, das tut mir so leid!«, murmelte der Fremde abwesend.

Da war er wieder: Shane.

Jane wollte sich wieder ihrem Buch widmen, als Shane stehen blieb und sich erneut zu ihr umwandte.

»Entschuldigen Sie, können Sie mir vielleicht helfen? Ich habe vergessen, mir eine Online-Karte herunterzuladen. Und ich spreche leider kein Japanisch.«

Jane überlegte kurz und entschied sich dazu, dass sie heute einen guten Tag hatte, also nickte sie ihm aufmunternd zu.

»Ich müsste hier hin.« Shane deutete auf einen Punkt, den er sich auf der Karte markiert hatte. »Können Sie mir die Wegbeschreibung dorthin geben?«

»Na klar, kein Problem«, erwiderte sie zuvorkommend und sendete eine Kontaktanfrage an Shanes ADIC, um ihm die Wegbeschreibung zu übermitteln.

Shane bedankte sich, verneigte sich halb und verschwand zwischen den Menschenmassen.

Ich war wie betäubt von den Erinnerungen, in denen ich schwamm. Es gelang mir nicht, aus ihnen aufzutauchen. Ich spulte sie immer wieder durch, von vorn bis hinten und wieder von vorn, wechselte zwischen ihnen hin und her, beobachtete meinen Kollegen, meinen Freund, diesen Mann, den ich von Beginn an kannte, in seinen verschiedenen Outfits, seinen verschiedenen Kostümen. Seinen verschiedenen Arten, sich zu geben. Wie ein Schauspieler. Und so überzeugend.

Ich kannte ihn überhaupt nicht.

Mir war heiß und kalt gleichzeitig, und ich spürte, wie es hinter meinen Lidern zu kribbeln begann. Den Schmerz in meinem Kopf hatte ich komplett ausgeblendet.

»Atlas!«

Juliens Schrei drang wie aus weiter Ferne zu mir. Erst, als ich mich mit aller Macht auf ihn und seine Stimme konzentrierte, bemerkte ich, dass ich überhaupt nicht mehr auf meinem Stuhl saß. Dass wir uns nicht mehr in diesem Raum befanden, sondern dass wir liefen. Dass Julien mich mit sich zog, durch irgendwelche Gänge, durch all diese Pastellfarben um uns herum.

Ich vernahm Schreie.

Scheiße, was war hier los?

»Atlas, du musst endlich auftauchen!«, schrie Julien und schüttelte an mir. Meine Beine bewegten sich wie von selbst.

Ich versuchte, mich auf sie zu konzentrieren, die Kontrolle über meinen Körper zurückzuerlangen, doch ein Teil von mir war gefangen in den Erinnerungen. In diesen Bildern, die ich einfach nicht begreifen konnte. Nicht begreifen wollte.

»Es war Shane«, hauchte ich. Ich wusste, dass ich fragen sollte, was hier los war. Ich wusste, dass ich mich anstrengen sollte, mir einen Überblick über die Lage zu verschaffen. Aber ich konnte an nichts anderes denken.

Julien riss mich um eine Biegung herum, doch er blieb nicht stehen, als er mich anstarrte und fragte: »Was?«

Meine Sicht war so verschwommen, dass ich nicht einschätzen konnte, ob er nicht verstanden hatte, was ich gesagt hatte, oder ob er es wie ich nicht glauben konnte.

»Es war Shane«, wiederholte ich, dieses Mal lauter.

Es war Shane, es war Shane, es war Shane!

Folge 8

The Host

Kapitel 1

Die Geburt eines endlosen Hasses

Ich hatte das Gefühl, in letzter Zeit viel zu oft geflohen zu sein. Diese Lage, in die ich mich für gewöhnlich nicht begab, war inzwischen beinahe zur Normalität geworden.

Julien und Noah zerrten mich durch die Korridore der Shield-Station, während ich immer wieder versuchte, einen Blick zurückzuwerfen. Doch mein Sichtfeld war zu verschwommen, ich hing nach wie vor halb in diesen Erinnerungen, in die ich mich begeben hatte. In diesen Geschichten, diesen Gesichtern, die am Ende nur eins gewesen waren.

Das von Shane. Demjenigen, den ich für meinen einzigen menschlichen Freund gehalten hatte. Dem ersten Menschen, den ich wirklich kennengelernt hatte, und das bereits, als ich klein gewesen war.

Ich dachte, ich hätte ihn gekannt. Ich dachte, ich hätte ihm vertrauen können …

Und während ich auf tauben Beinen durch die Gänge der Station taumelte, blieb ich gedanklich gefangen in diesem Strudel. Alles drehte sich. Das Chaos in meinem Kopf war so groß, dass ich das um mich herum noch immer nicht begreifen und festhalten konnte.

»Atlas, komm endlich zurück!«, rief Julien. Sein Griff an meinem Arm war so fest, dass es schmerzte.

Aber ich sah weiter in all die Gesichter von Shane. All seine Kostüme. Ich erkannte nicht einmal mehr seine Augen. Shane … was hatte er getan?

Ich konnte nicht anders. Trotz Schwindelgefühl übernahm ich

die Signale, die einige Satelliten des Schilds zur Erde sendeten, und nutzte ihre Verstärkung, um ihn aufzusuchen und mich in ihn zu loggen.

Er befand sich in seiner Wohnung, lag auf seinem Bett und starrte die Decke an. Ich drang in sein Gehirn vor – so tief, wie ich es noch nie getan hatte.

Ein kleines Mädchen lacht. Es führt ein simples Leben, trägt schmutzige Kleidung, aber es ist glücklich. Es weiß, dass es geliebt wird und dass das alles ist, was zählt.

Eine Frau lächelt breit, als der Mann sie fragt, ob sie ihn heiraten möchte. Ihr ist klar, dass das Leben, das sie führen werden, nicht das beste sein wird. Dass sie werden kämpfen müssen – manchmal sogar um ihr Überleben. Es ist ihr egal. Sie liebt ihn, und sie glaubt daran, dass sie die Hindernisse, die auf ihrem Weg lauern, mit ihm gemeinsam wird überwinden können.

Eine winzige Wohnung irgendwo im Sub-Level. Klein, aber warm und gemütlich. Sie ist voll von Liebe, und die Familie, die in ihr lebt, weiß, dass Liebe alles ist, was sie braucht.

Ich sah mich und Julien, wie wir gemeinsam mit diesen Menschen dort sitzen, um unser Essen zu teilen und einander Geschichten zu erzählen. Die Familie hat Mitleid mit mir, weil ich so allein bin. Weil ich so klein bin und bis auf diese Maschine nie jemanden hatte, der mich großgezogen hat.

Ich fühle mich wohl. Ich glaube, ich fühle mich zum ersten Mal in meinem Leben geborgen.

Die Tochter wird achtzehn Jahre alt. Bewaffnete Soldaten stürmen die Wohnung, um sie ihren Eltern zu entreißen. Während sie sie fortzerren, in die Düsternis der Gassen hinein, halten Androiden die Eltern fest. Jemand verliest eine Verlautbarung in einer roboterähnlichen Stimme. Das Mädchen hat keine Schulbildung genossen, deswegen kann sie keinem Hive zugeordnet werden. Ihr ADIC wird ihr auf Kosten des Staates implantiert. Als Gegenleistung muss sie fünf Jahre in den Minen des Mars dienen, um zu helfen, den

Planeten zu terraformen und Material für die orbitalen Ringe abzubauen.

Die Frau und der Mann nehmen einander in den Arm. Die beiden können gegen die Waffengewalt der Regierung nichts ausrichten.

Als ihre Tochter das erste Mal über ihr neues ADIC Kontakt zu ihnen aufnimmt, befindet sie sich auf dem Weg zum Mars. Sie verspricht ihren Eltern, dass alles gut werden wird und dass sie zurückkommt, sobald sie ihre Zeit abgearbeitet hat. Sie hat viele Träume. Vielleicht kann sie ihre Freizeit nutzen, um mehr zu lernen, um irgendwann zur Erde zurückkehren und Bäckerin werden zu können.

Der Mann versucht, ihr gut zuzureden, aber tief in sich spürt er eine Wut, die er von sich selbst nicht kennt. Einen Hass auf die Gesellschaft. Einen Hass auf die Ungerechtigkeiten, die die Welt prägen, in der er lebt. Er weiß, dass er nie etwas falsch gemacht hat. Er weiß, dass er sich immer angestrengt hat, ein rechtmäßiges Leben zu führen. Er weiß nicht, wofür seine Familie bestraft wird.

Die kleine Wohnung fühlt sich jetzt leerer an. Es wird viel geschwiegen. Manchmal wird leise geweint.

Die Meldung, dass das Mädchen bei einem Unfall in den Minen gestorben ist, wird den Eltern von einem Androiden überbracht. Er bekundet sein herzliches Beileid, aber er ist eine Maschine. Er kann keine Emotionen empfinden.

Der Android beteuert, dass das Mädchen gestorben sei, um anderen Menschen zu ermöglichen, in einer besseren Welt zu leben.

Die Eltern schweigen. Und der Mann fühlt nichts. Er fühlt nichts, bis auf die alles verzehrende Wut.

Wenn die Frau weint, ist er nicht in der Lage, sie zu trösten. Insgeheim findet er es schwach, wie sie ihre Trauer kanalisiert. Er würde lieber etwas zerstören. Er würde lieber jemanden büßen lassen. Am liebsten würde er die Welt in Flammen setzen. Der Hass ist das Einzige, das ihn am Leben hält.

Er ist in den Straßen, um ein paar Besorgungen zu tätigen. Sie brauchen eine neue Nahrungsration, weil das Essen zur Neige geht. Die Frau ist nicht mehr in der Lage, aus dem Bett aufzustehen.

Als er die Tür zur dunklen Wohnung öffnet, sieht er das Blut, das sich überall auf dem Boden gesammelt hat, zunächst gar nicht. Das Messer, mit dem die Frau sich das Leben genommen hat, liegt neben ihr.

Ein Android klopft viele Jahre später an die Tür der Wohnung, die sich in all der Zeit nicht sonderlich verändert hat. Nur ein bisschen chaotischer ist sie geworden. Ein bisschen voller und gleichzeitig so viel leerer.

Der fremde Android bietet dem Mann einen Deal an. Er wird von einer Vereinigung von Firmen geschickt, die sich selbst als *Syndikat* bezeichnen. Um Konkurrenten und Bedrohungen dieses Firmenzusammenschlusses auszulöschen, haben sie eine Waffe entwickelt, mit der es möglich ist, Menschen in Kombination mit ihren Hives zu töten, sodass es den Anschein von Zufälligkeit erweckt.

Das Syndikat bietet dem Mann unbegrenzte finanzielle Mittel, wenn er die Morde für es verübt. Es darf niemand tun, der in Verbindung zu den Firmen steht. Er sei nach langer Suche der geeignetste Kandidat. Ihre Spione im Untergrund wissen um den Groll des Mannes, und darum, dass es ihn schon lange nach Rache dürstet.

Der Mann schickt den Androiden zunächst fort, doch einige Tage später entscheidet er sich dafür, den Auftrag anzunehmen. Er hat das Gefühl, dass er durch die zufällige Auslöschung von Hives ein Abbild der Gesellschaft erzeugen kann, wie er sie sieht. Eine Gesellschaft, in der wahllos Menschen einer höheren Macht zum Opfer fallen, gegen die sie sich nicht zur Wehr setzen können. Er will, dass sie es spüren, all diese verwöhnten Personen der Mittel- und Oberschicht. Er will, dass sie spüren, was Ungerechtigkeit ist, bis sie an ihr verzweifeln, so wie er selbst an ihr verzweifelt ist.

Das Syndikat stellt ihm eine eigens für diesen Zweck entwickelte Technologie zur Verfügung, die ihm ein neuer Android überbringt.

Der kleine, metallische Kasten ist ein Transmitter, der die Sicherheitsprotokolle von ADICs überschreiben und sie danach fatal überladen kann. Alles, was der Mann tun müsse, sei, ein einziges Mal Kontakt zu seinen Opfern und ihren ADICs aufzunehmen, sich Zugang zu verschaffen, um den Zerstörungscode zu platzieren. Später könne er über den Transmitter die Überladung verursachen.

Der Mechanismus ist simpel, aber effizient. Hypermind-Programmierer selbst haben ihn über Jahre hinweg entwickelt.

Das Syndikat übermittelt dem Mann, wer seine ersten Opfer sein sollen.

»Atlas!« Eine Ohrfeige brachte mich zurück in die Realität, die ich nicht verstand. Die Realität, in der wir von den schwarz gekleideten Hypermind-Androiden verfolgt wurden. Die Realität, in der die Sicherheitsmenschen des Shields offenbar überwältigt worden waren.

Ich atmete tief ein und aus, blinzelte die Tränen aus meinen Augen. Für einige Momente schaute Julien mich intensiv an, danach packte er erneut meinen Arm und zerrte mich weiter.

Die Flure waren übersät von Leichen. Blut tränkte die pastellfarbenen Teppiche. Ich war fast froh, dass meine Sicht noch immer so überlagert von den Eindrücken aus Shanes Gehirn war, dass ich kaum Details erkennen konnte. Trotzdem stieg Übelkeit in meiner Kehle auf.

Die Androiden, die uns folgten, mussten nur knapp hinter uns sein. Jedes Mal, wenn ihre Schritte durch die Korridore hallten, gelang es uns zwar, um die nächste Ecke zu flüchten, doch ich war sicher, dass sie uns längst hätten töten können, wenn sie es gewollt hätten. Ich konnte kaum laufen, und sie waren deutlich schneller als wir.

Scheiße, was, wenn das eine Falle war? Wenn sie uns nur vorantreiben wollten?

Ich übermittelte Julien diesen Gedanken, aber er blockte ihn ab.

Stehen zu bleiben und sich ihnen zu stellen war vermutlich eine genauso dumme Idee.

Er hatte seine Waffen im Shuttle gelassen. Jetzt wünschte ich, wir wären nicht so vorsichtig gewesen und hätten etwas, womit wir uns verteidigen könnten.

»Atlas, du musst sie davon abhalten, uns zu folgen!«, schrie Noah, der einige Schritte vor uns rannte. Ich hatte das Gefühl, jeden Moment in Ohnmacht zu fallen.

»Ich versuche es!«, rief ich über den Lärm der Sirenen hinweg, obwohl meine Stimme eigenartig leise in meinen Ohren klang. Ich wusste nicht, ob meine Begleiter sie gehört hatten, und trotzdem nahm ich Verbindung zu den Androiden auf. Ich musste jetzt all den anderen Mist aus meinem Kopf hinauswerfen, auch wenn es mir schwerfiel. Auch wenn ich einfach nicht darüber hinwegkommen konnte, was ich gesehen hatte, und es mich mit Wut, Hass und Verzweiflung füllte.

Erneut zapfte ich die Anlagen des Shields an. Dieses Mal war es mir egal, wie viel Energie ich ihnen entzog. Es war zu spät, um vorsichtig zu sein.

Ich nutzte alle Mittel, die mir geblieben waren, um Kontakt zu den Systemen der Maschinen aufzunehmen und sie zu hacken.

Doch es gelang mir nicht, in sie einzudringen. Scheiße, ich sah nichts als Schwärze! Eine massive Blockade verhinderte, dass ich irgendetwas aus ihrem Gehirn auslesen konnte.

Das war fast wie bei Loras Partner Cameron, nur intensiver. Und das lag nicht an meinem eigenen System. Wer auch immer diese Maschinen geschickt hatte, sie gehörten einer Generation an, die ich nicht kannte. Es gab keinen Weg hinein.

»Ich schaffe es nicht!«

»Was?«, rief Julien, ohne mich anzusehen.

»Sie sind komplett blockiert! Ich erkenne nicht einmal eine Verschlüsselungsart!«

»Scheiße!«, bellte er. Wir hatten ein wenig an Vorsprung gewonnen, hinter uns fielen Schüsse. Schreie klangen durch die Gänge. Vielleicht waren weitere Menschen des Levy-Sicherheitsteams gekommen, um zu helfen oder um den Satelliten zu verteidigen.

»Lass mich los, und schließ zu Noah auf!«, wies ich Julien an. Ich würde rennen können. Ich würde rennen *müssen*. Julien war der Einzige, der in der Lage war, das Shuttle zu starten, falls wir die Dockingstation erreichen würden. Der Bereich der Station, in dem wir uns inzwischen befanden, kam mir bekannt vor. Es konnte nicht mehr weit sein!

»Nach rechts!«, schrie Julien Noah zu, stützte mich noch kurz, dann folgte er meiner Anweisung. Wie um alles in der Welt sollten wir es hier rausschaffen?

Ich nahm Kontakt zu Juliens Gehirn auf, um die Karte aufzurufen, die er vom Gebäude erstellt hatte.

Da war es! Unser Shuttle war nicht weit entfernt, wir müssten nur die Landehalle durchqueren und abfliegen, ohne dass die Androiden uns niedermähten.

Bevor Noah und Julien an der Tür angelangt waren, biss ich auf die Innenseiten meiner Wangen, riss mich zusammen und hackte mich ein, um sie zu öffnen. Wir hatten keine Zeit, die manuelle Steuerung zu bedienen, auch wenn mich diese Aktion wieder um einiges verlangsamte. Die großen Flügel fuhren nach rechts und links auf, die beiden hetzten in die Halle, und ich folgte ihnen in einigen Metern Entfernung.

Immer wieder drehte ich mich um, um zu schauen, ob unsere Verfolger uns eingeholt hatten. Doch sie waren nicht mehr zu sehen, und so keimte in mir leise Hoffnung auf.

Ich hielt mich so gut wie möglich hinter den Maschinen und Schiffen, die in der Landehalle standen, um unseren Verfolgern kein allzu leichtes Ziel zu bieten, sollten sie uns einholen. Währenddessen kamen Julien und Noah beim Shuttle an und beschäftigten sich sofort damit, die viel zu langsam auffahrende Tür zu öffnen.

Ich hatte fast zu ihnen aufgeschlossen – da packte mich jemand am Arm und zog mich so ruckartig nach hinten, dass ein heftiger Schmerz in meinem Rücken aufflammte und ich aufschrie. Ich hatte so viele Verletzungen, ich konnte sie nicht mehr zählen.

Scheiße, nein!

»Atlas!«, rief Noah, als er sich zu mir drehte. Ein Android hatte mich festgehalten, und ein zweiter drückte den Lauf seines Maschinengewehres an meine Schläfe, während er Julien und Noah anblaffte, dass sie zurückbleiben sollten. Weitere Androiden trafen ein, richteten ihre Gewehre auf sie, und einer, vermutlich der Anführer der Einheit, wies umgehend an, das Feuer auf die beiden zu eröffnen.

Julien reagierte sofort, griff Noah am Kragen und zog ihn in das Schiff, bevor die Maschinen begannen, zu feuern. Die Kugeln prasselten an der Tür, die sich langsam schloss, ab, und ich kämpfte, schlug und biss, um mich irgendwie aus dem Griff des Androiden zu winden. Sie würden mich nicht erschießen. Sonst hätten sie mich nicht festgenommen.

Aber es war zu spät. Die Tür des Shuttles schloss sich, und es startete.

In der nächsten Sekunde traf etwas Hartes meinen Kopf, und ich versank in Dunkelheit.

Kapitel 2

Die Manifestation einer alten Angst

Noch bevor ich die Augen öffnete, spürte ich Fesseln an meinen Handgelenken und Knöcheln. Sie waren so fest um die Gelenke geschlungen, dass es schmerzte, sobald ich mich bewegte, was mich nicht davon abhielt, daran zu rucken und gegen sie zu kämpfen; bis ich die Augen in vollkommener Dunkelheit aufschlug.

Ich saß aufrecht an einen Stuhl gebunden. Der Raum, in dem ich mich befand, war in perfekte Finsternis gehüllt.

Leicht bewegte ich meinen Kopf in alle Richtungen, blinzelte, in der Hoffnung, ich bräuchte nur einige Momente, bis ich einen Lichtschimmer würde wahrnehmen können. Doch da war nichts.

Ich streckte meine Fühler aus, um herauszufinden, wo ich war. Es gelang mir allerdings nicht, den Raum geistig zu verlassen. Da war eine Art Wand.

Ich wusste nicht, wie lange ich hier drin gewesen war, es hätten sowohl Stunden als auch Minuten sein können. Aber ich hatte das Gefühl, das Chaos in meinen Gedanken hätte sich ein Stück weit gelichtet. Diese Blockade, auf die ich gestoßen war, wurde also nicht von meinem eigenen System verursacht.

Scheiße! Wie war das überhaupt möglich? Wohin um alles in der Welt hatten diese Androiden mich gebracht, und was genau hatten sie mit mir vor? Wenn sie mich blockierten, dann bedeutete das, dass sie wissen mussten, wozu ich in der Lage war, oder?

Fuck!

Ich spürte, wie sich Schweiß auf meiner Stirn und in meinem Nacken bildete, obwohl der Raum kühl war. Hatten Noah und Julien wirklich entkommen können? Waren sie auf der Erde? Ich musste hier irgendwie raus, verdammt!

Hier, wo es so still war, dass mein eigener Atem laut in meinen Ohren klang, hatte Zeit jedwede Bedeutung verloren.

Ein Klicken vor mir riss mich aus meiner Trance. Eine Tür öffnete sich, und so gleißendes Licht fiel in den Raum, dass ich die Augen zusammenkneifen musste und es mir erst nach einigen Momenten gelang, mich an das Licht zu gewöhnen.

Die Silhouette eines Mannes zeichnete sich vor mir ab. Er trat ein, schloss die Tür hinter sich, murmelte einen Sprachbefehl, und indirektes Licht schaltete sich an den Deckenleisten ein.

Das Zimmer war klein, die Wände schwarz und genoppt. Es gab, bis auf den Stuhl, auf dem ich saß, nicht einen Gegenstand hier.

Es dauerte eine Weile, bis ich dazu imstande war, der Person in die Augen zu sehen, die sich nach so langer Zeit dazu herabgelassen hatte, mir einen Besuch abzustatten. Es war ein Mann in einem sauber sitzenden Anzug. Aber irgendetwas an seiner glatten Haut, seinen hellen Augen, erinnerte mich an Cameron.

Ich streckte meine Fühler aus …

»Du musst gar nicht erst versuchen, mich zu hacken. Ich bin ein Android.«

Natürlich. »Bist du von Hypermind?«, wollte ich wissen, überlegte kurz, ob ich die nächste Frage wirklich nachschieben sollte, und entschied mich dazu, es zu wagen: »Oder vom Syndikat?«

Ein Lächeln machte sich auf seinen Lippen breit, als er die Hände vor dem Körper faltete und einen Schritt auf mich zutrat. Es wirkte abfällig, wie er auf mich hinabsah. »Du hast es also herausgefunden. Glückwunsch.«

Der überhebliche Ausdruck auf seinem Gesicht rief pure Abscheu in mir hervor. »Was habt ihr mit meinen Freunden gemacht? Wo bin ich? Und was wollt ihr von mir?«

»Denkst du tatsächlich, dass ich dir diese Fragen beantworten werde?«

»Ich will mit einem *Menschen* sprechen!«, verlangte ich laut.

»Entschuldige, das wird leider nicht möglich sein. Es möchte sich niemand von dir hacken lassen.«

Ich legte die Stirn in Falten. Sie wollten sich nicht von mir hacken lassen? Demnach wussten sie wirklich, wer ich war und wozu ich im Stande war. Woher? Hatten sie mich überwachen lassen? Waren sie diejenigen gewesen, die meine Wohnung durchsucht hatten?

Wo waren Julien und Noah? Ging es ihnen gut? Mir war klar, dass es mir nichts brachte, mir Sorgen zu machen, aber ich konnte es trotzdem nicht unterdrücken.

Scheiße, was war nur aus mir geworden? »Was wollt ihr von mir?«

»Das Syndikat ist die mächtigste Institution auf dem Planeten«, begann der Android ruhig. »Wir besetzen Positionen in sämtlichen wichtigen Knotenpunkten. In der Politik, bei der wirtschaftlichen Konkurrenz, bei der Polizei, dem Militär und Sicherheitsdiensten. Es gibt keinen Weg, unseren Augen oder unserem Einfluss zu entkommen. Natürlich haben wir herausgefunden, wer du bist. Und wozu du … in der Lage bist. Nachdem du erst mal auf den Plan getreten warst, war es ein Leichtes für uns, alles über dich in Erfahrung zu bringen.«

Auf den Plan getreten? Zu welchem Zeitpunkt sollte das denn gewesen sein? Ich dachte automatisch an Cameron. Wenn er dieser Vereinigung angehörte – worauf seine Klasse schließen ließ –, war er vermutlich derjenige gewesen, der meine Identität aufgedeckt hatte. Das würde erklären, warum er mich auf dem Revier hatte laufen lassen. Warum es sich angefühlt hatte, als wäre er mir immer einen Schritt voraus gewesen.

Wenn Cameron dem Syndikat angehörte, war es höchstwahrscheinlich seine Mission gewesen, Loras Ermittlungen zu sabotieren. Und es war ihm gelungen. Steckte ihr Chef da auch mit drin?

»Und was ist euer Ziel, wenn ihr so mächtig seid, wie ihr behauptet?«

Der Android lachte humorlos. »Du bist nur hier, weil wir etwas von dir brauchen«, überging er meine Frage. »Wenn du kooperierst, wird dir und deinen Freunden nichts zustoßen.«

Nun war es an mir, zu lachen. Er tat ja gerade so, als hätten die Androiden auf dem Shield nicht, ohne zu zögern, auf Noah und Julien gefeuert. Bedeutete das, sie waren entkommen? Auf jeden Fall waren sie am Leben, wenn er mir dieses fadenscheinige Angebot unterbreitete. »Ich werde euch niemals helfen«, stellte ich mit fester Stimme klar. Ich hatte nicht einmal Lust, den Anschein zu erwecken, dass ich mich auf irgendeine Art von Deal einlassen würde.

Dieser Firmenzusammenschluss war so skrupellos, dass es den Beteiligten nichts ausmachte, Tausende von Menschen zu töten, um ihre Ziele zu verwirklichen. Ich hatte mich in meinem Leben ebenfalls nicht mit glorreichen Taten geschmückt, aber ich hatte nie etwas getan, um absichtlich anderen zu schaden. Mit so etwas wollte ich nichts zu tun haben – obwohl das vermutlich dumm war, angesichts der Situation, in der ich mich befand.

»Wenn du mit uns zusammenarbeitest, können wir dir nicht nur Wohlstand und Sicherheit garantieren.« Er machte eine dramatische Pause, in der er mich intensiv musterte. »Wir können dir außerdem Informationen über deine Vergangenheit liefern.« Der Android trug nach wie vor dieses selbstgefällige Lächeln auf den Lippen. Vielleicht hatte sich jemand in ihn eingeloggt. Vielleicht sprach ich überhaupt nicht mit einer Maschine, sondern direkt mit jemandem vom Syndikat.

Wer konnte es sein? Wer war alles Teil davon? Boston Everick auf jeden Fall. Hypermind war definitiv involviert in diese Sache. Jason Levy auch? Und Anaya Langhari, die Präsidentin von Dryden? Mir kamen so viele Namen in den Sinn, und ich dachte so lange darüber nach, dass mein Gegenüber ungeduldig wurde.

»Wir wissen, wer deine leiblichen Eltern sind«, fügte er an. Sein Gesichtsausdruck war jetzt weniger freundlich, womöglich weil mein Desinteresse an seinem Angebot ihn frustrierte. »Interessiert dich das nicht schon dein Leben lang?«

Ich biss die Zähne aufeinander und krallte die Finger in das Metall des Stuhls. »Kein Interesse«, konterte ich trocken und ließ den Augenkontakt zu ihm nicht abbrechen. Das Rätsel um meine Familie war eins, das ich durchaus hätte lösen können, wenn ich es versucht hätte. Gleichsam hatte ich in meinem Leben gelernt, dass es besser war, einige Dinge nie herauszufinden. Meine Eltern waren entweder so arm gewesen, dass sie mich in dieses Heim gesteckt hatten, oder sie waren verstorben. Wie auch immer ich im Sub-Level gelandet war: Es war mir egal. Mehr über meine Vergangenheit herauszufinden brächte mich im Jetzt nicht weiter.

»Wie schade«, reagierte der Android mit einem Hauch von Theatralik im Tonfall. »Da gibt es einige interessante Sachen.« Er schien noch etwas anfügen zu wollen, doch dann wandte er sich zum ersten Mal, seitdem er eingetreten war, von mir ab.

Was geschah? Hatte er eine Nachricht bekommen? Sollte er den Kurs ändern?

Ich beobachtete jede Regung seines Körpers, es ließ sich allerdings nicht darauf schließen, was ihn ablenkte.

Erst nach einigen Sekunden vernahm ich es: Da waren Geräusche vor der Tür zu hören, laute Stimmen und ein Donnern, das nach Schüssen klang.

Ich sollte erleichtert sein, aber dieses Geräusch war aus den letzten Tagen so vertraut, dass es mir eine Gänsehaut bereitete.

»Wenn du es dir noch anders überlegen solltest, würden wir uns sehr über deine Kooperation freuen; vor allem Mr. Everick«, sagte der Android und ging danach auf die Tür zu.

Was? Mr. Everick? Warum sollte er diesen Namen so offen erwähnen? Was passierte hier?

Ich wollte weitere Fragen stellen, da erschütterte eine Explosion den Eingangsbereich, und die Tür flog aus den Angeln. Die Druckwelle blies mir heiß ins Gesicht und raubte mir kurz den Atem, während ich mit dem Stuhl umzukippen drohte. Der Android wurde zurückgeschleudert, und schon im nächsten Moment stürmten bewaffnete Menschen herein. Sie schossen, ohne mit der Wimper zu zucken, Maschinengewehrsalven auf den Mann nieder, bis die Bauteile im Inneren seines Körpers zu sehen waren.

Die Bewaffneten rannten danach auf mich zu, um sich an meinen Fesseln zu schaffen zu machen. Durch ihre Helme konnte ich ihre Gesichter nicht erkennen, aber nach einigen Momenten erkannte ich das Logo der Polizei auf einer der Uniformen prangen.

Himmel, die Polizei war hier? Hatte Noah es geschafft? Auch wenn ich mich nicht wohl dabei fühlte, mich in die Fänge der Staatsgewalt zu begeben, wäre es besser, als von diesem Syndikat gefangen gehalten zu werden.

Einer der Personen gelang es, die Fesseln zu lösen. Sie half mir auf die Beine.

Meine Glieder waren ganz taub. Als ich mir an die leicht pochende Schläfe fasste, erfühlte ich knapp darüber eine Beule und zog zischend die Luft ein. Trockenes Blut blieb an meinen Fingerspitzen kleben.

Ich taumelte nach vorn, stolperte, während die Polizisten keine Anstalten machten, mir zu helfen. Einer von ihnen griff nach meinem Arm und zog mich hinter sich aus dem Raum, während die anderen wieder ihre Waffen in Anschlag nahmen.

Wir traten in das kühle Licht des Korridors. Bereits auf den ersten Blick erkannte ich, dass wir uns noch im Weltraum befinden mussten. Ich war in den letzten Tagen auf zu vielen Satelliten und Sphären gewesen, um diese Bauweise nicht sofort zu erkennen.

Ich hatte nicht einmal Zeit, die Orientierung zu gewinnen, da wurden mir erneut Handschellen angelegt. Ich schwankte den Polizisten weiter hinterher, durch das Licht, das viel zu grell für meine müden Augen war, sah nur verschwommen in alle Richtungen, Menschen und Androiden am Boden, Blut, Einschusslöcher überall. Es war, als verfolgte mich dieses Bild egal, wohin ich ging.

»Wohin bringen Sie mich?«, rief ich. Aus der Ferne war nach wie vor Gewehrfeuer zu hören. Hier tobte ein Krieg. »Bin ich festgenommen?«

Was für eine dumme Frage, ich trug immerhin Handschellen. Aber ich wollte sie zum Reden bringen!

Wir bogen um eine Ecke, doch am Ende des Ganges lauerten Sicherheitsmänner der Gegenseite, die sofort das Feuer eröffneten.

Die Einheit, die mich gerettet hatte, stürzte zurück, doch die Hoffnung, dass der Kerl, der mich festhielt, mich loslassen würde, wurde nicht erfüllt.

»Geh vor!«, rief ihm einer seiner Kollegen zu, und, ohne zu zögern, folgte er der Anweisung und zerrte mich weiter. Scheiße. Wo war Julien? Ich raffte meine Kräfte zusammen, nahm Kontakt zur ersten Energiequelle auf, die ich finden konnte, und suchte nach ihm. Tatsächlich, er befand sich hier auf der Sphäre!

Sofort sendete ich ihm meinen Standort, und es dauerte eine halbe Ewigkeit, bis er mir eine Bestätigung übermittelte. »Bin auf dem Weg«, schickte er hinterher, und mein Herz machte einen Sprung. Ich konnte überhaupt nicht fassen, wie viel Erleichterung sich in mir ausbreitete. Er würde kommen. Gleich wäre ich gerettet. Wir müssten es nur irgendwie hier wegschaffen, danach wären wir in Sicherheit.

Ich stemmte mich gegen den Griff des Polizisten, der mich durch die Gänge schleifte, doch selbst wenn ich bei voller körperlicher Kraft gewesen wäre, hätte ich keine Chance gegen ihn. Wo verdammt blieb Julien? Es waren bereits Minuten vergangen, in denen ich keine Ahnung hatte, wohin der Kerl mich überhaupt bringen sollte. Steuerten wir auf die Landestation zu?

Ich updatete meinen Standort an Julien, dann loggte ich mich in das Gehirn des Mannes neben mir ein. Nein, wir würden nicht zu den Shuttles gehen. Er sollte mich zu jemandem bringen.

Lora. Sie war hier! Wie? Wie lange war ich denn bewusstlos gewesen? Hatte man sie tatsächlich wieder in den aktiven Dienst beordert? Hatte jemand meine Entführung in Verbindung mit den Morden gebracht? Oder hatte Noah diese Informationen der Polizei übermittelt?

Das wäre nicht gut. Ich hatte zwar die Antworten, nach denen sie gesucht hatten, aber ohne Beweise für die Existenz des Syndikats klang das alles nach einer gewaltigen Verschwörungstheorie. Sie würde mir niemals glauben.

War Cameron ebenfalls hier? Wenn ja, hatten wir sowieso ein gewaltiges Problem! Sowohl Lora als auch ich.

Meine Erleichterung verflog. Nun war ich mir nicht mehr so sicher, ob ich bei der Polizei wirklich gut aufgehoben war.

Der Mann wusste offenbar genau, wohin er gehen musste, um die Krisenherde zu umgehen, die wir im Hintergrund toben hörten. Als er mich endlich in einen Raum hineinschob und die Tür leise schloss, musste ich mich nicht einmal umsehen. Lora stand direkt vor mir, die dunkle Einsatzkleidung am Körper, tiefe Ringe unter den Augen, die blonden Haare zu einem strengen Zopf zusammengebunden. Cameron stand neben ihr, und ich warf ihm einen langen Blick zu, den er ausdruckslos erwiderte.

Er wusste es. Er wusste, dass mir klar war, was er war. Ich durfte jetzt nichts Falsches von mir geben.

»Miss Lawson«, begann Lora gedehnt und trat auf mich zu. Ihr musste überaus bewusst sein, dass wir nicht viel Zeit hätten, lange Gespräche zu führen. »Dass ich Sie jemals wiedersehen würde, habe ich nicht erwartet. Ihr Freund hat behauptet, Sie hätten wichtige Informationen für uns. Sobald die Situation an der Dockingstation unter Kontrolle ist, werden wir Sie mit auf das Washingtoner Revier nehmen. Verstanden?«

Ich schwieg und dachte darüber nach, wie ich mich am besten verhalten sollte. Es war nicht nur Cameron, dem ich nicht über den Weg trauen konnte, auch Loras Vorgesetzter hatte sich verdächtig verhalten. Wenn er ebenfalls Teil des Syndikats war, wäre es vermutlich nur eine Frage der Zeit, bis sie mich ihnen ausliefern würden.

Abgesehen davon, dass die Polizei sowieso nichts gegen so eine Übermacht würde ausrichten können, ohne schlagkräftige Beweise zu haben.

Ich wusste nicht, wie die Situation in dieser Sphäre hier aussah, dennoch bezweifelte ich, dass sich jemand vom Syndikat persönlich hier aufhielt, den sie würden überführen können. Dafür hatte die Vorbereitung – die ganze Sache mit diesem Raum und dem Androiden – zu minutiös gewirkt.

»Miss Lawson?«, fragte Lora nach, als ich ihr zu lange mit der Antwort gezögert hatte. Mein Herz schlug mir bis zum Hals, und meine Gedanken wirbelten.

»Mein Freund?«, fragte ich unschuldig nach, ohne auf das einzugehen, was sie gesagt hatte. »Wo ist er? Ist er in Sicherheit?« Mir war bewusst, dass sie mir diese Masche nicht mehr abkaufen würde, doch ich musste Zeit schinden, bis Julien hier wäre.

Sie antwortete nicht, also warf ich einen Blick in ihre Gedanken. Es fiel mir nicht mehr so schwer wie auf dem Levy-Shield, kostete mich allerdings nach wie vor mehr Anstrengung als für gewöhnlich. Wann würde ich mein verdammtes ADIC endlich einmal wieder ausruhen können? Oder mich? Eine Dusche wäre auch ziemlich nett – oder einfach mal schlafen, ohne dass ich vorher niedergeschlagen worden war …

Immerhin lohnte sich der Scan ihrer Erinnerungen: Noah war nicht persönlich bei ihr oder im Revier gewesen. Er hatte ihr nur die Information übersendet. Sie hielten ihn also nicht fest! Ein Glück.

Ich stellte außerdem fest, dass Lora tatsächlich diejenige gewesen war, die diesen ganzen Einsatz ins Leben gerufen hatte.

»Ich habe gefragt, ob Sie mich verstanden haben«, wiederholte Lora. »Wenn Sie irgendwelche Informationen besitzen, die uns in der aktuellen Lage helfen können, dann teilen Sie sie uns jetzt mit.«

Ich schluckte schwer und entschied mich dazu, ihr zumindest ein wenig Ehrlichkeit zuzugestehen. Ich musste mich zusammenreißen, nicht zu Cameron zu schauen. »Ich bin nicht sicher, ob ich

Antworten auf Ihre Fragen habe. Aber ich kann Ihnen versichern, dass ich es Ihnen mitteilen werde, sobald ich mehr Informationen zusammengetragen habe.«

»Es gibt keinen Grund für mich, Ihnen zu vertrauen, Miss Lawson«, entgegnete die Polizistin in strengem Tonfall. »Sie haben mich schon einmal belogen.«

Ich sah ihr lange in die Augen, und sie erwiderte meinen Blick. »Diese Sache ist viel größer, als Sie denken. Wenn Sie mich nicht gehen lassen, fliegt sie uns um die Ohren. Ich weiß, dass es nichts gibt, was Sie zum jetzigen Zeitpunkt werden ausrichten können, selbst wenn ich Ihnen meine Informationen übermitteln würde.« Ich erkannte in ihren Gedanken, dass sie tatsächlich darüber nachdachte, wie sie weiter mit mir verfahren sollte. Ihr Bauchgefühl sagte ihr, dass ich recht hatte. Sie versuchte noch, es zu bekämpfen.

Diese Frau war ein viel besseres Orakel als ich. Sie brauchte nur etwas mehr Überzeugungskraft.

Hätte ich doch nur ein paar weitere Stunden im Supercomputer gehabt. Der Basiscode hatte mir eine Vorstellung davon gegeben, was ich tun konnte, um Gedanken und Emotionen nicht nur zu lesen, sondern auch zu beeinflussen. Wenn ich diese Fähigkeit jetzt schon einsetzen könnte, wäre es so leicht, dieser Situation zu entkommen!

Als ich die Umgebung erneut scannte, stellte ich erleichtert fest, dass Julien sich näherte. Endlich!

»Sie sind unsere einzige Verbindung zu diesem Fall«, fuhr Lora fort. Ihre Vernunft hatte über ihr Bauchgefühl gesiegt. »Sie sind der einzige Mensch, von dem wir wissen, dass er da definitiv mit drinsteckt. Ich werde Sie unter keinen Umständen gehen lassen.«

Damit hätte ich rechnen müssen, doch einen Versuch war's wert gewesen. Ich beobachtete, wie Julien sich über den Gang hinweg dem Raum näherte. Nur wenige Meter trennten uns voneinander. Ich las aus seinem Gehirn, dass er mit einem neuen Shuttle hier war, das auf uns wartete.

Julien bog auf den Korridor, auf dem wir uns befanden.

Drei.

Ich betrachtete meinen Arm, den der Polizist nach wie vor mit eisernem Griff umschlossen hielt, und sammelte mich, um mich in sein ADIC zu loggen. Ich erkannte, dass er während seines Aufenthalts hier schon in einige Auseinandersetzungen geraten war. Er war angeschossen worden. Man sah es durch seine schwarze Uniform nicht, aber er hatte einen Streifschuss am Bein. Ich würde mit meinem freien Arm ranreichen können.

Zwei.

Die Tür war verriegelt, doch das würde Julien nicht aufhalten. Viel schwieriger wäre es, nicht von dem Wachpersonal ausgeschaltet zu werden, das sich hier drin befand, denn es wurde jederzeit mit einem Angriff gerechnet. Ich übermittelte Julien die Information dazu, bevor er ungeschützt hereinstürmen würde.

Eins.

In der Sekunde, in der Julien die Tür öffnete, holte ich mit aller Kraft aus, um dem Kerl, der mich festhielt, auf die Wunde zu schlagen. Aufschreiend lockerte er seinen Griff für einen Augenblick, und ich konnte rechtzeitig zur Seite hechten, als Julien eine Blendgranate in den Raum warf. Noch bevor sie losging, machte ich einen Satz zur Tür, und Julien zerrte mich in dem Moment heraus, in dem das Ding mit einem Knall hochging und ein so grelles Licht ausstrahlte, dass es mich sogar blendete, obwohl ich meinen Kopf abgewendet und die Augen geschlossen hatte.

In dem Raum hatten sich, bis auf Cameron, nur Menschen befunden. Sie würden einige Sekunden brauchen, bis sie wieder sehen könnten.

Zum Glück war Julien ein Android. Er konnte nicht geblendet werden, und er musste nicht überlegen, welche Richtung uns zum Ziel führen würde. Er hatte den genauen Plan im Kopf.

Ich ließ mich erneut einfach von ihm mitziehen, in der Hoffnung, diesem Wahnsinn endlich entfliehen zu können.

Kapitel 3

Die Ausrottung einer lebenslangen Lüge

Sobald wir das Shuttle erreicht hatten, hatte ich mich in eine der hintersten Ecken des Innenraums gesetzt und mein Gesicht in den Händen verborgen. Und an dieser Stelle saß ich auch jetzt, mindestens eine Stunde später.

Wir wurden nicht verfolgt. Das führte allerdings nicht dazu, dass ich mich sicherer fühlte. Es war so schnell gegangen. Ich glaubte, noch immer nicht verstanden zu haben, was auf dieser Sphäre geschehen war.

Ich hatte das Gefühl, überhaupt nichts mehr zu wissen.

Warum war Cameron Julien und mir nicht hinterhergekommen? Es wäre ein Leichtes für ihn gewesen, uns auf den Gängen nachzulaufen, doch er war bei Lora und den anderen geblieben. Hatte er seine Tarnung nicht auffliegen lassen wollen, oder steckte etwas anderes dahinter?

Je länger ich über diesen Kerl nachdachte, umso unbehaglicher wurde mir.

Hin und wieder nahm ich Kontakt zu Julien auf, um durch seine Augen aus der Frontscheibe blicken zu können. Das Syndikat hatte mich tatsächlich vom Levy-Shield fortgebracht. Nun befanden wir uns im Orbit der Erde und mussten uns eigentlich beraten, wie es weitergehen sollte. Ich fand nur noch nicht die Kraft dazu.

»Geht es dir gut?« Noah hatte auf seinem Stuhl gesessen und geschwiegen. Ich hatte beobachtet, wie er sich einige Male zu mir umgewandt hatte, scheinbar, ohne den Mut zu finden, etwas zu sagen. Auch jetzt hörte ich noch die Unsicherheit in seiner Stimme.

Ich spürte, dass er sich Sorgen machte, und irgendetwas daran berührte mich. Ich war so schwach, körperlich und mental. Vermutlich spielte es keine Rolle, was er sagte; es beruhigte mein weiterhin viel zu schnell schlagendes Herz. Es beruhigte mich, dass wir gemeinsam hier waren. In diesem Moment war es mir sogar egal, dass sich diese Gefühle so fremd anfühlten.

Ich antwortete nicht, übersendete den beiden aber endlich die Erkenntnisse, die ich in den letzten Stunden gesammelt hatte. Die Bilder aus Shanes Kopf. Die Informationen über das Syndikat.

Julien verarbeitete die Informationen schweigend, doch Noah richtete sich schwerfällig von seinem Stuhl auf, um zu mir in die Ecke zu kommen und sich vor mich zu knien.

Ich schaute ihn nicht an, hatte überhaupt nicht die Kraft dazu. Ich wollte einfach nur schlafen. Mich hier auf den Boden legen und vielleicht nie wieder aufwachen.

Mein ganzes Leben war eine Lüge gewesen. Dabei hatte ich immer gedacht, ich wäre die Einzige, die alles durchschaute. Ich hatte immer gedacht, ich wüsste mehr als jeder andere. Dabei hatte ich nicht einmal das gesehen, was direkt vor meinen Augen stattgefunden hatte. Ich hatte es nicht gesehen …

Noah lehnte sich nach vorn, um mich wortlos in den Arm zu nehmen. Er war so warm und roch trotz unserer langen Reise so gut. Irgendwie nach Heimat. Nach Holz, Pflanzen und sogar ein wenig nach Farbe.

Ich schloss die Augen, spürte das Kribbeln hinter meinen Lidern und war froh, dass er mein Gesicht nicht sehen konnte. Dass er einfach nichts sagte.

Ich schämte mich nicht einmal, als ich mich vorsichtig an seiner Kleidung festhielt. Dann versuchte ich, bewusst und kontrolliert zu atmen, um nicht weinen zu müssen.

Kapitel 4

Die Einsicht einer alten Schwäche

Das Treppenhaus, durch das wir uns leise nach oben bewegten, war in vollkommene Dunkelheit gehüllt. Shane hatte keine Ahnung, dass wir auf dem Weg zu ihm waren, doch er hatte das Quietschen der Eingangstür vernommen und saß aufrecht auf seinem Bett, um zu lauschen. Die Stille in der Gasse, in der er wohnte, war drückend. Nur hin und wieder hörte man Wasser aus kaputten Rohren tropfen oder Ratten im Müll nach Essensresten wühlen.

Jetzt, nachdem ich so tief in ihn hineingeschaut, nachdem ich seine Vergangenheit in dieser Intensität erlebt und herausgefunden hatte, was er getan hatte, sah ich alles in einem ganz anderen Licht. Fast spürte ich die Präsenz der beiden Frauen, die ich als Kind zwar gekannt, deren Leben und Ableben jedoch vor mir verborgen geblieben war.

Vielleicht, weil ich es nie gewollt hatte oder weil ich mich davor hatte schützen wollen. Ich fühlte mich schuldig, auch wenn ich gleichzeitig so unendlich wütend war.

Wie hatte er es wagen können? Es gab so viele Menschen, denen Schlechtes geschah, die litten – und trotzdem niemanden umbrachten. Sosehr ich also verstand, warum er das Bedürfnis gehabt hatte, zu tun, was er getan hatte, so sehr verurteilte ich ihn dafür. Mein Herz pochte schneller bei der Vorstellung, ihm gleich gegenüberzustehen und ihm all das sagen zu können.

Julien ging voraus und wartete am oberen Ende des Treppenhauses auf Noah und mich. Nachdem wir zu ihm aufgeschlossen hatten, bestätigte ich ihm mit einem Nicken, dass es losgehen konnte.

Mit seinem Fuß stieß der Android die alte Tür auf, die unter einem Krachen aus den Angeln flog, machte einen Satz in die kleine Wohnung hinein, zerrte Shane von seinem Bett und drückte ihn an die Wand.

In Panik stieß Shane einen durchdringenden Schrei aus – stockte jedoch in dem Moment, in dem er Julien erkannte. Sofort ruckte sein Kopf herum und fixierte mich. Seine Gegenwehr erstarb, und plötzlich wurde er ganz ruhig.

Er wusste, warum wir hier waren.

In der kleinen Wohnung brannte nur eine einzelne Lampe in einer der Ecken und spendete bläulich-türkises Licht, das tiefe, dunkle Schatten warf.

Noah hatte sich neben mich gestellt, aber Shane beachtete ihn gar nicht, hatte seine glasigen Augen starr auf mich gerichtet.

»Ihr habt es also herausgefunden?« Seine Stimme war tonlos, und irgendetwas an ihr nahm mir den Mut, ihn mit all den Vorwürfen zu überschütten, die mir gerade noch auf der Zunge gebrannt hatten. Meine Gedanken tobten vor Aufregung. Ich war alle möglichen Gesprächsverläufe in meinem Kopf durchgegangen, aber nun fehlten mir die Worte.

Shane presste die Lippen aufeinander und nickte, als würde er sich seine eigene Frage beantworten. »Das hat länger gedauert, als ich erwartet hatte.«

Das weckte mich aus meiner Starre, und ich trat ein paar Schritte auf ihn zu. Julien hielt ihn so fest, dass er sich kaum regen konnte.

Ich hätte ihn niemals als den Mann erkannt, den ich in den Erinnerungen der Opfer beobachtet hatte. Nie in meinem ganzen Leben.

»Du verdammter Verräter«, flüsterte ich, obwohl mir nach wie vor danach zumute war, zu schreien und auf ihn einzuschlagen. Ich wollte irgendwohin mit diesem Schmerz, der sich so tief in mich hineingefressen hatte. »Wie konntest du das nur tun?«

»Du hast es doch gesehen, oder?«, spuckte er förmlich aus. »Oder warst du wieder zu feige?«

Ich ballte meine Hände zu Fäusten, um mich davon abzuhalten, ihm eine zu verpassen. »Wieder?«, presste ich hervor.

»Du!«, keuchte er. Seine Augen funkelten wütend, auch wenn ich noch immer dachte, die Trauer in ihnen zu erkennen, Schmerz aus ihnen zu lesen, obwohl ich nie gut darin gewesen war. »Das ist alles nur deine Schuld!« Er ruckte hin und her, und Julien hielt ihn fester.

Meine Schuld? Was hatte ich denn damit zu tun?

»Ich wollte es dir zeigen!«, grollte er, doch sein Widerstand gegen Julien ließ erneut nach. Er schluckte schwer, und etwas Leidendes, Verzweifeltes trat in sein Gesicht. »Ich habe dich doch gebeten, mir zu helfen. Ich habe dich gebeten, mein Gehirn aufzuräumen! In meinen Kopf zu schauen. Dort aufzuräumen.« Von einer Sekunde auf die andere war seine Stimme schwach geworden, während ich dort stand und versuchte zu verstehen, was er mir damit vorwarf. »Ich wollte es dir zeigen! Aber du …« Er fuhr sich mit der Zunge über die Lippen, runzelte die Stirn und wandte den Blick von mir ab, als würde er meinen Anblick nicht ertragen können. »Du bist so verdammt egoistisch! Du denkst nur an dich, willst dich immer nur selbst beschützen. Wenn du in meinen Kopf hineingesehen hättest, richtig hinein, hättest du es schon vor langer Zeit erkannt! Du hättest es verhindern können!« Er atmete einige Male schwer ein und aus. »Aber du und dein Selbstschutz. Willst dich einfach nur verstecken, vor der Welt. Vor der Realität. Willst einfach nur dein kleines Leben leben, ohne vom Schmerz und von der Trauer anderer zu erfahren.« Er verzog das Gesicht zu einer wütenden Fratze, und ich wich einen Schritt zurück, als er mit dem Kopf zu mir herum ruckte. »Du denkst, du bist so taff und würdest über allem stehen. Über Negativität, Trauer, Leid und Liebe. Dabei kennst du diese Gefühle gar nicht. Du siehst, was wir hier durchmachen, aber du wirst trotzdem nie wissen, wie es sich anfühlt.« Im Licht der kleinen Lampe sah ich, dass Tränen über seine Wangen rannen.

Es brach mir das Herz. Ich zitterte am ganzen Leib, und ich

dachte, meine Beine würden jeden Moment taub werden und unter dem Gewicht meines Körpers einknicken.

Ich wollte ihm Kontra geben, mich verteidigen, irgendetwas sagen. Aber es ging nicht, weil ein Teil von mir – ein kleiner nur – wusste, dass er recht hatte.

Ein Teil von mir wusste, dass ich die Anzeichen hätte erkennen müssen. Und dass ich sie auf jeden Fall erkannt hätte, wäre ich nicht so verdammt feige gewesen; so verdammt auf mich selbst fokussiert. Wenn ich ihm eine genauso gute Freundin gewesen wäre, wie er mir mein Leben lang ein Freund gewesen war.

»Ich habe es dir doch gezeigt«, wiederholte er leiser, und mein Kopf war wie leergefegt. Gerade war da noch so viel gewesen. So viel mehr, als ich jemals hätte aussprechen, als ich jemals hätte denken können.

Jetzt war da nichts mehr.

Er hatte es mir gezeigt. Es war kein Zufall gewesen, dass er mich zu sich gerufen hatte. Es war ihm schlecht gegangen, deswegen hatte ich ihn nach der Nacht im Hotel aufgesucht. Doch … erst jetzt fügte sich alles zu einem Bild zusammen. Es war ihm nicht schlecht gegangen, so wie sonst, sondern wegen der Dinge, die er getan hatte.

Die Anfrage vor ein paar Tagen war sein Hilferuf an mich gewesen.

Seine Vorwürfe klangen in meinem Kopf nach, und ich spürte sie tief in mir resonieren. Ich war egoistisch gewesen. Ich hatte versucht, sein ADIC zu ordnen, die oberflächlichsten seiner Gedanken irgendwie zu entwirren, doch es stimmte: Ich hatte mich, wie immer, nicht tiefer hineingewagt, in das Chaos, von dem ich wusste, dass es in ihm herrschte.

Wir hatten so oft darüber gesprochen. Ich hatte ihn so oft gebeten, mir keine Gedanken und Erinnerungen zu senden, weil ich sie immer für zu schmerzhaft gehalten hatte. Weil ich immer gedacht hatte, dass sie nur Unruhe und Unordnung in mir stiften würden.

Das war mir jetzt zum Verhängnis geworden.

»Ich habe diese Entscheidung nicht getroffen«, ergriff ich nach einiger Zeit das Wort, und erneut schien ein Teil meines Herzens zu brechen, als ich mich bemühte, so wenig Emotionen wie möglich zu zeigen. »Du bist derjenige, der diese Menschen getötet hat. Nicht ich.« Ich wusste nicht, ob ich ihn umbringen oder in den Arm nehmen wollte. Letzteres, oder? Ja, ich wollte ihn umarmen und ihm sagen, dass alles wieder gut werden würde. Aber in einer Welt, in der das möglich wäre, lebten wir leider nicht, also fuhr ich fort: »Das Syndikat: Wer gehört dazu?«

»Keine Ahnung«, nuschelte Shane kraftlos. »Ich hab immer nur mit diesem Androiden gesprochen.« Dass er diese Information so bereitwillig herausgab, war ein Beweis dafür, dass er es tatsächlich nicht hatte tun wollen, oder? Und dass er bereit war, mit uns zusammenzuarbeiten.

Doch was sollten wir mit ihm tun? Ich konnte ihn nicht der Polizei übergeben, aber laufen lassen konnte ich ihn auch nicht. Wer wusste schon, was er in seinem Zustand noch anrichtete.

Verdammte Scheiße.

»Und du hast dich nie gefragt, wer an dieser ganzen Sache beteiligt war? Für wen du die Morde ausführst? Du hast dich nie gefragt, wessen Marionette du gerade bist?«

Meine Worte schienen ihn zu treffen, denn weitere Tränen rannen über seine Wangen. Es spiegelten sich endlos viele Emotionen auf seinem Gesicht wider. Und erneut vermied ich es, in sein Gehirn zu schauen.

Er schenkte meinen Vorwürfen keine Antwort …

Es war ihm also wirklich egal gewesen. Er hatte das Syndikat für seine Ziele ausgenutzt, so wie es ihn ausgenutzt hatte. Das alles war sein eigener, ganz persönlicher Rachefeldzug gewesen. Vollkommen losgelöst von dem, wozu er dem Firmenzusammenschluss gedient hatte.

»Lass mich endlich los, Maschine!«, keuchte Shane und begann erneut, sich zu winden. Die Bezeichnung, mit der er Julien bedachte, versetzte mir einen weiteren Stich. So hatte er ihn nie genannt. Er hatte ihn immer wie ein Familienmitglied behandelt. »Oder was wollt ihr sonst mit mir machen, hm? Tötet ihr mich jetzt?« Er strampelte, kämpfte gegen Juliens Griff an, obwohl ihm bewusst sein musste, dass er keine Chance gegen ihn hatte. »Bringt ihr mich jetzt zur Polizei? Oder was willst du sonst tun, Atlas?« Er biss die Zähne aufeinander und lächelte verzweifelt. »Dazu wirst du auch wieder zu feige sein, oder?«

Ich legte die Stirn in Falten, als er tatsächlich die Fragen aussprach, die ich mir selbst gestellt hatte. »Lass ihn los, Julien«, wies ich meinen Begleiter ruhig an, und er gehorchte sofort und ließ von Shane ab.

Dieser zögerte nicht eine Sekunde und sprang einen Schritt von uns allen fort, auf einen kleinen Schrank zu.

»Julien!«, schrie ich, aber es war zu spät. Shane hatte eine Pistole aus einer der Schubladen gezogen und richtete sie auf mich.

»Keine Bewegung«, brüllte er Julien an und fuchtelte wild mit der freien Hand herum. »Das hast du auch nicht kommen sehen, oder?« Er lachte, aber ich konnte noch immer die Tränen auf seinem Gesicht erkennen. »Du hast keine Ahnung von nichts«, zischte er, und mein Körper war wie erstarrt. Julien würde sich zwischen ihn und mich werfen, wenn es sein musste, aber ich hatte keine Ahnung, ob die Zeit dafür ausreichen würde, wenn Shane sich tatsächlich entschied, zu schießen. Scheiße.

»Shane, ich …«

»Wenn du es nur gesehen hättest!«, fuhr er mir dazwischen. Ich zitterte am ganzen Körper.

Was sollte ich nur tun? Nichts, was ich sagen könnte, würde je das wiedergutmachen können, was er verbrochen hatte. Nichts würde ihm die Last von der Seele nehmen können, nichts die Wunden seines Geistes heilen. »Es tut mir leid«, flüsterte ich, ließ die Hände sinken, die ich abwehrend gehoben hatte, wollte einen Schritt auf ihn zutreten – doch bereits in der nächsten Sekunde richtete er die Waffe auf seinen eigenen Kopf und drückte ab.

Ich zuckte zusammen und wich zurück, als Blut an die Wand neben uns spritzte und sein Körper zu Boden fiel. Mein Atem stockte. Ich schluckte einige Male, kämpfte gegen die Übelkeit, die meine Kehle hinaufkroch. Noah war bereits hinter uns aus dem Raum gestürzt, um sich im Flur zu übergeben.

»Scheiße«, flüsterte Julien, und ich blinzelte hektisch, um die Tränen aus meinen Augen zu vertreiben.

Nein, nein, nein, das konnte nicht sein.

Wie? Wie hatte alles nur so schiefgehen können?

Ich starrte den Körper meines Freundes an, aber ich verstand es nicht.

Ich verstand es nicht ...

»Hast du es erledigt?«, fragte ich tonlos. Ich schaute nicht zu Julien auf, als er das Gebäude verließ, neben dessen Eingang Noah und ich uns zusammengekauert hatten. Wir hatten uns einfach nebeneinander auf die Straße gesetzt und geschwiegen. Ich hatte es nicht gewagt, ihm in die Augen zu sehen. Dass diese ganze Sache so enden würde ... das hatte ich mir nicht einmal in meinen schlimmsten Albträumen ausgemalt.

Julien nickte und blieb neben uns stehen. Ich war vollkommen leer. Meine Gedanken eigenartig still, als hätten sie sich abgeschaltet, weil mein Kopf verstanden hatte, dass er all das sowieso nicht würde verarbeiten können.

Jetzt war alles vorbei, oder? Mein ganzes Leben war auf diesen Punkt hinausgelaufen, und jetzt wusste ich nicht mehr, was ich tun sollte.

»Ich habe die Maschine zerstört«, verkündete Julien nach einer Weile, vermutlich, um uns dazu zu bewegen, aufzustehen. »Ich habe sie in ihre Einzelteile zerlegt, um sicherzugehen, dass sie niemand wieder benutzen kann.«

»Und was machen wir mit *ihm?*«, fragte Noah leise. Seine Stimme klang matt. Sein Atem ging ruhig, doch als ich ihn aus dem Augenwinkel ansah, erkannte ich, dass er nach wie vor blass war.

»Ich habe eine Decke über seinen Körper gelegt. Ich glaube nicht, dass wir mehr tun können.«

Nun regte sich Noah. »Sollten wir nicht jemanden verständigen?« Er schüttelte den Kopf und schluckte schwer. »Wir können ihn ja nicht einfach dort liegen lassen.«

Julien trat einige Schritte auf die Straße, um sich uns gegenüberzustellen. »Das kommt darauf an, wie wir jetzt weiter verfahren.«

Es dauerte einen Moment, bis mir aufging, dass die beiden scheinbar darauf warteten, dass ich wieder das Wort ergriff. Erwarteten sie tatsächlich, dass ich einen Plan hatte? »Schaut nicht mich an«, grummelte ich. »Ich habe keine Ahnung.«

»Aber wir wissen noch immer nicht, wer hinter dem Syndikat steckt!«, fuhr Noah auf. »Wir werden nicht sicher sein, bis wir das nicht herausfinden!«

Ich fasste die Kraft, mich zu ihm umzudrehen, und versuchte, irgendeinen Gedanken in mir zu finden. »Diese ganze Sache ist viel zu groß für uns. Lass uns das mit Shane der Polizei melden, dann tauchen wir unter.«

Noah richtete sich mit einem angestrengten Stöhnen auf und schob sich auf Julien zu, um sich neben ihn zu stellen. »Auf keinen Fall. Das Syndikat hat behauptet, irgendwas von dir zu wollen. Und egal, was es ist, die sind so mächtig, die werden dich finden. Das Einzige, was wir tun können, ist dranzubleiben und ihnen zuvorzukommen.«

Ich seufzte tief, erhob mich schwermütig und stellte mich vor die beiden. »Und was hast du für eine Idee? Leg schon los, ich höre.«

»Na ja … dieser Android hat etwas von Boston Everick gesagt. Vielleicht sollten wir ihn zur Rede stellen.«

»Boston Everick zur Rede stellen?«, wiederholte ich und schürzte die Lippen. »Du meinst, wir sollen dem Syndikat einen Schritt voraus sein, indem wir in die ganz offensichtliche Falle laufen, die sie für uns ausgelegt haben?«

»Das ist unsere einzige Spur«, erwiderte er energielos und zuckte mit den Schultern. »Außerdem würde es uns wirklich helfen, zu wissen, was sie von dir wollen.«

Ich rieb die Hände aneinander und kaute auf meiner Unterlippe. Im Grunde hatte er recht. Wir wären sowieso nirgendwo lange sicher. »Wir könnten unseren aktuellen Ermittlungsstand an die Polizei senden«, überlegte ich laut. »Und Lora Hiland auf dem Laufenden halten.«

Nun war es Julien, der perplex zwischen uns beiden hin- und herschaute. »Du weißt, dass ich alles tue, was du mir aufträgst. Aber das wird zu groß für uns sein.«

»Das ist es auf jeden Fall.« Ich dachte ein weiteres Mal darüber nach, doch im Grunde wusste ich, dass uns nichts anderes übrigblieb. »Wir müssen es trotzdem tun. Am besten jetzt sofort.«

Noah sah sich mit entschlossenem Ausdruck um. »Also brechen wir jetzt bei Boston Everick ein?«

»Ach, wenn das echt 'ne Falle ist, werden die uns dort sogar so reinlassen«, überlegte ich mit einem Seufzen.

»Na gut. Und keine Widerrede!«, schob Noah sofort nach und hob die Hände. »Ich werde mitkommen, egal, was ihr sagt.«

Ich nickte langsam, denn inzwischen wusste ich, dass es keinen Sinn machte, mit ihm zu diskutieren. »Keine Einwände. Lasst uns aufbrechen.«

Folge 9

The Mind

Kapitel 1

Die Lösung eines offenkundigen Rätsels

Lora Hiland befand sich nach wie vor auf dem Satelliten, von dem sie mich hatte retten wollen, als ich ihr die Informationen übersendete, die wir bisher gesammelt hatten. Ich schickte ihr *alles*, von der Annahme des Auftrags über den Einbruch im Supercomputer und die Entlarvung des Syndikats bis hin zu Shanes Rolle in dieser Geschichte und meiner Vermutung, dass ihr eigener Partner Teil dieser Verschwörung sein könnte.

Als wir das Sub-Level verließen, in Gedanken noch in Shanes kleiner Wohnung, waren die Kämpfe im Orbit so gut wie ausgefochten. Es hatte viele Verluste auf beiden Seiten gegeben, doch am Ende hatte die Polizei die meisten Sicherheitskräfte des Syndikats zurückdrängen und ausschalten können.

Die Menschen und Maschinen hatten bis zuletzt gekämpft. Gefangen genommen zu werden hatte keinen Ausweg für sie dargestellt, also hatten sie sich bis zum Tod gewehrt. Das war auch Lora aufgefallen.

Die Informationen, die ich ihr auf ihr ADIC übermittelte und die nur nach und nach in ihr Gehirn drangen, irritierten sie. Sie war verwundert darüber, dass ich mich freiwillig bei ihr meldete. Damit hatte sie nicht gerechnet, und es bescherte mir nahezu ein Gefühl von Stolz, dass mein Verhalten so eine Überraschung für sie war.

Julien, Noah und ich saßen in einem Auto und waren auf dem Weg zu Boston Evericks Anwesen. Von jedweder waghalsigen Unternehmung, die wir in den letzten Tagen gestartet hatten, war dies mit Abstand die dümmste. Der Android in dem abgeschotteten Raum hätte Evericks Namen nicht erwähnen müssen, und es war gewiss kein Versehen gewesen. Entweder, das Syndikat rechnete damit, dass ich so dämlich war, einfach auf diese Falle hereinzufallen, oder, dass ich meine Meinung ändern und mich vollkommen freiwillig in die Höhle des Löwen begeben würde. So oder so würde ich ihnen in die Arme laufen …

Der tatsächliche Zustand war eine Mischung aus beidem. Das Syndikat hatte sich auf dem Satelliten im Orbit einen Kampf mit der Polizei geliefert. Die Zeit des Versteckens war für sie genauso vorbei wie für mich, und das war allen klar.

Es lief auf eine offene Schlacht hinaus, und es mutete zumindest so an, als wäre meine Fähigkeit das einzige Druckmittel, das uns zur Verfügung stand. Es würde keine andere Chance als diese geben.

Ich hatte Lora darüber informiert, was wir vorhatten. Vielleicht würde es ihr gelingen, einen Einsatz zu unserer Befreiung zu starten oder eine eigene Ermittlung in Richtung des Syndikats anzustreben, falls ich, aus welchen Gründen auch immer, nicht in der Lage sein sollte, selbst an weitere Informationen zu gelangen.

Egal, wie die Sache endete: Sie wusste nun alles, was ich wusste. Das musste reichen. Wenn ich es irgendjemandem zutraute, dieses Rätsel zu lösen, dann war sie es.

Lora hatte das Einsatzteam angewiesen, den Satelliten zu sichern, falls sich irgendwo jemand versteckt hielt, den sie gefangen nehmen konnten. Es frustrierte sie, dass niemand überlebt hatte, um befragt werden zu können, denn sie konnte es sich nicht erlauben, diese riesige Spur im Sande verlaufen zu lassen.

Gleichzeitig hatte sie weitere Teams von Sicherheitskräften, Sanitätern und der Spurensicherung in den Orbit beordert, damit aufgeräumt und weiter ermittelt werden konnte. Der Satellit, auf dem sie sich befanden, war auf den Namen einer Firma registriert, von der sie noch nie gehört hatte. Wenn es ihnen gelingen würde, die Besitzer ausfindig zu machen, würden sie den Verantwortlichen für diesen Vorfall zumindest einen Schritt näher kommen.

Davis, Loras Vorgesetzter, war nicht begeistert darüber, dass sie sich wieder in den aktiven Dienst gedrängt hatte, obwohl er sie darum gebeten hatte, sich zurückzuziehen. Doch von dem, was ich aus den Gesprächen der beiden mitbekommen hatte, war er auch froh darum, dass sie den Sprung gewagt hatte und offensichtlich zur richtigen Zeit am richtigen Ort gewesen war.

Vielleicht hatte ich ihn falsch eingeschätzt, und er war tatsächlich nicht mehr als der überbesorgte Kerl, für den Lora ihn hielt. Sie nahm sich trotzdem in Acht und übermittelte ihm die Informationen, die ich ihr gegeben hatte, nicht. Ihr war natürlich klar, wie prekär die Daten waren, und sie sah es vermutlich ganz richtig, dass Davis sich niemals mit den Obrigkeiten anlegen würde, die wahrscheinlich dem Syndikat angehörten. Dieser Sache würde sie also vorerst auf eigene Faust nachgehen müssen, bevor sie ihn und die anderen Teams mit stichhaltigen Infos konfrontieren konnte.

Und eine Sache beschäftigte sie darüber hinaus viel mehr als das, was für mich von oberster Relevanz war.

Cameron.

Ihr Partner war ein Android, ich hatte es ihr gezeigt. Und obwohl sie noch keine Möglichkeit hatte, die Richtigkeit meiner Informationen zu prüfen, waren ihre Hände schwitzig und ihre Haltung angespannt, als sie sich neben ihm auf dem Weg zurück zum Shuttle befand.

Hektisch ging sie immer wieder ihre nächsten Schritte durch, während sie versuchte, ihn nicht allzu offensichtlich aus den Augenwinkeln zu mustern. Im Grunde hegte sie gar keinen Zweifel mehr daran, dass ich recht haben musste. Er war ihr von Beginn an eigenartig vorgekommen, und nun wusste sie endlich, warum.

Sollte sie ihn konfrontieren? Wie würde er reagieren, wenn er tatsächlich dem Syndikat angehörte?

»Kehren wir zum Revier zurück?«, unterbrach er unwissend ihr Gedankenchaos.

Sie schluckte und rang um Selbstkontrolle. »Ja«, erwiderte sie mit trockenem Hals. »Wir fertigen einen Bericht an und überlassen das hier den Einsatzteams.«

»Ist das nicht etwas übereilt?«

Dass er ihre Entscheidungen erneut infrage stellte, störte sie jetzt noch mehr als sonst. Es aktivierte diesen kleinen Bereich in ihrem Gehirn, der Alarm schlug, sobald ihm etwas eigenartig vorkam. Und er schallte gerade verdammt laut.

Sie wollte vor allem zurück, um der Spur im Sub-Level nachzugehen, die ich ihr präsentiert hatte. Sie wollte Shanes Wohnung aufsuchen, um zu überprüfen, ob der Transmitter noch dort war – und ob wir ihn tatsächlich zerstört hatten.

Allerdings würde sie sich vorher überlegen müssen, wie sie Cameron abhängte, damit sie diesen Recherchen vorerst allein nachgehen konnte. Witterte er das bereits? Es kam ihr fast so vor, auch wenn sie hoffte, es sich einzubilden.

Der Gedanke an das Syndikat machte sie noch skeptisch, er klang für sie zu sehr nach Verschwörungstheorie, aber die Sache mit Cameron … Glücklicherweise war sie klug genug, um zu erkennen, dass sie, sollten meine Informationen wahr sein, von nun an jeden Schritt mit äußerster Sorgfalt setzen sollte.

Irgendetwas musste sie Cameron auftischen, um ihn für heute loszuwerden.

Sie betrat das schäbige Polizei-Shuttle, ging nach vorn zum Fenster und schaute hinaus, hinab zur Erde, während er einige Meter entfernt im hinteren Bereich stehen blieb.

Sollte sie sich krankmelden oder freiwillig zurück in die Zwangspause begeben, um den Rest des Tages privat ermitteln zu können? Das fiele sicher auf, immerhin war sie nie krank und machte nie freiwillig Pause. Erst recht nicht, wenn so viel am Brodeln war.

»Unglaublich, dass uns diese Atlas Lawson wieder entkommen ist«, riss ihr Partner sie aus den Überlegungen.

»Wenn du sie nicht einfach so aus unserem Revier hättest herausspazieren lassen, wäre es vielleicht gar nicht so weit gekommen«, erwiderte sie provokant. Sie musste ihn auf Distanz halten und das Gespräch in eine andere Richtung lenken.

»Es tut mir leid, Boss. Ich hab's doch erklärt: Das war ein Fehler mit den Akten.«

Nicht einmal das konnte sie ihm jetzt noch abkaufen. Wenn das Syndikat, vermutete sie, tatsächlich so großes Interesse an mir hatte, war die ganze Aktion vielleicht geplant gewesen. Sie fragte sich, ob der Bombenanschlag ebenfalls geplant oder ein zufälliger Umstand gewesen war. »Weißt du, wenn du einfach mal Dinge mit mir absprechen würdest, wie Partner das untereinander machen ...«, sagte sie und fasste den Beschluss, sich unwissend zu geben. Im Versuch, sich normal zu verhalten, wandte sie sich um – und erstarrte, als sie sah, dass er eine Waffe auf sie gerichtet hatte. »Was?«, hauchte sie.

»Du bist viel zu misstrauisch«, raunte Cameron. »Ich hatte wirklich gedacht, dass es leichter werden würde, dich von meiner Kompetenz zu überzeugen. Ich habe so viele erfolgreiche Einsätze mit dir zusammen geleitet, habe immer getan, was du mir aufgetragen hast. Ich dachte, ich könnte dich durch meine Initiative auf meine Seite ziehen. Ich dachte, dass wir gut zusammenarbeiten würden.« Er runzelte die Stirn. »Aber ... du bist einfach zu stur. Wenn du dir etwas in den Kopf gesetzt hast, ist es unmöglich, dich vom Gegenteil zu überzeugen. Und nachdem du den Beschluss gefasst hattest, mir zu misstrauen, war es unmöglich, dich wieder vom Gegenteil zu überzeugen.« Er lächelte und schüttelte den Kopf. »Das ist echt ätzend.«

Lora war bemüht, sich nicht von diesem Schock überwältigen zu lassen und ruhig zu bleiben. Sie trug Waffen bei sich, doch es wäre unmöglich, ihre zu ziehen, bevor er abdrückte. Er hatte den Lauf seiner Pistole direkt auf ihren Kopf gerichtet. Eine falsche Bewegung, und sie wäre tot. Sie regte sich nicht einen Millimeter, als sie offen fragte, was sie bereits wusste: »Wer hat dich geschickt?«

Scheiße. Wenn Cameron sie umbrachte, wären mein Plan und meine Hoffnungen zunichte. Es gab niemand anderen bei der Polizei, an den ich meine Informationen übermitteln könnte und der vertrauenswürdig war.

»Schickt dich das Syndikat?« Mit dieser Frage konnte sie meine Theorie bestätigen oder widerlegen. Ich war ebenso gespannt auf seine Reaktion wie sie.

Überraschung machte sich auf Camerons Gesicht breit. »Du hast es herausgefunden?« Bingo! »Herzlichen Glückwunsch dazu. Es tut mir leid, aber ich werde dich eliminieren müssen. Du stehst uns im Weg.«

Lora biss die Zähne aufeinander, und, während ihr Kollege sprach, überlegte sie hektisch, wie sie aus dieser Situation entkommen konnte. Wo war der Android, der sie zur Erde fliegen sollte? Hoffentlich würde er bald auftauchen, dann könnte sie den Moment der Ablenkung nutzen, um Cameron seine Waffe zu entwenden. Oder, um ihre eigene zu ziehen.

Auch wenn es schwierig war, Androiden abzulenken, so musste sie ihn noch ein wenig hinhalten. Zumindest glaubte sie das, denn im Grunde hatte sie ebenso wenig Ahnung von seiner Programmierung wie ich. »Ich wusste, dass man dir nicht trauen kann. Schon von der ersten Sekunde an, in der ich dich gesehen hatte.«

»Es ist bedauerlich«, seufzte Cameron. »Ich fand dich von Anfang an beeindruckend. Ich habe dich lange überwacht. Es gibt nicht viele Ermittler, die so leidenschaftlich und dabei so gut sind wie du.« Er lächelte. »Ich hatte wirklich gehofft, dass wir Freunde werden könnten.«

Lora machte ein abfälliges Geräusch. »Da hättest du dich um einiges mehr anstrengen müssen.« Aus dem Augenwinkel nahm sie wahr, dass sich jemand dem Shuttle näherte und auf die offen stehende Tür zukam. Endlich! Sie versuchte, es sich nicht anmerken zu lassen, also fügte sie an: »Es hätte gereicht, wenn du etwas weniger nett und ein kleines bisschen weniger bemüht gewesen wärst. Ich mag kein aufgesetztes Verhalten. Das hätte dir klar sein sollen, wenn du mich vorher so lange beobachtet hast.« Während sie sprach, trat der Android, der das Shuttle steuern sollte, ein. Als er erkannte, was los war, gab er einen kurzen, erschreckten Laut von sich.

Das war der Moment, auf den Lora gewartet hatte! Die Sekunde, in der Cameron sich zu dem Androiden neben ihm umwandte, nutzte sie aus, um ihre Waffe zu ziehen und sofort auf ihn zu feuern. Die Kugel traf ihn nur an der Schulter, weil sie nicht genug Zeit zum Zielen gehabt hatte, doch durch den Stoß, den das Geschoss seinem Arm versetzte, ließ Cameron die Waffe fallen.

Die Wunde selbst ließ ihn vollkommen kalt. Es stimmte also! Er war ein Android.

Er regte sich, als wollte er sich nach der Waffe bücken, also drückte sie erneut ab, um ihm in den Bauchraum zu schießen. Danach zielte sie direkt auf seinen Kopf. Vielleicht würde es ihr gelingen, ihn gefangen zu nehmen. Er war ihre einzige Verbindung zum Syndikat!

Der fremde Android stürzte zurück in den hinteren Bereich des Shuttles, während Cameron sich weiterhin unbeeindruckt von ihren Angriffen gab. In der Wunde, die sie ihm am Bauch zugefügt hatte, knisterten einige elektrische Verbindungen.

»Keine Bewegung«, rief Lora, doch als Cameron sich erneut regte, schoss sie wieder. Dieses Mal war er schneller und sprang zur Seite. Sie schoss erneut, und er stürzte aus dem Shuttle. Ohne zu zögern, machte Lora einen Satz nach vorn, um den Auslöser zu betätigen, der die Tür hinter ihm schloss.

Cameron blieb stehen, verzog den Mund zu einem unzufriedenen Ausdruck, bewegte sich allerdings nicht. Scheiße, was tat er da? Nahm er Verbindung zu seinen Vorgesetzten auf, während er Lora fixierte und die Tür sich langsam zwischen ihnen zuschob? Oder hatte sie einen Schaltkreis in seinem System getroffen? Er hätte sie ohne Weiteres erneut angreifen können …

Verflucht, wie um alles in der Welt hatte sie nicht merken können, dass dieser Mann eine Maschine war?

»Na los, starten Sie das verdammte Ding!«, schrie sie den Androiden an, der sofort auf das Steuerpult zustürzte, um das Shuttle abzudocken, nachdem die Tür sich geschlossen hatte. Lora trat zum nächsten Fenster, um zu Cameron hinauszusehen, der nach wie vor dastand. Sie wusste nicht einmal, ob er überhaupt noch zurückschaute oder ob das Syndikat ihn bereits deaktiviert hatte.

Dieses verdammte Arschloch.

Das würde er ihr büßen!

Kapitel 2

Die Bedeutung eines wiederkehrenden Traums

Ich wusste nicht, ob mein Herz noch immer oder schon wieder endlos schnell in meiner Brust pochte, nachdem Julien unser Auto vor dem Anwesen von Boston Everick gelandet hatte und wir uns über die Landefläche hinweg auf die Heimat des Hypermind-Besitzers zubewegten. Das, was vor uns lag, ängstigte mich, aber das, was ich gerade beobachtet hatte, saß mir ebenfalls so tief in den Knochen, dass meine Finger zitterten. Normalerweise machte es mir nichts aus, zuzusehen, wie andere Menschen sich stritten, verprügelten oder erschossen. Andererseits war mir bewusst, wie wichtig Lora für unsere Ermittlungen und unsere Mission war, und ich hatte in den letzten Tagen eine so intensive Bindung zu ihr aufgebaut, dass ich ehrlich um ihr Leben gefürchtet hatte, verdammt.

Dass es ihr am Ende gelungen war, Cameron beizukommen, erfüllte mich mit Stolz und Erleichterung. Auch wenn ich mir nicht sicher war, ob es ihr nicht ein wenig *zu* leichtgefallen war, diese Situation zu lösen. Diese Schweinehunde vom Syndikat waren extrem berechnend. Hoffentlich war das kein weiterer Schachzug gewesen.

Himmel, wie hatte ich mir überhaupt Hoffnungen machen können, dass die ganze Sache mit Cameron nur ein Missverständnis, irgendein zufälliger Test irgendeiner Behörde gewesen war?

Ich sollte mir ein Beispiel an Lora nehmen und in Zukunft öfter auf mein Bauchgefühl vertrauen.

Jetzt musste ich mich allerdings von diesen Gedanken lösen und mich konzentrieren. Ich hatte keine Ahnung, ob wir mit Waffengewalt auf das Anwesen eindringen müssten oder ob Everick tatsächlich so vorbereitet auf unser Kommen war, dass er uns einfach hineinlassen würde. Egal, was es war, ich musste mich zusammenreißen.

Ich ging voraus, während Julien und Noah sich hinter mir hielten. Keiner von beiden sagte ein Wort. Noah wirkte angespannt, schaute aber mindestens so entschlossen drein, wie ich mich fühlte. Die letzten Tage hatten auch ihn verändert.

Ob er sich an sein Zuhause erinnert fühlte, während wir auf die breite Treppe zum Eingang zuhielten? Dieses Anwesen war, zumindest in meinen Augen, der Residenz der Levys zum Verwechseln ähnlich: Das weiße Gemäuer mit den kleinen Türmen und den hohen Fenstern schien aus einer anderen Zeit zu stammen. Aus dieser Zeit, an die sich die Upper-Level-Menschen so gern nostalgisch erinnerten.

Wir traten durch säuberlich gepflegte Gärten. Sogar die Sonne war zu sehen. Es war fast ironisch, wie warm und freundlich das Wetter an diesem Wintertag war, wie angenehm der Schein des Himmelskörpers, dem wir vor Kurzem noch so nah gewesen waren, sich auf meiner Haut anfühlte, während wir die Treppe des Gebäudes hinaufschritten.

Oben angekommen postierten wir uns vor den zwei Männern, die das Anwesen bewachten. Mit den schwarzen Uniformen und den schweren Waffen, die sie trugen, versuchten sie nicht einmal, subtil zu wirken. Waren sie wegen dieser ganzen Sache um The Cell und den Anschlägen hier, oder tatsächlich, weil Everick wusste, dass wir kommen würden? Wenn diese bulligen Kerle mit ihrem schweren Geschütz seine Begrüßung an uns waren, grenzte das fast an ein Lob. Er unterschätzte Julien und mich zumindest nicht.

»Mein Name ist Atlas Lawson«, stellte ich mich vor. »Ich arbeite für Mr. Everick und möchte ihn gern sprechen.«

»Haben Sie einen Termin?«, wollte eine der Wachen wissen.

»Er weiß, warum ich hier bin. Fragen Sie ihn.«

Die Wachen sahen einander an, danach wandte einer der Männer den Blick ab, um ein kurzes Gespräch über seinen ADIC zu führen. Ich belauschte es.

»Atlas Lawson steht vor der Tür und bittet um Einlass«, übermittelte er jemandem. Es war nicht Everick, sondern vermutlich eine Art Sicherheitschef.

»Lasst sie rein.«

Der Mann war offensichtlich verwirrt von der Anweisung, nickte seinem Kollegen allerdings unverzüglich zu. Dieser öffnete die Tür für uns.

Ich trat langsam an ihnen vorbei. Scheiße! Dass es so schnell gegangen war, war kein gutes Zeichen. Dass wir ohne Probleme hereingelassen wurden, bewies, was wir schon geahnt hatten: dass er mit uns rechnete. Dass er auf uns vorbereitet war.

In der Eingangshalle war uns ein weiterer Sicherheitsmann entgegengeeilt, der uns knapp begrüßte, um uns anschließend durch all die Gänge und Hallen zu führen.

Evericks Anwesen wirkte von der Grundstruktur ähnlich wie die der anderen Menschen des Upper-Levels, die wir bisher besucht hatten. Nur die Ausstattung war anders. Halorens Anwesen war grün gewesen, voller Leben, Bäume, Bienen und warmer Lichter. Es war wie ein Heim der Insekten gewesen, in dem jedes Lebewesen willkommen war. Hochklassig, aber auch von einer Bescheidenheit, in der man sich wohlfühlte.

Levys Anwesen war prunkvoll gewesen. All die Verzierungen an den gemusterten Fenstern, die kleinen Details, an denen man sich kaum hatte sattsehen können, waren mir von ihm im Kopf geblieben. All der Marmor und die roten Teppiche.

Evericks Anwesen war im Gegensatz zu den ersten beiden modern und technologisch. Die Lampen, die überall angebracht waren, spendeten buntes Licht in pinken und türkisen Tönen. Die Türen schienen an einigen Stellen nur aus Licht zu bestehen, ich kannte nicht einmal die Technologie, die dahinterstand. In vielen der

Räume, in die ich hineinschaute, sah ich Maschinen, Computer und andere Anlagen, die leise vor sich hin surrten.

Das verschärfte meine Befürchtung nur, dass die Wände Augen besaßen. Dass der Mann, zu dem wir gelangen wollten, vermutlich jeden unserer Schritte beobachtete, seitdem wir gelandet waren.

Hätte ich erst zu Haloren oder Jason Levy gehen sollen? Haloren gehörte hoffentlich nicht dem Syndikat an. Das würde ihn immerhin zu einem der größten Verräter der Menschheitsgeschichte machen. Und Noahs Vater war nach wie vor jemand, von dem ich hoffte, dass er auf unserer Seite wäre.

Aber zu theoretisieren brachte nichts. Nun, da ich hier war, gab es kein Zurück mehr. Wir hatten uns freiwillig in die Höhle des Löwen begeben, und auf die ein oder andere Art würden wir unsere Antworten erhalten.

Und an diesem Ort, mehr als je an einem anderen zuvor, nahm mich das Gefühl ein, bereits hier gewesen zu sein. Ich war mir sicher, dass ich mich ohne Mühe durch die Gänge hätte bewegen können, selbst wenn wir keinen Führer gehabt hätten. Ich war mir sicher, dass ich dieses Gebäude kannte. Und zwar nicht aus den Erinnerungen fremder Menschen.

Das war unmöglich, genauso, wie dieses Gefühl schon in Halorens Anwesen und auf dem Satelliten unmöglich gewesen war.

Evericks Büro, in das wir gebracht wurden, mutete fast ein wenig wie Noahs Loft an. Die Wände lagen offen und waren grob aus Backsteinen gemauert. Es standen große Pflanzen in einigen Ecken und neben ihnen etliche Maschinen, deren Zweck ich nicht einschätzen konnte. Für die Presse war dieses Zimmer gewiss ein gefundenes Fressen. Es machte den Eindruck, als würde Everick selbst hier an neuen Technologien arbeiten.

Dabei war er natürlich nicht der Techniker der Firma, sondern nur irgendein Wirtschaftsboss. Irgendjemand, der den Familienbesitz verwaltete, obwohl ihm oft unterstellt worden war, dass er dazu viel zu jung sei.

Everick war fünfunddreißig Jahre alt. Nur sieben Jahre älter als ich. In diesem Alter eins der größten Unternehmen der Welt zu führen war nicht einfach. Ich hatte immer mit ihm sympathisiert, vorrangig, weil er den Eindruck gemacht hatte, einen jungen und modernen Wind in die Firma zu bringen. Ich hatte gedacht, er wäre ein sehr guter Arbeitgeber, auch wenn ich ihn als kleines Licht natürlich nie zu Gesicht bekommen hatte.

So empfand ich jetzt, da ich ihm gegenüberstand, nicht mehr.

Man schloss die Tür hinter uns, und wir drei traten langsam weiter in den Raum hinein, in dem sich nicht nur Everick, sondern ein Dutzend Sicherheitsmenschen befanden, in sämtlichen Ecken positioniert, jede unserer Bewegungen genau beobachtend.

Bevor ich ein Wort zu Everick sagte, versuchte ich, die Sicherheitskräfte zu hacken. Es funktionierte nicht, aber das war mir eigentlich klar gewesen. Diese Androiden, die vermutlich auf dem Hypermind-Satelliten angefertigt worden waren, waren mit Sicherheit die neuesten Modelle, die direkt vom Syndikat aus hergestellt wurden. Diese verschissenen Modelle, die über irgendwelche Sicherheitsmechanismen verfügten, die ich nicht verstand.

»Miss Lawson«, grüßte Everick und breitete in einer nahezu herablassend freundlichen Geste die Hände aus. Im Gegensatz zu seinen öffentlichen Auftritten könnte man seine jetzige Kleidung beinahe als Freizeitoutfit bezeichnen. Er trug eine Jeans und ein locker sitzendes, weißes Shirt mit einem hellgrauen Cardigan darüber. Das dunkle Haar fiel ihm leicht in die Stirn.

Und sein bescheuertes Lächeln, mit diesen strahlend weißen Zähnen, war einfach viel zu freundlich. Ich musste mich nicht in ihn loggen, um zu wissen, dass wir hier an der richtigen Stelle waren.

»Mr. Everick«, erwiderte ich im selben Tonfall wie er. Vermutlich war es nicht sonderlich klug, mich so über ihn lustig zu machen. Ich hätte meinen Kopf einziehen und ganz kleinlaut sein sollen. Aber irgendwie musste ich mit dem Stress umgehen, und ein prahlerisches

Selbstbewusstsein war mein Leben lang mein Weg gewesen, mich in Gefahrensituationen emotional über Wasser zu halten.

Everick trat um den hölzernen Schreibtisch herum und bedeutete uns, Platz zu nehmen. Eine kleine Sitzgruppe mitten im Raum vereinte mehrere Sessel und Couches, die überaus gemütlich aussahen.

Ich schüttelte den Kopf, hatte nicht vor, mich in solch eine schwache Position zu begeben. Ich wollte rennen können, wenn es sein musste. »Danke, wir stehen lieber.«

»In der Geschäftswelt würden Sie mit dieser Einstellung nicht sonderlich weit kommen.« Gemächlich trat er selbst auf die Sitzgruppe zu und ließ sich auf einem dunkelgrünen Ohrensessel nieder. Ein Bediensteter trat aus einem angrenzenden Raum, um Everick auf einem Tablett Tee zu servieren, und er nahm die Tasse dankend entgegen.

Dieser Kerl musste sich ja ziemlich sicher sein, die Oberhand zu haben, wenn er dachte, es sich erlauben zu können, so eine Show aufzuführen. Was für ein Theater. Ruhig nahm er den Zucker von dem Beistelltisch neben sich, gab gelassen zwei Würfel in sein Getränk und rührte in Ruhe um, sehr darauf bedacht, so zu tun, als würde ihn diese Situation nicht unter Stress setzen. Dabei zeigte mir das, was ich aus seinem Gehirn lesen konnte, dass er durchaus nervös war.

Auch wenn ich den genauen Grund dafür nicht erfuhr.

Da war tatsächlich eine Blockade. Egal, wie weit ich vorzudringen versuchte, ich fand nichts in seinem Gehirn über das Syndikat, über Shane oder über die Morde. Wenn ich nicht aktiv danach gesucht hätte, wenn ich nicht aktiv auf diese leeren Stellen in seinem Kopf gestoßen wäre, wären mir die säuberlich versteckten schwarzen Löcher nie aufgefallen. Das war wirklich geschickt gelöst.

»Ich muss gestehen, dass ich beeindruckt bin, dass Sie uns auf die Schliche gekommen sind«, begann er mit Bedacht. »Ich habe mich mit meinen Kollegen beraten, und ich war mir nicht sicher, ob Sie es überhaupt schaffen würden.« Er lächelte in seine Tasse hinein. »Einige andere waren enttäuscht, dass Sie so lange gebraucht haben.

Wir hatten wohl alle sehr unterschiedliche Erwartungen an Sie, Miss Oracle.«

»Sie wussten also von Anfang an, dass ich diesen Fall bearbeiten würde.«

»In der Tat. Dass ihr kleiner Freund«, er ruckte mit dem Kopf in Richtung Noah, »Sie damit beauftragt hat, in dem Fall zu ermitteln, war ein glücklicher Zufall. Kurz darauf hätten wir selbst jemanden geschickt, der sich der Sache annehmen würde.« Er zuckte mit den Schultern. »Wir konnten uns natürlich nicht absolut sicher sein, dass Sie diejenige waren, die wir suchten. Aber die DNA-Probe, die wir von Ihnen nehmen konnten, während Sie in unserem Gewahrsam waren, hat die Vermutung eindeutig bestätigt.«

Nun kam er schnell zur Sache. Zum Glück mussten wir nicht noch mehr von diesem aufgesetzten Getue ertragen.

»Und was genau ist es, das Sie von mir erwarten?« Nach wie vor bemühte ich mich, so gelassen wie möglich zu klingen, obwohl ich bei all meinen Verletzungen sicherlich kein sehr standfestes Bild abgab.

Ich wies Julien im Stillen an, mir ein wenig seiner Rechenkapazität zu leihen, damit ich meine Systeme verstärken konnte, um mich ein weiteres Mal auf die schwarzen Stellen in Evericks Gedanken zu konzentrieren. Jetzt, da mir klar war, wonach ich suchte, und nun, da er mir gegenübersaß und ich ihm in die Augen sehen konnte, sollte es möglich sein, oder? Jetzt sollte ich auf das zugreifen können, was er so lange vor mir verborgen gehalten hatte.

Ich entschloss, dass es doch klüger wäre, zu sitzen, wenn ich erneut versuchen wollte, ihn zu hacken, und steuerte auf die Sitzgruppe zu. Ich trat um eine Couch herum und ließ mich darauf nieder. Es müsste möglich sein, mich einzuloggen. Egal, welche Informationen sie über mich hatten, sie *konnten* gar nicht wissen, wie mein System funktionierte. Allein aus dem Grund nicht, weil ich es selbst nicht verstand.

Obwohl …

Der Android auf dem Satelliten hatte von meinen Eltern gesprochen. Wenn das kein Bluff gewesen war, dann wusste das Syndikat eventuell wirklich mehr über mich als ich selbst. Scheiße.

»Sie sind etwas Besonderes, Miss Lawson. Ehrlich gesagt ist es mir fast eine Ehre, Ihnen gegenüberzusitzen. Es wäre gelogen, zu behaupten, dass ich nicht bereits mein ganzes Leben auf der Suche nach Ihnen bin.«

Mein Herz machte einen Sprung. Sein ganzes Leben? Wie um alles in der Welt sollte das denn möglich sein?

Gott, die Sache war immer noch sehr viel größer, als ich gedacht hatte. Wir hätten uns Zeit lassen sollen. Wir hätten weiter recherchieren sollen, um allein hinter das zu kommen, was sie von mir wollten.

Aber ich war so sicher gewesen, das Rätsel gelöst zu haben. Hier auf so viele weitere zu treffen … Ich ballte die Hände zu Fäusten, damit Everick nicht sah, dass meine Finger zitterten. »Das muss ja eine ziemliche Enttäuschung für Sie gewesen sein, zu bemerken, dass ich die ganze Zeit vor Ihrer Nase war. Immerhin arbeite ich für Sie.«

Er schmunzelte mild und nahm einen weiteren Schluck von seinem Tee, bevor er antwortete: »Es hat mich in der Tat geärgert. Doch bevor Sie sich weiter anstrengen, mich in ein Gespräch zu verwickeln, damit Sie sich in mein Gehirn hacken können, zeige ich Ihnen einfach, was Sie so dringend wissen wollen. Möglicherweise kann ich Ihnen sogar die Fragen beantworten, die Sie sich schon so lange stellen.«

Ohne dass ich es wollte, schlich sich ein Lächeln auf mein Gesicht. »Haben Sie sich nie Filme angesehen, Mr. Everick? Soweit ich mich erinnern kann, geht es für den Bösewicht, der im Finale seinen großen Plan verrät, nie gut aus.«

Everick lachte schallend. Die Männer und Frauen in den Ecken regten sich vorsichtig. »Sie verstehen das falsch. Es gibt keinen großen Plan. Es gibt nur eine Vergangenheit, die Sie und mich in besonderer Weise interessiert. Sie sind hier, und Sie werden dieses

Anwesen nicht wieder verlassen. Und selbst wenn es Ihnen gelänge: Es gibt keine Instanz der Welt, die mächtig genug wäre, es mit dem Syndikat aufzunehmen.«

Was überheblich klang, entsprach vermutlich der Wahrheit. Wir waren geliefert. In der Sekunde, in der ich das Anwesen betreten hatte, war es mir klar gewesen. Es gab kein Zurück.

»Na dann«, sagte ich und lehnte mich weiter in die Couch zurück. »Zeigen Sie mir, was Sie für so wichtig halten.« Jetzt fiel es mir schwer, gleichgültig zu klingen. Jeder Muskel in meinem Körper schien bis aufs Zerreißen gespannt.

Und in dem Moment, in dem sich die Blockaden in seinem Gehirn lösten, bauten sich Bilder vor meinem inneren Auge auf, so lebendig, dass die Realität komplett verschwand.

Es ist das Jahr 2051.

Emily Everick, die Gründerin von Hypermind, stirbt an Krebs. Ihre Tochter, Blaire Everick, ist eine junge Frau, als sie das Unternehmen übernimmt, das sich so stark im Aufschwung befindet wie kein zweites jemals zuvor. Innerhalb der letzten Jahrzehnte hat Hypermind die Kommunikation der gesamten Welt von Grund auf verändert. Blaire weiß um die Verantwortung, die sie zu tragen hat, auch wenn ihre Träume im Grunde anderer Natur waren. Es stand nie zur Debatte, dass sie einmal etwas anderes tun würde, als die Firma zu leiten. Sie wurde ihr Leben lang darauf vorbereitet.

Es ist das Jahr 2071.

Hypermind kontrolliert über achtzig Prozent der weltweit stattfindenden Kommunikation. In den zwanzig Jahren, in denen sich Blaire an der Spitze des größten Unternehmens der Welt befand, hat die Firma gewaltige Fortschritte gemacht und scheinbar unlösbare Hürden überwunden. Ihre eigenen Ziele gerieten vollkommen ins Hintertreffen. Die Ziele des Unternehmens, die Ziele der Firma, die Ziele von Hypermind, waren zu ihren eigenen geworden.

Es ist Blaire ein Dorn im Auge, dass in diesem Jahr ein Mann namens Bennie Haloren die Umweltschutzorganisation »The Cell« ins Leben gerufen hat. Innerhalb weniger Monate gelangte die nahezu terroristische Organisation zu solcher Macht, dass sich bereits mehrere Hundertmillionen zu ihr bekannt hatten. Die The-Cell-Aktivisten beginnen damit, Firmengebäude zu stürmen, Mitarbeiter als Geiseln zu nehmen, Fabriken niederzubrennen und gewaltige Demonstrationen vor Fabrik- und Bürogebäuden zu organisieren.

Hypermind ist eins der Lieblingsopfer der Umweltschützer. Ihr Vorwurf: Das Unternehmen würde die Umwelt verpesten. Dass die Firma seit Jahren daran arbeitet, die meisten Prozesse in den Orbit zu verlagern, den CO_2-Ausstoß zu verringern, und Material vom Mars abbauen lässt, um die Ressourcen der Erde zu schonen, ist den Aktivisten egal. Auch, dass durch die Produktion der ADICs sämtliche sonstigen Kommunikationsmittel obsolet geworden sind und dass durch das Nutzen eines Gerätes, das auf Lebzeiten nicht ersetzt werden muss, weniger Müll entsteht, scheint weder Haloren noch die anderen Vorstände von The Cell zu interessieren.

The Cell erpresst Hypermind, gewaltige Zahlungen zu tätigen, um offiziell auf die Grüne Liste zu kommen – eine Liste, auf der den Anhängern kommuniziert wird, welches Unternehmen nicht anzugreifen ist.

Blaires Firmenpolitik gerät in die Kritik. Es wird ihr vorgeworfen, mit Umweltterroristen zu sympathisieren. Dass die Spenden an The Cell der einzige Weg waren, ihr Unternehmen zu retten und ihre Mitarbeiter zu schützen, sieht niemand. Mehrere Anschläge, die sie gegen Haloren in Auftrag gegeben hat, schlugen fehl.

Es ist das Jahr 2072.

Anaya Langhari, die Präsidentin des Androiden-Herstellers Dryden, nimm Kontakt zu Blaire auf. Sie offenbart, dass sie bereits mit mehreren Firmengründern und -vorständen gesprochen hat, um die geballte Macht der Unternehmen zu nutzen, um The Cell zu stürzen. Polizei und Politik sind machtlos gegen Haloren und jene, die seine Machenschaften unterstützen. Es muss etwas geschehen.

Das Syndikat wächst. Blaire ist die erste ihres Unternehmens, die sich mit Vorständen fremder Firmen bespricht, um sich gegen die Übermacht der Menschen, die für das Überleben der Natur kämpfen, zu widersetzen.

Die Unternehmen besitzen im Dyson Swarm mehrere tausend Satelliten, die um die Sonne kreisen. Der Plan sieht vor, die Satelliten, die der Energieversorgung dienen, so umzuprogrammieren, dass sie, wenn sie in einer bestimmten Konstellation stehen, einen Energiestrahl zur Erde senden können, der so mächtig ist, dass er nicht nur den Planeten selbst, sondern auch sämtliche Himmelskörper des Sonnensystems zerstören könnte. Die Macht der Sonne soll ihnen helfen, The Cell zu erpressen. Wenn sie den Aktivisten damit drohen, ihre Habitate im Orbit zu zerstören, ist die Chance groß, dass sie ihre Aktivitäten einstellen.

Everick befürwortet den Plan. Bereits am nächsten Tag werden Teams zusammengestellt, um die Satelliten umzurüsten und den korrekten Kurs zu erstellen. Da die Regierungen der Länder keinen Einfluss darauf haben, was außerhalb des Planeten vor sich geht, hinterfragt niemand die Aktivitäten.

Die Waffe soll innerhalb der nächsten vier Jahre bereit sein.

Es ist das Jahr 2075.

Durch ihren Einfluss in der Wirtschaft und ihren unerschütterlichen Einsatz im Kampf gegen The Cell ist Blaire Everick zur Vorsitzenden des Syndikats gewählt worden. Sie selbst überwacht die Umrüstung der Satelliten. Als Sicherheitsmaßnahme sind die Koordinaten und die Codes, die nötig sind, um die Satelliten zu aktivieren, nur in ihrem Gehirn und in dem des Programmierers zu finden, der die finalen Einstellungen vornimmt. Der Code, der die Waffe auslösen soll, ist an ihren ADIC und ihre DNA gebunden. Niemand würde ihn jemals entwenden können.

Es ist der 16. März 2076.

Der Raum um Blaire ist in Schwärze gehüllt. Bis auf das Summen der Computer ist es still.

»Das habt ihr also vor«, murmelt der Programmierer. Sie und er befinden sich seit Stunden im selben Raum. Sie hört das Rascheln von Kleidung. Er erhebt sich von seinem Stuhl.

Sie spürt, wie ihr Herzschlag sich beschleunigt. Nur langsam dreht sie sich um. Noch bevor sie weiß, was geschieht, drängt sich ihr ein Gedanke auf. Ein Gedanke von kolossaler Einfachheit und gewaltigem Gewicht: Hier wird es enden.

Mehrere Schüsse hämmern wie ein dröhnender Bass an ihr vorbei, bis einer von ihnen ihre Schulter trifft. Der Raum kippt, und die Sterne verschwinden. Sie fällt auf die Knie.

»Damit kommt ihr nicht durch«, sagt der Programmierer mit zitternder Stimme. Erst in letzter Sekunde hat er begriffen, was seine Aufgabe bei dieser ganzen Mission war. Sie hatte es ihm nie gesagt.

Blut, überall. Sie spürt es in der Dunkelheit, die sie umgibt, als Schritte sich nähern und sie in den Lauf einer Waffe blickt, die im Licht der Monitore schwach schimmert.

Es vergehen nur wenige Minuten, bis Blaire und der Programmierer tot in der Zentrale aufgefunden werden. Der Wissenschaftler des Syndikats, der sie findet, versucht, die Programmierung zu retten, doch der Programmierer hat sämtliche Daten von den Rechnern gelöscht, bevor er sich selbst erschossen hat.

Der Wissenschaftler weist Sanitäter an, Blaires ADIC operativ aus ihrem Kopf zu entfernen. Es gibt keine andere Möglichkeit, an die Codes der Satelliten zu gelangen. Das Gerät ist allerdings ohne eine biologische Komponente nutzlos. Nichts kann ausgelesen werden.

In abgeschotteten Laboratorien veranlasst das Syndikat eine Reihe an Experimenten. Um an die Satelliten-Codes zu gelangen, wird der ADIC von Blaire anderen Menschen, sowohl Erwachsenen als auch Kindern, operativ ins Gehirn gepflanzt. Sie suchen Kinder von der Straße, Menschen aus dem Sub-Level, um ihre Experimente an ihnen durchzuführen.

Die Versuche schlagen fehl. Jeder Mensch, in den das ADIC eingesetzt wird, stirbt. Das Gerät wird abgestoßen, ist nicht kompatibel.

Ein Wissenschaftler stellt die These auf, dass ADICs, durch ihre Anpassung auf die DNA des Menschen, nicht in fremde Wirte eingesetzt werden können. Ein weiterer mutmaßt, dass es funktionieren könnte, wenn zumindest ein Teil der DNA gleich ist.

Blaire Everick hat zwei kleine Kinder hinterlassen. Ihren Sohn Boston, elf Jahre, und ihre Tochter Elena, vier Jahre.

Man kommt zu dem Schluss, dass der einzig sinnvolle Weg, an die Satelliten-Codes zu kommen, ist, Blaires ADIC in den Kopf eines ihrer Kinder einzusetzen.

Da Blaires Mann vor langer Zeit verstarb, hinterlässt sie bis auf das Geschwisterpaar keine Familie. Das Syndikat entführt Elena Everick aus den Händen ihrer Betreuerin und pflanzt ihr im Labor das ADIC ihrer Mutter ein.

Sie ist die Erste, die diese Prozedur überlebt.

Mehrere Testreihen werden über Monate hinweg an dem Mädchen durchgeführt. Es scheint, als würde der Körper des Kindes das ADIC nicht komplett abstoßen, obwohl es zu Unregelmäßigkeiten kommt, die sich niemand erklären kann.

Eines Tages ist das Kind verschwunden. Überwachungsaufnahmen zeigen, dass einer der Wissenschaftler das Kind, vermutlich aus Mitleid, mitgenommen und fortgebracht hat.

Die Ermittlungen, um Elena zu finden, sind allumfassend. Das ganze Land wird von Anhängern des Syndikats durchkämmt, die Untergründe werden durchstreift, illegale DNA-Tests durchgeführt.

Erfolglos. Das Kind kann weder lebendig noch tot gefunden werden.

Es ist das Jahr 2099.

Boston Everick, Blaires Sohn, inzwischen Vorstandsvorsitzender von Hypermind, gelangt über einen seiner Kontakte im Untergrund an Informationen zu einer jungen Frau, deren Fähigkeiten außergewöhnlich sein sollen. Nachdem er das Unternehmen vor einigen Jahren übernommen hatte, wurde er in die Geheimnisse des Syndikats eingeweiht. In die Geheimnisse, die das Verschwinden seiner

Schwester umgaben. Mit der Technologie seines eigenen Unternehmens vertraut, ist ihm klar, dass die Gerüchte aus dem Untergrund nicht wahr sein können – dass niemand selbst ein ADIC so modifizieren kann, dass es Blockaden überwindet.

Es sei denn, es ist jemand mit Unregelmäßigkeiten. Und der einzige Mensch, bei dem diese festgestellt wurden, ist seine Schwester, die vor so vielen Jahren verschwand.

Er aktiviert seine Kontakte im Untergrund, um der Person, die Oracle genannt wird, näher zu kommen.

Ich schlug die Augen auf.

Der Raum um mich herum war noch immer mit den Bildern der Erinnerungen getränkt. Sie vermischten sich an allen Ecken und Enden.

Everick hatte sich nach vorne gelehnt und sah mir, mit einem leichten Lächeln auf den Lippen, tief in die Augen.

»Jetzt weißt du es«, sagte er ruhig.

Ich schwieg und starrte ihn an, den Mund leicht geöffnet, die Gedanken um das kreisend, was ich gerade gesehen hatte.

Das war nicht wahr.

Das konnte nicht wahr sein.

»Schön, dich kennenzulernen, Schwester«, murmelte mein Gegenüber.

Kapitel 3

Das Surren eines dunklen Schwarms

Ich wusste nicht, wie lange ich dort gesessen und Everick angestarrt hatte; wie lange ich gebraucht hatte, um zu verarbeiten, was ich erfahren hatte. Es kam mir wie eine Ewigkeit vor, aber vielleicht funktionierte mein Gehirn auch einfach langsamer. Alles lief wie in Zeitlupe immer und immer wieder vor meinem inneren Auge ab. Die Bilder aus der Vergangenheit von Hypermind überlagerten sich mit den Erinnerungen von Shane, und ja – endlich ergab alles ein Bild. Wenn auch ein furchtbares, das ich nicht akzeptieren wollte.

Das konnte nicht wahr sein. Es konnte nicht, weil ich es nicht glauben wollte, und doch erklärte es alles. Es erklärte meine Träume. Es erklärte die Sterne, die ich immer wieder sah, und die Konstellation, in der sie sich befanden.

Dabei waren es keine Sterne, von denen ich mein Leben lang geträumt hatte. Es waren die Satelliten gewesen. Diese Information musste so tief in meinem Kopf gespeichert gewesen sein, dass sie Mal um Mal aufgeflackert war, wie ein letztes Lebenszeichen von Blaire. Wie ein letztes Lebenszeichen von meiner … Nein, das konnte ich nicht einmal denken.

Es erklärte, warum mir einige Orte bekannt vorgekommen waren, obwohl ich sie nie besucht hatte. Und es erklärte mein ADIC. Es erklärte, warum ich war, wie ich war. Wie ich auf der Straße gelandet war. Die Erinnerungen, die ich an dieses Heim hatte, in dem ich dachte, gewesen zu sein. Das war dieses Labor gewesen.

Das alles ergab plötzlich Sinn.

Trotzdem konnte ich es nicht akzeptieren.

Julien und Noah schickten mir Anfragen, während ich wie gelähmt dasaß und keinen Ton über meine Lippen brachte. Nicht ein einziger Muskel in meinem Körper gehorchte mir noch. Es war, als würde ich mir überhaupt nicht mehr gehören.

Mein Gegenüber hingegen wartete geduldig. Die Erkenntnis, die sich in mir breitmachte, und dass ich nicht in der Lage war, mein Überraschen zu verbergen, schien ihn zu befriedigen. Es schien ihn zu befriedigen, dass ich zu Beginn so überheblich gewirkt hatte und jetzt so vollkommen entmachtet vor ihm saß. Und scheiße, ich wollte aufstehen und auf ihn einschlagen, weil ich ihm diesen Sieg nicht gönnte.

Ich konnte nur nicht.

Ich war wie gefesselt an diese weiche Couch.

Erst, als Everick sich nach einer ganzen Weile losriss und den Sicherheitsmännern in den Ecken des Raumes ein Zeichen gab, durchfuhr mich ein Ruck, der mich zurück ins Hier und Jetzt beförderte. Ich übermittelte die Informationen, die ich gerade bekommen hatte, nicht nur an Julien und Noah, sondern ebenfalls an Lora.

Die Wachen lösten sich aus ihren Ecken und traten aus allen Richtungen auf uns zu. Es gab keinen Weg mehr für uns hier heraus. Das bedeutete, Lora meine Geheimnisse zu offenbaren – alles, was ich wusste, und, wer ich war –, würde mir jetzt keinen Nachteil mehr bringen.

Sie würden mich foltern oder mich töten, um dieses Ding aus mir herauszubekommen. Oder sie würden die Information gewaltsam aus meinem ADIC herauslesen.

Egal, wofür sie sich entschieden, es wäre von jetzt an irrelevant, ob die Polizei sich über mich und meine Existenz im Klaren war oder nicht. Das Einzige, das zählte, war, dass diese Satelliten zerstört wurden.

Warum war ich so dumm gewesen? Warum war ich freiwillig hierhergekommen? Es wäre besser gewesen, mich zu verstecken. Es wäre besser gewesen, mich in irgendeiner Wohnung zu verschanzen und nie wieder auf die Straße zu gehen. Es wäre vermutlich sogar besser gewesen, mich umzubringen. Alles wäre klüger und besser gewesen als das hier.

Die Männer traten auf mich zu, und, einem Impuls folgend, übermittelte ich die Informationen, die mir Everick gerade so freiwillig mitgeteilt hatte, ebenfalls an Bennie Haloren. Wenn er erfuhr, was das Syndikat plante – wenn er überhaupt erfuhr, dass es diese Vereinigung gab –, dann würde er eventuell etwas tun können, um diesen Super-GAU zu verhindern, auf den die Firmen hinarbeiteten.

Ich erhob mich ruhig, als die Männer ihre Waffen in Anschlag nahmen und sie sowohl auf mich als auch auf Julien und Noah richteten.

Im Geiste forderte ich Julien auf, eine Gefahrenanalyse durchzuführen, obwohl mir klar war, dass es nicht viel bringen würde. Er hatte vermutlich bereits bemerkt, dass in diesem Gebäude mehrere Dutzend Sicherheitskräfte auf Abruf bereitstanden, alle auf diesen Fall vorbereitet und in Alarmbereitschaft. Mit einem einzelnen Androiden – selbst mit einem wie Julien – würden wir es nicht schaffen, uns gegen sie zur Wehr zu setzen.

Zwei Männer packten mich grob an beiden Armen. Ich wies Julien an, nichts zu unternehmen, um mich zu verteidigen. Er sollte lieber gemeinsam mit Noah fliehen, wenn sich die Gelegenheit böte. Sie würden eher von den beiden ablassen als von mir.

»Und?«, wollte Boston wissen, der sich nun auch aufrichtete. Seine Tasse war noch nicht einmal zur Hälfte leer. »Arbeitest du mit uns zusammen?«

Ich legte die Stirn in tiefe Falten, weil ich überhaupt nicht wusste, wie er auf die Idee kam, dass ich die Pläne des Syndikats in irgendeiner Weise gutheißen könnte. »Tut mir leid, aber ich unterstütze keinen absoluten Schwachsinn.« Ich lächelte so süß wie möglich. »Das war schon immer meine Devise.«

Boston lächelte überheblich. »Schwachsinn? Wir sorgen dafür, dass die Welt ein wenig besser wird. Oder willst du tatsächlich behaupten, dass du es gut findest, was diese Terroristen veranstalten? Tausende von Menschen haben sie umgebracht, aber wenn es im Namen der Umwelt und des Planeten geschieht, dann kann man darüber natürlich hinwegsehen. Nicht wahr?« Er schüttelte den Kopf. »Und auch, wenn The Cell jedes Mal behauptet, dass Kollateralschäden nicht in ihrem Interesse liegen: Die Firmen, die zum Syndikat gehören, tun seit Jahrzehnten Gutes für die Menschheit. Wir erleichtern ihnen das Leben, die Kommunikation. Wir erschaffen Technologien, mit denen sie Gefühle und Ängste teilen können. Wir bauen Androiden, um ihnen Gefahren zu ersparen. Durch die Verbindung von ADICs und Androiden können gelähmte Menschen laufen, Blinde sehen. Wir tun alles, um diese Welt so zu erhalten, wie sie ist – und sie sogar zu verbessern. Aber das geht nicht von heute auf morgen. Das müssen diese Extremisten endlich verstehen.«

»Ihr habt *auch* Tausende Menschen auf dem Gewissen, und nicht, um das Leben auf der Erde zu retten, sondern nur, um euch zu rächen. Nur, weil ihr keine paar Millionen Dollar übrig habt, dabei sind das für euch Peanuts. Versuch gar nicht erst, mich davon zu überzeugen, ihr würdet für einen größeren Zweck einstehen, wenn so offensichtlich ist, dass es hier nur ums Geld geht. Ich werde mich euch niemals anschließen.«

Everick fuhr sich mit der Zunge über die Lippen. Ich konnte mir wirklich nicht vorstellen, dass dieses arrogante Arschloch mein Bruder sein sollte.

»Bist du dir sicher?«, fragte er nach. »Von dem, was ich bisher von dir erfahren habe, tust du die meisten Dinge zu deinem eigenen Vorteil. Ich denke durchaus, dass es vorteilhaft für dich wäre, dich uns anzuschließen. Vorteilhafter zumindest, als zu sterben.« Er zog eine Augenbraue in die Höhe und nickte zu Julien und Noah hinüber. »Vielleicht lassen wir sogar deine kleinen Freunde am Leben. Deal?«

Er gab den Männern ein Zeichen, und sie setzten sich in Bewegung, um mich auf die Tür zuzuführen, durch die wir gekommen waren. Die übrigen Kerle deuteten mit ihren Maschinengewehren auf Julien und Noah, die uns langsam folgten.

Mist, wegen ihnen würde ich etwas unternehmen müssen, sie mussten hier rauskommen! Wenn nicht ich, dann zumindest sie.

Ich lächelte grimmig. »So war ich tatsächlich einmal. Aber ich befürchte, ich habe in den letzten Tagen viel Zeit mit jemandem verbracht, der unerschütterliche Ideale hat.« Ich lächelte zu Noah hinüber, der mich mit einem sanften Blick bedachte, als würde er jeden Moment etwas sagen wollen, doch einer der Männer, die mich in ihrem eisernen Griff hielten, öffnete die Tür. In dem Moment, in dem ich hinaustreten wollte, zog er seine Waffe, richtete sie auf den anderen Kerl, der mich gepackt hatte, und drückte ab.

Mit einem Ruck zog er mich von dem Wachmann los, der vor Schmerz aufschrie, schob mich auf den Gang hinaus und hob die Waffe erneut, um sie auf die übrigen Sicherheitsleute zu richten.

Das Chaos, das daraufhin folgte, war so laut, dass ich keine Stimme, keinen Schrei mehr von dem anderen unterscheiden konnte. Männer und Frauen riefen durcheinander. Ich presste mich gegen die Wand neben der Tür, wollte schon wieder zurückspringen, um zu schauen, ob ich Julien und Noah erreichen konnte, als ein weiterer Bewaffneter aus dem Zimmer stürmte.

Reflexartig hob ich meine Hände in Abwehrposition, doch auch er wurde in der nächsten Sekunde in den Kopf getroffen und fiel zu Boden.

»Was soll die Scheiße?« Das war eindeutig Everick gewesen, und er klang vollkommen hysterisch. Schüsse donnerten durch die Luft, und ich atmete tief ein, spannte mich an und wagte es, erneut an die Tür zu treten.

Der Kerl, der mich aus dem Raum geschoben hatte, kam gerade

aus dem Zimmer gestürzt, Noah am Kragen gepackt, Julien hinter ihm.

»Mitkommen!«, schrie er, nachdem sie an mir vorbeigestürmt waren, und ich riss mich zusammen und eilte ihnen nach. In Evericks Büro fielen nach wie vor Schüsse.

»Was soll das?«, fragte ich laut, aber sobald wir auf den nächsten Gang eingebogen waren, kam uns ein neues Team an Sicherheitskräften mit gehobenen Waffen entgegen.

»Stehenbleiben, oder wir schießen!«, rief der Anführer des Trupps.

Unser mysteriöser Retter hob abermals seine Waffe, doch schon im nächsten Moment wandten sich drei der Wachen aus dem Team gegen ihre Kollegen, um sie hinterrücks anzugreifen und ihnen in den Rücken zu schießen. Die Getroffenen gingen sofort zu Boden, und ich stand wie angewurzelt dort.

»Weiter«, grollte unser fremder Begleiter. Wir setzten uns wieder in Bewegung, und ich horchte, ob Evericks Stimme zu vernehmen war. Aber es war ruhig in seinem Büro geworden. Hatten sie ihn getötet, oder war es ihm gelungen, zu fliehen?

Wer waren diese Menschen?

Die Personen aus dem Sicherheitsteam schlossen zu uns auf und nickten ihrem Kollegen knapp zu.

»Was ist hier los?«, rief Noah. Er war vollkommen außer sich, sodass ich und einer der Fremden ihn packen mussten, damit er nicht stehenblieb, sondern mit uns kam. Ich hatte ebenfalls keine Ahnung, was hier vor sich ging, aber es schien etwas Gutes zu sein. Oder?

Einer der Männer mit der schwarzen Schutzkleidung wandte sich im Rennen halb zu mir um. »Wir sind von The Cell. Die Informationen, die du an Bennie Haloren übermittelt hast, haben sich innerhalb weniger Sekunden in allen Cell-Hives verbreitet. Millionen von Menschen wissen jetzt über euch und über das Syndikat Bescheid. Ihr müsst keine Angst mehr haben.«

Ein so riesiger Stein fiel mir vom Herzen, dass ich vermutlich das Gleichgewicht verloren hätte, würde ich Noah nicht stützen. Ich konnte mich an ihn klammern so wie er sich an mich. Das Blut rauschte wie wild in meinen Ohren, während wir durch die Gänge hechteten und den Anweisungen des Teams folgten. Schritte und Rufe waren aus den unterschiedlichsten Gängen und Räumen zu hören, aber wir machten keinen Halt, drehten uns nicht um.

»Wir arbeiten schon seit Jahren auf dem Everick-Anwesen«, erklärte der Mann nach einigen Momenten weiter. »Es ist schön, dass wir euch zu Hilfe kommen können.«

Ein warmer Schauer überfuhr meinen ganzen Körper. Innerhalb so kurzer Zeit hatte Haloren die Information weitergeleitet? Innerhalb so kurzer Zeit waren Menschen gekommen, um uns zu helfen? Wenn es sogar verdeckte Mitglieder auf dem Anwesen von Everick gab, die bereit waren, uns unter Einsatz ihres Lebens zu helfen … Erst in diesem Moment wurde mir vollkommen bewusst, wie mächtig The Cell sein musste. Ich hatte immer nur durch die Demonstrationen und die Anschläge von ihnen erfahren. Und ja, ich wusste, wie viele Menschen die Organisation auch verdeckt unterstützten, aber mit so einem Einsatz hatte ich nie im Leben gerechnet.

Es dämmerte mir, warum die Polizei oder die Sicherheitsdienste nie an sie herangekommen waren. Warum die Politik trotz aller Bemühungen nie dafür hatte sorgen können, dass The Cell seine Aktivitäten einstellte. Sie waren überall. Wie ein dunkler Schwarm, der die Welt eingenommen hatte.

Und wir würden es hier herausschaffen. Wir hatten wieder eine Chance!

»Hier entlang«, wies der Mann uns an, und so viel Adrenalin durchströmte meine Adern, dass es war, als flögen meine Füße von allein über die prunkvollen Teppiche und marmornen Böden der Hallen und Korridore. Noah hatte sich inzwischen gefangen, und Julien hatte längst eine seiner versteckten Waffen gezogen, um dem Sicherheitsteam zu helfen, uns in sämtliche Richtungen abzusichern.

The Cell. Natürlich. Während ich darüber nachgedacht hatte, dass es keine Institution gab, die uns helfen könnte, gegen das Syndikat anzukommen, hatte ich nicht an sie gedacht. Zumindest hatte ich nicht geglaubt, dass sie uns helfen würden oder könnten. Dabei waren sie vermutlich die mächtigste Organisation auf dem ganzen Planeten. Das Syndikat hatte sich überhaupt erst wegen ihnen gebildet, und obwohl das The Cell mitschuldig an den Geschehnissen der letzten Tage machte, hatten wir jemanden im Rücken, der uns vielleicht dabei unterstützen konnte, diese ganze Sache zu beenden. Ein für alle Mal!

Ich las aus den Gehirnen unserer Retter, dass sie bereits zu Bennie Haloren in Kontakt standen und er sie angewiesen hatte, uns um jeden Preis zu beschützen. Hintergründig machte sich ein schlechtes Gewissen in mir breit, dass ich ursprünglich ihn verdächtigt hatte, die Morde beauftragt zu haben.

Nachdem ich bemerkt hatte, dass wir uns auf dem Weg zur Landefläche und den Autos befanden, drängte ich diese Gedanken allerdings beiseite, denn es war mir ein neuer gekommen. Einer, der um einiges wichtiger war: »Hier gibt es eine Space Station, oder? Und Shuttles?«

»Ja«, erwiderte eine der Frauen, die vor uns liefen.

»Habt ihr die Zugangscodes dafür?«

Die Mitglieder des Teams warfen einander skeptische Blicke zu, dann nickte einer der Männer. »Ich kann sie besorgen. Dauert nur einige Minuten.«

»Atlas? Was hast du vor?«, fragte Noah neben mir. Er versuchte, seine Stimme gesenkt zu halten, als wolle er diese Sache persönlich mit mir besprechen, aber sein Atem ging so schwer, dass die Worte nur stoßweise über seine Lippen kamen.

»Das Einzige, was uns jetzt übrigbleibt.« Ich warf ihm einen langen Blick zu, und in diesem Moment musste er wissen, worauf ich hinauswollte. Die letzten Tage hatten aus einer Ansammlung an Aktionen bestanden, die unglaublich waghalsig und unglaublich dumm gewesen waren. Was sprach dagegen, dass wir eine weitere, eine letzte unternahmen?

Noahs Augen weiteten sich, nachdem er begriffen hatte, was mein Plan war.

»Wir müssen diese Satelliten zerstören!«

Folge 10

The Stars

Kapitel 1

Die Entwicklung eines letzten Plans

»Sie sind also die Schwester von Boston Everick.«

Ich sog die Luft scharf zwischen meinen Zähnen ein und schaute zu einem der Sicherheitsleute auf, denen es gelungen war, uns in einem von Evericks persönlichen Shuttles vom Anwesen zu schleusen. Er war derjenige, der mich aus den Fängen des Wachteams gerettet hatte.

»Ja, das war mir auch neu«, erwiderte ich erst nach einer ganzen Weile.

Meinen halbherzigen Vorschlag, mich und Julien die Sache allein regeln zu lassen, hatte das Team von The Cell vehement abgelehnt. Ich wollte keine weiteren Menschen in Gefahr bringen, insgeheim war ich allerdings froh darüber, dass sie hier waren, um uns zu unterstützen. Ich war erleichtert, diese Mission nicht mehr allein bestreiten zu müssen.

Etliche Mitglieder von The Cell, die auf dem Anwesen angestellt gewesen waren, hatten uns dabei geholfen, die Zugangscodes für die Shuttles zu bekommen. Nachdem wir mit einem von ihnen die Erde verlassen hatten, hatte Bennie Haloren persönlich zu mir Kontakt aufgenommen. Er hatte mir mitgeteilt, dass er Verstärkung zur Sonne sendete und dass wir uns, falls wir es schaffen sollten, die Satelliten des Syndikats zu deaktivieren, danach auf eine Sphäre von The Cell würden flüchten können. Dass dort Menschen und Androiden auf uns warteten, die uns beschützen und helfen könnten.

Und all das war noch immer unfassbar für mich. Ich hatte mich in eine der Ecken des Shuttles auf den Boden gesetzt, mit dem Rücken zur Wand, weil ich mich hier sicherer fühlte als auf dem Stuhl, von dem aus man die Sonne bereits in ungewohnter Größe sehen konnte.

Auf den schwarzen Boden vor mir zu starren gab mir ein irrationales Gefühl von Sicherheit. Fast keimte die Hoffnung in mir, ich würde eine Lösung für das Problem finden, vor dem ich stand, wenn ich nur lange genug still sein und nichts denken konnte.

Dabei wirbelte in meinem Kopf alles durcheinander: meine Vergangenheit, das Syndikat, die Satelliten, The Cell. Eine der Sorgen, die sich mir aufgedrängt hatten, stand besonders im Vordergrund: In den Erinnerungen von Boston hatte ich Noahs Vater bei einem Treffen des Syndikats gesehen. Er war definitiv ein Teil der Vereinigung; sosehr ich auch gehofft hatte, er wäre es nicht.

Hatte Noah ihn auch erkannt, nachdem ich ihm die Informationen geschickt hatte? Oder hatte er diesen winzigen Moment übersehen? Ich wollte ihn danach fragen, doch ich wagte es nicht. Und eigentlich sollte ich mich gerade mit ganz anderen Dingen beschäftigen, aber Noah …

»Wie sieht's aus?«, fragte unser Retter, der sich als Yugo vorgestellt hatte, und unterbrach damit meine Überlegungen.

»Die sitzen uns noch immer im Nacken«, antwortete sein Kollege, der das Shuttle steuerte. Die Sicherheitskräfte, die nicht von den The-Cell-Mitgliedern auf dem Everick-Anwesen hatten eliminiert werden können, hatten nicht lange rumgefackelt, sich selbst Shuttles besorgt und waren uns inzwischen auf den Fersen. Wir hatten einen guten Vorsprung, doch es war unklar, wie lange wir den aufrechterhalten könnten. »Noch etwa eine halbe Stunde, bis wir nah genug dran sein sollten. Wir müssen langsam einen Plan ausarbeiten.«

Ich grummelte leise, immerhin war es nicht so, dass ich nicht mit einem Plan aufwarten wollte. Mir fiel nur keiner ein. Es war nicht einfach, sich zu konzentrieren, mit allem, was durch meinen Kopf geisterte.

Noah und Julien saßen angespannt auf ihren Plätzen. Ich bemerkte, dass Noah immer wieder zu mir herüberschaute, versuchte, meinen Blick einzufangen. Irgendwann gelang es ihm. Sein Ausdruck war besorgt, und trotzdem lächelte er aufmunternd und warmherzig.

Ich lächelte ungelenk zurück.

Ja. Wir würden alles besprechen, wenn das hier vorbei wäre. Himmel, das war ein Gedanke, den ich in den letzten Tagen viel zu oft gehabt hatte.

»Ich schätze, weitere Sicherheitsteams von weiteren Firmen des Syndikats werden nicht lange auf sich warten lassen«, überlegte Yugo laut. »Das Gute ist, dass sie uns im All nicht wirklich etwas anhaben können. Es sei denn, ihre Shuttles verfügen über Waffensysteme, von denen ich nichts weiß.«

»Ich hab noch nie davon gehört, dass es Shuttles mit Waffensystemen gibt«, murmelte der Pilot, woraufhin Yugo mit den Schultern zuckte.

»Du hast auch noch nie was vom Syndikat gehört. Diese Welt ist immer für Überraschungen gut.«

Damit hatte er recht. Ich hatte so viele Personen von Rang und Namen bei den Treffen in Evericks Erinnerungen erkannt, dass mich jedes Mal ein Schauer überfuhr, wenn ich daran dachte. Doch Lora hatte sie auch gesehen, ebenso wie inzwischen Millionen anderer Menschen.

Die Informationen über das Syndikat und die Verschwörung breiteten sich aus wie ein Lauffeuer. Das hatte ich nicht beabsichtigt. Sie waren nur für Lora und Haloren gedacht gewesen. Aber vermutlich gereichte es uns zum Vorteil, dass Haloren die Infos geleakt hatte, obwohl er es vermutlich nur getan hatte, um seine Position zu stärken. Eine solche Form der Kampagne – prekäre, alles verändernde Informationen, innerhalb von Sekunden von Mensch zu Mensch, von Hive zu Hive weiterversandt – hatte die Welt nie gesehen. Während wir uns noch in Reichweite der Erde befunden hatten, hatte ich es über mein ADIC beobachtet: The Cell war wieder auf den Straßen.

Polizeikräfte stürmten in diesem Moment die Büros und Häuser all derer, die mit dem Syndikat in Verbindung standen. Boston Everick war auf seinem eigenen Anwesen festgenommen worden. Das Militär wurde eingeschaltet.

Ich hoffte nur, die Welt stünde nicht in Flammen, wenn wir zu ihr zurückkehrten. Zumindest nicht mehr als sonst.

»Fünfundzwanzig Minuten«, zählte der Pilot die Zeit herunter. Ich warf ihm einen grimmigen Blick zu, auch wenn mir klar war, dass er recht damit hatte, mir Druck zu machen.

»Kreative Ideen sind willkommen«, sagte ich mit einem ironischen Unterton. Mir war natürlich bewusst, dass mir keiner der Anwesenden – bis auf Julien vielleicht – helfen konnte. Ihn hatte ich bereits angewiesen, alle Informationen, die wir gesammelt hatten, zu analysieren. In ihnen verbarg sich eventuell eine Lösung.

Wenn ich alle Daten, die mir bisher zur Verfügung standen, richtig auswertete, handelte es sich bei den umgerüsteten Satelliten, die wir ansteuerten, vor allem um solche, die der Energiegewinnung dienten. Solange in ihren Systemen nicht das Protokoll aktiviert wurde, dass sie zur Waffe umfunktionieren würde, arbeiteten sie normal.

Energie-Satelliten waren, bis auf Wartungsandroiden, meist leer. Das bedeutete, wenn wir einen Plan entwickeln würden, die Satelliten tatsächlich zu zerstören, würde es keine Kollateralschäden geben. Die Androiden könnte ich im Notfall anweisen, Prozesse direkt auf den Satelliten in Gang zu setzen, falls ich keinen externen Zugriff bekam.

Das Problem war, dass die Anzahl der Satelliten so groß war, dass es vermutlich selbst mit Verstärkern nahezu unmöglich werden würde, so viele Befehle zeitgleich zu übertragen. Wir brauchten also eine möglichst simple Lösung, die auf allen Satelliten gleichzeitig und auf dieselbe Weise angewendet werden konnte.

Und wenn die Androiden dort die der neuen Generation des Syndikats waren, würden die ohnehin ganz rausfallen.

»Ist … ist es sicher, dass die uns nicht angreifen können?« Noah sah skeptisch zu den Bildschirmen, die die Shuttles zeigten, die uns verfolgten.

»Nein«, erwiderte Yugo fast ein wenig zu gelassen. »Aber dass sie noch nicht auf uns geschossen haben, ist doch ein gutes Zeichen, oder?«

Noah drückte sich weiter in seinen Stuhl hinein und wurde blass, während ich mich fragte, ob Lora wohl schon auf dem Weg war, um uns zu folgen. Ich hatte ihr unser Vorhaben mitgeteilt. Hoffentlich würde sie Verstärkung mobilisieren können.

Einige hohe Tiere bei der Polizei waren bei den Treffen des Syndikats anwesend gewesen. Wenn diese nun mit ebensolcher Macht verfolgt wurden wie die Wirtschaftsbosse, wäre die Behörde sicherlich unorganisiert. Loras direkten Vorgesetzten hatte ich allerdings nicht gesehen. Vielleicht erleichterte das ihre Aufgabe zumindest ein wenig.

»Noch zwanzig Minuten.«

Konnte der Kerl Gedanken lesen, oder was? Er merkte vermutlich, dass ich viel zu oft abdriftete.

»Ich bin dran«, versicherte ich ihm und fuhr mir durch das wirre Haar.

Ich rief jede Information auf, die ich in meinem Leben über den Dyson Swarm gesammelt hatte. Alle Satelliten, Habitate und Sphären kreisten in einem stabilen Orbit um die Sonne. Die Satelliten bündelten unglaubliche Mengen an Energie, die sie zur Erde, dem Mars oder dem Merkur sendeten, um die gewaltigen Maschinen anzutreiben, die wiederum weitere Teile des Swarms konstruierten. Trotzdem war die Menge an Energie, die im Swarm gewonnen wurde, zu groß, als dass sie komplett verwendet werden könnte. Nur deswegen war es dem Syndikat überhaupt möglich gewesen, die Waffe zu entwickeln: Fuhr man die Satelliten auf hundert Prozent ihrer Kapazität hoch und kombinierte die Energiestrahlen, die sie zur Erde übertrugen, war die Macht, die sich daraus ergab, vernichtend.

Vielleicht könnte ich die Programmierung der Waffe so umfunktionieren, dass sie sich gegen die Satelliten selbst richtete, sodass sie sich überluden und selbst zerstörten. Das würde erfordern, dass ich die Waffe zunächst initial in Gang setzte, was offensichtlich eine dumme Idee war. Pläne anderer Qualität hatte ich allerdings in den letzten Tagen ohnehin nicht gehabt.

Aber scheiße! Dazu bräuchte ich viel zu konkrete Befehle. Ich musste einen Weg finden, wie ich die Codes zur Aktivierung der Waffe in meinem Gehirn entschlüsseln und so umschreiben könnte, dass sie unserem Zweck dienlich waren.

Die Programmierer des Syndikats hatte es mehrere Jahre gekostet, um die initiale Programmierung zu erstellen. Es war unmöglich, dass ich das in weniger als fünfzehn Minuten schaffte. Ich brauchte irgendeine massive Verstärkung, irgendeine …

Das war es! »Wir müssen näher an den Hypermind-Supercomputer ran«, wies ich den Piloten an, der sich kurz zu mir umwandte, die Stirn runzelte, dann jedoch mit den Schultern zuckte.

»Na gut.« Er passte den Kurs des Shuttles an. »Wir haben Glück, der befindet sich gerade auf unserer Seite der Sonne. Ich bringe uns so nah wie möglich ran. Warum?«

Ich presste die Lippen aufeinander und krallte die Hände tiefer in meinen Overall.

»Ich will etwas ausprobieren.«

»Das sollte ein verdammt guter Versuch werden«, wandte Yugo ein. »Das ist nämlich der einzige, den wir haben.«

Wir hatten uns dem Hypermind-Computer gemeinsam mit mindestens zehn weiteren Shuttles, die uns im Nacken saßen, genähert. Ich wusste nicht, ob sie von Hypermind selbst oder anderen Mitgliedern des Syndikats stammten. Die Sicherheitsmänner von The Cell hatten sich kurz darüber unterhalten, doch ich hatte nicht zugehört.

Mein Rechenprozess lief.

Ich hatte einige Satelliten in unserer Nähe modifiziert, damit sie meine Signale zurück zur Erde transportierten. Dort ließ ich die Berechnungen durch die Gehirne sämtlicher Programmierer aus sämtlichen Programmier-Hives laufen, die ich finden konnte. Das System der Hives war von Beginn an darauf ausgelegt gewesen, Wissen einzelner Personen für die Mitglieder ihres Hives öffentlich zugänglich zu machen. Suchte man nach Informationen oder Problemlösungsansätzen, war es nicht mehr – so wie früher – nötig, ein Buch zu lesen oder anderweitig zu recherchieren, wenn ein Mitglied des Hives bereits über die gewünschten Informationen verfügte. Man konnte sich das Wissen der anderen zunutze machen, ohne dass sie es bemerkten.

Dieses System hatte unsere Welt nicht nur innerhalb kürzester Zeit an den technologischen Punkt gebracht, an dem sie sich jetzt befand, es ermöglichte mir nun hoffentlich auch, sie zu retten.

Wenn ich die Problematik, vor der ich stand, durch Millionen Köpfe jagte und das Wissen all dieser Programmierer bündelte, wäre es eventuell nur eine Frage von Minuten, bis wir den Code umgeschrieben hätten und ich die Waffe umprogrammieren könnte.

Sobald wir nahe genug beim Hypermind-Computer gewesen waren, hatte ich mich mit ihm vernetzt, um meine Verbindung zu den Menschen auf der Erde zu stärken, weitere Hives in die Berechnung einzubeziehen und einige Rechenprozesse auf ihn auszulagern, um mein ADIC zu entlasten. Dass mir bereits jetzt vor Anstrengung übel war, ignorierte ich geflissentlich.

»Wie weit sind wir?«, wollte einer der Männer wissen. Inzwischen waren alle an die Anzeigekonsolen im vorderen Bereich des Shuttles getreten, um nicht nur unseren Kurs, sondern auch unsere Verfolger im Auge zu behalten.

»Ich bin gleich so weit.«

Sich mit dem Hypermind-Supercomputer zu verbinden fühlte sich an, wie nach Hause zu kommen. In der kurzen Zeit, die ich mit dieser Maschine verbracht hatte, hatte ich mich eigenartig frei gefühlt. Ich hatte so viel über mich selbst gelernt, so viel darüber, was die Menschheit ausmachte.

»Da kommen ein Haufen weiterer Shuttles auf uns zu«, stellte der Pilot fest.

»Freundlich gesinnt oder nicht?«, fragte Yugo.

»Nicht definierbar. Ich erhalte keine Funksprüche, aber hier kommen auch ständig Störsignale rein.«

»Das ist ein schlechtes Zeichen, oder?«, hakte Noah nach und rutschte unruhig in seinem Stuhl hin und her.

»Die bedrängen uns ziemlich«, grummelte der Pilot. »Die werden sicher schon einen Plan ausgetüftelt haben, wie sie uns selbst hier schnappen können.«

»Scheiße, ich brauch noch eine Weile«, sagte ich und rang um jedes bisschen Konzentration, das ich aufbringen konnte. Ich nutzte sämtliche Rechenkapazität, die mir zur Verfügung stand, verwendete alle Satelliten im Umkreis, um meine Signale zu übertragen. Ich hatte Sphären im gesamten Orbit als Verstärker benutzt, um Kontakt zu den Satelliten des Syndikats aufzunehmen. Doch solange ich den Basiscode nicht umgeschrieben hatte, könnten wir die Waffe unmöglich starten.

Wir kreisten bereits eine Weile um die Hypermind-Sphäre. Dieses gewaltige Ding, das immer wieder vor unseren Fenstern auftauchte, jagte mir jedes Mal einen Schauer über den Rücken. Ich konnte mir nach wie vor nicht vorstellen, dass so etwas Gewaltiges von Menschen konstruiert worden sein sollte.

»Ich kann keine genaue Prognose geben, wie lange ich noch brauche.« Ich zapfte ein paar weitere Satelliten an, versuchte, alles aus ihnen herauszuholen, ignorierte den Kopfschmerz, der sich in meinem Gehirn ausgebreitet hatte, und hoffte nur, dass ich nicht in Ohnmacht fiel. Ich musste durchhalten, bis die ganze Sache endlich vorbei war. Ich musste einfach!

»Scheiße, was machst du?«, rief der Pilot, nahm seine Hände vom Steuerpult weg und drehte sich zu mir um.

Unter Anstrengung schaute ich zu ihm auf. »Was? Was ist los?«

»Ich bekomme hier immer mehr Störsignale rein. Hör sofort auf damit, was auch immer du tust! Wenn du weitermachst, fallen uns die Systeme aus!«

»Bist du sicher, dass es an mir liegt?«, wollte ich wissen, deaktivierte aber sofort einige der Verbindungen.

»Ja, jetzt wird es schon besser. Ich glaube, der Datentransfer, der von dir ausgeht, ist zu viel fürs Shuttle. Was für eine verdammte Scheiße!«

»Was bedeutet das jetzt?«, wollte Noah wissen, und ich sah erst Yugo, danach Julien und dann abermals ihn an.

»Das war nicht einmal die Hälfte der Kapazität, die ich brauchen werde, um die finale Explosion auszulösen. Wenn es zu viel für das Schiff ist, müssen wir irgendwo landen.«

»Landen. Eine super Idee«, spottete Yugo und deutete aus einem der Fenster, durch das man unsere Verfolger sehen konnte, die uns langsam einkreisten. »Wenn wir landen, landen die auch. Und ich bezweifle, dass wir uns gegen diese Armee zur Wehr setzen können.«

»Haloren hat versprochen, dass er Verstärkung schickt.« Ich schüttelte verzweifelt den Kopf. »Wo bleiben die denn?«

»Kann sein, dass sie unter den Neuankömmlingen sind«, mutmaßte der Pilot. »Deine Datenströme blockieren unsere. Kannst du alles kurz unterbrechen, damit ich mir einen Überblick über die Lage verschaffen kann?«

Ich ballte die Hände zu Fäusten. »Wenn ich die Übertragung zur Erde pausiere, muss ich die Berechnung anhalten und danach nochmal ganz von vorn beginnen.«

Noah regte sich, als wollte er etwas einwenden, stockte dann aber und seufzte. Ich warf ihm einen auffordernden Blick zu, um ihn zu ermutigen, seine Idee in den Raum zu werfen. Wir hatten jetzt keine Zeit für Schüchternheit.

»Das letzte Mal konntest du die Androiden in der Hypermind-Sphäre hacken, oder?« Er schaute mich lange an, bis ich nickte. »Könnten die nicht unsere Verstärkung sein und uns zumindest so lange verteidigen, bis die Shuttles der Polizei und von The Cell anrücken?«

Ich fuhr mir mit den Fingern über die Stirn und dachte darüber nach.

»Schaffst du das zusätzlich überhaupt noch?«, wollte Yugo wissen.

»Ich hab nicht mal eine Ahnung, ob meine Kapazität für das ausreicht, was wir bisher geplant haben«, gestand ich. »Ich befürchte, dass das bereits meine Möglichkeiten übersteigen wird. Aber vermutlich ... ist das unsere einzige Chance. Oder was meint ihr?«

Unsere Unterstützer schauten einander fragend an. Es war Yugo, der erneut das Wort ergriff.

»Es bleibt dir wohl nichts anderes übrig, wenn wir hier irgendwie rauskommen und gleichzeitig die Mission abschließen wollen.« Er zog die Augenbrauen hoch, stemmte seine Hände in die Hüften und fixierte mich durchdringend. »Ich verspreche, dass wir dich mit unserem Leben verteidigen werden. Dass wir alles dafür tun, damit du und deine Freunde hier lebendig herauskommt.«

»Danke«, murmelte ich ehrlich. »Was meinst du dazu, Noah?« Wenn jemand Einwände haben würde, dann vermutlich er.

Und er sah mich mit einer so tiefen Besorgnis an, dass es mir irgendwie das Herz brach. Dass es mir Angst machte; nicht nur um mich, sondern auch um ihn.

»Wir haben es so weit geschafft«, entgegnete er gedehnt. »Ich denke nicht, dass es uns noch einmal gelingen wird hierherzukommen. Es gibt keinen zweiten Versuch. Wenn wir zur Erde zurückkehren – falls die Energie unseres Shuttles dafür überhaupt ausreicht –, schnappen sie uns spätestens dort auf jeden Fall. Es läuft vermutlich alles auf dasselbe hinaus.« Er setzte sich aufrechter hin und faltete die Hände auf dem Schoß. »Wir müssen es wagen, fürchte ich.«

Kapitel 2

Die Zerstörung einer vertrauten Konstellation

»Wir docken in dreißig Sekunden an!«, rief der Pilot, betätigte weitere Steuerungen an seiner Konsole, und ich stand an der Tür, hielt mich an Julien fest und machte mich bereit, so schnell wie möglich aus dem Shuttle zu springen, sobald wir gelandet wären. Die Androiden auf der Sphäre des Supercomputers waren gehackt. Die Shuttles des Syndikats befanden sich ebenfalls im Landeanflug, und wir hatten nur einen Vorsprung von wenigen Sekunden.

Die Androiden des Wachpersonals, die ich auf unsere Seite gezogen hatte, warteten schwer bewaffnet im Landebereich auf uns. Ich hatte sie darüber informiert, gegen wen sie zu kämpfen hätten.

Während unserer Landung hatte ich meine Rechenprozesse auf der Erde zwar nicht gänzlich unterbrochen, aber zumindest zurückgeschraubt, um mehr Kapazität für die Androiden zu haben.

»Unsere Unterstützung ist bereit«, teilte ich meinen Begleitern mit. »Einige werden sich sofort damit beschäftigen, unseren Verfolgern Feuer unterm Arsch zu machen. Andere werden uns in einen sicheren Bereich eskortieren. Je näher wir dem Supercomputer kommen, umso schneller werde ich meine Arbeit verrichten können.«

»Vielleicht sollten wir mit deiner Arbeit erst mal warten, bis wir in Sicherheit sind«, schlug Yugo vor und warf mir einen strengen Blick zu.

»Das ist keine gute Idee«, grummelte ich aus dem Fenster schauend. »Das Syndikat verfügt über nahezu unbegrenzte Mittel. Nicht weit von hier entfernt besitzen sie einen Satelliten, auf dem sie Androiden herstellen, die ich nicht hacken kann. Der ist auch auf der Liste von denen, die wir zerstören werden. Wir müssen das also so schnell wie möglich machen. Wer weiß, wie viele Androiden die im Swarm besitzen, die sie auf uns loslassen können.«

»Wir docken in zehn Sekunden an«, verkündete der Pilot. Ich erkannte die nur allzu vertraute Landebasis des Satelliten schon aus einem der Fenster, während wir die Schleuse passierten. Es war gar nicht lange her, dass wir hier den letzten Kampf ausgetragen hatten.

»Macht euch bereit!«, wies Yugo an. »Sobald die Tür offen ist, rennen wir los. Niemand bleibt zurück!«

Der Pilot begann, herunterzuzählen, während wir uns der Dockingstation näherten. »Drei … zwei … eins …«

Ein Ruck ging durch das Schiff, als wir landeten, und sofort schlug Yugo seine Hand auf den Türöffner. »Los!«

Es dauerte eine gefühlte Ewigkeit, bis die Tür sich vor uns geöffnet hatte. Unsere Verfolger waren mit ihren Shuttles ebenfalls im Landeanflug.

Wir stürmten aus dem Schiff, wurden sofort von einigen Androiden umsäumt und zum Ausgang der Halle begleitet. Wir hatten die Tore noch nicht erreicht, da hatte eins der Hypermind-Shuttles bereits hinter uns angelegt. Männer in schwerer Kampfausrüstung, mit Maschinengewehren und dicker Schutzkleidung, sprangen heraus. Ohne zu zögern, feuerten sie auf die Androiden, die zurückgeblieben waren, um sich ihnen in den Weg zu stellen. Vermutlich hatten unsere Verfolger damit gerechnet, dass ich sie auf unsere Seite gezogen hatte.

»Schau nicht zurück!«, schrie mich Yugo über das Donnern der Gewehrkugeln an, und ich riss mich zusammen, rannte weiter. Je näher wir dem Computer kamen, auf umso mehr seiner Rechenleistung konnte ich zugreifen. Ich verstärkte meine Verbindung zu den Menschen auf der Erde wieder, über deren Gehirne die Rechenprozesse liefen, weil ich spürte, dass wir der Entschlüsselung des Codes so nahe waren, dass sich die Lösung beinahe vor meinem inneren Auge abzeichnete.

»Atlas!«, rief Julien, als meine Beine ein Stück unter mir wegbrachen und er mich packen musste, um mich zu stützen. »Pass auf! Wenn deine Systeme zusammenbrechen, sind wir geliefert. Dann sind wir …«

»Ich weiß«, keifte ich zurück. Als wäre mir nicht klar, dass ich kurz davor war, wieder zu kollabieren. »Aber ich hab's gleich!«

»Hier lang«, wies einer der übernommenen Androiden an und bog in den Gang ein, den ich sofort als den Zugang zum Supercomputer erkannte. In meinem Kopf herrschte so viel Durcheinander, dass mich alles nur phasenweise ereilte. Die Bilder der Menschen, mit denen ich in Verbindung stand, der Androiden, die ich kontrollierte, der Satelliten, die ich für meine Zwecke benutzte, der Syndikats-Satelliten, zu denen ich in Kontakt stand. Zwischen diesen Eindrücken war die Realität, in der ich mich befand, nur ein blasser Traum, durch den ich mich bewegte wie durch Nebel.

Während wir auf die Türen zur zentralen Steuerung des Supercomputers zuhielten, fühlte ich mich gar nicht mehr wie ein Mensch. Ich bestand nur noch aus Schmerz und all den Daten, all den Informationen, die ungebremst durch mich flossen wie Wasser durch ein Tal.

Die gewaltigen Metalltüren fuhren vor uns auf, während hinter uns Schreie und Schüsse zu hören waren.

»Atlas, du blutest!«, rief Noah. Seine Stimme drang wie aus weiter Ferne zu mir durch. Mir wurde schwarz vor Augen, und ich ballte die Hände so fest zu Fäusten, dass meine Fingernägel sich schmerzend in mein Fleisch gruben und das Stechen in meinen Handinnenflächen mich ein kleines Stück zurück in die Wirklichkeit zerrte.

Ich spürte, wie das Blut warm aus meinen Ohren rann, als wollte mein Körper Platz in meinem Kopf schaffen. Doch der Druck in meinem Schädel steigerte sich nur noch weiter. Er würde jeden Moment zerspringen, ich spürte es.

In der Sekunde, in der ich in den Computerraum stolperte, machte ich mich von Noah los und ließ mich auf die Knie fallen. Endlich! Ich erhielt vollen Zugang zu allen Ressourcen der Maschine und schickte sie, ungeachtet dessen, dass mein Sichtfeld immer wieder in sich zusammenbrach, als Datenstrom durch alle Verstärker, die ich gehackt hatte.

Die Lichter der Maschine leuchteten so hell auf, dass ihr Schein alles war, was ich noch wahrnehmen konnte. Die Antwort für unser Problem kristallisierte sich vor meinem inneren Auge heraus. Noah schrie etwas, das ich nicht mehr verstand. Das lauter werdende Surren der Rechner vermischte sich mit dem Piepen in meinen Ohren.

Aber da war der Code! Wir hatten es geschafft! Mit vereinter Macht hatten die Menschen mir geholfen, ihre eigene Welt zu retten. Nur noch kurz durchhalten, verdammt! Ich brauchte nur noch eine Sekunde!

Als ich den modifizierten Zerstörungscode über die Transmitter im Orbit der Sonne leitete und die Netzwerke der Syndikats-Satelliten erst überschrieb und dann von den Androiden aktivieren ließ, verschwand alles um mich herum; alles, das ich sah, hörte oder spürte.

Nein! Nicht in Ohnmacht fallen! Ich stieß einen Schrei aus, um mich bei Bewusstsein zu halten, um meinen Körper daran zu erinnern, dass ich wach bleiben musste.

Innerhalb von Sekunden fuhren die Systeme in den Satelliten hoch und bündelten die Energie der nahegelegenen Sonne. Und anstatt diese Energie auf die Erde zu richten, leitete die umgeschriebene Programmierung sie gegen die Satelliten und Sphären selbst, bis sie sich überluden – und sie alle in Milliarden winziger Teile zerbarsten.

»Wir haben es geschafft!«, keuchte ich schwach – aber etwas war eigenartig. Ich dachte, ich hätte nur geblinzelt, nachdem ich die Satelliten zerstört hatte und die Verbindung zu ihnen abgebrochen war, weil sie sich zu Staub im All verwandelt hatten.

Doch nun befand ich mich an einer ganz anderen Stelle im Raum als zuvor, mit der Wange auf dem kühlen Metallboden liegend, mein Körper warm und schwer.

Scheiße! War ich in Ohnmacht gefallen? Wenn ja, wie lange war ich weggetreten gewesen?

Im Computerraum war es dunkel geworden, sodass ich einige Sekunden brauchte, um mich zu orientieren, bevor ich mich hektisch aufsetzte und im Licht der Screens und der vom Flur einfallenden, rot flackernden Notbeleuchtung nach Anhaltspunkten suchte.

Die Androiden, die uns beschützt hatten, lagen zerstört am Boden. Direkt neben … nein.

Die Mitglieder von The Cell, die uns gerettet hatten, Yugo und die anderen, lagen neben ihnen. Ihr Blut sammelte sich in Lachen. Sie waren tot.

Scheiße, nein. Wo waren …

Aus einer der Ecken des Raumes drang ein Stöhnen. Noah! Wie in Trance stemmte ich mich auf, taumelte schwer atmend hinter die großen Rechner, von wo aus das Geräusch gekommen war – und fiel dort sofort wieder auf die Knie.

Nein.

Nein, das durfte nicht sein.

Da lag er, in die Ecke gedrängt, hustete rau, und als er die Hand langsam von seinem Bauch hob, erblickte ich die Wunde, aus der dickes Blut quoll. Sein ganzer Overall war bereits damit getränkt, sogar in dem kaum vorhandenen Licht wirkte er blass.

Julien kniete neben ihm, doch er schien ratlos.

Nein, nein, nein!

»Noah«, krächzte ich mit bebenden Lippen, und bereits im nächsten Moment schlichen sich Tränen aus meinen Augen, um über meine Wangen auf den Metallboden zu perlen. Ich rutschte näher an ihn heran, schüttelte perplex den Kopf, als würde es das ungeschehen machen, was ich sah, und griff nach seiner blutgetränkten Hand, um sie fest zu drücken. Mein ganzer Körper zitterte.

Ich wollte noch etwas sagen, aber ich konnte nicht. Ich konnte einfach nicht.

Das war meine Schuld! Ich war ohnmächtig geworden, und selbst wenn es nur wenige Sekunden gewesen sein mochten, hatten die Androiden, die ich kontrolliert hatte, meine Begleiter angegriffen.

Es war meine Schuld gewesen …

»Ist okay«, wisperte Noah. Blut rann an seinem Mundwinkel hinab. Ich konnte einfach nicht aufhören, den Kopf zu schütteln.

Das hier passierte nicht. Das *konnte* nicht passieren! Wir waren so weit gekommen. Wir hatten es geschafft, verdammte Scheiße!

Wir hatten es doch geschafft.

»Es tut mir so leid«, flüsterte ich. Die Tränen auf meinen Wangen fühlten sich so heiß an, als wollten sie sich in meine Haut brennen. »Julien, mach was!«, schluchzte ich. Es war, als würden alle Dämme in mir zusammenfallen. Als würde alles, was ich je zurückgehalten und empfunden hatte, aus meiner Seele brechen.

Noah atmete nur noch schwach und … schloss die Augen. Ich ließ ihn los, um mein Gesicht in den Händen zu vergraben. Es konnte so nicht enden! Wegen ihm hatte alles erst begonnen; diese ganze Reise, auf der ich so viel gelernt hatte. Wenn er starb, was hatte das alles dann für einen Sinn?

Nein, es durfte nicht enden!

»Julien«, sagte ich gedehnt, als mein Herzschlag von einem neuen Gedanken beschleunigt wurde. Ich ließ die Hände langsam sinken und blickte den Androiden, der neben mir hockte, an.

Es gab eine Lösung. Vielleicht. Aber wenn es sie gab, wusste ich nicht, ob sie eine bessere oder schlechtere Alternative war. Ob ich retten oder nur noch mehr zerstören würde.

Julien hatte es in meinen Gedanken gesehen. Er schwieg für einige Momente, danach legte er seine Hand auf mein Knie und nickte. »Tu es«, forderte er mich still auf.

Und ich konnte nicht mehr an mich halten. Mit einem Wimmern auf den Lippen lehnte ich mich nach vorn, um ihn zu umarmen.

Den einzigen Freund, die einzige Familie, die ich je besessen hatte. Ich spürte die Wärme der Mechanismen, die sein Inneres antrieben, roch den vertrauten Duft nach Maschinenöl und unserer Wohnung. Er erinnerte mich an so vieles. An den Tag, an dem er mich gefunden hatte, zusammengekauert und einsam in einer Gasse. An unsere gemeinsamen Streifzüge durch den Untergrund, unseren Aufstieg, an die vielen Gespräche und Diskussionen, die wir geführt hatten, die Nächte, in denen wir einfach auf den Dächern nebeneinandergelegen und in die Sterne geschaut hatten.

Er war für mich nie etwas anderes gewesen als ein Mensch; und trotzdem fiel es mir so leicht, auf seinen internen Speicher zuzugreifen und ihn zu löschen.

»Es tut mir so leid«, schluchzte ich, während ich nach und nach all seine Datensysteme leerte. Erinnerungen, Gedanken, Datenbanken, Gelerntes. Es dauerte nur wenige Sekunden, bis ich all das aus ihm getilgt hatte, ihn langsam losließ und er regungslos neben Noah zu Boden glitt.

»Es tut mir so leid«, wiederholte ich, sagte es Mal um Mal, wie ein Mantra, das mich bei Verstand hielt.

Ich stellte die Verbindung zum Hypermind-Computer her, und als hätte er gewusst, wonach ich suchen würde, lagen alle Daten von Noah offen vor mir. Und ich nahm alles: Erinnerungen, Gedanken, Erfahrungen, Gefühle – und kopierte es in Juliens System. Hoffentlich würde der Speicher ausreichen. Hoffentlich würde es funktionieren. Es musste. Sonst hätte ich beide mit einem Mal verloren. Das könnte ich nicht verkraften …

Ich blendete alle Schmerzen aus, die meinen Körper plagten. Sie waren mir egal geworden, denn nichts konnte an den Schmerz in meinem Herzen heranreichen. Mein Atem stockte immer wieder, während ich um Konzentration kämpfte.

Nachdem das Kopieren vollendet und alle Daten in Juliens System angekommen waren, tat sich für erschreckend lange Sekunden nichts.

Noah atmete nicht mehr, und Julien lag regungslos neben ihm am Boden. Eine Maschine, die nun den kompletten Charakter, die ganze Seele eines Menschen in sich trug.

Mein Körper wollte nicht aufhören zu zittern, während ich ihn anschaute und mir nicht erlaubte, weiterzudenken; an ein *was wäre, wenn*. Die Tränen waren versiegt und einer allumfassenden Angst gewichen, die mich so lähmte wie nie zuvor etwas in meinem Leben. Ich wusste, wenn dieser Plan nicht aufging, wäre die ganze Mission umsonst gewesen. Für die Welt vielleicht nicht, aber für mich.

Und gerade als ich dachte, ich hätte es nicht geschafft, ich hätte versagt und beide verloren, regte sich Julien endlich, blinzelte und richtete sich langsam auf. Ich schlug die Hände vor den Mund und starrte ihn an. Gemächlich schaute er an sich hinab und hob dann seine Hände, um sie wie in Zeitlupe zu betrachten, zu drehen.

Erst danach glitt sein Blick auf den toten Körper neben sich. Auf ... auf seinen eigenen Körper.

»Noah?« Sein Name hatte sich nur flüsternd über meine Lippen geschlichen, während er auf seine leblose, fleischliche Hülle hinabsah.

Was um alles in der Welt hatte ich getan?

»Was?«, murmelte der Android, der mich mein Leben lang begleitet hatte. Aber er war es nicht, ich war mir sicher. So vieles an ihm war anders. Die Art, wie sich Erstaunen auf seinem Gesicht ausbreitete, wie er sich bewegte, sich langsam zu mir umwandte.

Schwer schluckend sah ich ihm in die Augen, und ich wusste nicht, wer von uns beiden in diesem Moment verwirrter war.

»Es ... es tut mir so leid«, wisperte ich kraftlos. »Ich hatte keine Ahnung, was ich sonst tun sollte.«

Noah blinzelte einige Male. »Ich ...«, setzte er an, stockte aber, erschrocken von seiner neuen Stimme.

Ich presste die Lippen aufeinander, um nicht wieder zu weinen, griff nach seiner Hand, um sie in meine zu nehmen. All das Chaos, das auf der Sphäre toben musste, all die Rufe und Schreie und Schüsse hatte ich längst ausgeblendet, und auch jetzt waren sie mir egal. »Es tut mir so leid.« Ich konnte nichts anderes mehr sagen.

»Und … und was ist mit Julien?«

Es war so eigenartig, ihn mit seiner Stimme sprechen zu hören. Aber ich glaubte, auf seinem Gesicht die Züge zu sehen, die Noah ausgemacht hatten. Die besorgte Falte zwischen den Augenbrauen, das Ringen um Gelassenheit. Dass er nicht nach sich selbst fragte, sondern nach dem Androiden, der uns so lange begleitet hatte, bedeutete wohl, dass er er selbst sein musste. Oder?

»Ich musste ihn löschen«, flüsterte ich und wich seinem Blick aus, ohne seine Hand loszulassen. »Und ich …«, fügte ich an und stockte. Erst in diesem Moment gelang es mir, es zu realisieren. »Ich habe die Satelliten zerstört.« Zum ersten Mal seit Minuten konnte ich tief durchatmen.

Es war vorbei.

»Also haben wir es geschafft?«

Ich nickte sachte. »Auftrag abgeschlossen«, wisperte ich, und es gelang mir sogar, ein schiefes Lächeln auf meine Lippen zu setzen. Noah streckte die Hand aus und fuhr mit seinem Daumen über meine Oberlippe. Nachdem er die Hand fortgenommen hatte, sah ich das Blut an seinem Finger. Meine Nase blutete. Die neurale Belastung war einfach zu groß gewesen.

Zum Glück war ich weiterhin bei Bewusstsein.

»Komm«, flüsterte ich schließlich, wollte mich aufrappeln, um von hier zu verschwinden – brach allerdings schon zusammen, bevor ich mich auf die Beine gestemmt hatte. Alle Energie war aus meinen Gliedern gewichen.

Ich würde nicht mehr laufen können. Und Noah, in seinem neuen Körper, sah nicht so aus, als würde er es wollen. Er verstand es noch nicht. Er sagte nichts, doch ich erkannte es in seinen Augen, selbst wenn es nicht mehr wirklich seine waren.

Er war wie gelähmt.

Ich schob mich neben ihn an die Wand, und während er immer wieder auf sein altes Ich hinabschaute, lehnte ich mich an seine Schulter und schloss die brennenden Augen.

Egal, was jetzt geschehen würde: Es war okay.

Kapitel 3

Der Kampf einer freieren Welt

Eine zarte Brise sauberer Luft umwehte mich, spielte mit meinem Haar und strich sanft durch das Gras, auf das ich mich gebettet hatte. Der Boden unter meinem Körper war so weich, dass ich glaubte, auf einer Wolke zu liegen. Es kam mir vor, als wäre er sogar weicher als die Matratze meines neuen Bettes.

Wüsste ich nicht, dass ich bei Bewusstsein war, wäre ich der Meinung, ich würde schlafen. Oder ich wäre tot.

Das hier musste das Paradies sein, so surreal schön kam es mir vor. Nur der Schmerz, der fortwährend in meinen Gedanken lauerte, erinnerte mich daran, dass ich wirklich hier war, dass ich mir das alles nicht nur einbildete.

Dass es tatsächlich geschehen war.

Wir waren hier.

Lora Hiland hatte uns in der Ecke hinter den Rechnern des Supercomputers gefunden. Ich wusste nicht, wie lange wir dort gesessen und geschwiegen hatten.

Und obwohl die Polizistin uns hatte gefangen nehmen wollen, hatte sie am Ende mit uns beiden zusammen vor ihrem Shuttle gestanden, uns nachdenklich angesehen und beschlossen, uns den Menschen von The Cell zu übergeben. Sie hatte kein weiteres Wort zu mir oder Noah gesagt.

The Cell hatte uns in eins der Habitate im Orbit der Erde gebracht, die von den erpressten Spendengeldern finanziert worden waren.

Und hier befanden wir uns nun.

Noah und ich.

Dass Julien nicht mehr hier war, erfüllte mich mit einer Leere, die ich nicht fassen konnte. Es kam mir vor, als hätte ich gemeinsam mit ihm einen Teil von mir selbst gelöscht.

Das war nicht einmal unrealistisch. Ich hatte im Laufe meines Lebens so viele Gedanken mit ihm geteilt, so viele Informationen auf ihn ausgelagert, ihn so viele Arbeiten für mich erledigen lassen, dass er vielleicht zu einer Erweiterung meines Gehirns geworden war. Ich hatte ihn immer als Manifestation meiner inneren Stimme gesehen.

Dass er weg war, sorgte dafür, dass ich mich einsam fühlte, obwohl ich es nicht sollte. Es war irrational. Er war nur eine Maschine gewesen. Er hatte nicht wirklich Emotionen empfinden können, das war nur eine Programmierung gewesen.

Gleichsam wollte ich den Gedanken nicht gänzlich ausschließen, dass er doch etwas empfunden haben konnte. Immerhin tat Noah es nun ebenfalls. Oder?

»Wie geht es dir?«, wisperte ich. Ich wollte mit ihm darüber reden, was geschehen war, doch er sprach einfach nicht mit mir. Ich wusste nicht, ob er mir dankbar war, dass ich sein Leben gerettet hatte, oder ob er wütend auf mich war, weil ich es auf diese Weise verlängert hatte.

Und ich hatte in den letzten beiden Tagen versucht, mich damit abzufinden, dass ich ihm wohl Zeit lassen musste. Dass er sich erst selbst darüber klar werden musste, wie er empfand, bevor er mit mir darüber sprechen konnte. Das würde ich zu verstehen lernen müssen.

»Ich denke, es geht mir gut«, antwortete er nach einer ganzen Weile. Es würde lange dauern, bis ich mich daran gewöhnt hätte, dass hinter Juliens Stimme nicht mehr Juliens Geist stand. Dass ein Mensch jetzt seinen Körper bewohnte.

Ich wandte meinen Kopf Noah zu, der neben mir im Gras saß und sein Gesicht in die Sonne hielt.

Das Sonnenlicht hier war ein wenig anders als auf der Erde. Es fiel von einem anderen Winkel auf uns, wirkte irgendwie klarer. Die Bienen schwirrten um meine Haare und meinen Körper. Ich spürte das Kribbeln des Grases unter meinen Händen und lauschte dem Surren der Insekten um uns herum.

Das hier war gut.

»Bennie Haloren wird heute eine offizielle Ansprache halten«, sagte ich und schaute ihn fragend an. »Wollen wir sie uns ansehen?«

»Es gibt Gerüchte, dass er zurücktreten wird«, erwiderte Noah tonlos.

»Nachdem die ganze Welt jetzt weiß, dass die Aktivitäten von The Cell das Syndikat erst auf den Plan gerufen haben, wäre das eine verständliche Reaktion.«

Noah zuckte mit den Schultern. Die vertraute Falte zwischen seinen Augenbrauen bildete sich. Der besorgte Ausdruck, den er schon immer aufgesetzt hatte. »Ich denke, er sollte seinen Kurs ändern, aber weitermachen. Seine Organisation hat so viel Einfluss. Es wäre fatal, wenn sie ebenfalls aus der Welt verschwindet. Die Gesellschaft hat so vieles verloren, in der letzten Zeit.« Er griff nach einem Grashalm und drehte ihn zwischen seinen Fingern, ohne ihn aus der Erde zu reißen.

Inzwischen hatte Noah mitbekommen, dass sein Vater ebenfalls ein Teil des Syndikats gewesen war. Die Mitglieder der Vereinigung waren weltweit verhaftet worden. Für jedes einzelne von ihnen wurde wegen des großen allgemeinen Interesses eine öffentliche Verhandlung abgehalten. Ich war sicher, dass diese Institution nicht einfach so zerschlagen werden konnte, doch es war ein Schritt in die richtige Richtung.

Noah und ich hatten über Jason gesprochen. Er war tatsächlich wenig überrascht gewesen. Er hatte von Anfang an etwas Düsteres in seinem Vater gesehen; das war immerhin der Grund gewesen, mich überhaupt erst aufzusuchen.

Und es beruhigte mich ein wenig, dass er sich darum nicht auch noch den Kopf zerbrechen musste.

»Lass uns die Rede auf jeden Fall zusammen anschauen«, murmelte Noah.

Ich nickte, richtete mich aber nach wie vor nicht auf. Wir hatten in den letzten Tagen sämtliche Berichte der Medien gemieden. Ich hatte nur das wenige mitbekommen, das mir durch das Gemurmel der Mitarbeiter auf dem Habitat zugetragen worden war. »Vielleicht sollten wir auch die Gerichtsverhandlungen verfolgen«, überlegte ich laut. »Ich glaube, dass ich langsam wieder bereit bin, mich dem Ganzen auszusetzen.«

»Bist du sicher?«

»Ja. Ich denke, dass ich zu nervös werde, wenn ich nicht mehr weiß, was da unten vor sich geht.«

»Hm ... geht mir genauso. Die Verhaftung von Everick ist inzwischen durch, oder?«

Ich atmete durch und stemmte mich angestrengt in eine sitzende Position. Mein ganzer Körper fühlte sich schwer an. Auf eine gute Art und Weise. So, als hätte ich tagelang geschlafen.

Das waren mit Sicherheit die Schmerzmittel, die die Ärzte von The Cell mir verschrieben hatten. Oder die Sonne, oder die frische Luft.

»Ja, Everick ist hinter Gittern. Er hat viele seiner Taten zugegeben.«

Noah schaute wieder zur warmen Nachmittagssonne, und ich verspürte den Drang, meine Hand auszustrecken, um erneut nach seiner zu greifen. So wie in diesem Computerraum. Ich hätte ihn gern umarmt, so wie er dasaß, in sich gekehrt und irgendwie einsam. Ich hätte ihm gern gesagt, dass alles gut werden würde. Aber ich tat es nicht.

»Es war wirklich dumm von ihm, dir das alles zu zeigen. Es hätte ihm klar sein müssen, dass du das weiterverbreiten würdest.«

»Ja, darüber habe ich viel nachgedacht. Eigentlich ...« Ich fuhr mir mit den Fingern über mein warmes Gesicht. »Eigentlich bin ich mir sogar sicher, dass ihm das klar gewesen ist. Inzwischen kommt es mir so vor, als hätte er sogar gewollt, dass ich die Erinnerungen und Informationen verbreite.«

»Hm«, machte Noah gedehnt. »Warum hätte er das tun sollen?«

»Ich … kann es nicht so genau erklären.« Ich hatte die Situation auf seinem Anwesen immerzu in meinem Kopf wiederholt, sie vor- und zurückgespult, um schlau daraus zu werden. Er hätte mir das alles nicht erzählen müssen. Er war nicht auf meine Kooperation angewiesen gewesen.

Und je öfter ich mir diese Rückblenden aus Blaires und seinem Leben angeschaut hatte, umso klarer waren die Bilder geworden, die ich zunächst nicht wahrgenommen hatte. Das Hintergrundrauschen all der gewichtigen Informationen. Ein kleiner Junge, der um seine Mutter und Schwester weinte. Ein junger Mann, der genau wie seine Mutter in eine Position gedrängt wurde, die er gar nicht hatte einnehmen wollen. Ein Geheimnis über seine Vergangenheit und darüber, warum er immer so einsam gewesen war.

Ja, vielleicht war er nicht dumm gewesen. Vielleicht hatte er einfach gewollt, dass das alles endete. Wie Shane …

Ich wünschte, ich könnte mit ihm reden, ihn nach all den Dingen fragen, die ich nicht verstand. Ich wollte ihm von Angesicht zu Angesicht gegenüberstehen. Meinem Bruder.

Noah und ich hatten zwischen einigen anderen The-Cell-Mitarbeitern in einem der großen Pausenzimmer Platz genommen, schauten auf den Screen und warteten darauf, dass Bennie Haloren auf das bisher menschenleere Podest mit den Dutzenden von Mikrofonen trat.

Die Stimmung innerhalb des lichtdurchfluteten Raums war angespannt. All die Leute hier würde das, was Haloren der ganzen Welt zu verkünden hatte, am meisten betreffen.

Das Habitat, das The Cell im Orbit errichtet hatte, war eins von wenigen, die bisher mit den erpressten Spendengeldern hatten erbaut werden können. Feste Mitarbeiter kümmerten sich um den Erhalt der Flora und Fauna, um die Insekten, die Pflanzen und vor allem um die Bienen. Das hier war kein Urlaubsort, wie die Habitate nahe der Sonne. Alle Anwesenden – auch Noah und ich – trugen die dunklen Overalls mit dem Logo der Biene auf der Brust.

Es kostete mich viel Energie, nicht immer wieder zu Noah hinüberzusehen, der, die Hände vor dem Körper verschränkt, neben mir saß und still wartete. Wenn diese ganze Sache für mich schon eigenartig war, wie musste er sich erst fühlen?

Ich drehte nachdenklich das Zigarettenpapier mit der winzigen Entschuldigung darauf zwischen den Fingern in meiner Tasche. Wir hatten noch immer nicht herausgefunden, von wem es stammte, und es erschien mir wie eine winzige Erinnerung an mein altes Leben, also trug ich es stets bei mir.

Einige der Mitarbeiter begannen, sich zu regen, und hielten in ihren leisen Gesprächen inne, als sich auf dem Bildschirm vor uns endlich etwas tat. Haloren kam ins Bild.

Sein hellgrauer Anzug saß wie immer ordentlich. Nur die dunklen Schatten unter seinen Augen sprachen von dem Stress, den er in den letzten Tagen hatte durchstehen müssen.

Ich bemerkte, wie ich mich ungewollt anspannte. Die Mitarbeiter des Habitats hatten gemunkelt, Halorens Rede könnte die Welt verändern – egal, ob er sich dazu entscheiden sollte, zurückzutreten, oder nicht.

Er trug eine Bienenbrosche, die im Schein der Flutlichter, die auf ihn gerichtet waren, immer wieder aufblitzte. Ein leichter Nieselregen fiel auf ihn und seine Zuschauer nieder.

»Liebe Mitbürgerinnen und Mitbürger«, sagte er. Er hatte offensichtlich Notizen vor sich liegen, ordnete sie und schaute danach auf all die Anwesenden, die sich auf dem Platz versammelt hatten. »Ich kann mir nicht vorstellen, dass es einen Menschen gibt, der die Ereignisse der letzten Tage und Wochen nicht erfahren oder am eigenen Leib gespürt hat. Ebenso, wie es inzwischen keinen Politiker, Wirtschafter, Polizeichef oder dergleichen gibt, der sich noch nicht öffentlich dazu geäußert hat.« Er machte eine leicht wegwerfende Bewegung mit der Hand, als würde er auf all diese Menschen pfeifen.

Er war bekannt für Reden, die die Bevölkerung aufwiegelten. Erst dadurch hatte seine Organisation so schnell an Zuwachs gewonnen. Würde er tatsächlich auf dieser Schiene weiterfahren?

»Ihnen allen wurde in den letzten Tagen vermehrt versprochen, dass Sie sich in Sicherheit befinden, dass die Lage unter Kontrolle ist und dass die Polizei, das Militär und private Sicherheitsdienste zusammenarbeiten, um weitere eventuelle Bedrohungen aufzuspüren und auszumerzen.« Haloren verzog die Mundwinkel zu einem nahezu herablassenden Ausdruck und zuckte mit den Schultern. »Ich weiß nicht, wie Sie das sehen, aber ich persönlich fühle mich nicht sicher.« Einige Zuschauer brüllten Zustimmungsrufe, während Haloren eine Kunstpause einlegte. »Und ich habe guten Grund dazu. Vor wenigen Tagen fielen mehrere Tausend Menschen einem Mörder zum Opfer, der aus purer Willkür tötete.«

Mein Herz machte einen Sprung.

»Und vor zwei Tagen erfuhr ich, genauso wie Sie alle, dass unsere Welt schon seit annähernd dreißig Jahren von einer Macht unterwandert wurde, von der niemand von uns je etwas gehört hatte. Ein Syndikat, das im Hintergrund die Geschicke von Wirtschaft, Politik und Polizei lenkte, ohne dass irgendjemand je Verdacht geschöpft hätte. Auch ich nicht.« Er nickte und pausierte, um seine eigenen Worte zu unterstreichen. »Ich fühle mich nicht sicher«, wiederholte er, »dabei bin ich eine der reichsten Personen auf diesem Planeten. Doch mit der Aufdeckung und der jetzigen Bekämpfung des Firmenzusammenschlusses, der sich selbst als Syndikat bezeichnet, weiß ich, dass unsere Welt sich verändern wird. Ich weiß, dass viele anstrengende und langwierige Prozesse folgen werden, viele Ermittlungen und viele Umstrukturierungen, bis wir es geschafft haben werden, diesen Virus, der uns befallen hat, vollkommen aus unserem System zu tilgen.

Also nein, jetzt ist nicht die Zeit, um sich sicher zu fühlen. Wir müssen erst kämpfen, um diese Seuche ein für alle Mal aus unserer Welt zu vertreiben, bevor wir es uns erlauben können, uns zurückzulehnen.« Vereinzelte Menschen klatschten, aber zu viele von ihnen waren vermutlich zu angespannt, als dass sie es wagen würden, die Rede zu unterbrechen.

Haloren sah kurz auf seine Notizen, dann zurück in die Menge.

»Doch selbst, wenn die Zeit gekommen ist, wenn wir, die wir hier stehen, uns in Sicherheit wiegen können, wird es genügend Menschen geben, die das nicht können. Die es vielleicht in ihrem ganzen Leben noch nie konnten.

Sie alle haben die Erinnerungen eines Mannes namens Shane Godman gesehen.«

Erneut beschleunigte sich mein Herzschlag. Die Erinnerungen von Shane und dem, was seiner Familie zugestoßen war, hatte Haloren ebenfalls unter der Bevölkerung verbreitet, und ich wusste nicht, ob ich mich wohl dabei fühlte, das Schicksal meines ehemaligen Freundes offengelegt zu haben. Ich hätte nicht gedacht, dass Haloren es aufgreifen würde.

»Sie alle haben gesehen, was dieser Mann und seine Familie haben durchstehen müssen. Das, was ihn dazu bewogen hat, sich zu einem Instrument des Syndikats machen zu lassen. Das, was die Gesellschaft nicht nur ihm, sondern täglich unzähligen Menschen antut.

Das Schicksal von Shane Godman ist kein Einzelfall, sondern für die Menschen im Sub-Level der Alltag, dem sie sich jeden Tag aufs Neue stellen müssen. Und obwohl ich niemals eine Gewalttat gutgeheißen habe und es auch in diesem Fall nicht tue, lässt sich nicht abstreiten, dass die Geschichte von Godman ein ehrliches und gleichzeitig erschreckendes Bild unserer Gesellschaft darstellt. Ein Bild einer einfachen Person, die ihr Leben lang rechtschaffen gehandelt hat und trotzdem vom System bestraft wurde. Und wegen was?« Er blickte sehr lange in die Menge. Ich selbst wurde unruhig beim Warten auf die Antwort, die er sich jeden Moment geben musste. »Wegen Geld!«, rief er laut, und die Menge auf dem Platz vor ihm brach in Jubel und Applaus aus. Jetzt hatte er sie.

Und vielleicht hatte er auch mich. Mein Puls pochte ganz aufgeregt. Er hatte recht.

»Wird ein Kind in der Unterschicht geboren, ist es ihm so gut wie unmöglich, eine Schulbildung zu bekommen, die ausreichend ist, um ins Hive-System aufgenommen werden zu können. Das Schicksal der Kinder wird bereits bei ihrer Geburt festgelegt. Nur *deswegen* kam es überhaupt erst zu diesem tragischen Vorfall! Weil wir tagtäglich daran arbeiten, unsere Technologien, unsere Häuser und unsere Leben zu verbessern – aber nicht unsere Welt. Wie können wir uns überhaupt Mitglieder derselben Spezies nennen, wenn wir selbst unüberwindbare Klüfte zwischen uns und unseren Mitmenschen schaffen?

Wenn uns Godmans Geschichte eins gelehrt hat, dann, dass wir alle auf dieselbe Weise lieben. Dass wir alle bangen, dass wir alle fürchten, dass wir alle trauern.

Ich sage also: Kämpfen wir. Gemeinsam. Die Zeit des Sicherfühlens ist noch nicht gekommen. Diese Welt wird in den nächsten Monaten verdammt unbequem werden.

Kämpfen wir! Für eine Welt, in der endlich aufgehört wird, Hives nach Intelligenz zu klassifizieren, sondern eine, die inkludiert. Eine Welt, in der wir einen Ausgleich schaffen. Eine Welt, in der wir unsere Hände ausstrecken und jenen helfen, die nicht so viel Glück hatten wie wir. Eine Welt, in der wir uns darauf besinnen, dass wir Gutes erschaffen können, wenn wir selbst bereit sind, gut zu sein.«

Tosender Beifall untermalte seine letzten Worte, und Haloren nutzte den Moment, um seine Notizen erneut zu ordnen und seine Hände auf das Pult zu legen.

»Einen Kampf auf diese Weise auszufechten ist neu für uns«, fuhr er nach einer Weile ruhiger fort, nachdem die Menge sich beruhigt hatte. »Und es ist ebenfalls neu für mich. Ich entschuldige mich für mein bisheriges Verhalten.« Und plötzlich trat wieder absolute Stille ein. »Dass meine Handlungen und die Handlungen meiner Organisation eine solche Reaktion von den Wirtschaftsmächten dieser Welt provozieren könnten … damit habe ich nicht gerechnet. Dabei hätte ich wissen sollen, dass sich Feuer nicht mit Feuer bekämpfen lässt.

Ich entschuldige mich nicht für das, was ich erschaffen habe. Für das, was wir mit The Cell bisher erreichen konnten. Aber ich entschuldige mich für die Art und Weise unseres Vorgehens.«

Eine Gänsehaut bildete sich auf meinen Armen. So offene Worte hatte ich ihn noch nie sagen gehört. Ich glaubte, niemand hatte das.

»Ich werde nicht zurücktreten. Die Organisation und ich werden unseren Kampf fortführen. Doch die künftigen Kämpfe werden anders sein. Sie werden leiser sein. Sie werden auf das Gute im Menschen setzen.

Mehrere hundert Millionen Personen haben sich in den letzten Jahrzehnten The Cell angeschlossen. Und ich bin sicher, dass wir dabei helfen können, unsere Welt zu einem besseren und friedlicheren Ort zu machen. Für *alle* Menschen.«

Erneut brach Beifall aus. Dieses Mal so laut und lange, dass Haloren mehrere Male ansetzen musste, bis wieder Ruhe einkehrte. »Ich hoffe, dass wir etwas aus den vergangenen Wochen lernen können. Ich werde meine nächsten Tage damit verbringen, mit Kolleginnen und Kollegen vom Fach eine Abhandlung darüber zu verfassen, die belegt, dass das aktuelle Hive-System gegen geltendes Menschenrecht verstößt. Ich werde den festen Mitarbeiterstamm von The Cell vergrößern, um Nahrungsrationen, die wir von Spendengeldern finanzieren werden, ins Sub-Level liefern zu lassen. Wir werden ein Netzwerk aufbauen, das es Kindern der Unterschicht ermöglichen wird, eine kostenlose Schulbildung zu erfahren, solange sich nichts an der politischen Lage ändert.« Er schaute in die Menge, wie um zu überprüfen, ob jeder ihn und seine Ansage verstanden hatte. »Und was werden Sie tun?« Sein Blick lag lange auf den Menschen, die tatsächlich schwiegen, als würden sie über seine Frage nachdenken.

Nach einer angemessenen Zeitspanne nickte er und wandte sich ab.

Epilog

Die Geburt eines neuen Sterns

Kurz bevor ich zu Bett gehe, sehe ich die Sterne. Ihre Konstellation auf dunklem Grund ist starr, aber harmonisch. Wenn sie wollen, zwinkern sie mir zu, wie um mir zu sagen, dass sie sich ebenfalls an die Reise erinnern, die wir gemeinsam zurückgelegt haben.

Wärme breitet sich in meinem Körper aus. Der Raum um mich herum ist in zartes Licht gehüllt. Bis auf das leise Rascheln der Kleidung des Mannes in meinem Bett ist es still.

Die Welt, auf die ich von hier aus hinabblicken kann, ist neu. Sie ist vielleicht nicht viel besser als die alte, doch sie ist eine andere geworden. Es lauern wieder Möglichkeiten zwischen ihren Straßen und Feldern, mehr Chancen zwischen ihren Bergen und Tälern. Von Lachen ist sie nicht erfüllt, aber zum ersten Mal in meinem Leben denke ich, dass sie das eines Tages sein könnte.

Denn ich weiß: Wenn ich gelernt habe, zu lächeln, dann kann sie es eines Tages auch.

Danksagung

Wie jedes meiner Bücher war auch dieses für mich ein sehr intensives Schreiberlebnis, in dem ich nicht nur viel über mich, sondern auch viel Neues über meine Umwelt erfahren habe. Die Recherche für Science-Fiction-Bücher ist eine unheimlich bereichernde Tätigkeit. Da liegen unter der Oberfläche der Action oft so wichtige Fragen, denen ich mich widmen möchte – und ich freue mich, dass ich in der Position bin, genau diese Geschichten schreiben und veröffentlichen zu dürfen.

Deswegen danke ich zuerst einmal meinem wundervollen Agenten Klaus Gröner, ohne dessen Hilfe dieses Buch nie in dieser Form entstanden wäre. Danke, Klaus, dass du dich so für meine Welten begeistern kannst und mir dabei hilfst, ein Zuhause für sie zu finden. Allein würde ich das niemals schaffen. (Wer weiß, ob ich allein überhaupt noch ein Buch veröffentlicht hätte, wenn ich dich nicht gefunden hätte. Was das angeht, bin ich schon immer unsicher gewesen.)

Ich bedanke mich auch ganz herzlich bei der lieben Dorothea Martin von Audible, die dieses Buch nicht nur »ausgewählt«, sondern auch während seiner Entstehung begleitet hat. Ich freue mich, dass du solches Vertrauen in mich und meine Ideen hast!

Ich bedanke mich bei der wundervollen Ava Reed, meiner Lektorin für dieses Buch, die sich mit mir die Nächte um die Ohren geschlagen hat, um das Beste aus dem Text herauszuholen. Danke für deine Ehrlichkeit, für deine Strenge und auch für das viele Lachen, wenn uns manchmal eigentlich zum Weinen zumute war. Ich weiß nicht, ob ich es ohne dich geschafft hätte, diesen Text so fertigzustellen, wie er ist.

Ich bedanke mich bei Julia Abrahams und Laura von Altrock, meinen wundervollen Lektorinnen von Bastei Lübbe, die diese gedruckte Version des Buches ermöglicht haben. Für alle diejenigen, die lieber Printbücher oder E-Books lesen, anstatt Hörbücher zu hören: Diesen fantastischen Frauen habt ihr es zu verdanken!

Wie in jedem meiner Bücher bedanke ich mich bei den PJS, meinen wundervollen Freunden, mit denen ich immer über meine Bücher sprechen kann, wenn ich mal nicht weiterkomme – und über alles andere in meinem Leben auch. Danke an Anabelle Stehl für die tollen Filmabende und die irgendwie immer ausufernden Gesprächsthemen. An Bianca Iosivoni für die stundenlangen Unterhaltungen ohne Punkt und Komma. An Tessa May für die emotionale und backtechnische Unterstützung, die du uns immer bietest. Danke an Nina Bilinszki für deine frische Art und dein Feuer, das mich auch oft anspornt. Danke an Tami Fischer für deine Spontanität, die vielen kleinen Besuche und für all die Freude, die du in mein Leben bringst! Danke an Alexander Kopainski, Laura Kneidl und Nicole Böhm für all die Stunden, die wir abends schon zusammen gezockt und uns über unsere Tage unterhalten haben. Ihr seid mein Feierabend, Leute!

Und natürlich auch einen riesigen Dank an meine Schwester Laura Graßhoff. Danke, dass du mir PlayStation vorspielst, wenn ich Unterhaltung und Gesellschaft brauche, dass du dir all meine Probleme anhörst und dass du nie müde wirst, mich anzufeuern. Du bist ein wundervoller Mensch, und ich hoffe, dass wir uns immer so nahestehen werden.

Ein weiterer großer Dank gilt auch meiner Familie, die mich immer unterstützt, auch wenn ich mal komische Entscheidungen treffe oder mein Leben nicht so unter Kontrolle habe. Danke, dass ihr mir Sicherheit gebt, Mama und Papa. Ich weiß, dass ich immer zu euch kommen kann und bei euch sicher bin, egal, was passiert.

Und etwas Wertvolleres kann man sich im Leben eigentlich nicht wünschen.

Ich bedanke mich gewaltig bei all meinen Patrons. Ihr fördert mich und meine Kunst nicht nur finanziell, sondern mich auch emotional. Die wundervollen Nachrichten, die ich täglich von euch bekomme, verleihen mir auch an nicht so schönen Tagen die Kraft, mich aufzuraffen und weiterzumachen. Eure Unterstützung gibt mir nicht nur das Gefühl, dass meine Geschichten etwas wert sind – sie ermöglicht mir auch, mir mehr Zeit für sie zu nehmen, als ich anderenfalls hätte. Ein besonders großes Dankeschön gilt an dieser Stelle vor allem meinen *Crazy* Patrons: Ásdís Adams, bookish.sue, Xenia, Trudi Langer, Tina Krabkrantham, TheRealLydfred, Strawberrynator, SkixXx, Sarah Prill, Sarah Martensen, Sarah, Sara Ruesch, Sandra, Pia, PaddyxChaos, Moorhuhn, Momo, Marlo, Lia-Zoé Uphoff, Jessica, Isabelle Hänni, Iris Utzinger, Hendrik, Grit Kranke, Ered Lithui, Cindy Ullmann, Chantal, Barbara Mathis, Barbara J. und Ann-Kristin. Ihr seid der absolute Wahnsinn, Leute! Danke!

Und zu guter Letzt möchte ich wie immer meinen Lesern danken, die hinter mir stehen, mich unterstützen, meine Bücher lesen und bei jeder Veröffentlichung mit mir mitfiebern. Ihr gebt mir die Energie und Motivation, die ich brauche, um diesen Job bestreiten zu können. Und ohne euch wäre mein Leben nur halb so aufregend.

DANKE!

Eure Marie